R. J. ELLORY

Un cœur sombre

TRADUIT DE L'ANGLAIS
PAR FABRICE POINTEAU

SONATINE ÉDITIONS

Titre original :
A DARK AND BROKEN HEART
Publié par Orion Books.

ISBN : 978-2-253-18444-7 – 1re publication LGF

Les choses se défont tellement facilement quand elles ne tenaient que par des mensonges.

Dorothy ALLISON, *L'Histoire de Bone* (trad. Michèle Valencia, 10/18, 1999).

1

Bad America

Si Vincent Madigan ne tua pas le type, c'est parce qu'il ressemblait à Tom Waits. OK, il était polonais et s'appelait Bernie Tomczak, mais il ressemblait tout de même à Tom Waits. Comme si Tom Waits s'était tapé une fille de l'Est et que ça avait donné ce connard. Non seulement ça, mais Bernie ne gueulait pas, il ne chialait pas, il n'implorait pas qu'on lui laisse la vie sauve. Rien du mélo habituel. Il n'essayait pas non plus d'être un héros. Il se contentait d'encaisser les coups. Et après l'avoir frappé dix, vingt, cinquante fois, Madigan éprouva malgré lui un respect inattendu. Mais ça lui allait. Il pouvait accepter ça. Et en dépit du sang, des grognements, du bruit des dents qui se cassaient et de tout le reste, Madigan se demandait si Bernie n'était pas le type le plus coriace qu'il ait jamais… jamais quoi ?

Madigan frappa Bernie une fois de plus, et toutes les pensées qu'il avait pu avoir disparurent. C'était ce qui arrivait toujours quand il mélangeait mauvaise coke et Jack Daniel's. Madigan recula alors et sentit quelque chose monter en lui. Sa poitrine était comme du verre, aussi fine qu'une ampoule, et il songea que si quelqu'un le frappait en retour, il volerait en éclats comme… comme… comme quelque chose qui vole en éclats. La sensation dans sa poitrine se transforma en nausée, il commença à avoir des haut-le-cœur, et Bernie s'effondra alors avec un sourire sur le visage, car il venait de prendre conscience que Madigan n'avait ni la volonté ni la force de le frapper de nouveau.

« Bon Dieu, Vincent, dit Bernie à travers ses dents brisées et ensanglantées.

— Ferme ta gueule ! répliqua Madigan. Paie à Sandià le fric que tu lui dois ou je reviens et je te tue. »

Bernie Tomczak tenta de sourire. Ça ne fonctionna pas comme prévu et il eut l'air encore plus mal en point.

« Vincent, sérieusement… Je le paierai quand j'aurai l'argent. Mais quel que soit le temps que ça prendra, tu me tueras pas. Parce que si tu me tues, personne n'aura rien…

— Va te faire foutre », répondit Madigan.

Quelques minutes plus tard, Madigan reprit ses esprits, s'éloigna dans l'allée et regagna sa voiture. Puis il démarra, songeant que si un flic en moto l'arrêtait parce qu'il zigzaguait sur la route, il serait obligé de lui coller une balle dans la tête, et là, ce serait une autre histoire.

Des voitures filaient de tous les côtés, et il pensa alors à sa femme. La seconde. Il se rappela la dernière fois qu'il l'avait vue. Debout dans l'entrebâillement de la porte avec cette expression sur le visage. Elle avait ce regard, ce regard qui avait dit à Madigan qu'elle n'était pas seule. Il s'était demandé qui était dans l'appartement, comment il s'appelait, et surtout il s'était demandé à quoi il ressemblait. Et elle avait dit : *Salut,*

Madigan… Elle avait un ton insolent et esquissait un demi-sourire, comme si elle savait qu'elle se comportait comme une salope et qu'elle adorait ça. *Salut, Madigan, comment ça va ?* Il se rappela que quand il l'avait rencontrée elle faisait tout son possible pour être quelqu'un, *n'importe qui*, et que cette naïveté et cette innocence avaient été terriblement attirantes. Et maintenant elle avait la moitié de son fric et la moitié de ses couilles et la moitié de tout le reste. Il repensa alors à l'autre, la femme d'avant. C'était elle qui avait l'autre moitié, mais ça, c'était également une autre histoire. Et Madigan ? Il n'avait rien. C'était comme s'il avait commencé avec rien, et qu'il en était toujours à peu près au même stade. Tout ça à cause d'elle. À cause d'elles deux. Et des autres. Toutes les mêmes. Et, bordel, il se sentait vraiment trop con.

Après avoir parcouru un block et demi dans la Bowery, Madigan n'arriva plus à voir la route. Il se gara, descendit de voiture et tenta de se tenir droit, mais en vain. Il alla s'étendre sur la banquette arrière, mais il avait l'impression que le plafond descendait sur lui pour le broyer. Du coup, il se redressa, et c'est alors qu'il sentit qu'il allait être de nouveau malade.

Il sortit et s'appuya à un réverbère, puis il vomit bruyamment dans le caniveau. Une femme le regarda comme si c'était un clodo. Il lui lança : « Allez vous faire foutre, madame », et lui coupa le sifflet. Elle s'éloigna vivement sans se retourner. Il leva les yeux, vit la façade du Rodeo Bar, et il se souvint de cet endroit. À l'intérieur, il y avait un comptoir fabriqué à partir d'un bus. Il y avait vu une chanteuse quelque temps auparavant. Sexy. Avec une voix de fumeuse comme Billie Holiday. Ingrid quelque chose. Un nom aux sonorités italiennes. Ingrid Lucia. C'était ça. Bon Dieu, il était où maintenant ? À Murray Hill ?

Au bout de quelque temps il se sentit mieux et s'estima en état de rouler en ligne droite. Il remonta en voiture, s'éloigna du trottoir et roula un bon moment. Puis il se rappela où il allait et tourna. Des endroits où se rendre. Des gens à voir. Des choses à faire. Des choses importantes. La plupart des choses dans la vie ne valaient pas un clou. Toutes les bonnes choses étaient planquées. Il fallait les chercher longtemps, et quand on les trouvait on n'était jamais sûr que c'était ce qu'on cherchait vraiment. Et on prenait conscience de leur valeur une fois qu'elles avaient disparu. C'était comme si la vie cherchait juste à vous en faire baver.

Six blocks plus loin, Madigan arriva à destination. Il restait un fond de coke dans un pochon en papier dans la boîte à gants. Il le chercha et le trouva. Puis il s'humecta le doigt, en préleva l'essentiel, et se la frotta sur les gencives. Il attendit un moment, puis il se sentit mieux – comme s'il revenait à la vie. Il ouvrit la portière, descendit, marcha jusqu'à la porte de l'entrepôt et frappa. On lui ouvrit et il entra.

« Salut, Groucho », dit Chico.

Madigan lui adressa un salut de la tête.

« Tout le monde est là ?

— Harpo, oui, mais pas Zeppo. Il a appelé. Il arrive dans cinq minutes.

— Ça ira », répondit Madigan.

Il ôta sa veste et traversa la pièce jusqu'à l'endroit où Harpo attendait de tout passer une fois de plus en revue dans le moindre détail. Il devait en être ainsi. Tout était dans les détails. Le diable était dans les détails.

« Groucho, dit-il.

— Harpo », répondit Madigan.

Madigan connaissait leur nom. À tous les trois. Eux ne connaissaient pas le sien. Il savait tout sur eux. Eux ne savaient rien en retour. C'était ça l'avantage, la quinte flush royale contre une paire de valets, le brelan d'as contre une combinaison pourrie. Ils ressemblaient à ce à quoi ressemblaient toujours ce genre de types. Ils avaient passé leur temps en taule à faire du sport, à prendre du muscle, et une fois dehors ils avaient laissé tomber. Ils fumaient trop, buvaient trop, maintenaient un niveau minimum d'hygiène personnelle. Ils seraient tous passés inaperçus dans une foule – taille moyenne, cheveux sombres, bien rasés –, mais ce qu'ils étaient vraiment se lisait dans leur regard.

Madigan s'assit sur la chaise et ferma un moment les yeux.

« Ça va, mec ? » demanda Harpo.

Madigan releva la tête et sourit.

« Je veux qu'on en finisse, dit-il.

— C'est pour demain, déclara Harpo.

— Je sais que c'est pour demain, répondit Madigan. Mais je veux en finir tout de suite. Cette attente à la con est… est…

— À la con ? » hasarda Harpo.

Madigan sourit.

« À la con, oui », dit-il.

Il fuma sa cigarette et attendit Zeppo – alias Laurence Fulton, une belle ordure qui avait pris entre trois et cinq ans dans l'État de New York pour vol de voiture, avait purgé une peine quelque temps auparavant, et en avait une autre en instance chez le procureur pour complicité de vol à main armée ; un homme avec plus de couilles que de bon sens, un type au tempérament incontrôlable. Le plus important, c'était l'accusation de viol. L'accusation de viol qui n'avait pas tenu. Sa parole contre celle d'une Latino de treize ans originaire d'East Harlem. Fulton était toujours en retard. Toujours en train de s'excuser. *Ma gonzesse ceci, ma gonzesse cela.* Toujours les mêmes bobards de la part de gens qui avaient passé leur vie à raconter des bobards. Bon sang, mais qu'est-ce qu'ils croyaient ? Que les autres avaient un appétit insatiable pour ce genre de craques ?

Madigan laissa tomber sa cigarette par terre. Il l'éteignit du talon puis plaça le mégot dans sa poche de veste. Ne rien laisser derrière. Ni empreintes, ni canettes de bière, ni emballages de nourriture, rien. On est venus ici, puis on a disparu. Disparu comme des fantômes. Et cet endroit était tellement éloigné de ses repaires habituels qu'ils pourraient chercher pendant des mois sans rien trouver. C'était comme chercher de l'air dans un sac en papier ; on sait qu'il est là, mais on ne peut pas le voir.

Fulton arriva. Il commença à raconter Dieu sait quoi en guise d'excuse pathétique, mais Madigan n'écoutait pas. Ils s'assirent tous les quatre autour de la table toute simple au milieu de l'entrepôt et sortirent le plan de la maison, le plan de la rue, le plan du parc et du pâté de maisons alentour. Puis ils passèrent tout en revue une fois de plus, et encore une fois pour se porter chance. Madigan estima alors qu'ils étaient assez au point.

Il les regarda tous les trois – Laurence Fulton, Chuck Williams, Bobby Landry. Si vous imprimiez leurs casiers et les mettiez bout à bout, vous auriez de quoi tapisser un duplex. Fulton et Landry étaient tombés deux fois, Williams une seule. Ils étaient tous trois – entre autres choses – des délinquants sexuels, du genre qui glissaient comme de l'huile sur du verre. Rien ne tenait jamais. Ces affaires étaient les plus difficiles à faire condamner, les plus faciles à défendre. Ces trois-là étaient plus bas que tout, la lie de l'humanité. C'était pour ça qu'il se servait d'eux. S'ils y laissaient leur peau, personne ne les regretterait, tout le monde aurait à y gagner. Et Madigan lui-même ? Il n'avait jamais fait de prison et comptait continuer comme ça. S'il finissait en taule, avec ce qu'il savait, il était mort, ça ne faisait aucun doute. Fulton et Landry prendraient tous deux perpète s'ils se faisaient pincer, même si Fulton jouait plusieurs divisions au-dessus de Landry. Landry était dangereux, imprévisible, voire psychotique. Mais Fulton ? Fulton était un véritable sociopathe. Bon sang, tous deux prendraient perpète si les choses tournaient mal. C'était le genre d'opération qui entraînerait la mort de bon nombre de personnes sur place. Ils auraient quelques minutes pour entrer et sortir. Dès que les coups de feu retentiraient, des soldats pourraient débouler de tous les côtés. Les silencieux étaient hors de question, même faits maison. Il valait mieux que ce genre de raid fasse du bruit. La surprise jouait en votre faveur. Au moins, il n'y aurait pas de flics, pas cette fois. Ils n'arriveraient que plus tard. Mais bon sang, pour s'imaginer qu'un plan *quel qu'il soit* était assuré de fonctionner, il fallait être complètement à côté de ses pompes. C'était ça, le truc : si vous anticipiez tout ce qui pouvait aller de travers, vous augmentiez vos chances que ça se passe bien. Et si ça tournait mal, alors Madigan savait que sa misérable vie appartiendrait à l'histoire. Le butin, c'était cinquante mille billets par tête, peut-être soixante-quinze mille. Dès qu'ils seraient à l'intérieur, ils devraient se précipiter sur ce fric comme des mouches sur de la merde. Si l'argent leur échappait, ils étaient baisés. C'était pour ça que le timing était essentiel. C'était le deal. Foirez le coup et vous finirez dans un trou encore plus profond que l'enfer. Près d'un quart de million serait livré dans une maison proche de l'angle de la 1re Avenue et de Paladino à 10 heures du matin, le mardi 12, et Vincent Madigan, Laurence Fulton, Chuck Williams et Bobby Landry tenteraient de piquer cet argent à 10 h 5. À 10 h 10 ils devraient avoir mis les voiles. Madigan avait besoin de ce fric pour les avocats. Il devait plus de vingt mille dollars rien qu'en pensions alimentaires. Et il y avait Sandià. C'était ça, le plus ironique. Il pouvait donner dix mille dollars aux avocats et les faire patienter quelques semaines de plus, mais il devrait filer tout le reste à Sandià. Voilà où irait sa part. Quarante mille dollars sur une dette de soixante-quinze mille. M. Sandià – usurier, bookmaker, dealer, maquereau, Roi d'East Harlem et Personnalité de l'Année pour l'ensemble de son œuvre. Comme ce plan avec Bernie Tomczak plus tôt dans la matinée – traquer les autres débiteurs de Sandià permettait à Madigan de gagner du temps, mais ça ne lui valait pas une ristourne. Et si le braquage de la maison lui retombait dessus, Madigan se retrouverait dans une merde sans nom. Il se représentait le tête-à-tête qui aurait alors lieu entre Sandià et lui.

Vincent... je sais que c'était toi. J'en ai la preuve. Tu as tué mes hommes et tu as volé mon argent pour me rembourser ta dette. Tu m'as remboursé avec mon propre argent. Et ne m'insulte pas en niant. Dis-moi la vérité et je te tuerai rapidement. Mens-moi et je te ferai torturer pendant un mois.

Madigan regarda les hommes autour de lui. Trois mercenaires pédophiles sortis de la prison de Leavenworth pour une permission d'une journée, histoire de s'envoyer du whiskey bon marché et des putes encore meilleur marché. Voilà ce qu'il avait. On ne pouvait guère faire pire.

« Donc, c'est bon, déclara Fulton. On est ici à 8 h 30 précises, et on part à 8 h 40. À 9 h 30 maxi on est au coin de la 1re Avenue et de la 124e Rue, puis on attend jusqu'à voir le fric entrer dans la maison. » Il sourit. « Et alors, mes amis, c'est à nous de jouer. »

Williams enfonça la main dans son sac, en sortit une bouteille de whiskey et quatre gobelets en plastique. Il partagea la bouteille entre les gobelets et les passa à la ronde.

« À Joe DiMaggio, dit Madigan.

— Joe DiMaggio ? », demanda Landry.

Madigan sourit.

« Un type qui peut réussir autant de *home runs* et se taper une nana comme Marilyn Monroe mérite un toast chaque fois que je bois un coup. »

Landry sourit à son tour.

« À Joe DiMaggio. »

Ils burent. Les gobelets et la bouteille retournèrent dans le sac de Williams. Madigan fut le seul à prendre soin d'essuyer son gobelet avant de le rendre à Williams.

« On en a fini », annonça-t-il, et il se leva.

Il essuya la chaise, le bord de la table, tout ce qu'il avait touché. Il fit ses adieux et sortit pour regagner sa voiture. Il chercha pour voir s'il restait de la drogue dans la boîte à gants ; il n'y avait rien qu'un demi-comprimé blanc qui aurait pu être de l'aspirine, de la benzédrine, ou n'importe quoi d'autre pour ce qu'il en savait. Il le toucha du bout de la langue. Plus que probablement de la benzédrine. Du coup il le goba à sec. Soit ça le ferait planer, soit il y perdrait un mal de tête, dans un cas comme dans l'autre, ça lui allait.

Il roula un moment puis se gara devant un buffet chinois à volonté et regarda dans le rétro. Depuis combien de miroirs dans combien de toilettes de combien de bars ce visage éreinté lui avait-il retourné son regard ? Trop ? Ou pas assez ? Autrefois, peut-être longtemps auparavant, il avait été beau gosse, avec un sourire tordu et une sorte de charme dans les yeux. Mais maintenant, tout ce qu'il voyait, c'était son autre facette, la facette la plus sombre, celle qu'il cachait au monde. Peut-être qu'il s'enfermerait dans une chambre de motel et picolerait à en crever. Peut-être que ce serait plus simple.

Madigan sourit intérieurement.

« Connard », dit-il à son reflet, et il démarra et s'écarta du trottoir.

Il eut soudain faim – faim de mauvais hamburgers et de frites grasses.

2

Walkin' With The Beast

Des choses se produisent. Pour la plupart mauvaises. Trop pour s'en souvenir. Vous oubliez les détails, évidemment. Les détails sont sans importance jusqu'à ce qu'ils en prennent, et alors ils deviennent vitaux. Une question de vie ou de mort. Le fait qu'on en soit là où on en est ne peut jamais être attribué à une seule chose. La destination ne dépend jamais d'une seule facette du voyage, et si on parle de la vie, la destination qu'on avait prévue n'est de toute manière jamais celle où on arrive. Et ce n'est jamais une seule chose qui nous fait perdre le contrôle, qui fait que notre vie nous échappe. S'il n'y avait qu'une seule raison, alors peut-être qu'on pourrait revenir en arrière et tout réparer. C'est ce qu'on se dit sans cesse. On se le repasse en boucle, comme une vidéo ou quelque chose. Mais ce n'est pas si simple. Rien n'est aussi simple. Quand on regarde attentivement, même les choses les plus simples sont bien plus compliquées qu'elles n'y paraissent initialement.

Les événements nous confèrent une sale couleur. Et il faut plus qu'une prière et une promesse pour nous faire perdre cette couleur. Tout ça souille notre âme. Ça va même plus profond encore. Et pendant un moment on peut se torturer l'esprit à se demander comment revenir en arrière et tout réparer. La drogue, l'alcool, les femmes et les gamins qu'on a foutus en l'air. Et alors – de façon presque imperceptible –, on commence à se demander si on ne peut pas plutôt avancer et passer de l'autre côté. Ça commence à faire sens. On ne peut pas descendre des montagnes russes en plein vol. On n'en sortirait jamais indemne si on sautait. Mais peut-être qu'il y a un terminus. Ou peut-être qu'on peut faire en sorte que ça s'arrête. Et alors on pourra descendre.

Tout bien considéré, le profilage est un mensonge. C'est du pipeau. Je ne suis ni un raté ni un solitaire. Je n'habite pas chez ma mère. J'ai été marié deux fois. J'ai eu quatre enfants avec trois femmes différentes. Je suis fertile, concentré, et en ce moment – à cet instant précis – je suis foutu. Je suis surpris chaque matin en me réveillant de m'apercevoir que personne ne m'a tué. Je peux raconter un mensonge différent avec chaque côté de ma bouche au même foutu moment. J'ai vu une fille mourir il y a trois semaines. Je savais qu'elle faisait une overdose, et je ne pouvais rien faire. Je savais qu'elle ne tiendrait pas jusqu'à son arrivée à l'hôpital, je savais que je ne pouvais pas la sauver, et c'est ce genre de truc qui me pousse à me demander ce qui cloche dans ce monde. Personne n'en avait rien à foutre d'elle. Ni son dealer, ni son maquereau, ni sa mère ou son père ou ses frères et sœurs. Et parfois je me demande si je vais crever comme ça – oublié, inconnu, quantité négligeable. C'est le genre de truc qui me file des cauchemars, et, comme dit Tom Waits, il faut un sacré paquet de whiskey pour les faire partir. Et des cauchemars, j'en fais. Beaucoup. Et ils sont de pire en pire. Je dois faire ce coup avec ces trois cinglés demain. Je dois mettre la main sur ce pognon et faire en sorte que Sandià me lâche la grappe. Je dois régler cette histoire de pension alimentaire avec les avocats, et après ce sera bon. Je me rangerai. Je m'achèterai une conduite. Je boirai du jus de carotte, je prendrai des vitamines, je mettrai la pédale douce sur la picole, et j'arrêterai de gober de la benzédrine comme des bonbons. Je me trouverai une nana, une nana sympa, et tout roulera. J'aurai un peu d'argent en poche, et on sera peinards. Voilà comment ce sera.

Je pense à tout ça, puis je me demande : tu te fous de la gueule de qui ? Tu crois que tu vas tromper qui que ce soit avec ça, surtout toi-même ? T'es qu'un pauvre abruti. Bon sang, tu serais pas foutu de vider la pisse d'une chaussure si les instructions étaient inscrites sur le talon. Cinq minutes en ta compagnie constitueraient le meilleur argument possible en faveur de la stérilisation obligatoire.

Alors je prends deux cachets de benzédrine, peut-être un Adderall et de la désoxyne – tout ce que je trouve – et tout reprend vie. Je vois les choses d'un œil différent, et je me dis : rien à foutre, ça va bien se passer. J'équilibre le tout avec un peu de Klonopin et un Xanax ou deux, et les choses commencent à faire sens. Elles commencent à paraître moins fracturées, plus simples. Je vais aller boire quelques coups. Peut-être à la Cedar Tavern, où ils ont ce vieux bar qui a été sauvé de l'hôtel Susquehanna. J'irai traîner avec les fantômes de Ginsberg et Kerouac et Vincent O'Hara, et après je roulerai jusqu'au Bridge Café pour manger du crabe à carapace molle et de l'onglet... Le monde semble à coup sûr sacrément différent après ça.

Voilà ce que je vais faire ce soir, mais je vais garder le Jack Daniel's – aussi bon ami soit-il – à distance. Car demain je vais avoir besoin de toute ma tête. Demain, ce sera le jour où tout va commencer à pivoter à cent quatre-vingts degrés et à aller dans la bonne direction.

Il le faut.

Juste cette fois, il le faut.

3

Like Calling Up Thunder

L'intérieur de la camionnette Ford Econoline E-250 empeste comme un vestiaire d'après match par un chaud après-midi. Ça fait près d'une heure que quatre hommes y transpirent, de l'autre côté du croisement, sur la gauche, invisibles depuis le bâtiment. Vincent Madigan est à l'avant, côté passager ; Bobby Landry est au volant ; Laurence Fulton et Chuck Williams à l'arrière. Landry restera dans le véhicule, laissant tourner le moteur. Vincent Madigan mènera l'assaut. Ils pénétreront par la fenêtre du premier étage à l'arrière, déferlant comme une vague de choc et d'effroi. C'est la meilleure tactique. Le seul moyen de réussir le coup. Les autres ne s'y attendront pas, et cet élément de surprise sera leur seul avantage. Madigan a un Mossberg trois pouces à canon scié dans un holster d'épaule sous son pardessus, et un calibre .44 à l'arrière de son pantalon. Williams a un M-16 dans un sac en toile. Fulton n'aime pas les canons longs et il a opté pour un .45 et un .38. Ça va faire beaucoup de bruit. Et ils comptent ne laisser aucun témoin.

En se fiant à ses estimations, à son expérience, à ce qu'il a déjà observé, Madigan s'attend à ce qu'il y ait quatre hommes dans la maison. Ce n'est pas l'arrière de la maison qu'ils surveilleront. Ils surveillent toujours l'avant. Ils auront les yeux rivés sur l'argent, et quand l'argent sera monté à l'étage, alors – et seulement alors – ils surveilleront l'arrière. Ces types sont peut-être des durs, mais ce ne sont pas des flèches. En plus, comme Sandià possède tout le quartier, aucune personne sensée n'aurait l'idée de le voler…

Mais Madigan n'a aucune marge de manœuvre ; les situations désespérées exigent des mesures désespérées.

Madigan, Fulton et Williams seront sur le toit de la remise avant même que la livraison soit effectuée. Celle-ci est attenante à la maison et son toit est situé un mètre sous la fenêtre, pas plus. Les choses vont se dérouler de la manière suivante : Landry sera dans la rue. Il verra l'argent entrer par la porte de devant. Il appellera Madigan sur sa radio, et Madigan, Fulton et Williams entreront par la fenêtre du premier quand l'argent arrivera en haut de l'escalier. Les quatre sbires tomberont sous un déluge de balles, et les braqueurs ressortiront par là où ils sont entrés, emprunteront l'allée qui borde la maison, grimperont dans la camionnette et prendront la fuite. Cinq minutes maxi.

Madigan ferme les yeux. Il ressent l'excitation. Comme un coup de poing au fond des tripes. Si tout se passe bien, il pourra peut-être s'en sortir. Si ça foire, alors il n'a aucune chance, qu'il ressorte de la maison ou non. S'il ne se fait pas choper par la police, c'est Sandià qui le retrouvera. Et alors il y aura l'inévitable conversation, et Sandià le torturera pendant un mois avant de déposer son cœur dans une boîte sur le trottoir devant l'appartement où vivent ses enfants. Voilà ce que Sandià fait. Voilà le genre d'homme qu'il est.

Landry serre le volant. Les jointures de ses doigts sont blanches. Madigan l'observe un moment, puis il jette un coup d'œil par-dessus son épaule en direction de Fulton et Williams. N'importe quel autre jour, il casserait la gueule à ces types pour récupérer l'argent qu'ils doivent à Sandià. Mais aujourd'hui ? Non, pas aujourd'hui. Aujourd'hui, c'est différent.

« On y va », dit doucement Madigan.

Il règne une telle tension et une telle anticipation dans la camionnette qu'ils auraient saisi le message même s'il s'était contenté de le penser.

Fulton ouvre la portière arrière.

Williams est le premier dehors. Jean bleu, chaussures de chantier beiges, blouson noir avec le col relevé pour se protéger du froid. Il porte le sac sur son épaule. Tout est dans ses yeux, dans son langage corporel, dans sa démarche – la peur, mais aussi le *besoin* de ressentir cette peur.

Madigan adresse un hochement de tête à Fulton. Ce dernier serre les deux poings comme pour dire *Je suis prêt*, puis il sort à son tour. Il suit Williams, marchant à pas plus de trois mètres derrière lui. Madigan attend cinq bonnes minutes. Il leur laisse le temps de faire le tour du pâté de maisons, puis de longer l'allée qui borde le bâtiment pour atteindre l'arrière.

« Quoi qu'il arrive, dit Madigan à Landry, quoi que tu entendes, quoi que tu croies qu'il se passe là-dedans, tu ne pars pas tant que je ne suis pas revenu. Je me fous que Zeppo revienne avec la moitié de la tête arrachée. Je me fous que la moitié du Costa Rica ressorte de cette baraque avec la tête d'Harpo sur une pique et ses couilles dans un sac en papier. Tu ne vas nulle part tant que je ne suis pas revenu. C'est pigé ?

— Eh… », commence Landry, et il sourit.

Il a déjà fait ce genre de chose. Il connaît la musique. Il sait que ce qui est *censé* se passer et ce qui se passe *vraiment* sont parfois aussi opposés que le nord et le sud.

« Eh rien, dit Madigan. Tu te contentes de dire : "Oui, monsieur Groucho." C'est tout ce que je veux entendre pour le moment. »

Landry acquiesce.

« J'ai compris, vieux. Je sais ce que j'ai à faire. »

Il ponctue sa phrase en tapant deux fois sur le volant, puis il l'agrippe de nouveau comme si c'était tout ce qui le raccrochait à la vie.

« Donc on est bons ?

— On est bons, mec. On est bons. »

Madigan passe la boucle en cuir du Mossberg par-dessus son épaule et boutonne son pardessus. Il actionne le levier et la portière s'ouvre. Il sort, se tourne une dernière fois vers Bobby Landry. C'est un jeune type de vingt-cinq ans seulement. Une légère couche de sueur recouvre son front.

Madigan referme la portière et commence à marcher. À l'angle de la rue, il regarde derrière lui. Le seul indice révélateur est le faible nuage de fumée qui sort du pot d'échappement de la camionnette. Dans ce quartier ? Quelqu'un assis dans un véhicule avec le moteur qui tourne ? Eh bien, cette personne est à coup sûr sur le point de faire quelque chose qui ne plaira pas à tout le monde.

Madigan adresse un dernier hochement de tête à Landry, puis il disparaît.

À l'arrière de la maison, Fulton et Williams sont déjà accroupis côte à côte, adossés au mur de la remise. Le toit de la structure est à pas plus de trois mètres du sol. Une simple courte échelle, et ils sont là-haut. Ils restent tous trois assis en silence, et Madigan voit la lueur dans leurs yeux. Il sait qu'il l'a également. Ce n'est pas de la peur, pas exactement. Peut-être que c'est ce mélange de peur, d'excitation et d'anticipation qu'on éprouve quand on sait qu'on risque sa peau. Madigan l'a ressenti tellement de fois que c'est comme s'il faisait partie de la famille. C'est une chose que les gens ordinaires ne comprendront jamais. Vous pourriez lui donner un nom, le meilleur putain de nom du monde, et ils ne comprendraient toujours pas. Pas même les soldats, parce qu'ils ne se battent pas contre deux ennemis. Alors que Madigan fait face aux hommes de Sandià et à la police. La *po-lice*. Baisé d'un côté comme de l'autre.

Il respire profondément. Il fait froid. Il expire et regarde son souffle se dissiper. Son pouls est régulier et le sang dans ses veines est aussi fluide que de l'eau. Il a gobé deux Dexedrine plus tôt. Ça lui a donné un petit coup de fouet. Il va bien. Il a une sensation d'équilibre. Il a pris juste ce qu'il fallait, et tout roule.

Il vérifie la radio. Il ne peut pas manquer le signal que Landry lui enverra depuis la camionnette. Quand l'argent franchira la porte d'entrée, ils seront sur le toit et entreront par la fenêtre. À cet instant précis. Pas avant, pas après. Quand l'argent franchira la porte, tous les yeux seront rivés sur la rue. Personne ne regardera dans leur direction. Ces types ne sont pas si doués que ça. Et s'ils sont repérés depuis une maison qui fait face à l'arrière du bâtiment… eh bien, dans ce quartier, personne ne dira rien. Pas un mot. Et vous pouvez être sûr que personne n'appellera la *po-lice*. Ici, ça ne se passe pas comme ça. Nous ne sommes pas à Gramercy Heights ou à Chelsea. Nous sommes à East Harlem. Faites-vous une raison, enfoirés ; la seule manière de se tirer d'ici, c'est dans une bagnole de police, ou dans le fourgon du légiste.

Fulton s'apprête à parler, mais Madigan le fait taire en secouant la tête. Williams a étalé le sac à ses pieds. Il est ouvert, et Madigan voit l'éclat terne du canon du M-16. Fulton est un tueur, et Williams n'en est pas loin. Ils veulent du sang et du chaos. Aucune classe. Aucune subtilité. Ils veulent voir les gens exploser. Un feu d'artifice dans une boucherie. Et quand ils en auront fini, ils voudront se taper des adolescentes. Voilà le genre de types qu'il fréquente désormais.

La radio émet un crépitement, mais c'est juste un parasite. Il vérifie le volume, la petite lumière rouge en haut. Williams tend instinctivement le bras vers le M-16. Il y a de l'électricité dans l'air. Il sent son goût cuivré au fond de sa gorge.

Madigan raffermit sa main. Williams ferme les yeux et retient son souffle l'espace d'une seconde.

Une goutte de sueur perle à la naissance des cheveux de Madigan et ruisselle sur son front. Il l'essuie.

« Ça fait chier, lance Williams d'une voix sifflante, laissant s'exprimer sa nervosité contenue.

— Du calme, du calme », dit Fulton.

Madigan se tourne vers lui, et derrière la lueur dans ses yeux, il voit ce qui les pousse à faire ça. La *faim*. Il n'y a pas d'autre mot. C'est une faim, un besoin, une raison de vivre. La plupart du temps, c'est une raison de mourir, mais en attendant ils sont comme ça. Ils ne s'aplatissent devant personne. Ils ne respectent que les gens de leur espèce, et même alors, c'est à contrecœur qu'ils accordent leur respect. Ils incarnent à la perfection le genre de types qui feraient une chose aussi stupide que braquer l'un des repaires de Sandià. C'est la deuxième raison pour laquelle Madigan les a choisis.

Lorsque Bobby Landry vit la Chevrolet Caprice cabossée se garer devant la maison, il ralentit intérieurement. Tout devint silencieux. Il tint un moment la radio dans sa main, puis il la porta à sa bouche. Son doigt hésita au-dessus du bouton. Il observa attentivement. Il s'était attendu à une voiture discrète, une bagnole qui n'aurait retenu l'attention de personne, mais ils poussaient les choses à l'extrême. Il ne pouvait s'agir que d'une bande de junkies costaricains après un gros coup.

Il respira lentement. Le timing était essentiel. Si l'équipe pénétrait à l'arrière de la maison avant que l'argent soit arrivé, ils étaient foutus. S'ils entraient trop tard, ils étaient également foutus.

S'ils avaient su qui était là, ça les aurait aidés. N'importe quel membre du gang de Sandià pouvait participer à la livraison. Et Sandià n'était pas à court de mules, ni de porteurs, ni de soldats.

Trois hommes descendirent de la Caprice. Deux traversèrent le trottoir et se tinrent au portail. Le troisième s'attarda auprès de la voiture. Ils scrutaient la rue, c'était évident. Si un quatrième homme sortait, et si ce quatrième homme portait un sac en toile, une mallette, un sac à dos – n'importe quoi qui aurait pu contenir un quart de million en coupures usagées –, alors Landry alerterait par radio l'équipe à l'arrière de la propriété.

Il retint son souffle. C'était bon. Ils y étaient. Le moment était venu. Ici et maintenant.

L'homme à côté de la Caprice se pencha pour parler à quelqu'un dans la voiture. Le quatrième type sortit alors lentement, regardant derrière lui, aux aguets, et lorsqu'il fut debout à côté du véhicule, Landry vit le sac.

Voilà.

En avant la musique.

Il enfonça le bouton de sa radio.

Madigan était debout, dos au mur, le côté de son visage contre le bord gauche de la fenêtre. Williams se tenait sur sa droite, et Fulton était de l'autre côté. À travers la vitre, Madigan cherchait un signe indiquant que la porte au pied de l'escalier intérieur avait été ouverte. Il était déjà entré dans cette maison. Il connaissait suffisamment bien les lieux. La porte d'entrée donnait sur le couloir du rez-de-chaussée. L'escalier se trouvait moins de six mètres plus loin et montait en ligne droite jusqu'au premier étage. La fenêtre faisait face à un angle dans l'escalier. Depuis cette position, il verrait la lumière de la rue lorsque la porte s'ouvrirait, il la verrait disparaître lorsque la porte serait refermée derrière l'équipe de livreurs, et alors ils commenceraient à gravir l'escalier. Un homme devant, le porteur derrière lui, les autres fermant la marche. À travers la fenêtre, le Mossberg de Madigan réglerait son compte au premier homme, peut-être au porteur. Dans la confusion générée par l'attaque, ils devraient entrer tous les trois par l'ouverture et descendre ces connards avant qu'ils aient le temps de réagir. Madigan comptait sur l'étroitesse de l'escalier, sur le fait que les deux hommes de devant tomberaient à la renverse sur les autres. Surprise et gravité. Choc et effroi. Des corps en mouvement, puis immobiles.

La lumière apparut.

Madigan entendit même des voix.

Il tendit la main droite et retint une fois de plus Williams. Il adressa un hochement de tête à Fulton, qui semblait avoir le feu aux tripes. Il tenait le .45 dans une main, le .38 dans l'autre. Un putain de cow-boy.

L'équipe de livreurs commença à monter l'escalier. L'homme qui ouvrait la voie avait gravi huit ou dix marches lorsque la porte se referma en bas. Une marche de plus, une seconde de plus, et Madigan se tourna, le Mossberg devant lui tel un prolongement de son corps. Son doigt pressa la détente, la culasse revint à sa place deux fois, trois fois, la fenêtre explosa vers l'intérieur.

La première rafale arracha le visage du type. Madigan l'atteignit juste sous le menton, mais la trajectoire allait légèrement vers le haut. En entendant la déflagration, le type avait instinctivement penché la tête en arrière, si bien que son visage s'était retrouvé parallèle à l'angle de tir. La plupart de ses traits arrosèrent le plafond avant qu'il comprenne ce qui s'était passé.

Son poids, le fait qu'il tomba en arrière sur le porteur, l'étroitesse de l'escalier – tout ça joua en faveur de Madigan. Il pénétra par la fenêtre dévastée et tira quelques balles supplémentaires dans l'enchevêtrement de bras et de jambes avant qu'un seul des hommes ait le temps de produire une arme, et encore moins de faire feu.

Fulton et Williams entrèrent à sa suite, et ils déversèrent à eux trois un déluge de balles suffisant pour décimer non seulement les quatre hommes entassés au pied de l'escalier, mais aussi l'escalier lui-même, la rampe, et la plus grande partie du couloir au rez-de-chaussée. Plâtre et fragments de bois, morceaux de maçonnerie, moquette, sang et os, chair et dents, et la fumée, le bruit, les hurlements des hommes sous eux. Une nouvelle journée en enfer. C'était du tir aux pigeons. Un massacre.

Madigan ne cessa de tirer que lorsqu'il fut à court de balles.

Fulton et Williams l'imitèrent.

Le silence était surnaturel, bien plus troublant que la guerre qui venait d'avoir lieu. De la fumée flottait, formant un épais voile au-dessus d'eux. L'odeur de sueur, de cordite et de sang était suffisamment puissante pour qu'ils en sentent le goût dans leur bouche.

Madigan descendit timidement, posant les pieds sur le bord des marches en espérant qu'elles ne céderaient pas sous son poids. L'idée d'atterrir dans la zone de désastre à peine trois mètres plus bas était… Disons qu'ôter des morceaux de Portoricains des semelles de ses chaussures n'était pas ce qu'il avait prévu pour ce mardi après-midi.

Williams, usant de bon sens, s'allongea sur le palier et se pencha vers Madigan. Il tendit une main, que Madigan agrippa. Depuis le milieu de l'escalier, il pouvait atteindre le sac, mais celui-ci était sous les cadavres, et il mit un moment à le dégager. L'une des anses était cassée, le sac était percé en de nombreux endroits et aspergé de sang, mais les corps avaient fait office de bouclier et il était en remarquablement bon état au vu de ce qui venait de se passer.

Madigan le souleva par l'anse qui était demeurée intacte, et Williams l'aida à regagner le palier.

Une fois en haut, Madigan prit une seconde pour vérifier le contenu du sac. D'épaisses liasses de billets de cent et de cinquante. Apparemment beaucoup plus que ce qu'il avait anticipé. Il sourit intérieurement, mais ne laissa rien paraître à Fulton et Williams.

« Allez-y », murmura-t-il, accompagnant son ordre d'un geste de la main.

Il les suivit jusqu'à la fenêtre, pleinement conscient qu'ils n'entendraient rien clairement pendant un moment. Dans ses propres oreilles le sifflement était intense, presque assourdissant.

Ils sortirent, traversèrent le toit de la remise, descendirent dans l'allée et regagnèrent la rue en moins de trente secondes.

La camionnette était déjà prête à partir quand ils l'atteignirent. Madigan monta à l'avant avec le sac, Fulton et Williams, à l'arrière avec les armes.

Landry parcourut les trois cents premiers mètres à vive allure, puis il atteignit la 1re Avenue et ralentit. Il prit la direction du sud-ouest, emprunta une route parallèle à la FDR Drive, respectant les limitations de vitesse, roulant tranquillement. Lorsqu'il croisa la 117e Rue Est, il commença à se détendre. Pas de sirènes. Pas un bruit. Personne en train de les suivre.

« OK, on va où maintenant ? demanda-t-il à Madigan.

— On change de véhicule près de l'hôpital Metropolitan. Il y a une allée qui part de la 109e Rue Est. Roule jusqu'au croisement avec la 2e Avenue et je t'indiquerai le chemin. »

Madigan jeta un coup d'œil par-dessus son épaule. Fulton et Williams souriaient comme des cinglés faisant la queue pour leurs médicaments.

Tout se passait comme sur des roulettes. Comme dans un rêve.

Une demi-heure de boulot pour plus d'un quart de million.

Il serrait le sac sur ses cuisses. Il sentait les liasses à l'intérieur. C'était sa porte de sortie. Les avocats, Sandià, tous ceux qui lui suçaient le sang, ils appartenaient à l'histoire. Rock and roll, enfoirés… Rock and roll.

4

Shame And Pain

Mon cœur fonce comme un train. Celui de 4 h 15 à Grand Central. J'ai le sac sur les genoux. Mes mains sont moites. Je pourrais étrangler quelqu'un pour deux Mandrax. Deux petits verres de Jack. N'importe quoi.

Bon Dieu.

La manière dont ces types ont explosé dans l'escalier. C'était un massacre, pas d'autre mot pour le décrire. Ils ont même pas eu le temps de voir nos visages. Celui qui était devant, je l'avais déjà vu. Je connais sa tête. Je l'ai vu avec Sandià.

Je n'ose pas tendre les mains devant moi. Elles tremblent. Je le sens tandis qu'elles s'agrippent au sac. Je sens l'argent à l'intérieur. Comme la liberté. C'est comme la liberté. Peut-être.

Landry roule à une allure régulière – pas trop vite, pas trop lentement.

William et Fulton se marrent comme des abrutis à l'arrière. Je voudrais leur coller une beigne pour les faire taire, mais je ne dis pas un mot.

Il me reste juste à atteindre le box de stockage, changer de bagnole, m'éloigner autant que possible de ces types, puis disparaître à... où ça ?

À travers la vitre je vois des rues familières. Nous avons quitté East Harlem et nous dirigeons vers Yorkville.

Mon cuir chevelu me démange. Les paumes de mes mains tremblantes sont moites. Je les regarde. J'ai l'impression qu'elles appartiennent à quelqu'un d'autre. Les mains d'Orloff.

Bon Dieu, je débloque.

Williams rit comme un hystérique. Je me retourne et le regarde un moment. Il a des gosses. Fulton aussi. Mais pas Landry. Aucun d'eux n'est marié. Plus malins que moi à cet égard. Certains mariages fonctionnent parce que chacun pense que l'autre est trop bon pour lui et se demande ce qu'il a fait pour le mériter, vous voyez ? Ils s'obstinent donc à sauver les meubles, et ça fonctionne un moment. Moi ? Bon sang, après avoir percé la surface, quand elles ont vraiment commencé à voir derrière ma façade de charme et de retenue, toutes les femmes avec qui je suis sorti ont vite compris que je ne leur arrivais pas à la cheville. Peut-être que c'était excitant pendant un temps – l'imprévisibilité, le côté dangereux et la rugosité qui se cachaient juste derrière ce fin, fin vernis de respectabilité. Mais le vernis n'a pas tardé à s'user, et qu'est-ce qu'il est resté après ? Il est resté Madigan, Vincent Madigan, et tous les démons des Enfers qu'il traîne dans son sillage.

Bon sang, à quel moment les choses se sont-elles mises à dérailler comme ça ?

Landry dit quelque chose. Je le regarde un moment et attends que ses paroles fassent sens, et alors je comprends...

5

Death Party

« À gauche, dit Madigan, puis un virage serré sur la droite au bout. »

Landry suit les indications et la camionnette vire à gauche, puis à droite au bout de l'allée et s'arrête.

Madigan reste silencieux un moment.

Ils attendent tous qu'il dise quelque chose.

Mais il ne dit rien.

Il ouvre la portière côté passager, descend de la camionnette, marche jusqu'au bout de l'allée et tire un jeu de clés de sa poche. Ce n'est qu'alors qu'il remarque le sang sur sa chaussure droite. Il n'a pas de paire de rechange. C'est idiot. Un manque de préparation. Il va devoir s'arrêter quelque part et s'acheter des baskets ou autre chose, et se débarrasser de ses chaussures au plus vite.

Il ouvre la porte, entre, actionne un interrupteur et attend que le portail du box se lève. La camionnette pénètre lentement dans l'obscurité avant qu'il soit totalement relevé. Une fois à l'intérieur, Madigan referme le portail et allume la lumière. Contre le mur du fond, il y a une berline noire, quelconque et discrète. Sur la banquette arrière se trouvent quatre sacs en toile, tous semblables. Madigan les sort et les pose sur le sol.

« Voyons voir ça », dit Landry.

Madigan retourne le sac et les liasses d'argent en tombent.

Williams siffle.

« Sainte Marie mère de Dieu », murmure-t-il.

Madigan est à genoux. Il éparpille les liasses, les défait, compte les billets de cinquante, de cent et de vingt.

« Séparez-les par valeur, dit-il. Comptez ce que vous avez, et après on partagera. »

Ça leur prend vingt bonnes minutes. Il y a beaucoup d'argent.

« Quatre cent quatre-vingt-cinq mille, conclut finalement Madigan. Ça fait cent vingt et un mille deux cent cinquante chacun.

— Merde, mec, t'as calculé ça dans ta tête ? » demande Williams.

Madigan sourit. Il commence à partager l'argent.

Cent vingt mille dollars. Plus que prévu. Suffisamment pour donner à Sandià la totalité des soixante-dix mille, trente mille aux avocats, et en garder vingt mille. Peut-être qu'il ira acheter une voiture à Cassie pour ses dix-huit ans. Ça les scierait tous.

« T'es aussi heureux que moi, mec ? demande Fulton.

— Je suis heureux », répond Madigan.

Il a l'argent dans son sac. Il se rend à la berline, passe la main par la portière du passager et récupère son pistolet dans la boîte à gants. Il l'enfonce à l'arrière de son pantalon et ajuste son pardessus. Il baisse une fois de plus les yeux vers sa chaussure droite. Il y a vraiment un sacré paquet de sang. Il a dû gicler d'en dessous quand ces pauvres abrutis se sont fait buter. Un vrai carnage.

« Donc, tu te débarrasses de la camionnette, dit Madigan à Landry. Tu l'emmènes très loin. Je suis sérieux. Tu roules cent bons kilomètres hors de la ville. Tu trouves un parking, un endroit énorme sans caméras de surveillance. Tu la gares, t'essuies tout, et tu te tires. Ne t'arrête nulle part en route, ne fais pas d'excès de vitesse, ne te fais pas serrer par les flics, OK ?

— Je sais, mec, je sais. Fais-moi confiance. J'ai déjà fait ça, et j'ai la ferme intention de recommencer. »

Landry regarde Madigan tel un gosse qui vient de se faire réprimander.

« Parfait », dit Madigan.

Fulton et Williams se tiennent près de l'avant de la berline.

« Maintenant les armes, toutes, dit Madigan. Là-bas, près du mur. Je les ferai disparaître. »

Les trois hommes obéissent, jetant leurs armes en tas près du mur opposé.

« Prêts ? demande Madigan.

— Pour une bonne grosse fête, ouais ! » répond Fulton.

Madigan secoue la tête.

« Vas-y mollo, Zeppo. La chose la plus stupide à faire pour le moment, ce serait d'étaler tout ce fric. »

Fulton rit.

« Je crois qu'on peut laisser tomber les surnoms à la con maintenant. Pas toi ? » dit-il avec une lueur étrange dans les yeux.

Madigan ne répond rien.

« Enfin, quoi, mec, on est tous potes maintenant. Frères d'armes, complices et tout le bordel. » Il lance un coup d'œil à Landry. « Moi et Bobby, on se connaît. On a fait un coup ensemble y a quelque temps, et lui, là-bas, ajoute-t-il en désignant Williams, il a certainement pas fait un secret de son nom. Pas vrai, Chuck ? »

Williams a l'air furax. Il secoue la tête en direction de Fulton puis détourne le regard. Il sait que Madigan le fixe, mais qu'il ne peut pas lui tenir tête. Il n'essaie même pas.

« Tu dis des conneries, Zeppo, réplique Madigan. J'ai dit ce que j'ai dit, et j'étais sérieux. Joue pas au con avec moi... »

Fulton lâche un petit ricanement.

« Tu crois que je sais pas qui t'es ? »

Madigan ouvre de grands yeux. Ce n'est pas ce qu'il a prévu, pas ce à quoi il s'attend, pas ce dont il a besoin. Il a conscience du .44 sous sa ceinture, dans son dos.

« Sérieusement, tu crois que je suis pas au courant... que je sais pas qui t'es, que je connais pas ta réputation ?

— Ferme-la, tu veux bien ? lance Williams d'un ton pressant.

— Ouais, ferme-la, répète Landry en écho. On en a fini. On a fait le coup. Maintenant, tirons-nous d'ici. »

Mais Fulton ne lâche pas l'affaire. C'est le coq de la bande. Il se tient tout droit, comme si quelqu'un lui avait enfoncé une tringle d'escalier dans le cul.

« Tu sais qui je suis ? demande Madigan.

— Un peu mon neveu que je sais qui t'es, répond Fulton. T'es Vincent Mad... »

Par la suite, Madigan sera impressionné par sa rapidité. Il a le .44 en main avant même de savoir ce qu'il fait. La balle atteint Fulton à l'abdomen.

Williams et Landry ne bougent pas. Le bruit soudain, la vue de Fulton en train de regarder son bide, la façon dont il se tient toujours là avec son sourire méprisant. Puis le sang se met à couler, et il sait qu'il a un problème, que ce n'est pas son imagination. Il lâche le sac plein d'argent et joint les mains sur son ventre, et il reste planté là pendant une bonne dizaine de secondes avant de finalement pousser une espèce de râle et de tomber à genoux. Il lève les yeux vers Madigan. Il y a toujours de l'incrédulité dans ses yeux. Madigan ne dit pas un mot. Les yeux de Fulton se révulsent, et il tombe sur le côté. Son pied droit est secoué par des convulsions.

Williams se met à hyperventiler.

« Oh merde, merde, merde. Bordel. Bordel… »

Landry s'écarte de l'avant de la voiture. Il baisse les yeux vers Fulton – étendu sur le flanc, désormais immobile, pas le moindre mouvement –, et il dit la seule chose qui lui vient à l'esprit :

« Putain, je sais pas qui t'es, et je veux certainement pas le savoir. »

Madigan regarde Williams, dont la respiration commence à ralentir. Il se calme un peu. Il agrippe les anses du sac comme s'il s'accrochait à une bouée. Il respire fort.

Madigan sait ce qui lui reste à faire. Tout se met en place comme un puzzle. Il marche jusqu'au mur et ramasse le .38 de Fulton. Il le pointe sur Williams.

« Tu sais qui je suis ? » lui demande Madigan.

Williams secoue vigoureusement la tête, mais Madigan sait qu'il ment. Il sait qu'ils mentent tous les deux. Fulton a découvert qui il était, il l'a dit à Williams et Landry, et maintenant il doit régler le problème.

« Tu connais Ben Franklin ? demande Madigan.

— Je connais personne, répond Williams. Je te connais pas, et je connais pas de Franklin. »

Madigan sourit. Ces types étaient vraiment bêtes à bouffer du foin.

« Benjamin Franklin, le président des États-Unis… *Ce* Ben Franklin.

— OK, oui. D'accord… J'ai entendu parler de lui, oui… », dit Landry.

Il recule d'un pas. Il serre le sac contre son torse comme s'il était imperméable aux balles.

« Il a dit un truc très adapté à la situation, poursuit Madigan.

— Oui, OK… OK, mec, répond Williams. Est-ce… Est-ce qu'on peut juste se tirer d'ici maintenant ? Fulton est mort, OK ? C'était un connard, il a ouvert sa gueule d'abruti, et maintenant il est mort. On partage sa part, toi, moi et Bobby… Non, oublie ça. Tu prends la part de Fulton, et on n'en parle plus.

— Tu n'as pas encore entendu ma citation de Ben Franklin », déclare Madigan. Il prend une profonde inspiration. Il ne comprend pas pourquoi il se sent si calme. Il soupèse le .38 dans sa main. « Il a dit qu'un secret entre trois personnes n'était un secret que si deux d'entre elles étaient mortes. »

Landry et Williams mettent une seconde à comprendre la signification des paroles de Madigan.

Une seconde, c'est trop.

Madigan abat Williams en premier, d'une balle en plein cœur. Il se tient suffisamment près pour que la puissance de l'impact le fasse rouler sur le pare-chocs avant de tomber par terre.

Landry semble sur le point de se ruer vers le mur.

Madigan fait un pas en avant et lui tire une balle en pleine face. Ils sont désormais tous les deux morts. Il vérifie leur pouls. Il n'y a rien.

Il rassemble les quatre sacs, en ouvre un, saisit trois ou quatre bonnes poignées de billets et les éparpille par terre. Il retourne le sac et le vide à côté de Fulton.

Madigan essuie les empreintes sur le. 44 et le place dans la main de Williams. Puis il nettoie le .38 et se baisse pour le poser à côté de Fulton.

Ce dernier ouvre les yeux et le regarde.

Madigan sursaute.

Des bulles de sang apparaissent sur les lèvres de Fulton tandis qu'il essaie de parler. Madigan se redresse. Il met le .38 dans sa poche. Il ne peut pas lui tirer une nouvelle fois dessus. Une deuxième balle écarterait toute possibilité que la scène soit interprétée comme il le souhaite. Ça doit être propre, simple, évident. Trois types ont braqué l'une des maisons où Sandià planque sa drogue, puis ils se sont réglé leur compte dans un box près du métro. Trois coups de feu, trois cadavres, affaire classée.

Madigan recule jusqu'à l'Econoline et ouvre la portière. Il s'assied de biais sur la banquette, à trois ou quatre mètres de l'endroit où Fulton gît par terre dans une flaque de sang de plus en plus large. La jambe de ce dernier a un bref mouvement convulsif, et sa chaussure trace un arc de sang sur le béton.

Il tente une fois de plus de parler, des bulles de sang jaillissant de sa bouche et éclatant.

« C'est fini, Larry, déclare Madigan. Je t'emmène nulle part. Tu le comprends, non ? Toi et moi, on va juste devoir attendre ici jusqu'à ce que tu sois mort. »

Les yeux de Fulton se plissent à cause de la douleur qui lui déchire les entrailles. Les blessures au ventre sont les pires – les plus lentes, les plus douloureuses, et les plus difficiles à réparer.

« Tu as été une ordure, poursuit Madigan. Bon sang, on finit toujours par payer, hein ? Je crois que ça pouvait seulement se finir comme ça pour toi. »

Madigan marque une pause, se demandant s'il en ira de même pour lui. Un jour.

Fulton est étendu sur son flanc droit. Il essaie de lever son bras gauche, mais n'en a pas la force. Ses doigts cherchent à toucher quelque chose qu'il ne voit pas. Peut-être tend-il la main vers Madigan dans une ultime tentative désespérée de susciter sa compassion.

Ce dernier ferme les yeux et souffle. L'adrénaline est retombée. Il est épuisé. Il a l'impression que son esprit a été balayé par une terrible tempête.

Il sent le poids du .38 dans sa poche. Il doit le placer dans la main de Fulton et foutre le camp d'ici. Mais il ne peut pas partir tant que Fulton n'est pas mort.

Il se lève. Il observe la scène autour de lui – les corps, le sang, l'argent, l'Econoline. De la dévastation de tous les côtés. Un peu comme sa vie.

Il fait trois pas et s'accroupit à côté de Fulton, prenant soin de ne pas mettre plus de sang sur ses chaussures.

« Putain, mais tu vas crever ? Crève et va en enfer, là où est ta place, espèce de merde. »

Madigan perçoit les mots que Fulton tente de prononcer. Il arrive suffisamment à lire sur ses lèvres pour voir le *va te faire foutre* au milieu du sang.

« Toi aussi, va te faire foutre, Larry. »

La tentation de plaquer sa main sur le nez et la bouche de Fulton et de le laisser suffoquer est très forte, mais il ne doit pas le toucher.

Alors il attend.

La bouche de Larry Fulton s'ouvre et se referme à deux reprises, puis il meurt – ses yeux grands ouverts sont fixés sur Madigan, et la lumière s'éteint derrière.

Madigan tire le .38 de sa poche, l'essuie et le place dans la main droite de Fulton, qu'il décale légèrement et laisse reposer dans un centimètre de sang. Le sang, toujours fluide, se referme autour de la main. La scène est parfaite.

Il passe dix bonnes minutes à essuyer la moindre surface dans l'Econoline, puis il prend place au volant de la berline. Il parvient à contourner la camionnette jusqu'au portail du box. Il examine une dernière fois la scène. Sur le siège passager sont posés trois sacs de sport – plus de trois cent soixante mille dollars en espèces. Il ne sait pas ce qu'il ressent. Il n'a plus besoin de Mandrax. Il s'enverrait bien une Brooklyn Pilsner, un petit verre de Jack, une clope. Ça lui suffirait pour le moment. L'adrénaline a allumé un incendie en lui, et il n'est pas près de s'éteindre.

Huit minutes plus tard, Vincent Madigan prend la direction de Triborough et de sa maison. C'est alors que son téléphone se met à sonner. Lorsqu'il vérifie le nom de la personne qui l'appelle, il sent ses couilles se ratatiner.

Il hésite, puis s'arrête, jette un dernier coup d'œil au téléphone, et répond.

« Inspecteur Madigan… »

6

The Lie

« Tu n'es *pas* la lumière du monde », disait Angela. C'était sa première femme, à l'époque où les choses étaient droites et simples, bien plus proches de l'idée qu'il se faisait de la vie. Elle était belle et intelligente, et Madigan était bel homme, charmeur et drôle. Ils avaient formé un couple formidable, du moins pendant quelque temps. Ils avaient eu Cassie, le premier enfant de Madigan, et quiconque produisait une fille comme Cassie devait être dans le vrai.

Cassie était la plus intelligente, la meilleure, celle qui semblait avoir hérité de tous ses bons côtés, et d'aucun des mauvais. Elle était tout pour lui. Et même s'il la voyait désormais rarement, elle semblait être la seule personne dans sa vie à reconnaître qui il était vraiment.

Madigan pouvait entendre la voix d'Angela quand il voulait. Il n'avait qu'à fermer les yeux et se rappeler son visage, et avec son visage venait sa voix, et avec sa voix lui revenaient toutes les années d'accusations et d'emmerdes qui semblaient avoir été la marque de ses deux mariages. Du moins à la fin. Une fois que le feu s'était éteint.

Angela le remettait constamment à sa place, encore et encore. Ça semblait être devenu sa croisade. « Peut-être que c'est mon boulot de te rappeler à quel point tu es un connard. Peut-être que c'est mon rôle sur terre d'informer Vincent Madigan que l'univers ne tourne pas autour de lui et ses désirs. »

Un jour, vers la fin de leur mariage, elle l'avait giflé. Il avait levé la main mais ne lui avait pas rendu sa gifle. Puis ils avaient baisé comme des gamins de seize ans, juste là, par terre dans la cuisine, sur les carreaux froids de la céramique mexicaine. De façon agressive, presque brutale, comme s'ils cherchaient à se venger.

Angela Duggan savait quel genre d'homme était Vincent Madigan. Mais elle l'avait néanmoins épousé. Elle savait quel genre d'homme il fallait être pour faire les choses qu'il faisait. Des choses moches. Des choses sales. Côtoyer la lie de l'humanité. Les dealers, les maquereaux, les tueurs, les cinglés, et les saloperies qui remontaient à la surface de temps à autre. Elle savait que pour se frotter à tout ça, il fallait être du même tonneau. Du moins un peu. Il fallait avoir ça dans son âme. Pour survivre à ce genre d'horreur toxique, il fallait y être apparenté.

Et maintenant elle ne loupait jamais une occasion de lui rappeler qui il était, combien il était insignifiant.

« Marc Aurèle, avait-elle dit un jour. Il avait pris un esclave pour le suivre partout où il allait, et chaque fois que quelqu'un lui montrait du respect ou lui disait combien il était génial, eh bien, l'esclave devait se pencher en avant et lui murmurer à l'oreille : "Vous n'êtes qu'un homme." Ça le ramenait sur terre, Vincent ; ça lui permettait d'avoir les pieds sur la même planète que nous autres. Ça ne te ferait pas de mal, tu sais ? Ça ne te ferait pas de mal d'être ramené un peu sur terre. »

Et donc elle le ramenait sur terre. *Tu n'es pas la lumière du monde*, disait-elle, et il essayait de tout cœur de la croire.

Et tandis qu'il retournait à la maison de Sandià, rappelé sur la scène du crime qu'il venait de commettre, il se demandait si c'était enfin le moment où il se ferait choper.

Madigan s'arrêta sur le chemin du parc Louis Cuvillier. Il essuya ses chaussures du mieux qu'il put, trouva une boutique, s'acheta une nouvelle paire, et après avoir regagné sa voiture, il mit celles qui étaient tachées de sang dans un sac qu'il planqua sous le siège du conducteur. Il s'en débarrasserait à la première occasion. Il se remit en route et se gara à un pâté de maisons du parc. Il ne voulait pas qu'on lui demande pourquoi il ne conduisait pas une voiture de service. Il plaça l'argent dans le coffre et le ferma, vérifia qu'il était bien verrouillé, marcha dix mètres, revint sur ses pas, et vérifia une seconde fois. Il avait la nausée. Maintenant il voulait quelque chose, n'importe quoi pour calmer ses nerfs. Mais il n'avait rien. Peut-être que c'était mieux comme ça. Peut-être que c'était mieux d'être à cran, au bord du précipice. Il devait être alerte, affûté comme une lame. Il devait voir de trois côtés simultanément, et aussi derrière lui.

La maison était aussi illuminée que si c'était le 4 juillet. Des flashs rouge et blanc, du cordon jaune de scène de crime, le bourdonnement et le crépitement d'une douzaine de radios provenant d'une douzaine de voitures, une foule de badauds qui se massaient déjà sur le trottoir avec une expression insolente dans les yeux tandis qu'un agent en uniforme tentait de les repousser.

Madigan avait sorti son portefeuille, il montra sa plaque, puis il le rangea dans sa poche de poitrine. Il souleva le cordon, passa dessous, et Charlie Harris et Ron Callow vinrent à sa rencontre. Ils appartenaient à l'unité de Madigan, la brigade des vols et des meurtres de la 167e division.

« C'est une vraie boucherie à tous les étages », déclara Callow.

Madigan sourit.

« Et bonjour à vous, mon ami. Très beau temps aujourd'hui.

— Bon Dieu, Vincent, t'as l'air rincé, vieux, commenta Harris. Tu manques de sommeil, hein ?

— Les horaires sont les horaires, répondit Madigan. On en a combien ?

— Quatre, dit Callow, et bon Dieu, ils se sont bien lâchés.

— T'es vraiment un petit malin, répliqua Madigan.

— On dirait que ça s'est passé en un rien de temps. Je suppose qu'ils apportaient de la dope, ou peut-être de l'argent, mais quelqu'un attendait à l'arrière et est entré par la fenêtre à l'étage. Mais bon, l'histoire habituelle, ajouta-t-il en jetant un coup d'œil à la foule de badauds massée de l'autre côté de la rue, devant les immeubles qui faisaient face. Personne n'a rien vu. Deux types ont dit qu'on se serait cru à un feu d'artifice, mais à part ça, rien. Il s'agit de business. Personne ne va s'en mêler.

— C'est une des maisons de Sandià, exact ? demanda Madigan.

— Exact, répondit Harris. Il va tout faire pour choper ceux qui ont fait ça.

— Il les trouvera avant nous, intervint Callow. On va tomber sur deux macchabées sans couilles et sans yeux dans une benne à ordures quelque part avant la fin de la semaine. Qu'est-ce que tu paries ?

— Je pense que tu as raison », répondit Madigan, et il se mit à marcher vers la maison.

Une fois à l'intérieur, il s'émerveilla de son propre ouvrage. On aurait dit qu'un dispositif incendiaire avait explosé dans un abattoir. Il fit de son mieux pour ne pas piétiner le carnage, mais il y avait à peine un endroit qui n'était pas recouvert de morceaux de corps humains.

Il fut surpris de ne pas éprouver grand-chose. Il se rappelait le choc, le bruit, l'adrénaline, la panique, le déluge de coups de feu qui avait retenti ici il y avait si peu de temps de cela. Et lui, Madigan, s'était trouvé au beau milieu. Peut-être qu'il était insensible. Peut-être qu'il avait déjà trop vu ce genre de chose et y était devenu indifférent. Ou peut-être qu'il n'avait tout simplement rien à foutre de ces gens. Ce qui s'était produit ici allait avec le territoire. C'étaient les risques du métier. Jouez avec des pétards, et vous finirez par vous brûler à un moment ou un autre.

Madigan se tint au milieu de cette folie et prit une profonde inspiration. Il crut sentir sa propre sueur et sa propre adrénaline dans l'air.

Il pensa à Fulton, Landry et Williams – aussi morts qu'Elvis dans le box. Quelqu'un les découvrirait tôt ou tard, et alors toutes les pièces du puzzle s'emboîteraient joliment.

Callow arriva à côté de lui.

« J'ai eu Al à la radio. Il veut que tu t'en occupes.

— Tu te fous de moi ? répliqua Madigan. Vous autres avez beaucoup moins de boulot que moi. »

Callow sourit.

« C'est sa décision, Vincent. Il veut que tu t'en occupes. Il dit que tu connais le business de Sandià mieux que personne. »

Madigan savait qu'il était inutile de discuter. Le sergent de brigade Alvin Bryant, à trois ans de la retraite, avait déjà acheté son bateau et son mobile-home, et il gérait la division comme une cour de prison. Vous mangiez quand vous pouviez, vous dormiez quand vous pouviez, vous enquêtiez sur les affaires qu'on vous confiait – absolument aucune marge de manœuvre. C'était un roc, un point d'ancrage pour tout le monde, et il se souciait de ses hommes. Néanmoins, c'était un réaliste, un homme de méthode, et il gérait la division en partant du principe que sa parole faisait loi.

Madigan poussa un profond soupir.

« Ça te fait plaisir, vieux, tu le sais bien, déclara Callow d'un ton sarcastique.

— Si tu le dis, répliqua Madigan avec résignation. Bon, filez-moi un petit coup de main, vous voulez bien ? Faites au moins les observations préliminaires avec moi. Toi, moi et Harris, on pourrait plier ça en une heure. »

Callow hésita.

« On a nos propres problèmes à régler…

— Juste les préliminaires, coupa Madigan. Après, je reprends les choses en main. »

Callow regarda Harris.

« Hé, Charlie… tu veux aider Madigan avec les préliminaires ? »

Harris haussa les épaules.

« OK, pas de problème.

— Une heure, déclara Callow. Pas plus.

— Je vous revaudrai ça », répondit Madigan.

Les techniciens de scène de crime arrivèrent en masse. Quatre cadavres, du moins ce qu'il en restait, et Madigan, Harris et Callow eurent du mal à négocier l'escalier jusqu'à l'étage.

« On dirait que ce sont des putain de bérets verts qui ont fait irruption par la fenêtre », observa Harris.

Il se baissa pour ramasser des éclats de montant de porte gros comme des stylos, qui jonchaient la moquette sur un rayon de deux à trois mètres.

« Donc, je suppose que les quatre zouaves morts sont arrivés au rez-de-chaussée, déclara Callow. Ils apportaient le pactole – peut-être de l'argent, plus probablement de la dope –, et là, sur le toit, des types les attendaient. »

Il prit un moment pour se pencher par l'ouverture et regarder dans la cour à l'arrière.

« Tu connais cette maison ? demanda-t-il à Madigan.

— Elle est à Sandià. Ça, je le sais. Mais à part ça… »

Il secoua la tête.

Harris était dans la deuxième partie de l'escalier – quatre ou cinq marches au plus –, et il se tint un moment immobile.

« Vous entendez ça ? » demanda-t-il.

Madigan fronça les sourcils.

Harris se pencha par-dessus la rampe et regarda les techniciens qui prenaient des photos des impacts de balles et des projections de sang.

« Hé… arrêtez de faire du bruit pendant une minute ! »

Soudain, tout devint étrangement silencieux. Madigan croyait entendre son propre cœur, le sang dans ses tempes, la sueur qui perlait à la naissance de ses cheveux et coulait sur son front. Il savait que c'était son imagination.

Callow ouvrit la bouche pour parler, mais il entendit alors lui aussi quelque chose.

Comme un grattement de l'autre côté du mur.

« Bon sang », murmura-t-il, et il sortit son arme.

Le cœur de Madigan sauta un ou deux battements. Il sentit quelque chose lui comprimer la poitrine, le bas du ventre.

Et il l'entendit aussi. Un grattement. Putain, qu'est-ce que…

Quelqu'un dans l'autre pièce. Quelqu'un ou quelque chose dans la pièce sur leur gauche.

Harris gravit les marches et atteignit la porte.

Callow lui emboîta le pas.

Madigan hésita, puis il les suivit et se tint là, dos à la rampe, pistolet à la main, les yeux rivés sur la poignée de la porte.

Il leva un pied.

Il y avait quelqu'un là-dedans. Il le savait. Il y avait quelqu'un là-dedans, quelqu'un qui avait vu ce qui s'était passé, et il était sur le point d'entrer dans la pièce, talonné par Callow et Harris, et toutes les personnes présentes auraient la surprise de leur vie.

Madigan espérait de tout cœur que la personne était armée. Peut-être acculée dans un coin avec un flingue à la main, ou tout autre objet qui aurait pu passer pour un flingue, comme ça il pourrait la descendre sans hésitation. La descendre là où elle était tapie, et ce serait réglé. Il y aurait une enquête interne, la police des polices s'en mêlerait, la fusillade impliquant un agent lui vaudrait de se retrouver le nez dans la paperasse pendant dix plombes, mais au moins, ce serait fait. Il n'y aurait plus de témoin vivant, personne pour aller raconter à tout le monde que l'enquêteur principal était en fait l'assassin.

Madigan retint son souffle. Il donna un coup avec la semelle de sa chaussure, et la porte céda comme du carton-pâte.

Il pénétra dans la pièce en roulant sur lui-même. Pistolet à la main, son coude heurtant le sol avec un horrible bruit sourd, mais il ne sentit rien – peut-être à cause de la benzédrine, ou alors de l'adrénaline. Aucune importance. Il ne sentait rien. Mais il voyait tout. Pistolet braqué devant lui, doigt sur la détente, prêt à déclencher un déluge et mettre à terre la personne qui se trouvait là.

Mais elle était déjà à terre.

À terre et en sang, tenant son ventre, son tee-shirt imprégné de rouge. Elle avait des nattes dans les cheveux, un petit nœud jaune à chaque extrémité, et il y avait du sang sur le sol, sur les murs, et aussi des traces de dérapage aux endroits où elle avait essayé en vain de se relever… Le peu de forces qui lui restait la quittait rapidement. Madigan le voyait à la façon dont elle le regardait. Sa tête sur la moquette, et là aussi du sang, tellement de sang…

Elle ouvrit la bouche pour dire quelque chose, mais rien ne sortit. Juste un souffle. Une expiration.

Elle ne devait pas avoir plus de sept ou huit ans, et la blessure à son ventre était grosse comme un poing.

Madigan se demanda qui avait tiré la balle qui l'avait atteinte – lui, Williams, ou Fulton ? Sur sa droite se trouvaient les orifices. Il n'y avait rien que des montants et du placoplâtre entre le palier et la fillette. Combien de balles étaient passées ? Dix, douze, vingt, cinquante ?

Elle en avait reçu une. En plein dans le ventre. Le pire type de blessure. On se vidait lentement de son sang, les chances de s'en sortir étaient minces, et on souffrait le martyre tout du long.

« Jésus, Marie mère de Dieu », prononça quelqu'un derrière Madigan.

Harris sortit alors sur le palier en hurlant à pleins poumons, « Un toubib ! Un toubib ! Faites monter un toubib ! »

Curieusement, Madigan tomba à genoux. Son pistolet glissa de sa main, qu'il tendit vers la fillette. Il ne voyait rien que de la peur et de la tristesse dans ses yeux, et ça le transperça comme un couteau.

7

Lupita Screams

Ils l'emmènent à l'hôpital de Harlem dans la 136e Rue Ouest.

Harris affirme qu'elle va mourir.

« Elle ne pèse même pas trente-cinq kilos, dit-il. Elle a perdu la moitié de son sang. » Il secoue la tête. « Elle ne va pas s'en sortir. »

Je regarde l'ambulance s'éloigner, toutes lumières allumées, sirènes hurlantes, et j'essaie de me convaincre que c'est Williams qui l'a touchée. Ou Fulton. Mais pas moi. Ça n'a pas pu être moi.

J'ai l'impression que quelque chose se détache en moi. Ça ne tenait plus à grand-chose. Je le savais déjà, mais maintenant c'est comme si ça ne tenait plus à rien du tout.

Qui était-elle ? Que foutait cette gamine dans l'une des planques de Sandià ? Elle n'a pas pu voir quoi que ce soit. Impossible. Pas à travers le mur, aussi fin qu'il ait été. Et merde, même si elle a vu quelque chose, ça n'a aucune importance, parce que maintenant elle va mourir de toute manière. C'est ce que pense Harris. D'après lui, elle est condamnée. Je veux qu'elle meure. En ce moment, je veux qu'elle meure. Et alors je m'en veux d'avoir de telles pensées…

Non, tout ça, c'est le karma. Ça n'a rien à voir avec moi. Je ne suis pas responsable. Ce genre de truc arrive tous les jours, de toutes les manières imaginables, et pas seulement ici. Ça se produit partout à travers le monde. Des gens meurent. Et des gamins meurent aussi. Des petits mômes. Plus petits que cette fillette. Et ils connaissent des morts pires encore. C'est la nature des choses. Peut-être qu'il y a une prédestination dans tout ça, et que le jour était venu pour elle de mourir… et que si elle ne s'était pas trouvée dans la maison de Sandià, elle serait morte d'une autre manière…

La vie est ainsi. C'est comme ça.

Je le sais. J'y crois. Je dois *y croire.*

Les sirènes se taisent. Je me demande si elle sera morte lorsqu'elle arrivera à l'hôpital. Je pense aux secouristes, à l'activité frénétique à l'arrière de cette ambulance tandis qu'ils branchent les perfusions de sérum physiologique et de glucose et appellent l'hôpital pour qu'on leur prépare du sang, qu'ils lui placent un masque à oxygène sur le visage et qu'ils lui disent : « Respire, respire, respire nom de Dieu ! »

Je me demande de qui elle est la fille, si sa mère est quelque part dans le coin et sait déjà que quelque chose de terrible est arrivé.

C'est un dommage collatéral.

Ni plus ni moins.

Je me sentirai mieux après deux ou trois Quaalude.

8

Cool Drink Of Water

Après le départ de l'ambulance, Harris et Callow partirent également. Madigan ne les vit pas s'en aller. À un moment ils étaient là, puis ils n'y étaient plus.

Il retourna dans la maison, monta à la chambre où la fillette avait été découverte, et il s'accroupit et observa le palier à travers les trous dans le placoplâtre. Il vit les techniciens faire leur boulot. Il savait qu'il devait trouver quelques Quaalude et boire un verre avant que la tension ne fasse exploser son cœur.

C'était mal barré. C'était sérieusement mal barré.

À une demi-rue de là se trouvait une voiture volée avec trois cent soixante mille dollars dans le coffre. De l'argent qui provenait de cette maison. De l'argent qui provenait des quatre types morts qui gisaient toujours dans la cage d'escalier. Et maintenant il y avait également une gamine morte. Ou du moins, à moitié morte.

Bon Dieu.

Il devait garder son calme. Il *pouvait* garder son calme. C'était juste un autre boulot, un autre jour, et il avait déjà eu affaire à ce genre de chose par le passé.

À de nombreuses reprises. Ce business ne lui était pas étranger.

Madigan se leva, et la tête lui tourna. Il inspira profondément, puis retourna vers la porte. Ce faisant, il examina le sol et repéra un motif vague sur la moquette. Le contour de la tête et des épaules de la fillette. Le sang s'était accumulé autour d'elle, imprégnant les fibres, et la forme était caractéristique. Comme si elle était encore étendue là. Il se sentit perdre l'équilibre et posa la main sur le mur pour se rattraper.

Il prit une nouvelle profonde inspiration, mais tout ce qu'il sentait, c'était le goût cuivré du sang au fond de sa gorge.

Il eut un haut-le-cœur et sut qu'il devait sortir. Il regagna le palier, mais l'escalier était bondé. Il y avait des civières, des lits roulants dans le couloir, et les types commençaient à transporter les cadavres vers le wagon à viande. Sur sa droite se trouvait la fenêtre, du verre brisé jonchait le sol, mais tout ce qu'il voyait, c'était le toit à l'extérieur. Il traversa la pièce et s'appuya contre le mur. Prudemment, faisant tout son possible pour ne pas perdre l'équilibre, il passa un pied par-dessus le rebord et le posa sur le toit en contrebas. Quelques secondes plus tard il était dehors. Il avança jusqu'au bord et observa la cour de derrière. C'était comme s'il avait été tapi là avec Fulton et Williams seulement quelques minutes plus tôt. Seulement quelques minutes, mais ça lui semblait une éternité. Tout était identique, et pourtant tout était différent. Il n'était pas aisé de décrire ce qu'il ressentait, donc il n'essaya même pas. Il sauta dans la cour et longea l'allée. Il regagna l'avant de la maison et était en train de l'observer depuis le trottoir lorsque le premier cadavre fut sorti.

Il connaissait ce type. Il ne se souvenait pas de son nom, mais il connaissait son visage. Tous ces mecs étaient de la même famille de toute manière. Des cousins de cousins de cousins. Et il avait choisi de passer sa vie parmi ces gens ? Qu'est-ce que ça disait de lui ? Et combien de fois avait-il songé à en sortir ? Une dernière affaire, une grosse affaire, et il se tirerait. Mais c'était comme une drogue. C'était une addiction. Il ne pouvait pas plus s'éloigner de tout ça que ces membres de gang ne pouvaient s'arrêter de sniffer leur propre coke. Ça aussi, c'était la nature des choses, et Madigan savait – plus que tout – qu'on ne luttait pas contre la nature.

Il décida de retourner au poste et de rédiger son rapport préliminaire. Sinon, Bryant lui tomberait dessus avec insistance, exigeant que Madigan s'y mette toutes affaires cessantes. Les affaires internes – la police des polices – étaient sur les lieux, dirigées par un type du nom de Duncan Walsh. Ça créait toujours une atmosphère tendue. Madigan ne le connaissait ni d'Ève ni d'Adam, mais ces types étaient tous les mêmes, faisant tout leur possible pour court-circuiter le boulot afin d'obtenir leur plaque dorée. Des agents pédants, en général importuns, avec des ego surdimensionnés, se repaissant de leur propre importance tandis qu'ils s'échinaient à mettre de l'ordre au sein de la police.

Bon Dieu, il avait assez de pain sur la planche sans avoir à enquêter sur quatre meurtres dont il était à l'origine. Une putain d'ironie. Peut-être même le karma.

Madigan n'avait pas le temps de retourner dans le Bronx et de se débarrasser de l'argent. Et il serait forcé de garer la voiture à bonne distance du commissariat. La dernière chose dont il avait besoin, c'était qu'un agent de la circulation à l'œil de lynx vérifie son immatriculation et l'envoie à la fourrière. Et ce ne serait pas une bonne idée de laisser le cash dans la voiture, où qu'il la gare. L'argent devrait donc l'accompagner à l'intérieur du commissariat, jusqu'à son casier. L'endroit le plus sûr. Encore une ironie. Sa vie semblait être une succession d'ironies.

Madigan se gara non loin de l'angle de la 3e Avenue et de la 112e Rue, à quelques blocks au sud-ouest du parc Cuvillier. Il passa à pied devant l'école et tourna à gauche, monta les marches et traversa le hall d'accueil. Il eut à peine le temps de mettre le sac dans son casier que Bryant était derrière lui.

« Alors ? » demanda ce dernier en guise d'ouverture.

Il se mit à marcher, monta l'escalier jusqu'au premier étage, suivi par Madigan.

« Quatre morts et une petite fille blessée. Qui est peut-être morte aussi à l'heure qu'il est. »

Bryant secoua la tête.

« Elle est vivante, Vincent. Dans un sale état, mais vivante, Dieu merci. Apparemment, elle s'est recroquevillée, les genoux contre le torse, et ça a ralenti la perte de sang. Une gamine très chanceuse.

— On a un nom ? » demanda Madigan, la seule question qui lui vint à l'esprit sur le coup.

Il sentait la montée d'adrénaline. Il sentait le coup de poing au bas-ventre. La fillette était vivante. Elle pouvait avoir vu quelque chose. Surtout, elle pouvait avoir vu *quelqu'un*.

Il tenta de respirer profondément sans que ça se remarque. Son cœur était comprimé. Il y avait des tranquillisants dans le tiroir du bas de son bureau. Il lui en fallait un. Ça suffirait à arrondir les angles et à remettre le monde d'aplomb.

Bon sang. La gamine était vivante.

« Alors, qui étaient ces cadavres ? demanda Bryant. Des hommes de Sandià, c'est ça ? »

Madigan acquiesça.

« En assez bon état pour être identifiés ?

— J'en ai vu un. Je connais sa tête. Mais son nom ne me revient pas. Je vais consulter les dossiers et voir qui est qui.

— Il paraît que le combat était inégal. Que c'était un massacre.

— Pour ainsi dire. Apparemment, des types attendaient sur un toit à l'arrière, et les autres sont montés à l'étage et se sont tout pris de front. Ils n'avaient aucune chance.

— Came ou pognon ?

— Aucune idée. Ça pouvait être l'un ou l'autre. »

Ils atteignirent le bureau de Bryant, entrèrent, s'assirent chacun d'un côté du bureau.

« Oh, allez, Vincent. Vous connaissez la musique mieux que personne. C'est pour ça que je veux que vous soyez sur cette affaire. Vous saviez que c'était l'un des repaires de Sandià. Vous allez à la morgue et vous jetez un bon coup d'œil à ces types, et je parie que vous arriverez à me donner leurs noms sans avoir à consulter les foutus dossiers. Un mardi, le deuxième mardi du mois, quatre types qui débarquent dans cette maison. Qu'est-ce qu'ils pouvaient apporter ?

— Du cash, probablement.

— Combien ?

— Deux cent mille, peut-être un quart de million.

— Et tout le monde est au courant, pas vrai ? Tous ceux qui travaillent dans cette zone, tous ceux qui vivent dans un rayon de deux pâtés de maisons, tous ceux qui dealent dans le parc… Ils sont au courant de cette livraison, n'est-ce pas ?

— Oui.

— Mais ils ne tentent rien parce que c'est l'argent de Sandià, exact ?

— Exact. »

Madigan sentit les muscles de son visage se contracter. Il tentait de paraître détendu, nonchalant, comme si c'était juste un jour comme un autre, un entretien comme un autre avec Bryant, une enquête comme une autre. Mais l'argent dont Bryant parlait se trouvait dans son casier au rez-de-chaussée.

« Donc, la question est la suivante, Vincent… Qui est soit assez idiot, soit assez couillu pour braquer Sandià sur son territoire ? Qui a les *cojones* de faire ça ?

— C'est la question, convint Madigan.

— En effet. Et c'est celle à laquelle vous devez répondre, Vincent. Il me faut une vraie réponse, et il me la faut vite. Je ne peux pas avoir quatre macchabées et personne pour porter le chapeau. Je veux que vous vous mettiez là-dessus en priorité, OK ?

— OK. »

Madigan commença à se lever.

« Oh, et on a ce type des affaires internes qui fourre son nez partout. Duncan Walsh. Flic de carrière. Il est aux affaires internes pour avoir sa plaque dorée avant quarante ans. Vous connaissez la musique, hein ? Tenez-vous à l'écart de lui, et s'il vous met le grappin dessus, soyez poli et accommodant, mais ne dites rien. La routine habituelle.

— Il a demandé à me voir ? »

Bryant sourit.

« Pourquoi ? Vous avez peur qu'il le fasse ? »

Madigan tenta de lui retourner son sourire, mais il semblait emprunté, déplacé, et il laissa tomber.

« Montrez-moi un seul flic du service qui a le temps de parler à ces types. Tout le monde a quelque chose à se reprocher, sergent. Vous le savez.

— Mettez-vous au boulot, Vincent. Il me faut l'équipe qui a fait ce coup, et il me la faut fissa. »

Madigan atteignit la porte.

« Oh, et, Vincent ? »

Madigan se retourna.

« Commencez par trouver le nom de la gamine. Elle est à l'hôpital de Harlem. Ce serait une bonne chose de savoir ce qu'elle fabriquait dans cette maison ce matin. »

Madigan parcourut dix mètres dans le couloir, puis il s'engouffra dans les toilettes sur la gauche. Il eut à peine le temps d'atteindre le lavabo avant d'être secoué par des haut-le-cœur. S'il avait mangé quelque chose, il aurait sans doute vomi.

Il s'aspergea le visage, prit un peu d'eau froide dans ses mains et but avidement. Elle était comme de la glace et lui brûla l'intérieur de la poitrine jusqu'au creux du ventre.

Quand il regarda son reflet dans le miroir, il se demanda si quelqu'un d'autre pouvait voir la culpabilité et la peur évidentes dans ses yeux.

9

Stranger In My Heart

Je cherche un Quaalude. Je l'avale sans eau. C'est dégueulasse. Je reste assis une minute ou deux à attendre que quelque chose se passe.

Je pense à l'argent.

Je pense à la tête du type quand nous sommes entrés par cette fenêtre et avons lâché une tornade de coups de feu.

Je pense à la fillette.

Je voudrais qu'elle soit morte.

Si elle était morte, je m'en voudrais, mais je me sentirais rassuré.

Tout est si confus.

Je me dis que je devrais prendre un autre Quaalude, mais je m'abstiens.

Et alors je pense à mes propres enfants. L'anniversaire de Cassie approche. Elle va avoir dix-huit ans le 11 février. Merde, où sont passées toutes ces années ? Et sa mère ? Angie Duggan… Bon sang, c'était l'amour de ma pathétique vie. On a tenu six ans et trois mois, puis tout est parti en couilles. J'ai rencontré Ivonne au milieu de cette histoire, et… bon Dieu, c'était quand ?

En 94 ? Oui, c'était en juillet 94, juste après le Jour de l'Indépendance. On sortait déjà ensemble quand j'ai divorcé d'Angie, et Angie n'en a jamais rien su. Soupçonné, bien sûr, mais elle ne m'a pas chopé sur ce coup-là. Elle m'accusait cependant d'avoir des maîtresses bien avant que j'en aie. Elle m'accusait toujours de choses que je n'avais pas faites. On disait en plaisantant qu'elle aurait fait un super flic. Et donc, ça a été Ivonne et moi, et Adam est arrivé, l'enfant que j'ai eu avec elle. Mon fils Adam. La lumière de ma seconde vie, l'étoile de mes cieux. Et il vient d'avoir treize ans, bordel. C'est un petit homme. Le Petit Homme de la Maison. Je ne l'ai pas vu depuis Noël. Ivonne refuse de me laisser franchir cette foutue porte. Et après il y a eu Catherine, et on est restés mariés pendant plus de sept ans, encore plus longtemps qu'avec Angie. Et on a eu deux gamins. Lucy, six ans – en aura sept la semaine avant que Cassie en ait dix-huit –, et Tom, trois ans. Plus malin que tous les autres rassemblés. Deux femmes, une maîtresse, quatre gosses. Et tous ces gamins s'entendent dire que je suis un moins que rien. Mais ils sont jeunes. Je pourrais les ramener vers moi, malgré tout. Peut-être que je pourrais les ramener vers moi. Cassie, elle m'aiderait. Elle sait qui je suis. Elle voit la vérité. Elle voit que sous toute cette folie il y a un père qu'elle pourrait aimer, peut-être même respecter.

J'essaie de m'imaginer ce que je ressentirais si j'apprenais que Lucy s'était pris une balle. Elle n'est pas tellement plus jeune que la petite Latino qu'on a trouvée. Alors, qu'est-ce que je ressentirais si elle se prenait une balle dans le bide et se retrouvait à l'hôpital de Harlem ? Et ensuite je me demande ce que ça me ferait si un flic était chargé de mener l'enquête, et que ce flic était comme moi.

Puis j'essaie de ne pas penser. Ça n'amène rien de bon, penser.

Il y a un inconnu dans mon cœur. Il est arrivé sans y être invité. Je voudrais qu'il s'en aille, mais je sais qu'il ne le fera pas.

Je suis dans la merde jusqu'au cou.

Mais il y a une issue.

Il y a toujours une issue.

J'ai besoin d'avoir toute ma tête. J'ai besoin d'avoir les idées claires. J'ai besoin de tout ce que j'ai, et plus encore.

Je devrais manger quelque chose et boire un café noir bien fort, mais le Quaalude fait son effet et je commence à me calmer un peu. Je commence à me dire que je réussirai peut-être à faire en sorte que tout ne se casse pas la gueule… et alors tout ira bien…

Je sais aussi que quand l'effet du Quaalude s'atténuera je serai toujours aussi con.

Je me lève. Je descends. Je récupère le sac de sport dans mon casier. Je cherche mon centre d'équilibre. Je le trouve. Je me mets à marcher. Je vais me débarrasser de la bagnole. Tout essuyer et m'en débarrasser. Je vais mettre l'argent à l'abri. Je vais m'occuper de tout.

Ça va aller.

Sérieusement.

C'est le karma. Je suis invincible. Je fais trop de bien pour me laisser détourner par cette merde.

Je me mets en route.

10

Port Of Souls

L'hôpital de Harlem, dans Lenox Avenue, était un centre de traumatologie de niveau 1. Madigan y était allé mille fois. La salle de triage, la plupart du temps, ressemblait à un accident de voiture en intérieur. Trop de gens, pas assez de lits, comme dans tous les hôpitaux publics. Le bruit était incroyable – ceux qui ne hurlaient pas criaient ; ceux qui ne criaient pas essayaient de se faire entendre par-dessus les autres – et au milieu de tout ça, il y avait les médecins et les infirmières, chacun faisant tout son possible pour maintenir un peu d'ordre en dépit du fait que tout tombait en lambeaux.

Les hôpitaux rendaient Madigan nerveux.

Il y avait des âmes partout. Des âmes qui s'en allaient, d'autres qui arrivaient, chacune cherchant un nouveau corps. C'était l'impression que ça donnait. Et ça lui foutait une trouille bleue.

Il y avait aussi beaucoup de drogues. Ça le faisait se sentir comme un ancien fumeur dans une boutique de cigares.

Un jour il était venu interroger une victime blessée par balles, et le médecin de service l'avait pris à l'écart et lui avait demandé si ça allait.

« Vous n'avez pas l'air dans votre assiette », avait-il dit.

Madigan avait été pris de court, et était resté un moment sans mots. Il s'était demandé combien d'autres personnes pouvaient lire ce qu'il ressentait vraiment.

« J'ai toujours cette tête-là », avait-il répondu, tentant de sourire.

Mais il avait perçu, dans sa propre voix, combien cette bravade était feinte.

« Alors vous allez probablement plus mal que vous ne l'imaginez. Vous êtes anémique ?

— Non.

— Diabétique ?

— Non.

— Vous prenez des médicaments ? »

Madigan avait détourné les yeux, puis de nouveau regardé le médecin en faisant la moue.

« Je prends des antalgiques de temps en temps. C'est tout… »

Le médecin avait souri d'un air entendu.

« Vous croyez que je ne vous calcule pas ? Vous croyez que je ne vois rien ?

— Voir quoi ?

— Que vous êtes ailleurs, mon ami. Vous êtes dans les nuages. Regardez vos pupilles. Regardez votre teint. Vous croyez que je n'y vois que du feu ? Qu'est-ce que vous avez pris ? »

Madigan avait hésité un moment. Il se sentait transparent, creux, insignifiant.

« Une trop grosse dose de vos réflexions à la con, voilà ce que j'ai pris », avait-il répliqué avant de s'éloigner.

Ce n'est qu'en atteignant la porte qu'il avait remarqué à quel point ses mains tremblaient.

Cette fois-ci, l'une des infirmières de service se montra utile, professionnelle, et ne posa pas de questions personnelles. Il sortit sa plaque, demanda où se trouvait la fillette blessée par balle, et elle lui indiqua l'unité de traumatologie derrière la salle de triage.

Madigan trouva deux agents en uniforme. Il en reconnut un.

« Comment elle va ? demanda-t-il.

— Elle s'est presque vidée de son sang. Elle ne doit plus peser bien lourd. Ils disent qu'elle a cinquante pour cent de chances de survivre. Les prochaines heures seront décisives.

— Elle a dit quelque chose ?

— Elle a demandé si elle pouvait avoir un sandwich au bacon et une *root beer*, et des frites en accompagnement.

— Vos sarcasmes, on peut s'en passer, répliqua Madigan.

— Pour autant que je sache, elle n'a pas dit un mot. Vous voulez aller la voir ?

— Je veux bien. »

L'agent s'écarta et laissa passer Madigan.

Dans le lit, elle semblait moitié plus petite que dans la maison.

Des tubes partout, dans le nez, la bouche, des trucs plantés dans ses bras, ses jambes.

Madigan resta figé sur place pendant une éternité.

Puis ça commença à monter en lui. La culpabilité. La mauvaise conscience. Ça montait à chaque seconde qui s'écoulait, chaque seconde qui le faisait se rendre compte qu'elle était minuscule, jolie, fragile, délicate, brisée, effroyablement abîmée.

Il la voyait comme si elle était à lui, comme si elle aurait pu être à lui.

Il se souvenait de Cassie à huit, neuf ans. Il voyait Lucy, pas beaucoup plus jeune que celle-ci. Il se rappelait quand il l'avait tenue à sa naissance, quand il avait ressenti ce pouvoir, ce sens du devoir et de la responsabilité, et cette peur. La peur de se tromper, de faire ou dire quelque chose qui l'abîmerait irrémédiablement. Il voyait ses propres enfants, chacun d'entre eux, étendus dans ce lit, entourés de câbles et de tubes et de machines bourdonnantes, et tout ça à cause de lui…

Il y eut un bruit derrière lui et il se retourna.

« La balle l'a traversée », déclara l'infirmière.

Elle était noire et jolie, avec des tresses africaines, et quand elle souriait, elle avait une expression profondément compatissante, comme si elle avait suffisamment de patience en elle pour prendre soin de la totalité de ce monde de dingues.

« Elle a manqué la plupart des organes vitaux, mais elle a perforé un poumon et fait un trou dans son intestin en ricochant. Elle est ressortie par-derrière.

— C'est vous qui vous occupez d'elle ?

— Oui.

— Comment vous appelez-vous ?

— Nancy. Nancy Lewis. »

Madigan lui tendit sa carte.

« Tenez-moi au courant, hein ? Quand elle se réveillera, j'aurai besoin de lui parler.

— Nous la maintenons sous sédatifs, expliqua Nancy. Je crois que ça va durer un moment. C'est le seul moyen de l'empêcher de bouger. Elle est stabilisée. La perforation de son poumon a été réparée, mais elle retourne au bloc dans… » Elle consulta sa montre. « Une heure, peut-être une heure et demie, en fonction de ses signes vitaux et de sa réaction à la transfusion.

— Informez-moi juste s'il y a des changements significatifs, d'accord ?

— Je serai peut-être obligée de vous appeler pour vous dire qu'elle est morte.

— J'ai déjà reçu plein de coups de fil de ce genre », répondit Madigan.

Nancy quitta la pièce.

Madigan fit un pas vers le lit. Si la balle l'avait traversée, alors elle était toujours quelque part dans cette pièce. Elle devait être écrasée, certes, mais il en resterait suffisamment pour en déterminer le calibre. Il essaya de se rappeler les armes qu'il avait sur lui. Il portait un Mossberg et avait le .44 en renfort, mais il ne se rappelait pas s'il l'avait utilisé dans la maison. Et même s'il l'avait fait, ça n'avait aucune importance. Le box leur dirait ce que Madigan voulait qu'ils croient. Williams avait abattu Fulton avec un .44 ; Fulton avait abattu Landry et Williams avec un .38. Donc c'est Williams qui devait avoir le .44, et si une balle de ce calibre avait traversé la gamine et s'était encastrée dans le mur, alors Williams devait être responsable. Impeccable. Ce .44 serait découvert sur une scène de crime. Il suffirait de l'analyser pour retrouver sa trace à Harlem, dans la maison d'un dealer, la scène d'un autre meurtre. Ils ne remonteraient jamais jusqu'à Madigan. Madigan était un fantôme.

Il commença à se calmer.

Il sortit son téléphone portable de sa poche et le tint au-dessus du visage de la fillette. Il prit une photo, la vérifia, en prit une autre. Ça ferait l'affaire. Il lui fallait quelque chose à montrer aux gens s'il devait arpenter East Harlem et le parc en posant des questions.

Dommage collatéral. C'était la vérité. C'était ce qu'il se disait, ce dont il essayait de se convaincre.

Parfois c'était tout simplement le jour où vous deviez mourir.

À l'extérieur de la pièce, Madigan s'adressa de nouveau à l'agent en uniforme.

« Les empreintes ? demanda-t-il.

— Elles sont en cours d'analyse. »

Madigan secoua la tête.

« Ce n'est pas comme ça qu'ils découvriront qui elle est. Elle a une mère quelque part, et aussi un père, et elle ne va pas tarder à manquer à quelqu'un. Je vais retourner là-bas et questionner les voisins et ainsi de suite. » Il commença à s'éloigner, se retourna. « Vous savez si sa photo a été envoyée au service des personnes disparues ?

— Aucune idée.

— OK, je peux m'en charger aussi, dit Madigan.

— Vous voulez que je vous appelle s'il se passe quelque chose ? »

Madigan esquissa un sourire ironique.

« Non, je vais vous dire… Pourquoi vous ne m'écririez pas une lettre que vous posterez à l'occasion ? »

L'agent en uniforme secoua la tête d'un air résigné. Parfois, la seule façon de s'entendre avec les autres était de se foutre de leur gueule.

Madigan tendit sa carte et s'éloigna sans se retourner.

11

Nobody's City

Il mit près d'une heure à rentrer chez lui. Il prit le pont de Triborough, puis les routes 278 et 87 jusqu'au stade, avant de prendre la 161e vers l'est.

Madigan sortit le sac d'argent du coffre, les chaussures de sous le siège conducteur, et il entra dans la maison. Il retourna le sac sur la table de la cuisine et contempla les billets. Ils avaient une odeur de sale, comme tous les billets.

Il les replaça dans le sac et monta rapidement à l'étage. Il écarta le tapis au bout du palier, souleva une latte du plancher, et enfonça le sac dans la cavité. Il passa le bras du côté gauche de l'orifice et en sortit une petite boîte en bois dont il tira un sac à scellés. Il versa une demi-douzaine de cachets dans sa main, en avala un, remit le sac dans la boîte, la boîte sous le plancher, la latte à sa place, et repositionna le tapis contre le mur.

Il se releva et resta un moment silencieux. Il prit une profonde inspiration, expira lentement, puis il se rendit dans sa chambre sur la gauche pour passer une chemise et une veste propres.

De retour au rez-de-chaussée, dans son bureau de fortune, il alluma l'ordinateur et y relia son téléphone. Il accéda à la photo qu'il avait prise à l'hôpital, fit de son mieux pour rendre l'image plus nette et adoucir un peu le contraste, puis il en imprima une douzaine de copies. Pendant que l'imprimante tournait, il prépara du café dans la cuisine, fuma une cigarette, attendit que le lithium fasse effet.

Il récupéra ses photos et ses chaussures, retourna à la voiture volée. Son propre véhicule était stationné dans Teller Avenue, près de l'angle avec la 169e. Il se gara dans Morris Avenue, à l'extrémité sud-ouest du parc, essuya le volant, le tableau de bord, la boîte à gants, les sièges, tout. Il fit de même avec les poignées à l'extérieur, le coffre, tout ce qu'il avait touché. Il savait ce qu'il faisait, l'avait déjà fait une dizaine de fois. Il laissa la voiture déverrouillée, marcha un demi-block, balança les clés dans un collecteur d'eau de pluie, et traversa la rue à la hâte. Dans un jour, peut-être deux, la voiture aurait disparu pour de bon – des types qui piquaient les bagnoles pour se faire des virées, ou alors de véritables voleurs qui la dépèceraient en moins d'une heure ; dans un cas comme dans l'autre, la voiture appartiendrait au passé avant qu'un flic s'aperçoive qu'il y avait un autre véhicule à chercher.

Retourner à East Harlem serait plus rapide que le trajet aller. La circulation serait plus fluide. Dans une heure, peut-être une heure et demie, il ferait nuit. Il voulait découvrir qui était la fillette avant qu'elle meure. Tant qu'elle serait vivante, les gens seraient plus enclins à se montrer utiles. Une fois morte, elle appartiendrait à l'histoire. Ça n'aurait plus tant d'importance.

Même s'ils répondaient, à quoi ça servirait ? Ça ne la ramènerait pas à la vie, si ?

Madigan fit deux détours. Le premier par le commissariat pour donner une photo de la gamine à l'agent de garde au service des personnes disparues.

« Commencez à la chercher dès que possible, dit-il.

— Sans nom ? »

Madigan haussa les épaules.

« C'est comme ça, mon ami, répondit-il avec un sourire.

— Vous savez combien de photos on a ici ?

— Oh, je dirais dix ou quinze, vingt au plus.

— Bon Dieu, vous autres vous êtes incroyables », répliqua l'agent en uniforme.

L'homme lui tourna le dos et disparut.

Madigan passa ensuite par une casse automobile qu'il connaissait. Ici, on compactait des voitures, on recyclait les pare-brise et les pneus, ce genre de choses. Il y avait également un petit incinérateur où on brûlait ce qui était invendable. C'est là que finirent ses chaussures, après quoi il donna un billet de cinquante au propriétaire, une vieille connaissance. Madigan avait fermé l'œil sur quelques véhicules volés au fil des années, et ils avaient un accord.

Il remonta la 1re Avenue jusqu'à la 128e Rue, puis prit vers l'ouest jusqu'à la 3e Avenue, vers l'est jusqu'à la FDR Drive, puis vers le sud jusqu'à la 110e. C'était ça : la zone, le territoire. Ils l'appelaient le Yard. Tout simplement. *Le Yard.* Dix-huit blocks de haut en bas, huit de gauche à droite. Près de deux kilomètres de long sur un kilomètre deux de large. Madigan ne cessait d'être étonné par la quantité de saloperies qu'on pouvait entasser dans un si petit secteur. L'embourgeoisement n'était toujours pas arrivé jusqu'ici. Bon Dieu, peut-être qu'eux aussi pourraient y arriver. Il avait atteint une partie du Bronx, le Village, le Fulton Fish Market, Tribeca. Tout devenait plus chic. East Harlem était à la traîne. Peut-être que le Yard ne passerait pas les qualifications, n'atteindrait jamais la finale. Mais est-ce que c'était important ? Bon Dieu, non. Pas pour Madigan. Il comptait prendre ce qu'il pourrait et foutre le camp. Rester ici n'était pas une option. Il avait été gentil pendant de trop nombreuses années, malin pendant pas assez. Depuis juillet 89, quand il avait passé ses examens à l'école de police, il cherchait le bon plan. Personne ne *veut* être flic. Ça n'existe pas. Il y avait ceux qui *devaient* être flics, ceux qui en avaient *besoin*, mais personne ne le voulait. Ça ne se passait pas comme ça. Ce n'était pas un boulot. C'était une vocation. Et si ce n'était pas une vocation, alors c'était un plan. Vous entendiez les anecdotes, et aucun doute qu'elles étaient authentiques. Un gamin voyait un cordon de scène de crime jaune et noir dressé quelque part. Il voyait les grands types en bleu saluer des types encore plus grands, mais eux n'étaient pas en uniforme, ils portaient un pantalon, une veste de sport, une chemise et une cravate, et ils avaient un holster à la hanche et une plaque dans leur poche de poitrine. Ils entraient direct dans les maisons et voyaient les horreurs qui avaient été commises. Et la plupart du temps, c'étaient vraiment des horreurs, mais personne ne savait à quel point, hormis les types avec le holster de hanche et la veste de sport. Alors le gamin prenait une décision. *Je veux être cet homme. Je veux voir ce qu'il voit. Je veux tout savoir.* Mais *savoir* n'était pas tout. Il fallait une raison. Vous vouliez savoir parce que… Parce que quoi ? Parce que ça vous rendrait riche, ou sexy, ou libre, ou parce que ça vous offrirait une protection ou autre chose. Peu importait ce que ça ferait. C'était différent pour chacun. Et peut-être que le gamin sur le trottoir qui regardait ces types entrer dans la maison où une famille avait été massacrée au fusil de chasse pour quarante dollars et une radio n'avait aucune idée de ce qu'il voulait savoir, ni même de pourquoi il voulait le savoir, mais il était assez futé pour comprendre une chose : plus vous en saviez, plus vous étiez fort. Les morts étaient des idiots. C'était un fait. Plus vous étiez idiot, plus vous étiez mort. Sauf les vieux. Eux, c'était différent. Nous parlons de gens qui mouraient prématurément, avant leur tour. C'étaient eux, les idiots. Et en général, ça se résumait à une chose. On disait « au mauvais endroit au mauvais moment ». Mais ça n'avait aucun sens. C'était soit l'un, soit l'autre, jamais les deux. La plupart du temps, les gens se faisaient tuer parce qu'ils ignoraient une chose. Et s'ils l'avaient sue, eh bien, ils auraient toujours été vivants.

La vie n'était pas compliquée. Du moins, Madigan ne le pensait pas. Elle était simple. Prendre ou être pris. Manger ou être mangé. Tuer ou être tué.

Six mois d'école de police, quatre ans de patrouille au 12e commissariat, treize mois à la brigade antigang de Manhattan, trois ans à la brigade d'enquêtes, deux aux mœurs, six à la brigade des vols et des homicides pour devenir inspecteur première classe, une année au bureau de contrôle du crime organisé, puis un transfert sur demande pour retrouver la brigade des vols et des homicides. Six plaintes pour usage excessif de la force, onze implications dans des fusillades, treize décorations du bureau du maire par l'intermédiaire du chef de la police, une moyenne de cinquante et une condamnations pour cent arrestations, trente et une perpétuités, d'innombrables sentences allant de six à quinze ans, un salaire imposable de quatre-vingt-dix mille dollars, d'autres sources de revenus lui en rapportant environ cent mille de plus. Il comptait continuer encore un an ou deux, puis se tirer vers des pâturages plus verts. Se faire une vingtaine d'arrestations par an dans le comté de Nassau ou de Suffolk, ou peut-être de Westchester ou Rockland, dans un endroit où les gens ne chiaient pas dans leur propre jardin en s'attendant à ce que la puanteur s'évanouisse toute seule. Un endroit où les bureaucrates avaient quelques compétences organisationnelles, une compréhension rudimentaire de l'affectation des effectifs et de l'utilisation des ressources. Ici, ils n'auraient pas été foutus d'organiser une pipe dans un bordel.

Madigan était revenu à la brigade des vols et des homicides depuis septembre 2008. Quarante-deux ans, deux mariages, une maîtresse, toutes restées sur le carreau. Quatre gosses, la plus jeune, trois ans, la plus grande, dix-sept ans. Il fumait trop, buvait trop ; il avait quelques aventures. Il avait un penchant pour certaines drogues, mais rien qu'il ne pouvait pas contrôler. Tout était une question d'équilibre. Trop de coke, prenez un Xanax. Trop d'Adderall ou de Dexedrine, eh bien, arrondissez les angles avec un peu de lithium, deux Quaalude, peut-être un Percocet ou deux. La route de l'excès ne menait pas au palais de la sagesse. Blake avait peut-être raison pour tout le reste, mais là, il se plantait. Regardez ce pauvre abruti de Jim Morrison. Où l'avait mené cette philosophie ? Dans un trou à Paris à moins de trente ans, voilà où ça l'avait mené.

C'était vrai. New York n'était la ville de personne. Et comme elle n'était à personne, alors, dans un sens, elle était à tout le monde. Et Madigan était un *personne* aussi valable qu'un autre.

Il se gara près du trottoir de la 117e Rue, attrapa les photos de la fillette sur le siège passager et la regarda.

Il ressentit quelque chose, mais se persuada du contraire. Il ne pouvait pas se permettre d'avoir des émotions.

Peut-être qu'elle mourrait, et peut-être pas. La balistique ne remonterait pas jusqu'à lui, et il ne pensait pas que la gamine ait vu le moindre visage. Landry, Williams et Fulton seraient découverts dans le box. Deux et deux feraient quatre. C'était un *home run*, et il n'était même pas essoufflé, il n'avait même pas eu à courir pour atteindre la dernière base.

C'était un dommage collatéral.

Madigan tenta de sourire, laissa tomber car ça lui semblait une mauvaise idée, ouvrit la portière, et se mit à marcher.

12

Great Divide

Le truc, c'est que les gens ne sont pas tous logés à la même enseigne. C'est ce vieil adage : toutes les victimes ne sont pas créées égales. Comme disait le vieux commandant des pompiers : « J'ai jamais éteint un incendie chez un Blanc riche. » Si vous vivez à Chelsea ou je ne sais où, vous aurez le meilleur du meilleur. Un connard d'inspecteur première classe des beaux quartiers avec une plaque en or et des chaussures cirées ne lâchera pas votre affaire tant que quelqu'un n'aura pas fini au trou pour ce qu'il vous a fait. Ici, dans le Yard, vous serez l'un des vingt-neuf meurtres sur lesquels j'enquête, et trois semaines après que le légiste en aura fini avec vous, je serai encore en train d'essayer d'obtenir un formulaire pour avoir les photos de la scène de crime.

Une heure que je suis ici, et j'en ai déjà ma claque.

Le premier type à qui j'ai parlé était un Blanc à moitié incohérent avec le visage sale et des cheveux dégueulasses coiffés en dreadlocks miteuses. Il empestait comme des chiottes de pénitencier en plein été.

La seule chose que je me dis quand je parle à ces gens, c'est : « Pourquoi ces enculés me mentent-ils ? »

Pas au sujet de la fille. Non. Au sujet de tout le reste. Leur vie est faite de mensonges. Mensonge sur mensonge sur mensonge. Des couches de mensonges. Ils mentent à leur mari, leur femme, leurs gosses, leurs voisins, et ils se mentent à eux-mêmes. Et ce sont les plus gros mensonges de tous, ceux qu'on se raconte chaque foutu jour que Dieu fait : je suis différent des autres. Je suis différent de tous ces gens qui m'entourent, et les choses vont s'arranger. Peut-être pas aujourd'hui, ni demain, mais bientôt. Ça va s'arranger, et je me tirerai d'ici. Ce n'est pas ma vie. C'est une escale, un arrêt de bus, rien de plus.

Conneries. Vous êtes né ici, vous vivez ici, vous mourrez ici. Ça ne changera jamais. Vous n'allez pas gagner au loto. Vous n'allez pas chanter un jour et apprendre qu'un découvreur de talents de Warner Bros passait par-là, et regardez, tout d'un coup vous êtes Beyoncé ou Alicia Keys. Aucune chance. Ces trucs-là, ça arrive aux autres.

Je vois les mensonges dans les yeux du type qui me sert chez Chicken Shack. Il sait que je suis flic. Il le voit à mon attitude, à ma façon de marcher et de parler, à la bosse formée par mon holster de hanche.

Il me prend pour une merde. Il pense que je ne vaux rien. Moins que rien.

Et moi, en retour, je pense : « Hé, mec, t'as quoi ? Trente-cinq ans, et tu continues de porter un badge avec ton nom au boulot. Dis-moi lequel de nous deux a fait le mauvais choix de carrière. »

Mais je ne dis rien. Ce type crachera dans mon poulet si je le fais chier.

Je lui dis : « Merci », puis je porte mon poulet à ma voiture et je le mange.

Je reste assis là à fumer clope sur clope, comme si je ne voulais pas respirer l'air ici. Les six mille produits chimiques qu'ils mettent dans mes Lucky Strike sont bien plus propres que la merde qu'on respire dans le Yard.

J'ai parlé à cinquante personnes, peut-être plus. Ils ne veulent rien savoir. Ils disent qu'ils ne connaissent pas la fille avant même que je leur aie montré le cliché.

Je dis : « Regardez la photo avant de me dire que vous ne la connaissez pas », et une lueur défensive s'allume dans leurs yeux, ils sont tout supérieurs et condescendants. Et ils regardent la photo sans vraiment la regarder, puis ils répètent qu'ils ne la connaissent pas, ce qui n'est guère plus qu'un écho de leur première dénégation.

Ça me donne envie de les cogner. De les cogner fort. Suffisamment pour qu'ils tombent à terre et y restent.

J'ai envie de dire : « Jouez pas au con avec moi. Vous n'avez aucune idée du tourbillon d'emmerdes que je peux mettre dans votre vie si vous jouez au con avec moi. Aujourd'hui j'ai tué trois personnes. Trois personnes blanches. Trois ordures de pédophiles, certes, mais je les ai butés pour m'avoir bien moins fait chier que vous ne me faites chier en ce moment. »

Mais une fois encore, je ne dis rien. J'ai été bien élevé, vous voyez ?

Et c'est alors – juste alors –, tandis que ces pensées me passent par la tête, tandis que je porte mon briquet à l'extrémité de la dernière cigarette que je fumerai avant de sortir de voiture et de remettre ça de l'autre côté de la rue, que mon téléphone sonne.

Je me dis : « Quoi encore ? » et je le sors de ma poche, je l'allume, et je vois le nom qui clignote sur l'écran.

Et mon cœur cesse de battre un moment. Mon cœur cesse de battre et mon ventre semble s'avaler lui-même, je sens les poils de ma nuque se mettre au garde-à-vous, mon cuir chevelu se ratatiner…

Le téléphone refuse de s'arrêter.

J'hésite, mon doigt flottant au-dessus du petit téléphone vert, puis j'appuie dessus.

« Oui », dis-je, et je l'entends déjà dans ma voix. La tension. La nervosité.

« Il veut vous voir », déclare la voix. Et peu importe à qui elle appartient. Ça pourrait être le putain de président de Cuba, pour ce que ça vaut. C'est juste que le message provient de lui, directement de lui.

« Faites venir Madigan », aura ordonné M. Sandià, et il n'y aura pas eu le moindre doute dans son esprit que j'obtempérerais.

« Maintenant ? dis-je, flippant comme pas possible.

— Non, connard, répond la voix. Pourquoi vous venez pas à Noël prochain ? »

La ligne est coupée.

Et je me dis : oh merde. Oh merde, merde, merde.

13

Promise Me

Son nom n'avait pas toujours été Sandià. Il en avait eu un autre auparavant, et encore un autre avant ça, mais aucun de ces noms n'était celui avec lequel il était né.

Désormais, il était juste M. Sandià. C'était le nom sous lequel on le connaissait, et celui que tout le monde utilisait.

Tout ce qu'il y avait eu avant n'avait aucune importance.

Madigan resta un moment assis dans la voiture enfumée.

Il se sentait nauséeux, étourdi. Il regrettait d'avoir pris le lithium chez lui, puis il songea que la meilleure chose à faire serait d'en prendre un autre. C'est donc ce qu'il fit.

Il le mâcha sans eau. Le comprimé laissa un goût amer au fond de sa gorge, du coup il prit le gobelet vide de chez Chicken Shack et ôta le couvercle. Il restait un demi-centimètre de glace fondue au fond. Il la but, aspira le dernier glaçon et le croqua. Il alluma une nouvelle cigarette, baissa la vitre, tenta de respirer profondément, mais n'y parvint pas. Sa poitrine le serrait. Tout l'oppressait. Alors il dénoua sa cravate, détacha le bouton supérieur de sa chemise, et même sa ceinture. Il ouvrit la portière et laissa entrer l'air frais, puis il la referma en la claquant et démarra. Il tenta de se racler la gorge, mais c'était comme si elle était comprimée par un garrot. Ses doigts tambourinaient nerveusement sur le volant.

Allez, songeait-il. *Lithium, lithium, fais effet.*

Lorsqu'il atteignit le croisement de la 119e et de Pleasant Avenue, il n'avait toujours pas les idées claires.

M. Sandià voulait le voir.

Ce matin, lui, Vincent Madigan, assisté de trois ordures désormais mortes, avait braqué l'un des repaires de Sandià. Son coursier et son entourage avaient été massacrés dans un déluge de balles, et tout l'argent avait disparu. Quatre cent mille dollars et des plumettes, dont plus de trois cent soixante mille se trouvaient dans un sac, sous le plancher du palier de sa maison. À côté de ce sac, il y avait plusieurs boîtes de cachets – tout depuis du Demerol et des Quaalude jusqu'à de la Dexedrine et de la Benzédrine. En outre, il y avait trois armes de poing non enregistrées, un Tec-9, environ dix grammes de coke, et une demi-douzaine de pochons d'héro. Walsh aurait pris son pied. Et Madigan se serait fait un plaisir de tout expliquer. Mais Walsh n'avait rien. Les affaires internes n'avaient jamais rien. Ces types dépendaient d'informateurs et de balances au sein de la division, mais ils n'en avaient jamais. Ils prétendaient que si, mais ils mentaient, comme la plupart des gens.

Non seulement Walsh enquêtait sur Madigan, mais il était également après Charlie Harris, Ron Callow et une douzaine d'autres. La rumeur courait que trois ou quatre d'entre eux avaient piqué une caisse de costumes Zegna dans le dépôt de pièces à conviction et les avaient revendus à quiconque était intéressé. Ces costumes avaient bel et bien disparu, mais ce n'étaient pas eux le gros lot. Ils avaient fini au feu, et les six kilos d'herbe sous vide planqués dans des gobelets à café au fond de cette même caisse avaient été réinjectés dans le système moins de douze heures après avoir été volés. Mais Madigan n'était pas dans le coup. L'herbe, c'était du pipi de chat. Six kilos ? Bon Dieu, vous pouviez vous faire autant d'argent avec trois onces de coke si elle était bien coupée.

Non, Duncan Walsh n'avait rien, et de toute façon il aurait foutu le camp dans les trois mois à en croire la rumeur. Il prendrait du grade et, ses grosses pattes avides et moites agrippant sa plaque dorée, il finirait derrière un bureau dans la division administrative du chef de la police, rabâchant ses récits de guerre du bon vieux temps, quand il coinçait les flics qui fumaient des joints dans le garage du commissariat.

Madigan était à côté de la plaque. Il faisait l'autruche en pensant à Walsh, aux affaires internes et à ces costumes Zegna. Sandià avait appelé.

Il veut vous voir.

Ces mots ne voulaient rien dire. Ils n'impliquaient ni n'indiquaient rien. Les messages étaient toujours semblables, même ton de voix, même genre d'appel. Peu importait ce que vous faisiez, ou l'endroit où vous vous trouviez. Le premier anniversaire de votre gosse, et si vous ne restez pas votre femme va demander le divorce. Le mariage de votre fille, et vous êtes là dans la foutue église, sur le point de la laisser entre les mains d'un dentiste aux cheveux gras débarqué de Yonkers avec une Lexus flambant neuve et un chalet au bord du lac de Blue Mountain. Peu importait. Si vous étiez convoqué par Sandià, vous y alliez. Fin de l'histoire.

Malgré le lithium, Madigan avait les nerfs en boule. Il songea à en prendre un autre, mais il ne voulait pas être tout baveux et muet comme un gamin mort d'amour le soir du bal du lycée.

Le moment était venu.

Que le spectacle commence.

Il tourna à gauche à l'extrémité sud de Paladino Avenue et prit la direction de l'immeuble de Sandià. Il occupait le dernier étage, le sommet de la montagne, avec en dessous de lui six étages remplis de junkies, de putes, de dealers et d'usuriers latinos – le niveau supérieur d'une forteresse de solitude et de protection. Si vous vouliez arriver jusqu'à Sandià, vous deviez franchir un sas de sécurité sans égal. Le maire, le chef de la police, le sénateur de l'État ? Rien à voir. La sécurité autour de ces types était une passoire comparée à celle de Sandià.

Madigan se gara à cinquante mètres. Il ne faisait en soi aucun doute que sa voiture serait repérée et identifiée, soit par ses collègues, soit par les connards qui arpentaient le quartier et tenaient Sandià informé des personnes qui étaient dans les parages et de ce qu'elles cherchaient. Madigan était censé être là. Il cherchait la fille. C'était la version officielle. Et la version officieuse ? Eh bien, toutes les personnes qui comptaient dans le Yard savaient que lui et Sandià avaient une relation de travail. À vrai dire, il aurait fallu six divisions de flics et la Garde nationale pour pénétrer dans l'immeuble de Sandià. C'était un château. Peut-être le dernier bastion de véritable opposition à la machine progressiste du maire. Il n'y aurait pas d'embourgeoisement ici. Peut-être que Sandià payait pour qu'on ne prête pas attention à lui. Madigan savait certaines choses, mais il en ignorait d'autres. Il en savait plus que la plupart des gens, mais pour ce qui était de la *relation de travail* qu'il pouvait y avoir entre Sandià et les véritables autorités, eh bien, il était dans le noir. Il existait une alliance précaire, une relation ténue, et d'aussi loin qu'il se souvînt, elle avait existé dans cette partie de la ville. Des raids se produisaient, évidemment, mais c'étaient toujours les sous-fifres qui souffraient en silence. Les descentes avaient lieu chez les dealers, dans les repaires où on vendait du crack, dans la grappe d'immeubles délabrés où les putes de Sandià exerçaient leur commerce. Jamais ici. Jamais aussi près.

Madigan commença à rebrousser chemin à pied. Il laissa ses deux armes dans la voiture. S'il les avait emportées avec lui, on les lui aurait confisquées jusqu'à ce qu'il ressorte. À moins de se lancer dans une opération suicide, il était impossible de tuer Sandià sur son territoire. Et avant aujourd'hui, il n'avait eu aucune raison de le faire. Avant aujourd'hui, il n'avait pas frappé Sandià directement et personnellement.

Et si Sandià savait déjà que c'était Madigan qui avait attaqué la maison dans la matinée, eh bien, Madigan serait mort dans l'heure. Sa tête, ses mains et ses pieds seraient transformés en cinq kilos de viande hachée d'ici neuf heures, et l'essentiel serait balancé dans les marécages du New Jersey, un peu dans l'East River, et peut-être aussi dans l'Hudson. À minuit, les pompiers pénétreraient dans la carcasse trempée et fumante de sa maison, et le bureau du chef de la police ferait une déclaration au *New York Times* pour dire à quel point Madigan serait regretté par ses collègues et sa famille.

Et Sandià s'assurerait que son lien avec Madigan ne soit jamais révélé au grand jour.

C'était aussi simple que ça. C'était toujours aussi simple avec Sandià.

À l'entrée de l'immeuble, on lui fit signe de traverser le hall. Il eut droit à la fouille au corps de rigueur – col, épaules, aisselles, taille, cuisses, mollets, chevilles. Le holster à sa hanche était vide, de même que celui à sa cheville. On l'escorta jusqu'à l'ascenseur, et l'un des primates monta avec lui. Sept étages, le tout en silence, l'ascenseur hors d'âge produisant tout du long des bruits sourds et des grincements. Le primate empestait. Il avait besoin d'un bon lavage au jet. Environ un mètre quatre-vingt-dix, cent cinq ou cent dix kilos, le visage complètement cabossé. Il avait les cheveux coupés à ras, mais des éclairs avaient été ciselés sur ses tempes. Une vilaine cicatrice lui coupait l'oreille gauche et descendait jusqu'au bord de sa mâchoire. Son oreille avait été sectionnée, mais s'était ressoudée.

« Machette, déclara le primate, conscient que Madigan l'observait.

— Vraiment ?

— Oui.

— Ça a dû piquer, hein ?

— Juste un peu.

— Je ne voudrais pas voir le type qui vous a fait ça, hasarda Madigan.

— Vous le verrez jamais », répliqua le primate.

L'ascenseur s'immobilisa en tremblant.

Madigan attendit que la porte s'ouvre. Le lithium avait ralenti son rythme cardiaque, mais il sentait la pression de son sang dans ses veines, dans son cerveau, dans les artères de son cou. Ses mains étaient moites. Son cuir chevelu le démangeait férocement. Il avait besoin d'être tel qu'il était toujours avec Sandià – respectueux, mais aussi nonchalant et détendu. Ils avaient une histoire ensemble, qui remontait à quinze ans, au temps de la brigade antigang. À cette époque, Madigan avait vingt-sept ans, et Sandià environ quarante. Il trempait dans une demi-douzaine de combines. Rien de bien sérieux en soi, mais le tout mis bout à bout faisait qu'il était important. Il avait des voitures, des filles, deux ateliers de désossement de bagnoles volées, un trafic de cigarettes, d'alcool, de vidéos et de matériel électronique depuis les entrepôts de JFK. Il avait une équipe de trois ou quatre douzaines d'hommes. Ce n'était pas un gang. Ils ne portaient pas de couleurs ni de signes distinctifs. Sandià était trop malin pour ça. Non, il savait où investir son temps et ses ressources. Commencer par les flics qui se faisaient déjà graisser la patte. Se les mettre dans la poche. Quant aux autres, eh bien, il y avait toujours un moyen. Envoyer deux filles dans une chambre d'hôtel, passer un coup de fil, faire en sorte qu'un flic débarque pour une histoire de drogue, ou de racolage, ou autre chose. Les filles prennent soin du flic pour ne pas recevoir d'amende, et tout est consigné sur pellicule. Le flic reçoit deux ou trois clichés dans son courrier, il risque un divorce onéreux, une carrière foutue en l'air, ou bien il informe Sandià chaque fois qu'une intervention est prévue sur un des itinéraires de ses trafics.

L'entrée de Madigan dans le petit monde de Sandià avait été un arrangement mutuel, un deal qui profitait aux deux. À l'époque, au milieu des années 90, il se passait des choses à côté desquelles le business d'aujourd'hui fait pâle figure. Madigan était toujours marié à Angela, sa première femme. Il était arrivé à l'antigang de Manhattan en juillet 94. Cassie avait deux ans et des brouettes. Ni lui ni Angela ne dormaient trop bien. Ils s'engueulaient, mais en étaient encore au stade où ils ne le faisaient pas devant Cassie. Il demeurait quelques vagues restes de leur ancienne relation, et peut-être même croyaient-ils pouvoir résoudre leurs problèmes et s'en sortir. Un an plus tard, ce serait une autre histoire. Un an plus tard, ils feraient chambre à part. Cassie dormirait avec Angela, et Madigan, dans le salon avec une bouteille de Jack. Ce serait une sale époque, et elle perdurerait jusqu'à la séparation finale début 97. Madigan fréquentait déjà Ivonne Moreda, une fille rencontrée en juillet 94, le mois même où il avait quitté la patrouille du 12e pour l'antigang. Il avait vingt-sept ans, elle, dix-neuf, et il l'avait pincée pour possession avec intention de revendre, refus d'obtempérer, et possession illégale d'une arme à feu non enregistrée. Il n'avait pas tiré un coup depuis un an. Elle était à tomber par terre, et elle n'avait pas mis longtemps à le convaincre qu'il y avait une meilleure manière de régler le problème que de l'envoyer en prison avec une bande de putes défoncées au crack et de membres de gangs. Ils étaient restés ensemble jusqu'en septembre 99, et Adam, leur fils, était né en novembre 96. C'était un enfant magnifique. Il était silencieux et calme, et il avait physiquement hérité de ce que Madigan et Ivonne avaient de plus beau. C'était le genre de gamin qui suscitait l'admiration partout où il allait. Adam Moreda avait désormais treize ans, Ivonne en avait trente-quatre, et il ne les avait pas vus depuis une éternité. Mais c'est Ivonne qui l'avait introduit auprès de Sandià, peut-être pas directement, mais certainement indirectement. Les gangs latinos évoluaient dans un autre monde que les Noirs et les Orientaux. Ces gangs – Los Carniceros, El Equipo, Séptimo, et Los Fantasmas parmi d'autres – luttaient pour des bribes de territoire tout autour du parc Cuvillier, à l'ouest jusqu'à la FDR et au nord jusqu'à la jonction du boulevard Martin Luther King Jr. et de la 1re Avenue près du pont de Triborough. Il y avait eu des incidents. Des gens avaient été poignardés, abattus, éviscérés et brûlés. Puis tout était redevenu calme. Il ne s'était rien passé pendant des jours. Madigan en avait parlé à Ivonne, et elle avait souri. « C'est lui, avait-elle dit. L'Homme Pastèque. M. Sandià. Il a tout réglé. Il s'est arrangé pour qu'ils travaillent ensemble au lieu de se battre les uns contre les autres. C'est le maire d'East Harlem maintenant. Il a fait tuer quelques personnes, et maintenant c'est lui le big boss. »

Alors Madigan avait posé des questions, on lui avait répondu, et il avait rencontré ce M. Sandià en janvier 95. Il se rappelait ce jour comme si c'était la veille.

Lumineux, froid, l'air propre et sec. La rencontre avait eu lieu dans une petite maison de la 124e Rue Est. À l'heure du déjeuner. Madigan s'était rendu là-bas, et la porte avait été ouverte à son approche. Un homme aux épaules étroites, vêtu d'un costume de qualité, lui avait fait signe d'entrer en souriant. Une dent en or du côté droit, le reste d'un blanc artificiel. Quand il s'était retourné et l'avait conduit à la cuisine à l'arrière, Madigan avait vu la bosse d'un pistolet au creux de ses reins. Un deuxième homme s'était levé quand Madigan était entré dans la pièce. Une odeur de viande frite et de fromage avait empli ses narines. C'était une odeur agréable.

Sandià s'était levé de table. Lui aussi souriait. Il ne mesurait pas plus d'un mètre soixante-quinze, mais était solidement charpenté. Ses cheveux étaient épais et frisés. Son teint était pâle, presque caucasien, mais la chaleur profonde de ses yeux et le noir de jais de ses cheveux faisaient qu'il ne pouvait être que latino.

« Vous êtes Madigan, avait-il dit avec une infime pointe d'accent.

— Et vous êtes M. Sandià. »

L'homme avait souri une fois de plus et tendu la main.

« Nous mangeons. C'est simple, mais bon. »

Alors ils avaient mangé, et peu parlé – simplement du froid, des changements politiques à venir, de la dégradation des critères éducatifs pour les enfants du quartier –, et pendant tout ce temps Madigan avait su qu'il était en présence d'un homme aux grandes aspirations. Une fois le déjeuner fini, alors qu'ils fumaient et buvaient du café, Madigan avait simplement dit : « Il y a du travail pour nous deux ici, monsieur Sandià », et ce dernier, acquiesçant lentement, avait répondu : « Et quel secteur d'activité vous intéresserait le plus ? »

Ils avaient commencé petit. Madigan informait Sandià des itinéraires utilisés par les gangs noirs pour leurs trafics. Les chargements qui arrivaient étaient détournés, redistribués. En échange, Sandià donnait à Madigan des tuyaux sur les Orientaux, ou même sur les lignes d'approvisionnement des dealers qui fournissaient les étudiants blancs et les élèves infirmières qui venaient en voiture de Yorkville et de l'East Side. Sandià était devenu riche. Madigan s'était constitué une liste d'arrestations longue comme le bras, et tout allait bien. En août 95, Madigan avait été promu au poste d'inspecteur au sein de l'antigang, et il y était resté jusqu'en octobre 98. Après quoi il avait été troisième classe aux mœurs jusqu'en janvier 2001, avant de passer six ans à la brigade des vols et des homicides. Mais les graines avaient été semées toutes ces années auparavant, et Sandià et lui, si l'on oubliait leurs différences, avaient travaillé main dans la main pendant près de quinze ans.

C'était cette histoire qui était toujours là, toujours présente. Même s'il était tacite, sous-entendu, ils avaient toujours un contrat. Une promesse. Une main lave l'autre. Toute bonne action mérite une récompense.

Ce que Madigan avait fait ce matin-là était une violation de tout ce qu'il y avait eu entre eux – chaque mot, chaque acte – au cours de ces quinze années.

Et c'était ça – cette douloureuse certitude – qu'il faisait son possible pour dissimuler tandis qu'il sortait de l'ascenseur et longeait le couloir en direction de la pièce où l'attendait Sandià.

14

Ghost On The Highway

Walsh n'aurait pas dû être envoyé, mais il avait autrefois appartenu à la criminelle, et c'était le seul inspecteur présent dans le commissariat quand l'appel était arrivé. Callow, Harris et les autres étaient tous sur d'autres affaires. Il y avait un gamin de douze ans mort dans une benne près de St. Paul's Place ; une dispute conjugale dans la 125ᵉ Rue près de la station de métro qui avait terriblement, terriblement mal tourné ; un soi-disant cas d'asphyxie érotique dans un appartement merdique donnant sur le parc Thomas Jefferson, qui ressemblait de plus en plus à un crime maquillé à chaque question posée au petit copain de la défunte. Un après-midi de travail ordinaire. Donc ça avait été Walsh. Duncan Walsh, trente-neuf ans, originaire du New Jersey mais parlant comme quelqu'un venu d'ailleurs. Pas marié, vivant avec une femme de trois ans son aînée, pas d'enfants. Il avait rejoint les forces de l'ordre dans le New Jersey, passant son examen sur le tard, alors qu'il avait vingt-six ans, mais le réussissant sans problème. Après l'école de police, il avait passé trois ans à patrouiller, la moitié du temps en voiture, le reste sur le trottoir. Dix-huit mois à la criminelle, puis une volte-face qui l'avait mené à la formation pour les unités spéciales. Mais les unités spéciales ne lui avaient pas convenu, et vice versa, car au bout de quatre mois il avait mis les bouts et s'était fait transférer au NYPD au début de 2003, passant les quatre années suivantes derrière un bureau au département des anciens combattants. Le service des relations publiques du bureau du maire était venu le chercher à l'automne 2007, et il y était allé. Il avait passé un an à faire le larbin, puis avait décidé que le moment était venu d'avoir sa plaque dorée. C'est pourquoi il avait atterri aux affaires internes, la voie rapide assurée vers le grade d'inspecteur sans avoir à se farcir le sale boulot.

Walsh venait peut-être du New Jersey, mais il n'était pas New Jersey pur jus. Son père d'origine écossaise était de Pennsylvanie et sa mère, du Sud. Duncan était fils unique. Il n'avait été ni gâté ni négligé, flottant quelque part au milieu. Plus tard, après la mort de ses deux parents, Walsh s'était demandé s'ils avaient eu un enfant non parce qu'ils en voulaient un, mais parce que c'était ce qu'ils étaient censés faire. C'était la norme. Les gens se mariaient et avaient des gosses. Ses parents avaient essayé une fois et en avaient conclu que c'était pour les autres.

Le boulot, c'était son truc. Sa marotte. Il s'était accroché à une carrière dans la police faute d'autre vocation. Il se forçait à entrer dans la peau d'un flic. Ce n'était ni une question de réconciliation avec lui-même, ni une réaction conditionnée, mais un simple besoin de faire quelque chose qui avait un sens.

Son problème avait toujours été les attentes du lendemain. Ce serait mieux *demain*. Ce qui était devant lui était infiniment préférable à ce qui était passé, ou à ce qui se passait maintenant. Un trait qu'il avait hérité de son père. Pas du pessimisme, plutôt la croyance que tout était une étape vers quelque chose de meilleur. C'était une arme à double tranchant. Vous ne vous reposiez pas sur vos lauriers, mais vous ne reconnaissiez pas non plus vos succès du moment. Toujours dans le flou, Walsh travaillait, il observait, et attendait une occasion de faire ses preuves. Ce qu'il voulait prouver, il ne le savait pas plus que les autres, mais ça ne changeait rien au fait que c'était ce qu'il ressentait. Cette attitude, cette *philosophie*, faisait qu'il avait une tendance au perfectionnisme et une attention au détail presque obsessionnelle. Il était déjà comme ça lors de son passage au département des anciens combattants, au bureau du maire, et à la criminelle avant ça. Les unités spéciales avaient été une autre histoire. Il s'était retrouvé testé à tous les niveaux, et avait été mis face à ses insuffisances. Walsh se connaissait mieux que la plupart des gens. Il savait quand une chose était vouée à l'échec, et il prenait la tangente avant de se planter. Pour lui, accepter ses limites n'était pas du défaitisme ; c'était simplement du réalisme et du pragmatisme.

Ce mardi soir, quand l'agent de garde l'appela pour annoncer qu'un triple meurtre avait été signalé dans un box près de la 109e Rue Est, la première réaction de Walsh fut : « Qui vous a dit de me refiler ça ?

— Le sergent de brigade », répondit l'agent.

Walsh appela Bryant, qui expliqua : « On n'a personne d'autre. Je ne vous demande pas de prendre l'affaire. Je la repasserai au premier inspecteur qui rentrera. J'ai juste besoin que quelqu'un avec un peu de bon sens aille là-bas et sécurise les lieux. C'est tout.

— Ce n'est *vraiment* pas mon boulot…

— Vous croyez que je ne le sais pas ? Bon sang, Walsh, arrêtez de m'emmerder. Pour le moment, je n'ai que vous… oh, et trois types morts plus un paquet de cash éparpillé sur le sol d'un box. Donnez-moi une heure de votre précieux temps, vous voulez bien ?

— Les techniciens de scène de crime ont été appelés ?

— Oui, mais ils disent qu'ils n'y seront pas avant une vingtaine de minutes.

— Donnez-moi l'adresse », dit Walsh, qui attrapait déjà sa veste sur le dossier de sa chaise.

Les agents en uniforme avaient placé une voiture de patrouille de chaque côté de l'unité de stockage. Des badauds traînaient déjà dans les parages. Walsh se gara, montra sa plaque, et la renfonça dans sa poche de poitrine. Il jeta un coup d'œil à sa montre. Cinq heures et quart.

Bryant n'avait pas menti. À l'intérieur il y avait trois cadavres, un paquet de fric éparpillé ici et là, beaucoup de sang. Le seul véhicule était un Ford Econoline E-250. Manifestement, la petite fête avait mal tourné. Les techniciens de scène de crime auraient du pain sur la planche.

Il y avait trois morts, dont deux tenaient encore une arme – un .38 et un .44. Le type au .44 avait une blessure à la poitrine – il s'était apparemment pris une balle dans le cœur. Celui au .38 en avait reçu une dans le ventre, et vu la large flaque qui l'entourait,

Walsh supposa qu'il s'était vidé de son sang. Le troisième homme avait été touché à la tête, probablement par une balle de .38 ; il n'avait pas d'arme, et il ne semblait pas y en avoir d'autres dans le box. La première question de Walsh fut : qui a descendu qui en premier ? Le seul scénario possible était le suivant : .38 descend le type sans arme. Ce dernier tombe raide mort, fin de la discussion. Jusque-là, ça se tenait. .38 et .44 se retrouvent alors face à face. Avaient-ils tiré simultanément ? L'un se prend une balle dans la tête, l'autre, dans le ventre. Et ensuite, .38 se vide de son sang ? Ça semblait fonctionner en théorie, mais la balistique et les techniciens confirmeraient.

Walsh recula jusqu'à l'entrée de l'unité de stockage, puis il alla chercher son appareil photo numérique dans sa voiture. Il prit des clichés des empreintes laissées par l'Econoline et des traces sur le sol près du mur. Il fit de même avec les trois cadavres, les points d'entrée et de sortie des balles, les armes à feu, les corps depuis chaque coin du box, la camionnette, puis les billets de dix, vingt et cinquante tachés de sang qui jonchaient le sol.

Le carnage avait fait suite à un vol, un vol qui avait réussi, puis quelqu'un avait été trop gourmand. Ou bien peut-être que le type était trop gourmand depuis le début, et que tout ça était inévitable.

Il retourna à la porte en entendant un véhicule s'immobiliser dehors. Trois techniciens en combinaison intégrale, méthodiques, comme toujours.

Le chef de l'unité salua Walsh, écouta le résumé de ses observations préliminaires.

« On peut vous dire qui a tué qui, pas de problème, dit l'homme à Walsh. Mais je ne sais pas combien de temps ça va prendre. On a eu un week-end chargé et il me reste du boulot de samedi soir.

— Je suis juste ici pour sécuriser la scène, expliqua Walsh. Je reste jusqu'à ce qu'un inspecteur de la brigade des vols et des homicides arrive ; après, ce sera leur problème… » Puis il hésita et ajouta : « Mais d'accord, oui, si ça ne vous ennuie pas. Envoyez-moi une copie quand vous en aurez fini. »

Il donna sa carte à l'homme.

« Affaires internes ? demanda ce dernier. Ce n'est pas vraiment votre domaine, si ?

— C'est la vie, répondit Walsh, et il sourit. Comme j'ai dit, je suis juste ici pour sécuriser la scène jusqu'à ce que la cavalerie débarque. »

Walsh les laissa vaquer à leur tâche, regagna sa voiture et attendit patiemment. Cinquante minutes s'écoulèrent avant que quelqu'un n'arrive. Ron Callow, avec un autre type dans son sillage.

Callow et Walsh échangèrent une poignée de main – toujours polis, mais jamais chaleureux.

« Merci, dit Callow.

— Pas de problème.

— Vous avez une théorie ?

— Pas vraiment. On dirait qu'il y a eu un vol, que quelqu'un est devenu trop gourmand, qu'ils se sont engueulés, et que c'est parti en couilles.

— On va aller voir », déclara Callow. Après un instant, il se retourna. « Vous en avez fini pour aujourd'hui ?

— Pas avant 8 heures », répondit Walsh.

Callow et son équipier se dirigèrent vers le box. Walsh remonta dans sa voiture et mit le moteur en route. Tandis qu'il s'éloignait, il regarda derrière lui l'éclat étrange des lampes à arc qui émanait de l'entrée du box. Avait-il manqué un indice ? Il y avait quelque chose, non ? Il l'avait senti. Tandis qu'il se tenait au-dessus de ces cadavres, des projections de sang, de l'argent qui avait volé dans toutes les directions... la montée d'adrénaline, cette sensation au creux du ventre. Ses dix-huit mois à la criminelle lui en avaient beaucoup appris, mais ils l'avaient également rendu amer, cynique sur les bords. Il n'avait pas voulu rester comme ça, du coup il était passé à autre chose, comme quand il avait quitté les unités spéciales et avait été transféré du New Jersey à New York. C'était ça qui était si visible chez des gens comme Callow, Bryant, Harris et Madigan. Et pourtant, ce dernier avait quelque chose en plus, une chose qui n'appartenait qu'à lui. Madigan, estimait Walsh, était le meilleur des quatre. Il avait un sacré nombre d'arrestations à son actif, avait envoyé un paquet de gens au trou pour de longues peines. Mais Madigan était également le plus difficile à manœuvrer, le plus insaisissable, celui qui vous glissait entre les mains. C'était l'homme que Walsh se disait qu'il serait lui-même devenu s'il n'avait pas vu les signes. Limitations de vitesse, stops, détours et déviations. Ces panneaux étaient là pour une raison, et si vous les ignoriez... eh bien, si vous les ignoriez, votre carrière cessait d'être une carrière et devenait simplement un moyen de tuer les jours et les semaines. Madigan était devenu comme ça ; flic depuis si longtemps qu'il ne pouvait plus mener d'autre vie. Deux divorces, des gamins avec trois mères différentes, il vivait plus que probablement dans un petit appartement merdique avec des cartons dans le couloir qui renfermaient tout ce qu'il possédait et qui n'avaient pas bougé depuis qu'il avait emménagé. Ce n'était pas une vie, certainement pas celle que Walsh voulait. Et pourtant Madigan lui inspirait un certain respect, simplement parce qu'il n'avait pas perdu sa motivation.

Walsh observait ça chez la plupart d'entre eux – quinze ans de service et ils étaient lessivés, abattus, regardant avec méfiance la moindre main tendue, considérant avec cynisme non seulement la loi, mais toute réelle possibilité de justice, et cherchant éternellement le moindre répit qui soulagerait la pression. Et pourtant ils continuaient, ils continuaient de faire le boulot, et ils le faisaient du mieux qu'ils pouvaient.

Walsh avait déjà tiré douze ans, et quand il atteindrait les quinze, il voudrait la plaque dorée, le grade, le bureau et le salaire. Il s'était convaincu qu'il ne deviendrait pas un autre Callow, un autre Harris ou Bryant, et certainement pas un autre Madigan. Et pourtant, malgré ça, il savait qu'ils avaient une chose que lui n'aurait jamais : la fierté de ne pas avoir baissé les bras.

Il tourna à gauche après le parc Thomas Jefferson et s'engagea dans la pente qui menait au parking souterrain du commissariat. Il n'avait aucune raison d'éprouver quoi que ce soit tandis qu'il marchait de sa voiture à l'ascenseur, et pourtant il ressentait quelque chose. Une anxiété inhabituelle s'était logée au creux de son ventre, et comme il montait les deux niveaux jusqu'à son étage, il ne voyait pas grand-chose hormis la scène face à laquelle il s'était trouvé dans le box.

Quelque chose ne collait pas. Il se demandait qui avait été volé, et quelle somme avait été prise. Il s'interrogeait sur l'identité des trois hommes morts, sur le déroulement de cette scène finale. Il tenta de s'imaginer ce qu'ils avaient ressenti – persuadés qu'ils venaient de réussir un grand coup, qu'ils avaient l'argent dont ils avaient besoin, une porte de sortie, une échappatoire, et pourtant comprenant rapidement que tout s'arrêterait là.

Les portes de l'ascenseur s'ouvrirent. Walsh hésita à l'entrée de son bureau. Il tenait l'appareil photo numérique dans sa main. Pourquoi avait-il pris ces clichés ? Ce n'était pas son affaire, pas sa scène de crime. Et pourquoi avait-il demandé au technicien de le tenir informé de l'analyse des empreintes et des résultats de la balistique ?

Ça n'était pas censé se passer comme ça. Il ne ferait pas marche arrière. La brigade des vols et des homicides n'était pas là où il voulait être. Appartenir aux affaires internes, c'était nager à contre-courant, certes, mais c'était un moyen d'arriver à ses fins. Et ce qui comptait, c'était la destination, pas le voyage.

Il s'assit et alluma l'appareil photo. Une à une, il effaça les images de la mémoire, puis il rangea l'appareil dans le tiroir de son bureau.

C'était la fin de cette histoire, il ne voulait plus y penser.

15

Eternity Is Here

Le courage n'est pas ce que vous croyez. Le courage est mal compris. Tout le monde veut survivre. Personne ne veut mourir. Je crois que le courage – en règle générale – provient de la certitude qu'on est foutu de toute manière. À moitié mort si on agit, mort si on ne fait rien. Une situation où il n'y a plus rien à perdre.

Je ne crois pas que quiconque soit vraiment courageux. Du moins, pas naturellement. Les gens ont peur. Ils ne veulent pas mourir. Même les cinglés, les vrais détraqués. Eux aussi ont peur quand ils savent que leur heure arrive.

J'ai assisté à deux exécutions. Les deux fois par injection létale. Je n'ai pas dormi pendant plusieurs jours par la suite. Je n'osais pas. Ces types sanglotaient. Je veux dire qu'ils chialaient vraiment. Ils fanfaronnaient jusqu'au moment où ils savaient que ce n'était pas un jeu, pas un rêve, et qu'ils étaient sur le point de finir dans un grand trou dans les tréfonds de l'enfer. Parce que c'était là leur place à eux deux, ça ne faisait aucun doute. Et pourtant ils chialaient comme des gamines.

On m'a braqué des flingues sous le nez. On m'a tiré dessus. Des types balèzes se sont jetés sur moi avec des battes de baseball, des couteaux, des bâtons, des bouteilles cassées, et même une fois avec une tronçonneuse qui avait déjà coupé le bras de quelqu'un au niveau de l'épaule.

J'avais la trouille. Vraiment.

Mais pas autant que maintenant.

À l'instant présent.

Tandis que je franchis la porte, passant du couloir à la pièce dans laquelle Sandià m'attend patiemment.

« Faites venir Madigan », a-t-il dit à quelqu'un, et cette personne m'a appelé, et Sandià n'a jamais douté une seconde que je rappliquerais dare-dare.

Veut-il me voir parce qu'il sait ? Ou alors parce qu'il ne sait pas ?

S'il sait, eh bien, je suis un homme mort. Aucun doute là-dessus. « Vous avez tué quatre de mes hommes », dira-t-il. Il secouera la tête. Il regardera un moment au loin, puis il se tournera de nouveau vers moi et me sourira d'un air résigné. Je verrai cette expression, celle que j'ai déjà vue tant de fois. Une sorte d'acceptation pleine de regrets, comme s'il comprenait désormais que la situation était sans issue. Comme Ponce Pilate. Même s'il le voulait, il ne pourrait rien faire. La décision a été prise. Elle n'est plus entre ses mains.

Je suis triste. Pas pour moi. Ni parce que ma situation est désespérée. Je suis simplement triste parce que ça va s'arrêter. J'ai quarante-deux ans. Tout a filé en un clin d'œil. Mais à quoi je m'attendais ? Quel genre de vie je pensais avoir ? La seule chose que je sais avec certitude, c'est que j'espérais autre chose. Ça, j'en suis certain.

J'ai une sensation dans la poitrine. Quelqu'un a attrapé mon cœur et le presse comme un citron. La sensation se propage à mes poumons, à ma gorge, même à mon nez. J'ai du mal à respirer. Les murs semblent aussi fins que du papier à cigarette. Si je les touche, ils bougeront.

Je pense à la fille qui a fait une overdose il y a trois semaines. Au fait que ma vie est désormais aussi insignifiante que la sienne.

Je pense à Landry, et Williams, et Fulton. Je me demande si leurs cadavres ont été découverts. Je me demande si les techniciens de scène de crime sont, en ce moment même, en train de prendre des photos, de faire des rapprochements, et j'essaie d'imaginer ce que je ferais si j'héritais de cette enquête. J'aurais dû aller plus loin. J'aurais dû choisir un box hors de ma juridiction. J'aurais dû y retourner et vérifier plusieurs fois que rien ne me reliait à la scène dans ce bâtiment.

J'aurais dû faire beaucoup de choses.

Mais nous y sommes.

Le moment est venu.

Comme ce tueur d'enfant sur la table quand ils lui ont planté ces perfusions dans les bras et qu'il a su que le thiopental sodique et le bromure de pancuronium allaient lui couler dans les veines.

« Alors ça y est ? a-t-il demandé, et il m'a regardé directement à travers la vitre. L'éternité est arrivée ? »

16

Day Turn To Night

« Ce genre de choses, on ne les pardonne pas et on ne les oublie pas, déclara Sandià. Il ne s'agit pas de savoir comment ni pourquoi, mais simplement qui. C'est tout ce que je veux savoir, Vincent. Qui a fait ça ? »

Il se tenait près de la fenêtre, la main gauche dans sa poche de veste, la droite écartant le rideau. Il regardait la rue en contrebas depuis que Madigan était entré dans la pièce, n'avait même pas jeté un coup d'œil dans sa direction.

L'escorte était repartie. Madigan restait aussi près que possible de la porte, persuadé que s'il se rapprochait de Sandià ce dernier entendrait les battements de son cœur.

« Qui a fait ça ? » répéta Sandià, avant de secouer lentement la tête.

Jouait-il à un jeu ? Savait-il que c'était lui ? Laissait-il à Madigan une chance de vider son sac, d'admettre qu'il était coupable et, ce faisant, d'atténuer son châtiment ?

Je t'ai donné une chance, Vincent. J'ai fait tout ce que j'ai pu. J'espérais que tu parlerais, que tu dirais quelque chose, que tu m'expliquerais ce qui s'est passé et comment, et que tu t'excuserais. Mais non, tu n'as pas dit un mot. Tu m'as déçu, Vincent. Sérieusement déçu. Je croyais que nous étions amis, que toutes ces années comptaient pour quelque chose. Mais de toute évidence, non. Bon Dieu, Vincent, je ne veux pas te faire ça, mais je n'ai plus le choix...

« Le fils de ma sœur, reprit Sandià. Ils ont tué le fils de ma sœur. » Il s'écarta de la fenêtre. « Quatre hommes... » Il secoua la tête, agita la main d'un air dédaigneux. « Les trois autres... Les trois autres, ça faisait déjà beaucoup, mais le fils de ma sœur ? »

Madigan ravala la boule dans sa gorge. Elle avait la taille d'une balle de baseball.

C'était lui qu'il avait reconnu quand ils avaient sorti le brancard. Celui dont le visage lui avait semblé si familier. Le neveu de Sandià. Merde, c'était encore pire qu'il ne l'avait imaginé.

« Approche, dit Sandià en agitant la main vers Madigan. Viens t'asseoir avec moi, Vincent. »

Madigan s'écarta de la porte. Il essayait de décrypter Sandià, de voir ce qu'il avait dans les yeux, dans la tête, mais l'homme ne laissait jamais rien transparaître. C'était ça qui le rendait bon. C'était ça, la clé de sa réussite. Personne ne savait jamais ce qu'il ferait ensuite, et cette imprévisibilité lui donnait l'avantage.

Du buffet situé contre le mur Sandià tira une bouteille de whiskey et deux verres. Il les remplit et en tendit un à Madigan. Il n'avait plus le choix. Il s'approcha, accepta le verre, et prit place face à Sandià. Ce dernier s'assit à son tour, tint un moment le verre contre sa joue, puis but une gorgée. Il ferma les yeux tandis qu'il avalait.

Madigan but également. Il crut brièvement qu'il allait tousser tandis que la brûlure de l'alcool envahissait sa gorge, mais il se retint. Il tentait de ralentir les battements de son cœur. Il tentait de regarder Sandià droit dans les yeux sans rien montrer de ce qui se passait dans sa tête.

« Je suis déçu », commença Sandià, et Madigan sut que c'était fini.

Je t'ai laissé une chance, Vincent.

Il sentait le verre froid dans sa main, la tension dans chacun de ses doigts.

« Je suis déçu par les gens… »

J'espérais que tu parlerais, que tu dirais quelque chose…

Il serra le verre plus fort et se demanda s'il allait voler en éclats.

« Déçu qu'ils me prennent pour un tel idiot… »

Bon Dieu, Vincent, je ne veux pas te faire ça, mais je n'ai plus le choix…

« Il y a des gens qui croient honnêtement pouvoir faire ça et… » Sandià secoua une fois de plus la tête d'un air résigné. « Ils croient que je ne saurai pas. Ils croient que je ne découvrirai pas la vérité, qui ils sont… que je laisserai passer. »

Sandià ferma les yeux. Il porta le verre à ses lèvres mais ne but pas.

Madigan commençait à se demander s'il s'était trompé, s'il avait mal interprété la situation.

Sandià le regarda attentivement.

« Tu te sens bien, Vincent ? »

Madigan acquiesça, presque malgré lui.

« Tu es pâle. Ça ne va pas ?

— Si, si, ça va.

— Toi aussi, ça t'a bouleversé, j'imagine. »

Madigan fronça les sourcils.

« Tu le connaissais, n'est-ce pas ? Mon neveu. »

Madigan tenta de conserver un visage de marbre. Il revint mentalement en arrière, au moment où Fulton, Williams et lui étaient entrés par cette fenêtre à l'étage tandis que l'autre était en haut de l'escalier, le type avec l'argent. Quel était son nom ? Quel était son…

Et alors, ça lui revint.

« Alex. »

Sandià acquiesça lentement.

« Tu l'as vu ? À la maison, aujourd'hui ? »

Le cœur de Madigan se serra. Ses entrailles se nouèrent.

« Je l'ai vu ? »

Sandià sourit d'un air entendu.

« Tu croyais que je n'étais pas au courant de ton implication, Vincent ? »

Madigan ouvrit de grands yeux. C'était comme si le verre se tordait littéralement sous la pression de sa main.

« Qu'on t'avait chargé d'enquêter sur cette affaire ? Tu croyais que je ne le savais pas ? » Sandià se leva de sa chaise et retourna à la fenêtre. « Tu oublies combien d'amis j'ai, hein ? »

Madigan aurait voulu hurler. Il aurait voulu s'enfuir de cette pièce en courant, son cœur explosant dans sa poitrine, sa bouche grande ouverte, ses yeux remplis de terreur et de désespoir. Il n'avait jamais rien ressenti de tel, et il ne voulait plus jamais le ressentir.

Il voulut parler, mais sa langue resta collée à son palais. Alors même que le whiskey franchissait ses lèvres, il sut qu'il venait de passer tout près d'une mort inévitable.

« Oui, dit-il. Parfois j'oublie.

— Eh bien, si j'avais pu le faire, Vincent, tu sais que c'est également toi que j'aurais choisi. »

Sandià retourna à son bureau et s'assit.

« Dis-moi ce que tu as vu, Vincent… Dis-moi exactement ce que tu as vu. »

Madigan remua avec gêne.

« C'était un massacre, répondit-il. Ils n'avaient aucune chance. Ceux qui ont fait ça sont entrés par la fenêtre à l'étage. Ils ont attendu que l'escorte arrive en haut de l'escalier, et alors ils ont fait irruption. Ils étaient trois, peut-être plus. On essaie encore de déterminer exactement comment ça s'est passé. »

Sandià balaya ce commentaire d'un geste de la main, comme si, en l'entendant, il se rendait compte qu'il ne voulait tout compte fait pas l'entendre.

« Le *comment* ne m'intéresse pas, Vincent. Ni le *comment*, ni le *pourquoi*, mais le *qui*. C'est tout ce que j'ai besoin de savoir. Qui a fait ça ? Je me fous de l'argent. Il n'a aucune importance. En plus, il ne sera d'aucune utilité à ceux qui l'ont pris. S'ils commencent à le dépenser, ils n'iront pas plus loin que la prochaine épicerie…

— D'aucune utilité ? » demanda Madigan.

Sandià esquissa un sourire ironique. Il avait dans les yeux une expression supérieure.

« Marqué, dit-il.

— Pardon ?

— L'argent. Il était marqué. La totalité. »

Le cœur de Madigan s'arrêta. Il l'entendit s'arrêter. C'était le même bruit qu'une voiture percutant un mur.

« Donc, puisque ceux qui l'ont pris attendront probablement quelque temps avant de commencer à le dépenser, j'ai besoin de ton aide.

— Bien sûr », répondit Madigan.

En prononçant ces deux mots simples il eut l'impression d'avoir la bouche pleine de poussière. Il se sentait désorienté, perdu. Avait-il fait tout ça pour rien ? Des billets marqués ? Comment était-ce possible ? Ça n'avait aucun sens.

« Il y a aussi la question de la fille.

— Oui, répondit Madigan. La fille.

— On m'a confié une responsabilité, Vincent, celle de m'occuper de cette enfant. Je le faisais pour une très bonne raison, et maintenant elle est à l'hôpital, et d'après ce que je crois savoir, il est fort possible qu'elle ne survive pas. » Sandià prit une profonde inspiration, expira lentement. « Si cette enfant meurt… Eh bien, Vincent, si elle meurt, je serai très malheureux, pas seulement parce qu'il n'est jamais agréable de voir un enfant mourir, mais parce que j'aurai manqué à mon devoir. Tu comprends ?

— Oui, évidemment.

— Donc j'ai aussi besoin que tu m'aides.

— Qu'est-ce que tu veux que je fasse ?

— J'ai besoin que tu mènes cette enquête avec application et rapidité, Vincent. J'ai besoin que tu découvres qui a fait ça, et avant de procéder à la moindre arrestation, je veux que tu me dises qui sont ces gens, et où ils se cachent. »

Madigan ne répondit rien.

« Deuxièmement, j'ai besoin que tu assures la sécurité de cette fillette. Elle doit rester vivante, Vincent. Je ne peux pas insister suffisamment sur ce détail. Elle doit rester vivante. J'ai besoin qu'elle s'en sorte.

— Tu peux me dire son nom ? demanda Madigan. Nous ne sommes toujours pas parvenus à l'identifier. »

Une fois encore, Sandià agita la main d'un geste dédaigneux.

« Son nom est sans importance. Peu importe qui elle est et d'où elle vient. Tu dois juste t'arranger pour qu'il ne lui arrive plus de mal… »

Madigan but une gorgée de whiskey. La tension dans sa poitrine s'était transformée en intense nausée. Ses yeux semblaient trop grands pour leurs orbites. Sa langue était comme une pierre âpre dans sa bouche desséchée.

« Et ma gratitude s'accompagnera d'une récompense, Vincent, ajouta Sandià. Tu as bien meilleure mémoire que moi. Combien dois-tu à mes bookmakers ?

— Soixante-quinze, répondit Madigan. Soixante-quinze mille.

— Fais ça pour moi, Vincent, dis-moi qui sont ces gens et où ils se sont enfuis, fais tout ce que tu pourras pour t'assurer que la fillette s'en sorte vivante, et nous serons quittes. La dette sera effacée. »

Madigan soupira. Il tenta de sourire.

« C'est très généreux… »

Sandià se leva et marcha jusqu'au buffet. Il attrapa la bouteille de whiskey sur le plateau.

« Tu me connais aussi bien qu'un autre, Vincent. Ma générosité n'a d'égale que ma colère. Les gens qui ont fait ça… Bon, inutile d'ajouter quoi que ce soit, hein ? Bois un autre whiskey avec moi, puis tu devras partir et t'occuper de tout ça.

— Oui », répondit Madigan, et il tendit son verre pour que Sandià le remplisse de nouveau.

17

Jack On Fire

Je suis malade pendant près d'une heure.

Je vomis et j'ai des haut-le-cœur jusqu'à être complètement vidé, puis je continue jusqu'à ce que les vaisseaux sanguins de mes yeux soient sur le point d'exploser.

Je suis dans les toilettes d'un bar quelconque. Je me suis enfermé dans une cabine, et à trois reprises quelqu'un a lancé : « Ça va là-dedans, vieux ? Hé... ça va ? »

« OK », ai-je répondu, la bouche pleine de salive, le nez bouché. Mes yeux me piquaient et ma respiration était rapide et saccadée.

J'ai regagné ma voiture et me suis éloigné de l'immeuble de Sandià. J'ai continué de rouler jusqu'à me retrouver près de Central Park, quelque part entre le musée et l'hôpital Mount Sinai. Je me suis garé. Je me rappelle avoir chialé, comme ces types dans la chambre d'exécution quand on leur a planté les aiguilles dans les bras. Chialé comme un connard. Putain. Putain de bordel de merde. Je ne sais pas ce que je fabrique. Parfois je me demande même si je suis éveillé. Est-ce que c'est un rêve ? Ou est-ce que c'est un cauchemar complètement tordu, et je vais me réveiller dans un lit à côté d'Angela, ou Ivonne, ou Catherine ? Ou peut-être que je suis encore un gamin, et que c'est une espèce de prémonition surréaliste de ce qui m'arrivera si je m'engage dans cette voie…

Mais ce n'est rien de tout ça. Je le sais.

Sandià a besoin de mon aide. Il veut connaître l'identité des gens qui ont volé son argent et tué Alex, son neveu. Je me souviens de la dernière fois que je l'ai vu. Il avait l'air d'un brave type. Il bossait pour son oncle, comme tous les neveux de Sandià, mais il n'avait pas l'attitude arrogante à la con que nombre d'entre eux arboraient. Ils roulaient des mécaniques parce qu'ils étaient de la famille de Sandià et qu'ils pouvaient se le permettre. Mais Alex n'était pas comme ça. Il ne semblait pas à sa place, comme un poisson hors de l'eau. Ça remonte à six mois, et pourtant il travaillait encore pour son oncle. Il était là aujourd'hui. Le coursier. Et maintenant il est mort. De même que trois autres, et aussi Fulton, Landry et Williams. Il ne reste qu'une personne vivante, une seule personne qui sache ce qui s'est passé, et c'est moi. Madigan. Vincent Madigan. Merde.

Et qu'entendait Sandià avec cette histoire d'argent marqué ? Qu'est-ce que ça signifiait ? Marqué par qui ? Sûrement pas par lui. Était-ce de l'argent volé ? Provenait-il du braquage d'une banque ? Les billets étaient-ils répertoriés, chaque numéro de série noté quelque part, prêt à déclencher une alerte sur un écran du gouvernement dès qu'ils changeraient de mains à une caisse quelque part ? Où était-ce un commentaire badin qui ne signifiait rien du tout ? Avait-il parlé au sens figuré ?

Bon Dieu, ça n'a plus d'importance. J'ai volé l'argent pour rembourser ma dette de jeu à Sandià. Et maintenant ? Merde, Sandià lui-même va effacer la dette ! Si ça c'est pas la plus grande putain d'ironie. Trouver qui a fait le coup, l'informer avant qu'un rapport officiel ne soit diffusé ou qu'une arrestation ne soit effectuée, et la dette disparaît ! Bon Dieu ! Je vais l'appeler maintenant. « Hé, j'ai un nom pour toi. Je suis ici, mon ami. Ici ! Viens me chercher et on sera quittes. Je te dirai même où est l'argent, OK ? Il est dans un sac sous le foutu plancher de ma maison ! »

Je vomis une fois de plus.

« Hé ! Qui est là-dedans ? Ça va, vieux ? T'as besoin d'un coup de main ? »

« C'est bon. Juste bu quelques verres de trop. Ça va aller. »

« OK, mon pote, si tu le dis. Mais t'as vraiment pas l'air dans ton assiette. »

Et il a raison. Je n'ai pas l'air dans mon assiette depuis l'extérieur, et je le suis encore moins à l'intérieur.

Si avant je pensais être baisé, eh bien, c'était vraiment de la petite bière.

Maintenant, le vrai spectacle va commencer. Maintenant, je joue dans la cour des grands.

Vincent Madigan tente le tout pour le tout, et le monde entier est là pour le voir mis hors jeu.

Qu'est-ce que j'ai fait ?

Et la gamine. C'est quoi cette histoire avec la gamine ? Dans un lit d'hôpital, blessée par balle, à moitié vidée de son sang. Peut-être qu'elle s'en tirera, peut-être pas. Et il veut que je m'occupe d'elle, que je m'assure qu'elle s'en sortira, mais il refuse de me dire son nom.

Qui est cette gamine, et qu'est-ce qu'elle foutait dans cette maison ?

J'essaie de me lever. Il y a du vomi sur ma chemise, sur la taille de mon pantalon, sur mes mains, mes chaussures, par terre.

Je sors de la cabine à reculons et me penche au-dessus du lavabo. Je regarde mon reflet dans le miroir. Je vois l'image que je me renvoie, mais je me demande laquelle je donnerais à quelqu'un d'autre.

Celle d'un homme mort, je pense.

Voilà l'image que je dois donner au monde : un homme mort.

18

A House Is Not A Home

Il était minuit passé, plus près de 1 heure. Madigan savait qu'il ne dormirait pas.

En arrivant chez lui, il monta directement à l'étage et tira le tapis. Il sortit le sac d'argent, le vida par terre et regarda les liasses de billets de vingt, cinquante et cent. Il songea qu'il ferait aussi bien de les brûler. Il ne pouvait pas les dépenser, ni régler les pensions alimentaires en retard aux avocats, ni rembourser sa dette à Sandià. Il ne pouvait pas payer une note de bar, ni faire ses courses ou s'acheter un paquet de clopes à la boutique d'alcool du coin. C'était de l'argent mort. Lui, Vincent Madigan, était un homme mort, et il avait trois cent mille et quelques dollars d'argent mort.

La question désormais était : que faire maintenant ?

Officiellement, il était enquêteur principal dans l'affaire du braquage du repaire de Sandià et des quatre meurtres qui s'y étaient produits. Officieusement, il était l'informateur qui devait révéler à Sandià qui avait commis ce vol et ces meurtres. En théorie, ce dossier aurait dû rester ouvert indéfiniment. Telle avait toujours été son intention. Pas de noms, pas d'identités, lui et les trois autres étaient censés demeurer des inconnus les uns pour les autres. Mais qu'est-ce qu'il croyait ? Avait-il honnêtement pensé que ni Fulton, ni Landry, ni Williams ne découvriraient qui il était ? Quel choix lui avaient-ils laissé ? Dès que Fulton avait ouvert la bouche – *Tu crois que je sais pas qui t'es ?* –, l'issue avait été inévitable. Fulton devait mourir, et s'il mourait, les deux autres devaient partir avec lui. Ben Franklin avait raison : un secret entre trois personnes n'était un secret que si deux d'entre elles étaient mortes. Et maintenant il y avait le revers de la médaille : Madigan était censé révéler à Sandià le nom et la planque des assassins d'Alex, et aussi s'assurer de la sécurité d'une enfant grièvement blessée, une enfant anonyme.

Il remit l'argent dans le sac, replaça celui-ci sous le plancher. Il regarda les sachets de comprimés, les armes de poing, le Tec-9, les boîtes de munitions. Il s'assit dos au mur, les genoux remontés contre le torse, les bras autour des jambes. Il avait besoin d'avoir les idées claires. Il avait besoin de dormir. *Alors* il pourrait réfléchir avec lucidité. Deux Ambien feraient l'affaire, et il en avait dans l'armoire à pharmacie de la salle de bains. Mais il ne se leva pas. Il resta assis là, les yeux fermés, les doigts entrelacés, ses pieds s'engourdissant à mesure que sa circulation sanguine diminuait. Au bout de vingt ou vingt-cinq minutes, il se leva. Il s'appuya au mur jusqu'à ce que ses mollets et ses chevilles retrouvent leurs sensations, puis il tira de sa poche les photos de la fillette. Il la regarda, les tubes dans son nez, ses yeux clos, ses traits fragiles. Elle avait à peu près le même âge que Lucy, l'aînée de son second mariage. Lucy avait six ans, en aurait sept le 10 février. Elle était le portrait craché de sa mère, et si elle devenait comme elle en grandissant, elle briserait plus de cœurs qu'une fille ne devrait avoir le droit d'en briser. Catherine Benedict, la liaison la plus longue que Madigan eût jamais eue. Sept ans et deux mois. Deux enfants – Lucy et Tom. Avant ça, Ivonne, et encore avant, Angela. D'autres vies. Des vies qu'il avait laissées derrière lui. Des enfants qu'il avait oubliés. Les mauvaises actions ne faisaient pas de vous une mauvaise personne. Il entendait ses propres pensées, et se dégoûta un moment. Il regarda une fois de plus le sachet de comprimés. Il y en avait assez pour tuer un cheval. Il pouvait le faire, non ? Il pouvait tout arrêter. En finir avec toutes les emmerdes et les mensonges, les fuites et les dissimulations et les tromperies et…

Bordel.

Il se pencha, ramassa la latte et la remit en place, tira le tapis par-dessus et l'aplatit au niveau de la plinthe.

Tandis qu'il pénétrait dans la salle de bains, il sentit la photo de la gamine anonyme lui glisser des doigts. Il s'assit alors au bord de la baignoire et s'enfonça la tête entre les mains, et si on lui avait demandé son propre nom, il n'aurait pas été certain de pouvoir le donner.

Vingt minutes plus tard, Il était dans la cuisine. Sa gorge le faisait souffrir, ses yeux le brûlaient, et il avait un verre de Jack Daniel's à la main. Il n'y avait ni mal ni bien. Plus maintenant. Ce qui s'était passé, ce qu'il avait fait – tout ça l'empêchait de considérer les choses sous cet angle. L'éthique, la morale, la loi ?

Tout ça, c'était des conneries. Il n'y avait pas de loi. Pas vraiment. Demandez à n'importe qui dans la rue si la justice – la vraie justice – existait, et il vous rirait au nez. La loi servait les avocats. Les tribunaux servaient ceux qui prononçaient les jugements, jamais ceux qui demandaient une compensation pour les torts qu'on leur avait faits. La société était corrompue. Tout le monde avait un prix. Tout le monde pouvait être acheté. Madigan le savait, il en avait la certitude. La ligne de démarcation entre Sandià et lui n'était pas une ligne. C'était une ombre. Et si vous songiez à la véracité d'une telle affirmation, les avocats et les flics étaient les pires. Au moins les gens comme Sandià ne faisaient pas semblant d'être ce qu'ils n'étaient pas.

Et lui, qui était-il ? Qui était Vincent Madigan ? Qui cherchait-il à tromper si ce n'était lui-même ? Des indices bidon, d'autres escamotés, des descentes au cours desquelles l'argent et la drogue disparaissaient mystérieusement. Les gens comme Walsh et les affaires internes passaient chaque heure du jour à traquer ce genre de chose – la corruption interne, les zones d'ombre où la loi cessait d'être une contrainte et commençait à devenir un avantage. Mais ce n'était pas tout le monde. Non, pas tout le monde. Il y avait ceux qui ne basculaient pas, qui restaient sur les rails, qui demeuraient droits et honnêtes et surmontaient la frustration croissante liée aux enquêtes qui ne menaient à rien, aux témoignages qui n'aboutissaient pas, affaire après affaire.

Vous ne gagnerez jamais, lui avait un jour dit Sandià. *La police, les tribunaux, le système judiciaire, vous ne gagnerez jamais. Et je vais te dire pourquoi,*

Vincent. Je vais te dire pourquoi. Parce que le peuple n'est plus de votre côté. Le peuple sait que vous êtes aussi corrompus que les autres. Il sait où est votre véritable intérêt. Il voit vos arrière-pensées, les négociations et les compromis, la façon dont la loi est bafouée, la façon dont elle est détournée pour profiter à celui qui a le plus d'influence ou d'argent. C'est pour ça que vous ne gagnerez jamais... Parce que vous avez cessé de vous soucier de l'homme de la rue bien avant nous.

Ça avait fait réfléchir Madigan. C'était une vérité. Peut-être pas une vérité absolue, mais une vérité tout de même.

La loi ne servait pas l'homme ordinaire. Moyennant quoi l'homme ordinaire n'avait aucune envie de lui obéir.

Madigan vida son verre. Il le posa et alluma une cigarette. Il était 1 heure passée de quelques minutes, le matin du mercredi 13. Il devait découvrir qui était la petite gamine hispanique.

Il devait apprendre son nom, savoir ce qu'elle faisait dans cette maison près du parc Louis Cuvillier, comprendre quel était son lien avec Sandià, et pourquoi ce dernier avait besoin qu'elle survive.

Peut-être avait-il besoin de savoir tout ça pour lui. Pour se donner quelque chose à quoi se raccrocher. Son monde avait dévié de l'axe qui l'avait maintenu en équilibre, et il tournoyait désormais de façon incontrôlable. Il était coincé – il le savait –, coincé entre deux choses bien pires que le marteau et l'enclume. S'il menait cette enquête jusqu'à son terme – que ce soit officiellement ou officieusement –, il était mort. Comme quand il gobait le mauvais cacheton, ou quand il en prenait trop, la seule solution était de se raccrocher à une seule chose – réelle ou imaginaire, peu importait. Juste se raccrocher à ce point de référence, ce point d'ancrage, et ne pas le lâcher tant que tout le reste n'avait pas cessé de bouger.

Il découvrirait qui était cette gamine. Il pouvait le faire. C'était une information que Sandià avait refusé de lui donner, une information qui était inconnue du département. Et les informations étaient le pouvoir. Les informations étaient précieuses.

Il essaierait de dormir, au moins une heure ou deux, puis il recommencerait à poser des questions. Quelqu'un la reconnaîtrait. Quelqu'un connaissait forcément son nom.

Madigan se leva de la table de la cuisine. Il regarda les murs nus autour de lui, les placards vides, le four micro-ondes – toujours dans son carton depuis plus de six mois.

Qu'est-ce qui était arrivé ? Où était passée sa vie ? Son mariage avec Catherine avait pris fin plus d'un an et demi auparavant. Depuis, il l'avait vue à, quoi, deux ou trois reprises ? La dernière fois, il n'était pas resté plus d'une heure. Des mots amers, haineux, avaient été échangés, une redite de leur précédente rencontre. Quant à sa fille, elle n'avait pas su qui il était. Et, plus grave encore, il l'avait à peine reconnue.

Si Sandià le mettait hors jeu, qui en aurait quoi que ce soit à foutre ? Des ex-femmes, une ex-maîtresse, des enfants qui ne se souvenaient pas de lui ? Et s'il parvenait à éviter Sandià mais se brouillait avec le département ? S'ils foutaient sa carrière en l'air et l'envoyaient en prison – qu'est-ce qui se passerait ?

Les gens avec qui il travaillait – des types comme Callow, Harris et Bryant – penseraient peut-être à lui pendant une semaine ou deux, puis il disparaîtrait avec le temps et serait oublié.

Madigan se tint dans le couloir. Pendant un moment il ressentit la pression, cette sensation écrasante de défaite imminente et d'engloutissement. Ça se résumait désormais à une chose : il avait créé sa propre épée de Damoclès, et elle flottait, lourde et menaçante, au-dessus de lui. Y avait-il une issue ? Peut-être, peut-être pas. Mais soit il se résignait à la fin inévitable, cette fin dictée par une personne autre que lui, soit il faisait tout ce qui était en son pouvoir pour éviter la crucifixion personnelle et professionnelle qui suivrait la découverte de la vérité. Il n'était pas idiot, mais il s'était comporté comme un idiot. Prendre l'argent de Sandià, tuer son neveu – ça n'avait pas été judicieux. Utiliser Landry, Williams et Fulton n'avait pas été malin. Il avait arrêté Fulton à deux reprises, Williams aussi, et Fulton n'avait-il pas dit qu'il était ami avec Bobby Landry ? N'avait-ce pas été l'une des dernières choses qui avait franchi ses lèvres avant que Madigan le descende ? Avaient-ils parlé à qui que ce soit avant de faire le coup ? Fulton avait-il dit à quelqu'un qu'il s'apprêtait à faire quelque chose avec un flic du 167e ? *Hé, mec, faut que je te dise, j'ai un super plan. Un coup en or, tu vois ? Trois cent mille billets, et c'est un flic qui le monte ! Ouais, je te jure, mec. Un putain de flic !*

Madigan s'assit sur les marches, et se prit la tête entre les mains. Il avait le souffle court et rapide, mais il ne s'en était même pas rendu compte. Il se montait la tête tout seul. Il réfléchissait trop. Sandià voulait des infos sur les meurtres, et il voulait qu'il s'occupe de la gamine. C'était tout. Bon sang, s'il le faisait, il serait tranquille. Sandià effacerait son ardoise de soixante-quinze mille dollars, et ce serait fini. Williams, Landry et Fulton étaient morts. Madigan avait l'argent. Et dans l'état actuel des choses, il y avait très peu de risques pour que les flics soupçonnent qu'un quatrième homme était impliqué. Mais s'ils le faisaient, s'il avait négligé un détail, si les billets étaient marqués, s'ils comptaient l'argent qui se trouvait sur le sol du box et commençaient à s'interroger sur le reste…

Madigan s'arrêta net.

Le quatrième homme.

Évidemment, il *fallait* qu'il y ait un quatrième homme. Pas lui, mais quelqu'un d'autre. Tout indice trahissant sa présence serait alors attribué à la personne de son choix.

Et comment ce quatrième homme serait-il identifié ? Grâce à l'argent, voilà comment. Il suffisait de le placer quelque part, et quoi qu'il arrive, quoi qu'on dise, celui qui serait en sa possession serait le quatrième complice. C'était un jeu d'enfant.

Madigan se releva. Il sentit ses idées s'éclaircir, son cœur se calmer, son pouls ralentir. C'était simple. Trouver un pigeon. Trouver un endroit où mettre cet argent, et il aurait quelqu'un pour porter le chapeau. Donner l'info à Sandià, Sandià s'occuperait de tout, récupérerait son argent, et Madigan se retrouverait avec une affaire classée, libéré de Sandià, plus de dette, et la conscience propre.

Oui. Imparable. Les situations les plus complexes se résolvaient toujours avec les solutions les plus simples.

Et alors il se rappela la fillette. Il y avait toujours la promesse qu'il avait faite à Sandià de s'assurer qu'il ne lui arriverait rien. Pourquoi était-elle importante ? Il devait le savoir. Et si elle survivait, serait-elle en mesure d'identifier Madigan suite à l'assaut dans la maison ? Sûrement pas. Elle était dans une autre pièce. Elle n'avait rien vu. Elle n'avait rien pu voir, n'est-ce pas ?

Madigan était à cran. Il était électrisé. Il n'arriverait pas à dormir, maintenant qu'il avait trouvé une solution à son problème. Ne restait plus que la gamine – il devait apprendre son nom, et le rôle qu'elle jouait dans cette histoire.

Il sortit de la maison, marcha jusqu'à sa voiture, grimpa dedans, démarra et prit la direction de l'hôpital de Harlem.

19

A Devil In The Woods

« Qu'est-ce qui se passe ? » demanda-t-elle.

Elle se tenait à la porte, vêtue d'un peignoir, les cheveux ébouriffés, les yeux endormis.

« Je ne voulais pas te réveiller, dit Walsh.

— Ça va ? »

Il sourit.

« Oui, bien sûr. »

Elle vint s'asseoir face à lui, tendit le bras et lui prit la main.

Elle ne disait rien. C'était ce que Walsh préférait chez elle. Carole Douglas. Une femme qui était capable de ne pas parler et pourtant de communiquer tout ce qu'il y avait à dire.

« Quelque chose qui te tracasse ? »

Il haussa les épaules.

« Des histoires de boulot.

— Raconte.

— Je suis allé sur une scène de crime. Trois cadavres. C'est Bryant qui m'a demandé d'y aller, il n'avait personne d'autre pour sécuriser les lieux. Je l'ai fait pour rendre service, c'est tout.

— Et ? »

Walsh esquissa un sourire ironique.

« J'ai toujours le virus. »

Carole acquiesça.

« Comme si c'était une surprise. »

Il serra sa main. Elle lisait en lui mieux que personne.

« Tu peux dire ce que tu veux, Duncan, mais ce que tu dis et ce que tu ressens sont rarement la même chose. Je ne sais pas si c'est un truc d'homme ou si c'est juste toi… » Elle sourit brièvement. « Non, c'est un truc d'homme. Bref, quoi qu'il en soit, tu es policier parce que c'est ce que tu veux. Ce n'est pas un métier qu'on choisit ; c'est le métier qui vous choisit. Je comprends pourquoi tu n'as pas voulu continuer avec les unités d'élite, mais je n'ai jamais saisi pourquoi tu avais quitté la criminelle…

— Parce que c'est un cirque, Carole. Parce que c'est une blague. Parce que c'est des conneries.

— On ne va pas recommencer.

— Si. Tu t'entends parler ? »

Walsh soupira.

« Tu soupires à cause de moi, ou à cause de toi ?

— De moi.

— Alors dis-moi ce qui s'est passé aujourd'hui.

— Y a pas grand-chose à raconter. J'y suis allé. Trois cadavres, un paquet de fric sur le sol de ce box. Je voulais voir ce que ça cachait. Je voulais voir quelque chose que personne d'autre ne verrait. Je voulais comprendre ce qui s'était passé, et je n'avais pas ressenti ça depuis tellement longtemps.

— Tu penses que personne ne peut faire le boulot aussi bien que toi ? »

Walsh secoua la tête.

« Non, bien sûr que non. Je sais juste à quel point il est important de clore les dossiers. Je sais qu'il est souvent plus facile d'accepter les apparences que de creuser plus en profondeur…

— Alors dis quelque chose.

— Dire quoi ? Que j'ai un pressentiment ? Que j'ai l'intuition que quelque chose cloche mais je ne sais pas quoi ?

— Duncan, tu es né pour ce boulot. Je l'ai toujours dit. Je l'ai su dès que je t'ai rencontré, et je me suis accrochée pendant sept ans parce que… » Elle secoua la tête. « Tu veux savoir ce que je pense ?

— Je suppose que je vais le savoir, que je le veuille ou non, pas vrai ?

— Je crois que tu fuis l'engagement…

— Carole…

— Tais-toi une minute, OK ? Écoute-moi jusqu'au bout. Je sais que tu ne m'épouseras pas. J'ai accepté l'idée que nous n'aurions pas d'enfants ensemble. Ça n'a pas été facile, OK ? On en a déjà parlé, et je ne vais pas recommencer. Quand on aime quelqu'un, il faut parfois faire des sacrifices, d'accord ? Mais ceux que j'ai faits, eh bien, tu sais ce que j'en pense parce que je te l'ai déjà dit. Mes sacrifices ont été beaucoup plus importants que les tiens. Le mariage, j'ai déjà donné. J'ai deux gosses. Ça facilite les choses pour moi. Et on a tenu, on est toujours ensemble, et ça fonctionne. Mais une chose que je ne ferai pas, je te le dis franchement, c'est rester assise à te regarder mettre ta carrière au placard…

— Qu'est-ce que c'est que…

— Ce que tu fais a un sens, OK ? Je me fous que tu sois à la criminelle ou dans les unités spéciales ou aux affaires internes ou au bureau du maire, mais si tu refuses d'être un mari et un père, alors le moins que tu puisses faire, c'est avoir une carrière qui signifie quelque chose pour toi.

— Carole, je… »

Elle secoua la tête.

« Carole rien, coupa-t-elle. Ce n'est pas une répétition, Duncan. Ce n'est pas un petit coup d'essai pour voir si ça va te plaire. Soit tu me suis, soit tu ne me suis pas. Tu as trente-neuf ans. Après quarante ans, tu seras dans la zone où il sera un peu plus difficile de repartir de zéro et de prendre une nouvelle direction. Tu étais flic avant que je te rencontre, et tu l'es encore, mais tu te comportes comme si c'était une activité du dimanche.

— Carole, je veux retourner à la criminelle.

— Je crois que tu n'aurais jamais dû la quitter pour commencer.

— Alors tu aurais pu dire quelque chose… »

Elle leva les mains d'un air espiègle.

« Connard, lâcha-t-elle. Le nombre de fois où je t'ai…

— Je sais, je sais, répliqua Walsh. Je te taquinais. Je sais ce que tu as dit, Carole, et je t'ai écoutée. Mais je me croyais plus malin.

— N'est-ce pas toujours le cas ? »

Walsh ne mordit pas à l'hameçon.

« Allez », reprit-elle. Elle jeta un coup d'œil à la petite horloge à LED de la hotte de la cuisinière. « Il est près de 4 heures du matin. Dors quelques heures. On en reparlera plus tard. »

Walsh se leva. À la porte de la cuisine, il attrapa la ceinture du peignoir de Carole et l'attira à lui. Il l'étreignit un moment, et ni l'un ni l'autre ne dit rien. Il savait qu'elle disait vrai, elle le savait aussi, et c'était la principale raison pour laquelle ça fonctionnait si bien entre eux. Walsh avait une certaine humilité, une capacité à pouvoir se tromper sans se sentir défié ni émasculé, et c'était cette absence de prétention qui avait fait qu'elle n'avait jamais pu le laisser tomber, même quand il l'exaspérait au plus haut point. Elle était infirmière-chef. Elle était douée pour son boulot. Elle n'avait jamais douté de sa motivation, mais elle savait qu'elle appartenait à la minorité. Certaines personnes passaient leur vie entière à se demander qui elles étaient et ce qu'elles devraient faire. Elle faisait partie des chanceuses et l'avait su dès le début.

« Un diable dans le bois, dit-elle.

— Quoi ?

— Tu sais que quelque chose est là, mais tu essaies de te convaincre du contraire. C'est ainsi que la plupart des gens vivent leur vie. Ils croient que s'ils ne le voient pas, ce n'est pas réel. »

Walsh ne répondit rien. Il ressentait ce qu'il ressentait. Quelque chose s'était produit dans ce box, quelque chose de réel, de concret, et d'inévitable. La première fois qu'il voyait une véritable scène de crime en près de dix-huit mois. Il avait vu des photos, bien sûr ; il y en avait toujours. Et il y avait les histoires que les agents de service vous racontaient, celles sur lesquelles vous enquêtiez quand un rapport signalait une fusillade impliquant un agent, les mots que tant de personnes vous répétaient sur le même foutu événement – mais rien de tout ça n'était *réel*. Pas comme ce box. Pas comme trois cadavres et tout un tas de cash, du sang, des traces de pneus, des voitures abandonnées, et la tension caractéristique qu'il avait éprouvée quand il s'était tenu là avec son appareil et avait pris des clichés.

Quelque chose clochait. Quelque chose ne collait pas. Mais il ne savait absolument pas quoi.

Le diable dans le bois.

Peut-être qu'il était temps de s'enfoncer dans les ténèbres et d'y faire face.

20

Humanesque

Où suis-je allé ?

Où l'homme que j'étais et celui que je suis devenu ont-ils pris des chemins différents ?

Comment cela est-il arrivé ?

Je me tiens là. Je suis silencieux. J'entends le son du respirateur, de la machine qui surveille son cœur, son pouls, sa pression sanguine, le bruit des gouttes de sérum physiologique et de glucose et de sédatif qui pénètrent son corps fragile et la préservent de la douleur.

Je me demande comment elle s'appelle, où elle habite, qui sont ses parents. A-t-elle des frères, des sœurs ? Y a-t-il en ce moment même des personnes mortes d'inquiétude, frustrées par l'incapacité apparente de la police à leur fournir la moindre assistance ?

Je vois mes propres enfants – chacun d'entre eux. J'essaie de me souvenir de leur visage. Cassie, Adam, Lucy, Tom.

Mais je sais qu'ils ne ressemblent pas à ce que je me représente.

Tout va si vite – c'en est épuisant, terrifiant.

La déliquescence est visible, mais lente. Comme l'érosion des rochers par la pluie. Des idéaux, une philosophie, un point de vue inflexible, puis vous arrivez à ce stade.

Ça a même un nom.

On l'appelle le Compromis.

Vous tenez quelqu'un. Un connard quelconque. Il a fait quelque chose. Il a violé, ou agressé, ou massacré, ou poignardé, ou descendu quelqu'un. Généralement une gamine. Presque toujours une gamine. Vous l'avez serré. L'affaire est réglée. Maintenant, c'est juste une question de paperasse.

Et alors quelque chose se produit.

Vous êtes assis de l'autre côté de cette table toute simple, après cinq ou six heures d'interrogatoire, et quelqu'un frappe à la porte. Vous vous levez en songeant que c'est telle ou telle personne, pour telle ou telle raison, et vous arborez l'expression de rigueur.

Vous ouvrez, et vous voyez la mine de l'autre.

Il secoue la tête de façon presque imperceptible, puis baisse les yeux.

Le mandat de perquisition n'était pas signé ; ou alors il n'incluait pas la poubelle du suspect, et c'est dans la poubelle que vous avez trouvé les sous-vêtements d'une gamine de neuf ans couverts de son sang et de son ADN ; ou bien la confession a été rejetée par l'assistant du procureur ; on parle de coercition, d'usage inutile de la force, de quelque chose…

Le type va être libéré.

Et ce n'est pas comme si vous ne pouviez pas laisser passer. Bordel, ce genre de conneries se produit. Vous pourriez peut-être vous persuader de l'existence du karma, d'un ordre supérieur, d'un quelconque plan divin au sein duquel nous nous emboîterions tous comme les pièces d'un puzzle…

Oui, peut-être que vous pourriez laisser passer.

Mais quand vous voyez l'expression sur le visage du suspect, quand vous voyez l'éclat terne de son regard, la noirceur dans ses yeux, quand vous voyez un sourire arrogant et méprisant poindre sur ses lèvres, vous savez, alors même qu'il se lève et se dirige vers la porte de la salle d'interrogatoire, qu'il a quelqu'un d'autre en tête, une autre pauvre gamine, sa prochaine victime…

C'est ça, le Compromis.

Et vous le faites pour la bonne raison. Vous le faites vraiment pour la bonne raison.

Alors trois heures plus tard, le criminel est arrêté pour un soupçon de conduite en état d'ivresse ou quelque autre prétexte bidon. Le motard fouille la voiture pendant que le type se tient à l'écart avec un petit sourire suffisant. Et, surprise, surprise. Il y a un autre vêtement appartenant à la gamine morte sous la banquette arrière. Le criminel prétend ne rien savoir. Mais il ne ricane plus. On lui passe les menottes. Une autre unité vient en renfort. Elle embarque le type, et il est foutu. Il est arrêté, inculpé, la remise en liberté sous caution est refusée, et quelqu'un parle à quelqu'un qui parle à quelqu'un, et un autre détenu lui plante un couteau entre les côtes sous la douche. L'honneur entre criminels. Même les pires d'entre eux ne supportent pas les tueurs d'enfants.

La satisfaction que vous éprouvez quand vous voyez le type écarquiller de grands yeux incrédules, le sentiment de justification quand il revient avec un nouveau chef d'accusation en sachant qu'il est cuit... Eh bien, ça, c'est comme une drogue. Vous en avez besoin, mais vous détestez ça. Il vous le faut, mais ça coûte tellement cher.

Vous vous dites que c'est nécessaire. Que le système vous baisera avant de baiser ceux qui le pervertissent. Vous devez faire votre sale boulot. La loi a ses limites. Les avocats sont pires que les enfoirés qu'ils défendent. Qu'est-ce que vous voudriez que je fasse ? Que je laisse ces salopards arpenter les rues et faire ce qui leur plaît ?

Non, justice doit être faite, même si c'est déplaisant.

Alors j'ai fait ces choses. Je les ai faites pour les bonnes raisons. Quelques-uns sont passés au travers des mailles du filet, se sont fait la belle et n'ont jamais été rattrapés, mais ils sont rares. Et quand Sandià est arrivé, quand les informations dont nous avions besoin devaient provenir d'une source autre que nos propres indics et agents de renseignement, eh bien, c'est là que c'est devenu dingue.

J'ai fait des choses que je ne pourrai jamais raconter.

À personne.

Des gens sont morts. Des gens sont en prison. Des gens ont été exécutés.

Je ne dis pas qu'ils ne le méritaient pas. Je ne le dirai jamais. Il est toujours plus sûr de ne rien dire.

Mais ça ? Cette gamine ? C'est différent. Qu'est-ce qu'elle a fait ? Pourquoi était-elle là-bas ? Pourquoi Sandià la cachait-il dans cette maison ?

Si elle n'avait pas été là, elle n'aurait pas été blessée. Mais elle y était, et la raison de sa présence semble insignifiante par rapport à une réalité bien plus brutale et implacable.

Si je n'avais pas fait ça, elle ne serait pas en train de mourir.

Car je la regarde et je suis persuadé qu'elle va mourir. Parfois on le devine. Ça ne tient qu'à un fil, tout dépend de la capacité de la personne à lutter. Pas de son âge, ni de sa taille, ni de sa force ou de quoi que ce soit d'autre. Juste de sa capacité à lutter.

Et je ne crois pas qu'elle en soit capable.

Je crois qu'elle était déjà vulnérable, et que je l'ai achevée.

Je pense à Sandià, à ce qu'il a répondu quand je lui ai demandé comment elle s'appelait.

« Son nom est sans importance. Peu importe qui elle est et d'où elle vient. »

Et je le hais d'avoir dit ça.

Son nom est *important. Qui elle est et d'où elle vient me semblent en ce moment être les questions les plus essentielles au monde.*

Je la regarde une fois de plus, puis je détourne les yeux.

Je suis fatigué. Émotionnellement brisé. Mais je sais que ce sera différent demain. Demain, je la verrai comme je l'ai initialement vue : un dommage collatéral.

Ce genre de truc arrive.

Parfois je me laisse submerger par mes émotions, je prends les choses trop à cœur.

C'est un chemin dangereux. On ne peut pas se permettre de se laisser submerger pas ses émotions. Ni de prendre les choses trop à cœur. Si les autres perçoivent votre faiblesse, ils vous dévoreront tout cru. Si on veut jouer avec les durs, il faut être dur. C'est la nature de la bête.

J'hésite à la porte. Elle est si petite qu'elle est à peine visible sous la couverture.

Bon sang, ce n'est pas ma fille, et il semblerait que ce ne soit pas la fille de quelqu'un d'autre non plus.

Si le reste du monde s'en fout, pourquoi est-ce je devrais m'en soucier ?

21

Give Up The Sun

« Dites-moi ce que vous avez », demanda Walsh.

Il s'enfonça dans son fauteuil. L'appel provenait de la morgue, et il l'avait pris. Il avait demandé aux techniciens de la scène de crime dans le box de le tenir au courant. Le chef de l'équipe avait accepté, et tenait désormais parole. Son nom était Luke Fraschetti.

« Vous avez trois types, tous avec des casiers. On les a identifiés grâce à leurs empreintes digitales. Robert Landry, Laurence Fulton, Charles Williams. Fulton s'est pris une balle de .44 dans le ventre, tirée par Williams. Il s'est probablement vidé de son sang en moins d'une demi-heure. Landry a été atteint à la tête par une balle de .38, puis Williams au cœur avec également une balle de .38.

— Vous pouvez rétablir la séquence ?

— On est des techniciens, pas des devins, mais je dirais que Fulton a d'abord tiré sur Landry, puis Williams – en supposant que c'était lui le suivant – a tiré sur Fulton avec le .44, mais le coup n'a pas été mortel, du coup Fulton a eu le temps de descendre Williams avant de s'effondrer. Quoi qu'il en soit, vous avez trois cadavres, et personne pour dire comment ça s'est passé. »

Walsh demeura un moment silencieux. Il ferma les yeux. Il se représenta la scène dans le box, se replaça dans le contexte.

Hormis les cadavres, il y avait juste l'argent et l'Econoline… et alors ça lui revint. Il la vit clairement, comme si elle était là, juste sous ses yeux.

La trace de pneu au bord de la flaque de sang. Une voiture était sortie du box après l'échange de coups de feu.

Ses narines se dégagèrent comme s'il avait respiré de l'ammoniac. Un frisson électrique lui remonta le long de la colonne vertébrale et de la nuque.

Le diable dans le bois.

« Bon, c'est tout ce qu'on a, reprit Fraschetti. Il s'agit juste d'observations préliminaires. Si vous en voulez plus, je pourrai vous envoyer ce qu'on aura découvert quand on aura fini. Mais vous n'êtes pas l'enquêteur principal sur cette affaire, n'est-ce pas ? C'est Callow, exact ?

— Oui, répondit Walsh. Ron Callow.

— OK, bon, vous m'avez demandé d'appeler, et je l'ai fait.

— Et je vous en suis très reconnaissant. Merci.

— Pas de problème. Mais faut que j'y aille. Un paquet de choses à faire. »

La communication fut coupée.

Walsh replaça le combiné sur son support. Il resta un moment assis en silence.

Il y avait bien un quatrième homme. Un fantôme. Peut-être qu'il y avait beaucoup plus d'argent et que celui qui l'avait maintenant avait tué les trois types dans le box avant de prendre la fuite.

Il quitta son bureau, trouva Charlie Harris dans la salle commune.

« Ron Callow est dans les parages ?

— Callow ? Non, il est absent.

— Absent ?

— Deux semaines. Envolé comme un oiseau. » Harris secoua la tête. « Ce veinard est en vacances.

— Et ses dossiers ? »

Harris haussa les épaules.

« On fait ce qu'on peut avec les hommes qu'on a. »

Il regarda le tableau de service. Le nom de chaque enquêteur, le numéro de ses affaires en cours, les dates auxquelles elles avaient été ouvertes.

Le triple meurtre du box était déjà là, avec le nom de Callow inscrit à côté.

« Alors qui prend le triple d'hier soir ? demanda Walsh.

— Eh bien, si je parviens à transmettre ces documents au service de clonage de la police… »

Walsh sourit au sarcasme.

« L'affaire va devoir attendre jusqu'au retour de Callow ? demanda-t-il.

— Je ne sais pas. Peut-être, peut-être pas. On est totalement à court d'effectifs. Vous connaissez la musique, Walsh ; vous avez été à la criminelle. Si une autre affaire se débloque, je pourrai peut-être y jeter un coup d'œil. Mais, bon sang, il s'agit de trois ordures. Ils ont probablement eu ce qu'ils méritaient. Je ne crois pas que le chef de la police va débarquer dans les jours à venir en demandant pourquoi on ne progresse pas sur ce dossier.

— Compris », dit Walsh.

Après avoir regagné le couloir, il hésita, puis tourna à gauche et monta l'escalier.

Bryant était dans son bureau.

« Sergent, je veux le triple meurtre du box.

— De quoi ?

— Hier soir, le triple meurtre dans le box. Vous m'avez envoyé pour sécuriser le périmètre. Callow a pris l'affaire, mais il est absent pour au moins deux semaines, et je veux la reprendre. »

Bryant fronça les sourcils, secoua la tête.

« Vous avez fumé la moquette ou quoi ? Comment ça, vous voulez la reprendre ? Vous êtes des affaires internes.

— Certes, mais j'ai passé dix-huit mois à la criminelle, et je suis sûr que vous préféreriez me voir bosser sur une des affaires qui sont sur le tableau plutôt que fouiner dans le dépôt de pièces à conviction pour voir qui vole quoi.

— Ce n'est pas une blague, n'est-ce pas ? Vous voulez vraiment prendre une affaire en cours et enquêter dessus ?

— Absolument. Je suis toujours inspecteur, que je sois des affaires internes ou non.

— Et vos supérieurs ?

— J'en fais mon affaire. Je peux faire passer ça pour une enquête de contrôle.

— Pourquoi ce changement soudain, et pourquoi cette affaire ? »

Walsh s'avança, s'assit face à Bryant.

« Je suis allé sur place, sergent. Il y avait de l'argent et du sang partout. Trois cadavres, chacun avec un casier. D'après moi, il y avait un quatrième homme. L'argent venait de quelque part. Tout est parti en couilles. Le quatrième tue le premier, le deuxième et le troisième, puis il se fait la belle. Je pense qu'il a emporté beaucoup plus d'argent que ce qu'il a laissé par terre. Je pense qu'il voulait qu'on croie que trois hommes avaient fait un coup, s'étaient engueulés, et y avaient laissé leur peau. Fin de l'histoire…

— Et comment vous en arrivez à ça ? Comment vous savez qu'il y avait un quatrième homme ?

— Il y avait une trace de pneu dans le sang, et si cette trace est différente des pneus de la camionnette qui était là, alors ça signifie que quelqu'un a quitté les lieux après que Fulton a été abattu. »

Alvin Bryant prit une profonde inspiration.

« Bon sang, je ne sais pas, Walsh. Vous n'avez pas vraiment bonne réputation ici…

— Qu'est-ce que c'est censé vouloir dire ?

— Ah, allez, mon vieux. Ne soyez pas si naïf. Vous croyez qu'ils aiment vous avoir dans les pattes ? Vous êtes des affaires internes, bordel. Vous êtes l'ennemi dans l'enceinte de la forteresse. S'ils vous voient faire ça, ils penseront que vous enquêtez sur Callow.

— Alors dites-leur la vérité. Dites-leur qu'ils sont débordés et que je me suis proposé pour reprendre une enquête en suspens. Callow n'a même pas reçu les observations préliminaires du légiste. Il est en vacances, exact ?

— Certes, certes.

— Alors laissez-moi faire. Prévenez les personnes concernées. Je dirai ce qu'il faut à mes supérieurs. Et le fait que ce ne soient pas les mêmes personnes n'est pas la question. Si je résous l'enquête, je porterai ça au crédit de Callow. Et si elle est toujours en cours quand il reviendra de je ne sais où…

— Saratoga Springs.

— Hein ?

— Là où Callow est parti… Saratoga Springs.

— Qu'est-ce qu'il y a à foutre là-bas ?

— C'est exactement ce que je lui ai demandé. Pêcher, apparemment. Enfin, bref, revenons-en à la question qui nous occupe. » Bryant se leva et marcha jusqu'à la fenêtre. Il regarda la rue en contrebas, enfonça ses mains dans ses poches. « OK, dit-il finalement. Je vous la donne. Vous faites comme si c'était une enquête de contrôle. Je dis à tout le monde ici que vous donnez juste un coup de main pour soulager la charge de travail. Vous la résolvez, vous la portez au crédit de Callow ; sinon, il la récupère à son retour de vacances.

— D'accord. »

Bryant se retourna et fit face à Walsh.

« Et ce n'est pas un stratagème, OK ? Ce n'est pas une enquête secrète à la con de vos services sur autre chose ? »

Walsh leva les mains avec une expression incrédule.

« Quoi ? Vous croyez que je ne sais pas comment vous procédez parfois ? Allez, Walsh. Vous avez trop arpenté ces couloirs…

— Honnêtement, sergent. C'est tel que je vous le dis. Je veux cette affaire, OK ? Je veux juste cette affaire.

— Soit, dit Bryant. Vous rendez compte à moi, et à personne d'autre.

— Ça me va.

— OK, mettez-vous au boulot, agent spécial. »

22

Up Above The World

À son réveil, Madigan voyait de nombreuses choses différemment. Il savait que ça se produirait, mais c'était agréable de retrouver cette certitude familière qui lui avait fait défaut la veille au soir.

Après avoir quitté l'hôpital à Dieu savait quelle heure, il était rentré chez lui et s'était écroulé tout habillé sur son lit. Une poignée d'heures de sommeil, puis il s'était réveillé, douché et rasé. Il avait bu un café, pris deux comprimés de Benzédrine, et il avait même mangé un demi-bagel. Puis il était resté debout dans sa cuisine à enchaîner cigarette sur cigarette jusqu'à se sentir prêt à partir.

Aujourd'hui, il devait découvrir qui était la fillette.

C'était la priorité numéro un.

Le trajet du Bronx à Harlem lui éclaircit les idées. La circulation était fluide pour cette heure, et quand il passa sous la voie rapide sur la 3e Avenue et traversa la rivière, il tenta de s'imaginer le scénario catastrophe. Mieux valait toujours s'imaginer le pire, comme ça tout ce qui se passait mieux était une petite réussite. Il avait quarante-deux ans, était un ancien de la police, et sa vie n'avait pas été une ligne droite vers la santé et le bonheur. Il s'était fait graisser la patte, avait un paquet de dossiers que les affaires internes pouvaient ouvrir et réduire en miettes ; il buvait trop et prenait trop de cachets. C'était un fait. Mais les choses étaient relatives. Tout était relatif. Il était pire que certains, meilleur que d'autres. Honnêtement – et il devait au moins être honnête à ce sujet –, il était pire que la plupart. Mais, encore une fois, c'était relatif. Tout bien considéré, Madigan estimait faire plus de bien que de mal. C'était son raisonnement, la petite contrepartie qui préservait sa santé mentale. La vie n'était pas seulement ce qu'on en faisait ; elle était également ce qu'on en tirait. Et de qui profitait-il ? Des ordures, des voyous, de la lie de l'humanité. Et Sandià était dans une catégorie à part. Il n'avait ni âme, ni cœur, ni conscience. Sandià – il y avait quelque temps de cela – avait cessé d'être un être humain dans l'acception générale du terme. Ses dealers vendaient à des gamins. Il le savait, mais ça continuait. Certaines de ses filles avaient le genre de maladies qui vous tuaient. Pourtant elles bossaient pour lui, à ses conditions, et elles obéissaient aux exigences du boulot par crainte d'un châtiment plus grand encore que ce qu'un type furax avec des envies de meurtre pourrait jamais leur faire. Et puis il y avait son nom. Sandià. L'Homme Pastèque. Il s'en délectait. Les gens qui l'avaient connu quand il n'était personne avaient même oublié son véritable nom. Telle était sa réputation. Tel était l'effet produit par ce qu'il avait fait et par les raisons qui l'avaient poussé à le faire. Maintenant que tout ça faisait partie de la mythologie urbaine, rares étaient ceux qui l'auraient contrarié, rares étaient ceux qui auraient ne serait-ce qu'envisagé de le faire.

Mais Madigan l'avait fait.

Il l'avait non seulement envisagé, mais il l'avait planifié, exécuté, il avait tué sept personnes – quatre dans la maison, trois dans le box –, et maintenant il était assis sur le pognon de Sandià.

Il y avait un moyen de s'en sortir. C'était assez simple. Faire en sorte que quelqu'un se retrouve en possession de cet argent. Alerter Sandià. Ses hommes rendraient visite au type. Ils l'interrogeraient. L'homme nierait son implication, et il continuerait de le faire jusqu'à ce que l'argent soit découvert, et alors, tout serait fini. La dette de Madigan serait effacée, le dossier serait clos, Sandià serait heureux. Madigan passerait pour un héros des deux côtés, et ensuite… Ensuite il serait toujours obligé de se coltiner les avocats, de payer la pension alimentaire, et de se sortir de cette situation. Elle n'était pas tenable. Ce n'était pas une façon de vivre. Trop de stress. Trop de ruminations.

À son arrivée au commissariat, un message l'attendait à l'accueil. Bryant avait besoin de lui, sur-le-champ.

Le sergent était un point d'ancrage dans une tempête de folie. C'était un homme bien, un bon sergent, et il avait toujours attendu de grandes choses de la part de Madigan, qui s'était montré, en règle générale, à la hauteur. Et si Bryant soupçonnait que tout n'était pas tout rose chez Madigan, il ne le montrait pas. Il savait combien il était difficile de trouver un bon inspecteur. Mais s'il avait su à quel point Madigan était dedans jusqu'au cou, à quel point il était à côté de la plaque, Bryant aurait agi, et vite. Ils avaient une relation étroite, mais ils n'étaient pas amis. Au bout du compte, il s'agissait toujours de boulot avec Bryant. Il séparait clairement sa vie privée et son travail, et il s'attendait à ce que son équipe respecte cette décision.

Madigan monta, se tint un moment dans le couloir. Il rajusta sa veste, essuya la pointe de ses chaussures à l'arrière de son pantalon, prit quelques inspirations profondes, et il frappa à la porte.

« Entrez ! » hurla Bryant.

Madigan ouvrit, pénétra dans le bureau, et ce n'est qu'en refermant la porte derrière lui qu'il vit Duncan Walsh assis face à Bryant.

Qu'est-ce qu'il foutait là ?

« Vincent… Bien, approchez », dit Bryant, et il se leva et fit le tour de son bureau.

Walsh adressa à Madigan un sourire sec. Il était toujours détaché, toujours sérieux. Aucun sens de l'humour. L'enquêteur typique des affaires internes.

« Vincent, commença Bryant. Pour dire les choses très simplement, nous avons un problème… »

Madigan ne bougea pas. Il sentit son visage blêmir. La boule de nerfs au creux de ses tripes se resserrait furieusement. Il sentit ses muscles se contracter. Sa bouche était sèche, sa langue, collée à son palais.

« Vincent ? » reprit Bryant.

Walsh se tourna vers lui, fronça les sourcils.

« Ça va, Vincent ? »

Madigan acquiesça.

« Je crois que j'ai une petite intoxication alimentaire… dit-il, et il porta sa main droite à son ventre.

— Vous êtes en état de travailler aujourd'hui ? demanda Bryant. Il vous faut quelque chose pour vous soulager ? »

Madigan secoua la tête.

« Juste de l'eau… Je vais aller en chercher au distributeur. »

Walsh se leva.

« Hé, asseyez-vous ici, Vincent, dit-il. Restez tranquille. Je vais aller en chercher pour vous. »

Madigan le regarda quitter la pièce, s'assit à sa place, attendit en silence qu'il revienne avec une bouteille d'Évian.

Il but avidement, presque la totalité de la bouteille, puis s'enfonça sur sa chaise et ferma les yeux. Il respira profondément, tentant de se calmer, de ne penser à rien, de ne rien ressentir, de se débarrasser de son angoisse. *Si c'est fini, eh bien, soit.*

« Nous pouvons faire ça une autre fois, si vous voulez », suggéra Walsh.

Madigan rouvrit les yeux, le regarda – peut-être pour la toute première fois –, et vit sur son visage une expression de sincère inquiétude. Il leva la main.

« C'est bon. Finissons-en. »

Walsh fronça de nouveau les sourcils, puis se tourna vers Bryant.

« Vous êtes sûr que ça va, Vincent ? demanda le sergent.

— Oui, sûr. Ça va aller… »

Bryant se rassit. Walsh attrapa une chaise derrière la porte et vint s'asseoir à côté de Madigan.

Ce dernier serra plus fort la bouteille. Il attendait la première salve. Il attendait qu'ils lui demandent son arme et sa plaque.

« Nous avons un problème, Vincent, répéta Bryant. Non seulement lié à ce qui s'est passé dans cette maison, cette affaire sur laquelle vous enquêtez, mais aussi à un triple meurtre dans un box près de la 109e Rue Est. »

Madigan sentit une goutte de sueur froide lui couler au milieu du dos. Il songea qu'il allait se mettre à hyperventiler. D'un instant à l'autre. Ou alors il allait vomir. Ils lui feraient passer un test de détection de drogue. D'ordinaire, il était prévenu quand il y en avait un, et il restait clean pendant une semaine ou deux. Mais là ? Là, c'était différent. Ce serait un test pour Vincent, et Vincent seul.

Merde. Oh merde, merde, merde…

Il se mit à penser à Cassie, à la voiture qu'il avait compté lui acheter pour son dix-huitième anniversaire. Il pensa au neveu de Sandià, le seul visage qu'il avait reconnu lors du carnage dans la maison.

Et alors il pensa à la gamine à l'hôpital, se demandant qui elle était et quel était son lien avec Sandià, où étaient ses parents et ce qu'elle fabriquait là-bas…

« Hier soir, commença Bryant, on a eu les trois cadavres dans ce box. J'ai demandé à Walsh de sécuriser les lieux en attendant que Ron Callow puisse y aller, et on pensait que c'était juste un casse qui avait mal tourné, peut-être une embrouille au sein de l'équipe de braqueurs. Qui sait, hein ? » Bryant se leva et marcha jusqu'à la fenêtre. « Mais Walsh a remarqué quelque chose. »

Il marqua une pause, comme pour renforcer son effet. Il regarda Madigan, dont le cœur galopait comme un cheval fou. *Je suis foutu, foutu, foutu... Qu'est-ce que j'ai fait ? Bon Dieu... Qu'est-ce que j'ai fait... ?*

Madigan se représenta une salle d'interrogatoire, une équipe d'enquêteurs des affaires internes, un tribunal, une cellule de prison...

« Il y avait une trace de pneu dans le sang, et cette trace n'a pu être provoquée qu'après la fusillade. »

Madigan fut abasourdi.

« J'ai envoyé le rapport, et les scientifiques ont confirmé que la trace de pneu dans le box ne correspondait pas à la camionnette qui s'y trouvait. En outre – et ça nous a tous les deux surpris – il y avait des traces de sang à l'arrière de cette camionnette, qui correspondent aux victimes de la fusillade sur laquelle vous travaillez. »

Madigan sentit ses yeux s'élargir.

« Il semblerait donc que le vol d'hier matin dans la maison de Sandià et les trois cadavres dans le box soient une seule et même affaire. »

Madigan tenta de paraître surpris. Il but un peu d'eau pour pouvoir parler.

« Donc les trois types morts dans le box sont ceux qui ont attaqué la maison ? »

Bryant acquiesça.

« C'est ce qu'il semblerait, sauf que nous ne pensons pas qu'ils étaient trois.

— Ils étaient quatre, intervint Walsh. C'est notre hypothèse de travail, pour la simple raison que quelqu'un a quitté ce box après la fusillade. »

Oh, espèce de pauvre abruti... Qu'est-ce que tu croyais ? Pourquoi n'as-tu pas écouté ton instinct ? Pourquoi n'es-tu pas retourné tout vérifier ?

Bryant se rassit, se pencha en avant en joignant les doigts.

« Vous avez du neuf sur cette fillette ?

— Je suis encore dessus aujourd'hui », répondit Madigan. Les mots sortaient difficilement. Il but le reste de son eau. « Rien pour le moment, mais je pense que nous ne mettrons pas longtemps à savoir qui elle est.

— Il nous faut une identification, reprit Bryant. Peut-être que ça n'a rien à voir avec le vol, mais j'aimerais vraiment savoir ce qu'elle fabriquait dans cette maison.

— Alors qu'est-ce qui se passe maintenant ?

— Walsh va s'occuper des cadavres dans le box…

— Quoi ? demanda Madigan. Vous êtes des affaires internes. Comment ça se fait que vous enquêtiez sur un meurtre ? »

Bryant leva la main pour le faire taire.

« Walsh a passé dix-huit mois à la criminelle. Il connaît les ficelles. Il a un peu de liberté de mouvement, OK ? » Il esquissa un sourire ironique. « Et nous préférons assurément que l'inspecteur Walsh mette son nez dans un triple meurtre plutôt qu'ailleurs. Pas vrai, Vincent ? »

Madigan hésita, puis il sourit soudain.

« Si, si. Évidemment.

— Donc voici ce qu'on va faire, continua Bryant. Vous poursuivez votre enquête. Vous travaillez sur la maison, vous identifiez la gamine et ainsi de suite. Walsh s'intéresse aux trois cadavres et essaie de retrouver ce deuxième véhicule. Fondamentalement, vous bossez sur la même affaire, mais je ne veux pas que vous fassiez équipe. Ça ne fonctionnerait pas. Vous travaillez en coordination, mais vous passez par moi. Je ne veux pas avoir d'emmerdes sous prétexte que j'ai laissé Walsh enquêter sur une affaire de meurtre. Mais comme Callow est absent, une paire de mains supplémentaires est la bienvenue. Vous vous occupez de la fille, et Walsh recherche le quatrième homme. Je veux que ça se passe comme ça.

— Si c'est la même affaire, pourquoi je ne m'en charge pas dans la totalité ? demanda Madigan, faisant tout son possible pour dissimuler son incrédulité et son sentiment d'horreur.

— Non, vous avez déjà assez de pain sur la planche, répondit Bryant. J'en ai parlé avec Walsh, et c'est la meilleure façon de procéder. Nous avons sept cadavres, une fillette à l'hôpital de Harlem qui pourrait être le huitième, et j'ai besoin de régler ça au plus vite. Je crois que malgré vos inévitables différences d'opinion, vous serez capables de travailler ensemble. Vous ne croyez pas ? »

Madigan ne répondit rien.

« Pas de problème pour moi, déclara Walsh. Ça vous va, Vincent ? »

Madigan acquiesça.

« Oui, d'accord. Absolument aucun problème. »

23

Idiot Waltz

Laurence Fulton est mort. Il gît sur la table d'un croque-mort quelque part. Sa peau est froide et bleue, ses membres sont raides et son cœur est comme un poing serré de muscle mort. J'ai laissé une trace de pneu dans le box, et quelqu'un est en train de l'analyser, tentant de comprendre…

Et je suis un véritable abruti.

J'ai l'argent de Sandià, un paquet d'armes sans permis non enregistrées, et une tonne de munitions et de drogues sous les lattes de mon plancher.

La plupart du temps, je suis sidéré par la stupidité des gens.

En ce moment, je suis abasourdi par la mienne.

Je me tiens devant mon bureau, puis je m'assieds. Harris est dans les parages. Je l'entends parler à quelqu'un. Après être sorti du bureau de Bryant, Walsh a déclaré que ça lui faisait plaisir d'être de nouveau sur une véritable affaire. Il a marché avec moi jusqu'à la cage d'escalier, puis il a dit qu'il avait oublié de dire quelque chose au sergent, et il a rebroussé chemin.

J'essaie de paraître indifférent. J'essaie de me comporter comme quelqu'un qui n'a rien à cacher, comme une personne normale, mais je ne sais même plus à quoi ressemble une personne normale.

J'ai mis quinze bonnes minutes à sentir de nouveau mon cœur et mon pouls, et ils continuaient de cogner comme pas possible. J'ai cru que j'allais me pisser dessus. J'ai cru que j'allais me pisser dessus et chialer comme une écolière au cœur brisé.

Si jamais j'ai neuf vies, je viens d'en perdre huit.

Je suis trop dans la merde pour m'en sortir maintenant. Tellement dans la merde que la seule issue serait de passer l'arme à gauche.

J'ai l'impression d'être dingue. Peut-être que je le suis. Peut-être que tous les dingues croient qu'ils ne le sont pas, que tout ce qu'ils font est motivé par une raison et une logique implacables. N'est-ce pas le cas des psychopathes et des sociopathes et des tueurs en série ? Ils ont tout pigé. Ils savent ce qu'ils font. Ils sont les seuls à vraiment comprendre la vérité.

Suis-je différent d'eux ?

Oui, je dois l'être. Parce que je doute de moi, parce que je me remets en cause, parce que je prends le temps d'essayer de calculer les probabilités.

Et en ce moment ? En ce moment les probabilités sont contre moi. Sérieusement contre moi.

Bon Dieu de merde.

Je sors pour fumer une clope. Je me tiens sur le parking derrière le commissariat. Mes mains tremblent. J'ai besoin de boire un coup. J'ai besoin de gober du lithium. J'ai besoin de quelque chose.

Ce dont je n'ai pas besoin, c'est que Walsh cherche le quatrième homme. Un homme qui n'est même pas censé exister. Mais il existe, et cet homme, c'est moi. C'est la vérité. Mais la vérité est relative. Et ils ne retrouveront pas la deuxième voiture, ni mes chaussures tachées de sang, alors qu'est-ce qu'ils ont vraiment ? Ils ont le lien entre la maison et le box. Ils pensent qu'il y a un quatrième homme, mais ils ne peuvent pas le prouver. Ils ont la trace de pneu partielle d'une voiture volée qui ne pourra jamais être reliée à moi. Ils ont des rapports balistiques sur toutes les armes qui ont été utilisées, à la fois dans la maison et dans le box, et aucune d'elles ne porte mes empreintes. Hormis ce qui est éparpillé sur le sol du box, tout l'argent est en ma possession, et pas un seul dollar n'a été mis en circulation. Je n'ai qu'à planquer ce pognon chez quelqu'un, et la personne sera foutue.

C'est la seule solution. La seule, seule, seule solution.

Je dois identifier la gamine, et je dois me trouver quelqu'un qui portera le chapeau à ma place.

Et alors, tout sera réglé.

Je fume une deuxième cigarette. La tension dans ma poitrine s'atténue un peu.

Je peux y arriver. Je suis Vincent Madigan. Je peux raconter deux mensonges différents en même temps.

Si quelqu'un peut réussir ça, c'est bien moi.

Et après, ce sera fini. Je m'apprête à jouer le match le plus important de ma vie. Je suis là, sur le marbre. Si j'envoie la balle hors des limites, tout est fini. Mais un home run, et tout est réglé. Je change de boulot, je change de ville, je prends tout l'argent que je trouve et je me tire.

Mais d'abord, la gamine…

24

Cry To Me

Fin de matinée. Les rues, les maisons, les visages et les mots sont tous les mêmes. Nous n'avons rien vu. Nous ne savons rien. Nous ne *voulons* pas savoir quoi que ce soit. Ce n'est pas notre problème. Laissez-nous tranquilles.

Madigan ne connaissait que trop bien la routine. On ne passe pas un tant soit peu de temps à la criminelle dans les quartiers chauds sans connaître la frustration abrutissante de la recherche de témoins oculaires.

Il essayait d'oublier Walsh. Il essayait de se dire qu'il avait pensé à tout, qu'il n'y avait rien dans le box, rien aux domiciles de Fulton, Landry et Williams qui puisse le relier à eux. Même s'ils retrouvaient l'entrepôt, il avait pris soin d'enlever chaque bouteille, chaque mégot de cigarette, chaque bout de papier. La seule chose qu'il ne pouvait pas prédire, c'étaient les paroles qui avaient été dites aux amis, aux associés, aux copains de bar. Ni si l'un d'eux avait noté quoi que ce soit. Quelque chose sur un morceau de papier. Le nom de Madigan, ou simplement son prénom, le numéro d'une cabine téléphonique qu'il avait donné pour qu'on l'appelle à un moment précis. Il était absolument impossible de savoir ce qui pouvait se trouver parmi leurs effets personnels, et essayer de le deviner le rendrait dingue. Alors mieux valait ne penser à rien. Mieux valait effacer toute considération de son esprit et simplement prendre chaque jour, chaque heure, comme ils venaient. Faire autre chose que chercher à identifier la gamine aurait été idiot. Il devait paraître professionnel, déterminé, en possession de ses moyens. Walsh travaillerait sur les cadavres, le box, l'Econoline. Madigan donnerait à Sandià le strict minimum d'informations, et coordonnerait tout avec Walsh par l'intermédiaire de Bryant. C'était un petit cercle, un cercle étroit, et il était au centre. Il avait besoin d'une vision à trois cent soixante degrés, et il en avait besoin tout le temps. Il devrait se tenir à l'écart des cachets, gérer sa consommation d'alcool, et dormir un peu. Manger convenablement. Toutes ces conneries.

Madigan regagna sa voiture juste avant onze heures. Une minute ou deux pour fumer une cigarette, se poser un peu avant d'attaquer une autre rue et d'entendre les mêmes losers raconter le même genre de bobards.

C'est alors qu'il regarda dans le rétroviseur et l'inclina pour s'observer.

Il faisait plus que son âge. Ses cheveux grisonnaient aux tempes. Les ombres sous ses yeux devenaient permanentes. Il avait l'air usé, fatigué, tendu, à bout de nerfs. Il était loin l'homme que ses femmes avaient épousé, l'homme qui avait séduit ses maîtresses. Il était l'image même du type qui avait à peu près tout fait de travers. Mais il ne s'excuserait jamais.

Pas à lui-même. À quoi bon ? Il n'avait besoin ni de rédemption, ni de salut, ni d'absolution, ni de pardon. Qu'avait-il lu un jour ? *Te pardonner, ce serait comme te dire que tu peux continuer à me faire mal et que je ne ferai rien.* Non, il n'avait besoin du pardon de personne. Il n'était pas là pour plaider sa défense. Il était là pour faire disparaître la merde. C'était tout ce qu'il avait à faire pour le moment. Faire disparaître la merde.

Il fouilla dans la boîte à gants, trouva un sachet avec deux Xanax à l'intérieur. Ils le calmaient quand il avait pris trop de coke. Il en brisa un en deux et le porta à ses lèvres. Il s'en rappelait le goût. Bon sang, ces types des labos pharmaceutiques étaient tellement malins, pourquoi ils n'arrivaient pas à donner à ces trucs un goût de beurre de cacahuète ou de M&M's ou d'autre chose ? Il ferma les yeux une seconde, puis baissa la vitre et balança le comprimé dans le caniveau. S'il devait garder la tête froide, autant commencer dès maintenant.

Madigan descendit de voiture, les photos de la fillette à la main, et il s'engagea dans une nouvelle rue.

À la troisième porte, il perçut quelque chose. Une hésitation qui lui aurait échappé s'il n'avait pas observé la fille quand elle avait regardé la photo.

Elle avait entre vingt-cinq et trente ans, et affichait cette mine abattue qu'ils avaient tous dans le coin, née de la certitude permanente que même s'ils se battaient de toutes leurs forces, il n'y aurait jamais vraiment d'échappatoire. Ils étaient tous définis par leur passé, mais ils faisaient leur possible pour l'oublier. Les Russes avaient un proverbe : gardez un œil sur le passé, et vous verrez l'avenir à demi aveugle ; oubliez-le, et vous serez complètement aveugle. Ils avançaient à l'aveugle, et ils ruminaient leur colère, et la colère aveugle avait le don de tout foutre en l'air.

« Qu'est-ce qui lui est arrivé ? demanda la fille.

— Quelqu'un lui a tiré dessus et l'a laissée dans un sale état…

— Oui, je vois ça. Je veux dire, qui a pu faire une telle chose à une… »

Elle n'acheva pas sa phrase. Un paquet de gens auraient pu faire ça, et Madigan supposa qu'elle aurait pu en nommer une demi-douzaine au pied levé.

« Vous la connaissez, n'est-ce pas ? » demanda-t-il d'un ton assuré.

C'était plus une affirmation qu'une question.

« Non.

— À qui avez-vous pensé quand je vous ai montré la photo ? »

La fille haussa les épaules.

« À qui j'ai pensé et qui elle est, ce n'est pas la même chose. »

Elle était sur la défensive. Madigan l'entendait. Elle marchait sur des œufs. Elle savait que si elle disait quoi que ce soit, elle serait impliquée. Et impliquée signifiait faire des dépositions. Ça signifiait d'autres questions ; ça pouvait signifier rencontrer d'autres policiers, et les gens du quartier apprendraient qu'elle avait parlé. Soudain elle n'aurait plus d'amis et elle regarderait par-dessus son épaule quand elle rentrerait chez elle le soir.

« Comment vous appelez-vous ? demanda Madigan.

— C'est vos oignons ? »

Madigan sourit.

« Non, c'est pas mes oignons.

— Alors pourquoi vous me demandez ?

— Parce qu'on peut faire ça gentiment, ou on peut faire ça salement. On a une conversation brève et honnête. Vous me dites de qui vous pensez qu'il s'agit. Je m'en vais et vous ne me reverrez jamais. Ou alors je peux repartir et obtenir un mandat. Je reviens ici avec une voiture de patrouille et deux agents en uniforme qui se tiendront devant chez vous pendant que je serai à l'intérieur en train de vous écouter, et je repartirai avec les mêmes informations. Oh, et si vous me dites ce que vous savez tout de suite, je vous donne cinquante dollars pour le dérangement.

— Je vous dis de qui je pense qu'il s'agit, vous me donnez cinquante dollars, et après je ne vous revois plus jamais ?

— Exact.

— Je crois que c'est la fille d'Isabella.

— Qui est Isabella ?

— Elle vivait dans Pleasant Avenue. Ça remonte à quelque temps.

— Vous connaissez le nom de la fillette ?

— Non.

— Vous connaissez le nom de famille d'Isabella ?

— Non.

— Vous pouvez me dire autre chose… *quoi que ce soit ?*

— Je crois qu'elle allait à l'école à côté de l'église Saint-Paul… Oui, j'en suis presque sûre.

— Bien, dit Madigan. C'est bien. »

Il sortit son portefeuille, donna à la fille deux billets de vingt et un de dix.

« Donc, on a fini ? demanda la fille en les prenant. Je vous reverrai plus ?

— Ma petite, je ne vous ai même pas vue aujourd'hui. »

Madigan se retourna et s'éloigna dans la rue en direction de sa voiture.

L'église Saint-Paul se trouvait à trois blocks à l'ouest, juste à côté de la station de métro de la 116e Rue. Il connaissait également l'école. Il espérait de tout cœur qu'ils la reconnaîtraient.

À son arrivée, la plupart des enfants étaient en train de déjeuner. Il alla à la réception et attendit que la principale adjointe descende le voir. Quand elle arriva, Madigan fut surpris de constater qu'elle était blanche. Elle était jolie, devait avoir dans les trente-cinq ans, un peu épaisse peut-être, mais dotée d'un magnifique sourire.

« Inspecteur Madigan ? Je suis Catherine Carvahlo, principale adjointe. En quoi puis-je vous aider ? »

Catherine. Le même prénom que sa dernière femme.

Madigan se leva, demanda s'ils pouvaient s'entretenir ailleurs que dans le couloir principal.

« Dans l'une des salles de classe, répondit-elle. Par ici. Les enfants sont encore en pause-déjeuner pour une vingtaine de minutes. »

Une fois dans la pièce, la conversation fut brève. Oui, Catherine Carvahlo reconnaissait la fillette. Elle était élève ici, mais avait cessé de venir environ deux semaines plus tôt. Ça n'avait rien d'inhabituel. Ça arrivait tout le temps. L'école signalait les absents au comité d'éducation. Le comité informait les services sociaux. Leur nom était inscrit sur une liste, et quand leur tour venait, les parents recevaient une visite afin d'expliquer ce qui se passait.

« Son nom est Melissa, déclara Catherine. Melissa Arias.

— Et vous avez son adresse ?

— Oui, bien entendu, répondit-elle. Dans mon bureau. Si vous m'accompagnez, je vais vous la trouver. »

Ils marchèrent côte à côte. Madigan attendait les questions. *Qu'est-ce qui lui est arrivé ? Savez-vous qui a fait ça ? Comment va-t-elle ? Est-ce qu'elle va s'en tirer ?* Mais Catherine Carvahlo ne demanda rien et, étrangement, ça ne l'étonna pas. Il y avait ceux qui voulaient tout savoir, et ceux qui ne voulaient rien savoir. Les *rien* essayaient de croire que le monde était un endroit bien. Ils vivaient dans une bulle complètement déconnectée de la réalité, où les gens étaient toujours gentils les uns avec les autres. Mais ils finissaient morts quand quelqu'un s'introduisait chez eux, ou se faisaient descendre par un junkie lors du braquage d'une épicerie. Les *tout* trimballaient leurs soupçons et leur cynisme comme un fardeau. Ils étaient déprimés et frustrés, mais suffisamment malins pour faire leurs courses le jour et rester chez eux une fois la nuit tombée.

Lorsque Madigan s'apprêta à repartir, tenant dans sa main un petit bout de papier sur lequel était inscrit le nom *Isabella Arias* ainsi qu'une adresse à pas plus de cinq blocks de là, Catherine marqua une pause. Elle était sur le point de poser une question, puis se ravisa visiblement.

Madigan regarda le bout de papier, l'écriture d'institutrice trop soignée, et il dit : « C'est bon, mademoiselle Carvahlo. Parfois mieux vaut ne pas savoir. »

Elle comprit alors qu'il lisait ses pensées. Elle sembla embarrassée, comme si elle avait été surprise à mentir. *Je tiens à eux*, aurait-elle voulu dire. *Je tiens à chacun d'entre eux. Mais je dois essayer de me soucier de ceux que j'ai. Ceux que je perds... je les aurais perdus de toute manière... Oh, bon sang, je ne sais pas ce que je dis... Pardonnez-moi... Ça n'a aucun sens... Je suis quelqu'un de bien, vraiment. Je vous le promets...*

« Je vous tiendrai informée de la suite », déclara Madigan, tout en sachant qu'il n'en ferait rien.

Catherine Carvahlo le savait également, mais le fait qu'il avait dit ça détendit un peu l'atmosphère.

Il s'éloigna sans se retourner, atteignit sa voiture et prit la direction de la 117e Rue Est, entre la 1re et la 2e Avenue.

25

Long Long Gone

Walsh consulta les dossiers de Landry, Fulton et Williams. Ils contenaient une mine d'informations, ainsi qu'une bonne liste de contacts – tous des anciens prisonniers – avec leurs propres dossiers. Il lui faudrait un mois pour passer en revue ce qu'il avait devant lui. Qui savait qui avait dit quoi, et quand ? La vaste majorité de ces types étaient incapables de la boucler. Ils parlaient de leurs coups passés, de leurs coups en cours, et de ceux à venir. Ils parlaient de leurs projets – foireux, en général – et des plans insensés qui leur permettraient de se faire un million et de se tirer de New York. Et puis il y avait les mensonges. Ces types étaient nés menteurs. Ils avaient commencé à mentir dès leur plus tendre enfance et ne s'étaient jamais arrêtés. Ils se mentaient les uns aux autres, mentaient à leurs amis, leur femme, leurs petites copines, leurs maîtresses et leur mère. Ils mentaient à la police, aux avocats, aux juges, au personnel pénitentiaire, et à leurs codétenus. Mais surtout, ils se mentaient à eux-mêmes. Ils étaient obligés, sinon ils seraient devenus fous. C'était difficile de vivre ainsi. De toujours essayer de se rappeler ce qu'on avait dit, à qui on l'avait dit. Cinq, six, sept téléphones portables, chacun avec des noms inscrits au dos pour savoir qui avait ce numéro, qui en avait un autre. Si vous vouliez appeler telle ou telle personne, vous deviez utiliser ce téléphone, et non un autre. Épuisant. Absolument épuisant.

Bobby Landry avait purgé deux peines, une pour vol de voiture, la seconde pour cambriolage. S'il ne s'était pas pris une balle de .38 en pleine face, il aurait écopé d'une troisième condamnation – criminel de carrière, il aurait pris perpète et ne serait jamais rentré chez lui. Il avait trente et un ans et venait du New Jersey. Son père, Charles Francis Landry, avait pris entre cinq et sept ans pour vol, mais il y avait tout un catalogue d'autres accusations, mises en garde, avertissements, amendes, sentences suspendues, et Dieu seul savait quoi d'autre. Il avait été interrogé pour des soupçons d'abus sexuels à l'encontre de la fille d'une femme avec qui il couchait. La gamine avait neuf ans. Parole contre parole. Ça n'avait rien donné. Même la mère de Landry avait purgé six mois pour racolage. Une sacrée famille.

Charles « Chuck » Williams était du même tonneau. Seulement une condamnation, une peine de trois à cinq ans pour agression à main armée. Il l'avait purgée sans causer de problèmes, avait eu droit à une remise en liberté conditionnelle après quarante-neuf mois, effectué sa période de probation sans souci, et il n'était jamais retourné en prison. Le rapport de probation le décrivait comme un individu malavisé, un type colérique qui avait pété les plombs avec le nouvel amant d'une ex-petite amie. Son coup de sang avait été un événement exceptionnel. Conneries. Quand vous lisiez son dossier, vous voyiez qu'il avait visité des commissariats à travers toute la ville. Il n'avait jamais été condamné, il n'y avait pas eu d'inculpation, mais il était question de onze cambriolages, deux vols de voiture, une agression sur mineur, une accusation de proxénétisme, un viol en réunion, et une arrestation pour possession de drogue avec intention de revendre. Papa et maman avaient dû être fiers. Williams était toujours ressorti libre, peut-être grâce à son charme. Walsh regarda sa photo. Il avait un visage dur et des yeux sombres. Tout en lui dénotait de l'amertume, c'était le genre d'enfoiré qui estimait que le monde entier lui était redevable. Il était new-yorkais, originaire du Lower East Side pour autant que Walsh pût le déterminer. Et quand il avait fait la rencontre du sol en béton du box avec une balle dans la poitrine, il avait trente-quatre ans.

Laurence Fulton faisait passer Landry et Williams pour des enfants de chœur. Il avait également écopé de deux peines, une de trois à cinq ans dans le nord de l'État pour multiple vol de voitures, et une autre deux ans plus tôt dans les environs d'Atlantic City. Il avait également une affaire de vol à main armée qui attendait d'être jugée. Il avait été libéré sous caution – soixante-quinze mille dollars qui avaient été postés par sa mère. Apparemment, elle avait mis sa maison en gage pour son adorable fils. Bon, elle n'aurait plus à se soucier de ça, son adorable fils gisant désormais dans l'un des tiroirs réfrigérés de la morgue avec une balle dans le ventre.

Fulton semblait être le plus violent des trois. Il avait été dans une prison pour mineurs avant l'adolescence, puis expédié dans diverses institutions entre quatorze et dix-sept ans, toujours à tremper dans une combine ou une autre. Son casier était deux fois plus long que ceux de Landry et Williams combinés. Il piquait des bagnoles à onze ans, braquait des épiceries à quinze. Il s'était fait pincer à quelques reprises, mais avait toujours réussi à s'en sortir à grand renfort de baratin. Adolescent, il braquait les épiceries vêtu d'un blouson en cuir dont les manches et le dos étaient couverts d'huile d'olive. Si quelqu'un l'attrapait, il ne pouvait jamais le retenir. Il s'était un jour fait choper pour un coup de ce genre – les flics avaient le blouson, ils avaient l'épicier avec de l'huile plein les mains, mais impossible de prouver que l'huile sur les mains du type était bien la même que celle sur le blouson de Fulton. Il était encore sorti libre. Peut-être en rampant comme un serpent, vu qu'il se dégotait des avocats qui étaient aussi insaisissables que son blouson. Fulton était un homme violent. Il avait un jour été accusé de viol, mais ça non plus, ça n'avait rien donné. Manque de preuves. Il y avait des signalements de violence domestique, les flics s'étaient rendus chez lui en de nombreuses occasions à cause de hurlements, les diverses filles avec qui il avait couché collectionnaient les séjours aux urgences, mais aucune n'avait jamais porté plainte. Pas une seule. Il avait été averti, interrogé, avait passé la nuit au poste au moins une douzaine de fois, mais sans plainte, il n'y avait rien à faire. Non seulement il tabassait ses petites amies, mais il leur foutait également la trouille. Il leur inspirait une telle terreur qu'elles ne disaient pas un mot.

Walsh était certain que Fulton était le poids lourd des trois, à tel point qu'il décida de se concentrer sur ses contacts, ses associés connus, peut-être sur certaines des filles à qui il avait collé des raclées, dans l'espoir que quelqu'un se souviendrait de lui évoquant l'attaque d'un des repaires de Sandià. Un tel coup ne s'effectuait pas à la légère. Walsh avait entendu parler de Sandià ; rares étaient ceux dans le département qui ne le connaissaient pas, surtout dans le Yard et le territoire environnant. Non, celui qui décidait de s'en prendre à Sandià était soit cinglé, soit extraordinairement intelligent, soit simplement suicidaire. Fulton était cinglé, aucun doute là-dessus, et peut-être que Landry et Williams l'étaient également. Mais ce qu'ils étaient et pourquoi ils s'étaient retrouvés mêlés à cette histoire n'avaient pas d'importance pour le moment. La seule chose qui comptait, c'était le quatrième homme, et Walsh pensait que c'était dans le monde de Fulton – celui qui existait toujours, qui contenait toujours des souvenirs – qu'il trouverait le fantôme. Il estimait néanmoins que le quatrième homme n'était peut-être pas cinglé, qu'il était peut-être le cerveau de la bande. Pourquoi ? Parce que c'était lui qui s'était tiré avec l'argent. Car Walsh était certain que les quelques milliers de dollars éparpillés dans le box étaient loin de représenter le butin total du vol. Et parce que le fait d'avoir laissé trois hommes derrière lui – tous morts, créant l'apparence d'un conflit interne qui avait fini en bain de sang – avait été une bonne idée.

Peut-être que le quatrième homme croyait avoir réussi son coup, son chef-d'œuvre. Mais il avait commis une erreur. Il avait suffi de cette trace de pneu, cette chose infime, pour que l'affaire prenne une toute nouvelle tournure.

Walsh devait désormais faire face au fait qu'il était de retour dans le monde de la criminelle, et au fait qu'il enquêtait sur une moitié d'affaire pendant que Madigan enquêtait sur l'autre. Il y avait également un troisième élément à prendre en considération – Sandià serait encore plus déterminé que la police à identifier celui qui avait commis ce crime contre lui. Il voudrait récupérer son argent. Il voudrait se venger. Il voudrait faire couler le sang. Il ferait savoir que personne ne devait parler à la police. Ses hommes s'occuperaient de tout. Et il ne voudrait pas que le fait qu'il s'était fait escroquer se sache, car ça ternirait sa réputation. Walsh et Madigan seraient donc confrontés à un mur de silence.

Non, il ne s'agissait pas simplement de trois types morts dans un box. Il s'agissait de tout autre chose, et Walsh se rendait compte à quel point ça lui avait manqué. Il avait deux semaines avant le retour de Callow, deux semaines pour prouver, à lui et à tout le monde, qu'il pouvait le faire, qu'il était à sa place, qu'il était capable de laisser une trace qui comptait dans ce territoire.

Il y avait quelque part un quatrième homme avec un gros paquet de pognon et une voiture dont les pneus correspondaient à ces empreintes, ce qui signifierait beaucoup de travail sur le terrain et des horaires à rallonge, la routine pour ce genre d'affaire. Il y avait quatre principaux types d'homicides : ceux qui étaient prémédités et intentionnels (depuis les meurtres de conjoints pour toucher une prime d'assurance jusqu'aux tueurs à gages embauchés pour faire disparaître quelqu'un) ; ceux qui avaient lieu lors de l'exécution d'un autre délit (braquages de banque, enlèvements et ainsi de suite) ; les crimes passionnels (l'ex-mari ivre poignarde le nouvel amant de sa femme) ; et, finalement, les homicides liés aux gangs et au territoire. À peu près tout pouvait être classé dans l'une de ces catégories, et ce qui était arrivé à Sandià rentrait dans la dernière. Tant que le quatrième homme ne serait pas retrouvé, il serait impossible de déterminer si son intention avait toujours été de tuer les trois autres, mais ça ne changeait rien à la nature du crime. C'était une affaire interne, quelque chose qui s'était déroulé dans le cercle de la fraternité criminelle, et il se passait peu de choses dans cette fraternité sans que quelqu'un quelque part soit au courant. Il s'agissait donc de débusquer cette personne, ou de trouver un moyen de faire pression sur une autre pour arriver jusqu'à elle. C'était tout. Walsh commencerait donc par les gens les plus proches de Fulton, ceux dont le nom apparaissait le plus souvent en tant que complices, ceux avec qui il avait partagé une cellule et maintenu des liens après avoir purgé sa peine. C'était ainsi que naissait la grande majorité de ces associations. Il y avait peu de sujets de conversation quand on était enfermé dans une cellule vingt-trois heures par jour, si ce n'était ce qu'on ferait une fois libéré.

Walsh écarta tout le reste et éplucha le dossier de Fulton. Trois noms apparaissaient fréquemment, dont deux étaient liés à la prison. L'un des types était de nouveau derrière les barreaux, ce qui l'excluait. Il en restait donc deux, le premier étant le cousin de Fulton du côté de sa mère, et le second, un compagnon de cellule à l'époque où il avait purgé sa peine. Son nom était Richard Moran. Fulton fracturait les bagnoles, Moran conduisait. Donc, s'ils avaient fait quelques coups ensemble, pourquoi Moran n'avait-il pas été le chauffeur lors de l'attaque du repaire de Sandià ? Parce que Fulton n'était qu'un homme de main, voilà pourquoi. C'était le quatrième le boss, pas Fulton. La loyauté allait à l'argent, donc Fulton avait peut-être suggéré Moran, mais Numéro Quatre avait déjà dû engager un chauffeur avant qu'il rejoigne l'équipe. Walsh chercha Moran dans le système. Il avait un casier semblable à celui de Fulton – cambriolages, vols de voiture, coups et blessures, possession de drogue avec intention d'en revendre –, et même s'il avait purgé dix-huit mois quelque temps auparavant, il semblait être passé entre les mailles du filet pour le reste. Manifestement, la police passait la majorité de son temps et dépensait l'essentiel de ses ressources à traquer les gros poissons, les types comme Sandià, et pourtant il ne verrait jamais l'intérieur d'une cellule. Sinon, elle traquait les petits joueurs, les gamins avec des sachets d'herbe, les conducteurs qui faisaient des excès de vitesse, qui enfreignaient le code de la route. Entre les deux il y avait tout un monde de voleurs, de dealers et de délinquants sexuels violents et déterminés, tous protégés par la lourdeur du système. C'était la nature de la bête, et si ça ne vous plaisait pas, alors mieux valait trouver un autre boulot.

La deuxième connexion – le cousin – s'appelait Edward « Eddie » Fauser. La tante maternelle de Fulton avait épousé un certain Jerry Fauser, et cet homme était un champion. Il était en taule, en train de purger une peine de dix-huit à vingt-cinq ans pour vol à main armée. Il était tombé en mai 1994, avait déjà tiré seize ans, et apparemment il en ferait au moins trois ou quatre de plus. Deux demandes de liberté conditionnelle avaient été rejetées, et la prochaine n'aurait pas lieu avant le Noël suivant. Eddie était sans conteste le fils de son père – il lui ressemblait, se comportait de la même manière. Il s'était lancé dans le business familial, commençant jeune, travaillant dur, et à dix-neuf ans il avait déjà purgé un an pour agression avec violences. Sur son casier il y avait des accusations de tentative de vol, de coups et blessures, de violences physiques sur mineur, et toute une collection de délits liés à des vols. Mais, une fois encore, il semblait s'en être tiré avec une habileté et un aplomb certains. Il était en liberté, n'avait aucune affaire en cours, et la dernière fois que son nom avait été associé à celui de Laurence Fulton remontait à quatre ans. Fulton et Moran, en revanche, avaient fait figure de suspects de choix dans une récente affaire de vol. Leur interrogatoire n'avait rien donné, et il n'y avait pas eu de poursuites. Mais c'était tout récent, et c'est pourquoi Walsh estima que son temps serait mieux utilisé s'il se penchait sur le cas de Moran. Et si ça ne menait nulle part, il se lancerait à la recherche d'Eddie Fauser.

La dernière adresse connue de Moran se trouvait à la périphérie du Yard, vers la 132e Rue Ouest, tout près de l'endroit où Park Avenue croisait la Harlem River. Walsh appela le garage pour réserver un véhicule, il attrapa sa veste sur le dossier de son fauteuil, et il sortit.

Bryant le vit partir et le rappela.

« J'ai du neuf du côté de Madigan… On dirait qu'il a une piste pour cette fille, celle qui a été retrouvée dans la maison de Sandià, dit-il. Et où allez-vous ?

— À la recherche d'un acolyte de Fulton, pour voir si c'était un bavard.

— Parfait. » Bryant sourit et ajouta : « Et, hé, soyez prudent là-bas.

— C'est vraiment nul comme imitation. Vous avez vraiment vu *Hill Street Blues* ?

— Oui, gros malin.

— Bon, alors faites gaffe aussi, sergent.

— Allez bien vous faire foutre », répliqua Bryant, et il se retourna pour regagner son bureau.

Walsh le regarda s'éloigner. Bryant était un type bien, un bon sergent, et c'était la première fois qu'il plaisantait avec lui depuis tous les mois qu'il était là. Appartenir aux affaires internes était le meilleur moyen de ne pas se faire d'amis.

26

Bad Luck And Trouble

Encore trois blocks vers le sud et il aurait été en dehors de la juridiction du 167e. Madigan se tint un moment devant le bâtiment délabré et se demanda s'il y avait quelqu'un à l'intérieur qui accepterait de lui parler. Et s'il trouvait une personne disposée à le faire, saurait-elle quelque chose d'important ? L'appartement des Arias se trouvait au deuxième étage. Madigan prit l'escalier. Il ne faisait généralement pas trop confiance aux ascenseurs, et dans ce genre de bâtiment, mieux valait ne pas leur faire confiance du tout. Lorsqu'il s'engagea dans le couloir du deuxième étage et vérifia les numéros sur les portes à la recherche du bon appartement, il eut une sensation désagréable. Pour Madigan, la question de savoir s'il devait faire confiance à son intuition ne se posait pas. L'intuition était vitale. C'était une faculté qu'il fallait cultiver – même s'il ne fallait pas nécessairement se reposer uniquement dessus. La criminologie et le profilage n'étaient pas des sciences. Pas dans le sens strict du terme. Il y avait des variables dans chaque aspect de ces domaines, et les types qui avaient travaillé dessus à l'origine, ceux qui avaient posé les fondations, eh bien, ils s'étaient d'abord fiés à leur intuition. À cet instant, son intuition lui disait que l'appartement était vide. Le numéro trente-sept, là où étaient censées vivre Isabella Arias et sa fille, Melissa, qui n'était pas allée à l'école depuis deux semaines, et qui était désormais à l'hôpital de Harlem avec une blessure par balle. La terrible ironie de la situation ne lui échappait pas. S'il n'avait pas pris d'assaut la maison de Sandià, la gamine n'aurait pas été touchée. Et s'il n'avait pas eu pour soixante-quinze mille dollars de dettes de jeu, il n'aurait pas pris d'assaut la maison de Sandià. Et s'il avait passé un peu plus de temps à entretenir ses relations avec les femmes, à accomplir ses devoirs de père, il ne serait pas allé jouer. Maintenant il était là à s'en faire pour la fille de quelqu'un d'autre, bien plus qu'il ne s'en était jamais fait pour ses propres enfants. Et il gardait toujours à l'esprit le fait que si les autres apprenaient ce qu'il savait, alors il était mort, peut-être pas physiquement, mais certainement professionnellement.

Il frappa à la porte de l'appartement.

« Pas là », annonça une voix derrière lui.

Madigan se retourna, se retrouva face à face avec une femme blanche d'une cinquantaine d'années.

« Je vous demande pardon ?

— Elle est pas là… Elle est partie. Elle nous a laissés avec trois cents dollars de loyers impayés.

— Nous ? demanda Madigan.

— Mon frère et moi. Lui, c'est le concierge. Moi, je m'occupe des histoires d'argent, je collecte les loyers et ainsi de suite. Elle a mis les voiles y a quinze jours sans prévenir. Et on a revu ni elle ni la mioche depuis. »

Madigan commençait à être irrité par le ton de la femme. Il montra sa plaque. Elle la regarda avec indifférence et secoua la tête.

« Et alors ? Elle est morte ou quelque chose ? »

Il ferma les yeux un moment et inspira.

« Je la cherche, dit-il. Comment vous appelez-vous ?

— Elizabeth.

— Elizabeth quoi ?

— Elizabeth Young.

— Et le nom de votre frère ?

— Harold. Harry.

— Et l'immeuble vous appartient ou vous vous en occupez simplement ? »

La femme esquissa un sourire amer.

« Vous croyez que je vivrais dans ce trou à rats s'il m'appartenait ? Non, il appartient à des promoteurs immobiliers de la ville, pour autant que je sache. J'ai pas affaire à eux. J'ai affaire à l'agent. Je collecte les loyers, je les dépose à la banque, je fais la paperasse et tout ça.

— Et ces gens, cette femme et sa fille…

— Isabella Arias. C'est son nom. Et la gamine s'appelle Melissa.

— Quand les avez-vous vues pour la dernière fois ?

— Ça doit faire quinze jours. Quelque chose comme ça. Trois cents dollars d'arriérés, et elles se sont tirées. Je suis entrée dans l'appartement. Y a rien qu'on puisse revendre pour les récupérer. Bon Dieu, je sais pas pour qui ces gens se prennent.

— Vous rappelez-vous le jour exact où vous les avez vues pour la dernière fois, madame Young ? »

Elizabeth Young regarda Madigan pendant un moment. Elle semblait se tenir un peu plus droit. On s'adressait à elle poliment, peut-être même avec un peu de respect.

« Eh bien, oui, de fait, je m'en souviens, répondit-elle. C'était le dernier jour de décembre, en milieu de journée.

— La veille du Nouvel An ?

— Exact. La veille du Nouvel An.

— Et elles rentraient ou elles sortaient ?

— Elles rentraient, juste elle et la petite. Elles avaient des sacs, des courses, je suppose. Je n'y ai pas trop prêté attention, à vrai dire. J'avais laissé passer un moment pour le loyer, vu que c'était Noël et tout, mais je me disais que ça pouvait pas durer. Les gens pour qui je travaille ne connaissent pas la compassion, si vous voyez ce que je veux dire. En plus, je ne les avais pas vues depuis quelques jours. Je me disais qu'elles étaient peut-être allées voir leur famille ou quelque chose, étant donné tout ce qui s'était passé. Alors j'ai attendu deux heures, puis j'ai frappé à la porte. Pas de réponse. Pas un bruit. J'ai pensé qu'elles étaient juste ressorties sans que je les entende. J'y suis retournée le lendemain du Nouvel An, j'ai de nouveau frappé. Même chose. J'ai attendu deux jours de plus, et toujours pas de réponse. J'ai commencé à me faire du souci, parce que, comme j'ai dit, je me souvenais de ce qui était arrivé à sa sœur et tout…

— Sa sœur ?

— Oui, sa sœur, Maribel. Jolie fille. Tellement adorable, elle devait pas avoir plus de vingt-cinq ans ou quelque chose comme ça. Bref, vu ce qui était arrivé à sa sœur, je m'inquiétais un peu…

— Excusez-moi, madame Young, j'ai besoin que vous reveniez en arrière. Qu'est-il arrivé à sa sœur ? »

Elizabeth Young plissa les yeux. Elle regarda Madigan comme si les allées et venues de Maribel étaient de notoriété publique.

« Elle a été assassinée. Juste le lendemain de Noël. »

Les poils se dressèrent sur la nuque de Madigan.

« Assassinée ?

— Bien sûr. Oui. On parlait que de ça dans l'immeuble. Sa tête a été retrouvée dans une benne quelque part, et le reste de son corps une ou deux rues plus loin. Vous étiez pas au courant ?

— Non, répondit Madigan. Je ne savais même pas qu'elle avait une sœur.

— Si, elle avait bel et bien une sœur, et cette sœur s'est bel et bien fait assassiner. Enfin, bref, comme je disais, je commençais à m'inquiéter vu ce qui était arrivé à Maribel, alors j'ai ouvert l'appartement et j'ai jeté un coup d'œil à l'intérieur. Rien à voir. Tout était comme avant. Je me suis dit qu'elle avait peut-être juste peur ou quelque chose, et qu'elle avait décidé d'aller ailleurs. C'est la seule explication qui m'est venue.

— Et l'avez-vous signalé ?

— Qu'est-ce qu'il y avait à signaler ? Les gens arrêtent tout le temps de payer leur loyer. Y avait rien à dire à personne. Elle était là, puis elle a disparu. »

Madigan resta un moment silencieux. Il essayait de réfléchir, de rassembler les pièces du puzzle.

« Je veux regarder à l'intérieur, déclara-t-il finalement. Vous avez les clés ?

— Bien sûr, répondit Elizabeth, puis elle hésita. Il vous faut un mandat ou quelque chose ?

— Loyer impayé, locataire disparue, et votre frère est le concierge ? Je n'ai pas besoin de mandat. Juste que vous m'y autorisiez. »

Elizabeth haussa les épaules.

« Ça me va. »

Elle alla chercher les clés dans son appartement.

Elle ouvrit la porte, le laissa seul à l'intérieur, et retourna chez elle. Le logement était tel que l'avait décrit la femme. Madigan se tint un moment dans le silence de la pièce. Il flottait une odeur de renfermé, l'air était un peu sec. Pas de climatisation, pas de fenêtre ouverte pendant deux semaines, c'était tout. Il traversa le salon et entra dans la cuisine, ouvrit tous les tiroirs et les placards, ainsi que le réfrigérateur, le micro-ondes. Il ressortit et jeta un coup d'œil dans les deux chambres, dans la petite salle de bains, dans un placard adjacent. Quelqu'un aurait pu entrer à tout moment. C'était l'impression que ça donnait. Par terre dans la chambre de la fillette il y avait deux poupées, une boîte de crayons de couleur, quelques jouets bon marché éparpillés, du genre de ceux qui étaient offerts avec les repas pour enfants dans les fast-foods. Aucun vêtement ne semblait manquer. Même chose dans la chambre de la mère – une commode bon marché, des produits cosmétiques posés dessus, un lit dans lequel on avait dormi et qui n'avait pas été refait, des placards et des tiroirs pleins de vêtements. Où vont les gens quand ils n'ont pas besoin d'emporter quoi que ce soit ?

Madigan retourna dans le salon et se tint au milieu du tapis. Il ferma les yeux. La mère et la fille avaient été vues quinze jours plus tôt. Environ une semaine avant ça, la sœur de la mère avait été assassinée – décapitée, sa tête retrouvée dans une benne, le reste ailleurs. Il devait y avoir une connexion, et cette connexion, soupçonnait Madigan, était intimement liée à la présence de la fillette dans la maison de Sandià. C'est cette pensée qui le glaça.

Il examina de nouveau les pièces, cette fois plus attentivement, regardant sous les tapis, derrière le réfrigérateur, derrière la télé. Dans la salle de bains, il se figea. Au dos de la porte, près du sol, il y avait une série d'éraflures sombres sur la peinture. Madigan ferma la porte, s'appuya dessus avec son épaule, et plaça le bord de sa chaussure contre sa partie inférieure. Les éraflures étaient précisément à l'endroit où elles se seraient trouvées si quelqu'un avait essayé d'empêcher une personne d'entrer. Quelqu'un était-il venu ici pour s'en prendre à la mère et à sa fille ? Dans ce cas, pourquoi ? Sandià ? Quel lien Sandià aurait-il pu avoir avec une femme comme Isabella Arias ? Surtout, pourquoi se serait-il intéressé à sa fille ? Et leur disparition était-elle liée à la mort de la sœur, Maribel ?

Ce serait la première chose à faire – se renseigner sur la sœur. Quand était-elle morte, quand et où avait-elle été retrouvée, et par qui ? L'affaire avait pu être traitée au 167e, ce qui lui faciliterait grandement la vie. Car la dernière chose dont il avait besoin, c'était d'impliquer officiellement un autre commissariat dans ce bazar.

Il sortit de l'appartement, frappa à la porte d'Elizabeth Young.

« J'en ai fini pour le moment, dit-il. Mais avant de partir, je veux juste clarifier ces dates. La sœur a été assassinée le 26 décembre, c'est ça ?

— Eh bien, je ne sais pas quand elle a été assassinée, mais c'est ce jour-là qu'on l'a découverte.

— OK, et ensuite vous avez vu Isabella et Melissa le 31, la veille du Nouvel An.

— Oui, la veille du Nouvel An.

— Et vous ne les aviez pas du tout vues entre le 26 et le 31 ?

— Non, aucun signe d'elles. Comme j'ai dit, je pensais qu'elles étaient parties voir leur famille ou quelque chose comme ça, vu que la sœur était morte et tout.

— OK, dit Madigan. Et entre le moment où elles sont arrivées et celui où vous avez frappé à la porte de l'appartement deux heures plus tard vous n'avez rien entendu de suspect ? »

La femme sourit et secoua la tête.

« Mon frère est sourd comme un pot. Il met la télé si fort que je suis obligée de m'enfermer dans la cuisine. La troisième guerre mondiale pourrait éclater dans le hall, j'entendrais rien. » Elle hésita, puis fronça les sourcils. « Pourquoi ? Vous pensez que quelque chose est arrivé ici ? Qu'elle s'est également fait tuer ?

— Je ne sais pas, madame Young. Vraiment pas. Pour le moment j'essaie juste de la retrouver, c'est tout.

— Bon, si vous y parvenez, dites-lui de radiner son cul ici pronto. Encore deux semaines et ils viendront vider son appartement, peut-être y remettre un coup de peinture, et puis il sera à quelqu'un d'autre.

— Si je la retrouve, je lui dirai. Voyez-vous autre chose qui pourrait m'être utile… des gens qui seraient passés, des visiteurs récents, quoi que ce soit qui sorte de l'ordinaire ?

— Pas que je sache, répondit-elle. Je vous ai dit tout ce que je savais.

— Je vous en suis très reconnaissant, madame Young. »

Madigan lui donna sa carte et lui demanda de l'appeler si elle avait des nouvelles d'Isabella Arias ou de sa fille. Il ne révéla pas à la femme que Melissa gisait sur un lit d'hôpital à Harlem. Une telle information se serait répandue comme une traînée de poudre dans l'immeuble, dans tout le quartier, avant la tombée de la nuit. Et la dernière chose dont il avait besoin, c'était que Sandià apprenne qu'il s'intéressait au meurtre de Maribel. Il ne voyait pas comment ces deux événements auraient pu ne pas être liés. La sœur est assassinée, la femme et sa fille disparaissent, et cette dernière est retrouvée dans la maison de Sandià. Deux et deux font quatre.

Il sortit de l'immeuble, et tandis qu'il marchait vers sa voiture, il commença à penser à l'intérêt que Sandià portait à Melissa Arias, et songea qu'elle était beaucoup plus importante à ses yeux que les trois cent mille dollars et la mort de son neveu.

Madigan avait peur. Tout avait pris une nouvelle tournure, il y avait un nouveau facteur à prendre en considération. Il se passait quelque chose, et ce quelque chose était suffisamment important pour justifier le meurtre de Maribel Arias et l'enlèvement de l'enfant. Peut-être qu'Isabella était également morte. Peut-être qu'elle avait été découpée et éparpillée dans une autre partie de la ville, et que bientôt quelqu'un la découvrirait.

Madigan, cependant, en doutait. Il pensait qu'Isabella Arias était quelque part. Cachée, terrifiée, peut-être inconsciente de ce qui était arrivé à sa fille. La priorité était de la retrouver, et de la retrouver vite. Il devait lui mettre la main dessus avant Sandià.

Il mit le moteur en marche et reprit le chemin du commissariat. Il y avait des dossiers sur le meurtre de la sœur qu'il devait localiser, et si ces dossiers étaient hors du Yard, il était baisé.

Plus qu'il ne l'était déjà ? Assurément, sans le moindre doute. S'il y avait une chose qu'il avait apprise par expérience, c'était qu'aussi profond que soit le trou dans lequel on se trouvait, il y avait toujours moyen de creuser et de le rendre plus profond encore.

27

Cleopatra Dreams On

Il y a d'ordinaire une manière de bien faire les choses, mais il y a d'innombrables façons de les foirer.

Parmi les choses que vous ne voulez pas foirer, il y a votre famille, votre mariage, vos gamins, votre carrière, vos finances. Tous les trucs importants.

Les petites choses ne comptent pas. On les répare, ou alors elles se réparent toutes seules.

Avec moi, ça a toujours été l'inverse, et avec le recul, j'ai identifié le problème. J'ai la vue courte. Je vois aujourd'hui, demain, peut-être la semaine prochaine. Alors que les types qui font bien les choses – les choses importantes – regardent un peu plus loin. Ils ont des plans sur cinq ans. Mais je ne peux pas comprendre cinq ans. Qu'est-ce que ça veut dire ? Parfois vingt-quatre heures sont une lutte. Une journée. Une simple journée. Et on s'attend à ce que je prévoie les deux mille suivantes ? La bonne blague.

Non, j'ai la vue courte. J'ai entendu les stéréotypes et les clichés. Les gens qui n'aspirent à rien sont sûrs d'atteindre leur but. Certains rêvent de réussite pendant que d'autres se lèvent et bossent dur pour y parvenir.

Mais rien à foutre de tout ça. Il faut un coup, juste un beau coup, et on n'en parle plus. L'argent de Sandià allait me sortir du trou. Merde, il a les moyens. Il gagne tellement de fric à la seconde. Alors que moi ? Non, pas moi. Alors j'organise tout, je planifie, je pense à tout – chaque détail. Mais je loupe l'essentiel. Je loupe la clé de voûte à l'importance vitale, celle qui est une question de vie ou de mort, qui fera tenir tout le projet. On ne chie pas dans son propre jardin. J'aurais dû le savoir. Qu'est-ce que je croyais ? Gober des cachets comme des M&M's, siffler une bouteille avant le dîner, et une autre avant de me coucher. Bon Dieu, aurais-je pu être plus idiot ? Bien sûr que oui. Je l'ai déjà été par le passé. Suffisamment pour m'acoquiner avec Sandià. Qu'est-ce que c'était que cette connerie ? Eh bien, ça n'en était pas une à l'époque. C'était la chose la plus intelligente que j'aurais pu faire. C'était ce que je me disais. Je peux jouer sur les deux tableaux. Gagner un peu ici, un peu là, faire plaisir au département, effectuer quelques arrestations tout en palpant une jolie prime de la part de Sandià parce que je lui évite qu'on s'intéresse à lui.

Et maintenant ? Maintenant je n'ai plus qu'un seul avantage. C'est simple, vraiment, trop simple pour être ignoré. Sandià me fait confiance. Sinon, pourquoi il me demanderait de m'occuper de ça ? Il a besoin de la gamine vivante ; il a besoin de savoir qui a volé son argent et tué son neveu. Alors il appelle qui ? Il appelle Vincent. Ce bon vieux Vincent. Vincent va s'en charger. Vincent peut jouer sur les deux tableaux. Vincent voit ce que les autres ne voient pas. C'est son boulot. C'est sa spécialité.

Et tout se résume à l'argent. La seule chose nécessaire pour arriver quelque part.

Est-ce que je rêve ?

Tout cela n'est-il que le fruit de mon imagination ?

Est-ce que j'ai pris tellement de cachets et vidé tellement de bouteilles que je ne distingue plus la frontière entre rêve et réalité ?

Bon sang, qu'est-ce que j'ai fait ?

Qu'est-ce que je vais faire maintenant ?

Et si je me plante ? Si je merde ? Bordel, je ne veux même pas l'imaginer.

Une pensée me vient, et c'est une pensée étrange, inhabituelle – du moins pour moi. Pendant une seconde – juste une seconde – je me demande ce que ça ferait aux enfants. Cassie, Adam, Lucy et Tom. Qu'est-ce que ça leur ferait s'ils apprenaient la vérité sur leur père ?

Angie, Ivonne, Catherine... ce qu'elles pensent ne compte plus. Elles sont adultes. Elles peuvent faire avec. Elles savaient à quoi elles avaient affaire, et si elles ne le savaient pas au début, elles le savaient assurément à la fin.

C'était un jeu. Rien de plus. Juste un jeu.

Et maintenant c'est devenu autre chose. Quoi, je n'en sais rien, mais c'est devenu autre chose. C'est devenu sérieux. Ça a commencé à vouloir dire quelque chose.

Je dois redevenir comme avant. Je dois être l'ancien Vincent Madigan, celui qui se foutait de tout à part d'aujourd'hui, du moment présent, des cinq minutes à venir.

Pour le moment, toute autre attitude serait du suicide. C'est bien de se soucier des choses, mais il faut avoir des priorités. Cet argent doit atterrir quelque part, et ce sera l'élément déterminant. Quelqu'un doit porter le chapeau, et tout retombera. Je dois réfléchir vite, réfléchir à tout à la fois, et alors je m'en sortirai.

Les choses sont toujours plus jolies quand on regarde en arrière. Mais si on ralentit, si on fait un pas de côté, on n'arrive jamais à destination. Le recul peut bien être notre conseiller le plus cruel et le plus perspicace, mais tant qu'une chose n'est pas passée, il ne sert à rien.

Ce ne sera pas la fin pour moi. Ce n'est pas le souvenir que je laisserai.

Ce n'est pas ce qui me tuera.

28

Good Times

Trouver Moran avait été aisé. Tout le reste était une autre histoire. C'était un type costaud, plus grand que Walsh, et lorsqu'il ouvrit la porte de l'appartement et baissa les yeux vers Walsh, il y avait de la certitude dans son regard. C'était un flic. Ça ne faisait aucun doute dans son esprit.

« Richard Moran ? demanda Walsh.

— Qui demande ? »

Walsh sortit sa plaque.

« Inspecteur Walsh, 167e commissariat.

— Et si c'est moi ? »

Walsh recula d'un pas. Il ne voulait pas paraître trop agressif.

« Un de vos amis a été tué et je voulais voir si vous pouviez m'aider…

— Et pourquoi je ferais ça ? »

Walsh hésita. Il regarda vers la gauche, en direction du couloir où une femme sortait de son appartement avec un bébé qui criait.

« Sans raison, répondit-il en se tournant de nouveau vers Moran. Sauf peut-être par instinct de préservation.

— Comment ça ?

— Tout a une conséquence, déclara Walsh. Il était mêlé à quelque chose, ça a mal tourné, et toutes les personnes en relation pourraient rencontrer quelques difficultés.

— Qui dit que je sais de quoi vous parlez ? Qui peut dire que j'étais en relation ?

— Vous étiez son ami ? »

Moran haussa les épaules.

« J'ai beaucoup d'amis.

— Certes, mais je ne crois pas que c'était le cas de Fulton. »

Moran plissa les yeux.

« Larry Fulton ?

— Oui, Larry Fulton.

— Merde.

— Vous ne saviez pas qu'il était mort ?

— Non, j'en savais rien.

— Eh bien, il l'est », dit Walsh. Il fit un nouveau pas en arrière. « Quelqu'un lui a tiré une balle de .44 dans le ventre. Il ne reste plus grand-chose de son joyeux sourire. »

Moran parut un moment sérieusement soucieux, puis il sembla comprendre que trahir quoi que ce soit était une erreur. Il adopta de nouveau un visage de marbre.

« Mais bon, vous savez comment c'est, reprit Walsh. Ce genre de truc arrive tout le temps. Si vous ne saviez pas qu'il était mort, et si vous ne savez rien sur ce dans quoi il trempait, alors je vais vous laisser retourner à vos occupations. »

Walsh pivota sur ses talons, mains dans les poches, et commença à s'éloigner.

« Hé, attendez », dit Moran.

Il se retourna.

Moran sortit. Il portait un débardeur, des tatouages de prisonnier parsemaient ses bras, ses épaules, sa nuque. Son jean était crasseux, ses chaussures, usées, les lacets étaient détachés. Il ressemblait à une épave, et pourtant il y avait quelque chose de contraint dans sa tenue. Peut-être qu'il s'habillait comme ça parce qu'il était forcé de le faire, pour s'intégrer, se fondre dans la masse.

« C'est arrivé quand ?

— Hier.

— Juste lui ?

— Je ne peux rien dire.

— Vous ne pouvez pas ou vous ne voulez pas ? »

Walsh ne répondit rien.

« Hé, mec, c'est donnant-donnant. »

Moran sourit, tendit les mains d'un geste conciliatoire.

« Il n'était pas seul », déclara Walsh.

Il ne bougeait pas, se tenait toujours dans le couloir, mains dans les poches. Tout dans son attitude indiquait de l'indifférence, comme s'il avait des choses plus importantes à faire.

« Et qu'est-ce que vous diriez si je disais qu'il m'a parlé de quelque chose ? »

Walsh acquiesça lentement.

« Je dirais que ce qu'il a pu vous dire m'intéresse. »

Moran soutint son regard. Tout ce qui se passait dans sa tête était visible, clair comme de l'eau de roche.

« Quel que soit le problème, je peux vous aider, déclara Walsh.

— Vous ne savez pas de quoi il s'agit, répliqua Moran.

— Est-ce que je veux le savoir ?

— Ça dépend si vous voulez savoir autre chose.

— Et vous voulez vraiment avoir cette conversation dehors ?

— Vous voulez pas vous asseoir dans ma cuisine, mon vieux. J'ai pas de bonne femme pour nettoyer derrière moi.

— Vous croyez que j'ai quoi que ce soit à foutre de votre ménage ? »

Moran sourit.

« Peut-être que la vaisselle sale me soucie moins qu'autre chose.

— Alors je verrai simplement la vaisselle sale, mon ami, et je ne verrai pas l'autre chose.

— Vous n'avez pas de mandat ; vous n'avez pas de motif. Je vous invite à entrer et c'est tout.

— C'est tout, Richard. »

Moran s'esclaffa.

« Bon Dieu, mec, personne m'appelle Richard.

— Comment on vous appelle ?

— On m'appelle Cutter.

— C'est ce que vous faites, découper les gens ?

— Je fais beaucoup de choses, mon vieux, mais on est pas là pour parler de moi. On parle de Larry Fulton et de ce qu'il a pu me dire.

— Alors ouvrez la voie », dit Walsh, et lorsque Moran se retourna et rentra dans l'appartement, il le suivit.

Moran disait vrai. L'endroit était une porcherie. Il y avait une grande pile d'assiettes dans l'évier, l'odeur de nourriture en train de pourrir dans la poubelle était presque insupportable, mais c'étaient les bocaux, les filtres à café, les tubes chirurgicaux et les bouteilles d'eau oxygénée qui trahissaient ce qui se passait ici. Moran préparait de la cristal meth – en petite quantité, certes, mais il fallait bien commencer quelque part avant de voir grand.

« Une petite activité parallèle, expliqua Moran, conscient du fait que Walsh aurait un moyen de pression s'il avait besoin de plus d'informations.

— Je ne vois rien, répliqua l'inspecteur.

— On a tous un aveuglement sélectif quand c'est nécessaire, pas vrai ?

— Tout à fait. »

Walsh s'assit à la table. Il ne regarda pas la tasse à café retournée, la moisissure qui poussait sur le liquide renversé que personne n'avait nettoyé depuis des semaines. Il ne s'inquiétait pas de la crasse qu'il pourrait trouver sur sa veste et son pantalon quand il repartirait. Il se contenta de s'asseoir et attendit que Moran parle.

Celui-ci resta silencieux un moment. Il alluma une cigarette et en fuma la plus grande partie avant de prendre la parole. Il examina ses doigts tachés, le dos de ses mains, et même la semelle de l'une de ses baskets, puis il secoua lentement la tête et dit :

« On a passé de bons moments.

— Vous et Larry ?

— Oui, moi et Larry, sauf que personne l'appelait Larry. J'étais Cutter et lui, c'était Bone, comme dans ce film, vous voyez ?

— Je vois.

— On a fait quelques trucs ensemble. Des petits coups, rien de méchant. On a passé du temps ensemble au trou, et quand on est sortis, on a traîné quelque temps tous les deux.

— Il purgeait une peine de trois à cinq ans. Et vous ?

— Sept à dix, mais je m'en suis tiré avec cinq ans et demi. On a passé les trois dernières années dans la même pièce.

— C'était un type bien ?

— C'est une affirmation ou une question ?

— Une question.

— Bien sûr que c'était un type bien. Il avait ses moments, comme tout le monde, vous voyez. » Moran désigna de la tête la cuisinière. « Il prenait un peu trop de cristal, mec, et ça peut vous affecter. Ça fait craquer le vernis, hein ? Ça rend tout tranchant et compliqué. Il dormait pas bien. Il se cramait pas mal.

— Est-ce qu'il essayait de s'en sortir ? »

Moran éclata de rire.

« Évidemment, mec, qui essaie pas ? Merde, je parie que même vous vous essayez de vous sortir de quelque chose. C'est toujours comme ça, pas vrai ? La vie, c'est avoir les trucs qu'on veut, et se débarrasser de ceux qu'on veut pas.

— Oui, je suppose. »

Moran redevint silencieux. Il alluma une autre cigarette, tendit la main et souleva la tasse à café renversée pour s'en servir de cendrier. Il sourit.

« Si j'avais su qu'on aurait des invités, j'aurais fait un brin de ménage.

— Ne vous en faites pas pour ça, répondit Walsh.

— Oh, je ne m'en fais pas. Vous pouvez en être sûr. »

Walsh sourit à son tour.

« Alors, qu'est-ce que vous voulez que j'arrange ? » demanda-t-il, affectant dans la mesure du possible un ton nonchalant.

Il ne devait pas paraître aux abois. Il devait donner l'impression que quoi que Moran ait à lui dire, il pourrait l'apprendre dans une douzaine d'autres endroits. Mais en réalité, la tension était presque insoutenable. Seulement quelques heures après avoir pris la charge de l'enquête, il avait localisé quelqu'un qui pouvait lui donner quelque chose de véritablement utile.

Moran s'éclaircit la voix.

« J'ai une affaire en cours. C'est pas grand-chose, mais c'est la deuxième pour moi. Et si j'ai une deuxième, alors la troisième sera pas loin, et là je prendrai perpète.

— De quoi s'agit-il ?

— Possession de drogues.

— Quoi ?

— Un peu de coke, un peu d'herbe, rien de méchant.

— Combien ?

— Un gramme de poudre, et peut-être quinze d'herbe.

— Pas assez pour l'intention de revendre, mais suffisant pour écoper d'une peine.

— Bon Dieu, je sais pas. Ils soufflent le chaud et le froid, mec. On dirait qu'une semaine ils veulent vous renvoyer au trou le plus vite possible, et que la semaine suivante ils veulent que vous restiez libre.

— Les prisons sont surpeuplées, déclara Walsh. C'est plus une question de chiffres qu'autre chose. Les chiffres et la politique déterminent s'il y a une sentence ou non.

— Eh ben, je veux pas courir le risque, vous voyez ce que je veux dire ? Je vais pas rester là à espérer que ça se produise pas, d'accord ?

— D'accord.

— Donc vous pouvez régler ça ?

— Peut-être.

— C'est pas suffisant.

— Vous ne m'avez rien dit de valable, Richard.

— Oh, mais j'ai quelque chose, mon petit. J'ai quelque chose, et c'est du lourd.

— Si c'est vraiment du lourd, pourquoi vous n'avez pas cherché un arrangement pour cette histoire de drogues ?

— Parce que je savais pas que cet abruti s'était fait descendre, pas vrai ? Bon Dieu, le truc s'est seulement produit hier.

— Le *truc ?*

— Le coup de Bone.

— Vous saviez qu'il avait prévu un coup hier ?

— Peut-être. »

Walsh marqua une pause. C'était comme apprendre à un aveugle à jouer aux dames.

« Donc… »

Moran secoua la tête.

« Il me faut des garanties. »

Walsh fronça les sourcils.

« Des garanties ? Qu'est-ce que vous racontez ?

— Je sais des trucs, et, comme j'ai dit, c'est du sérieux, du bien lourd, et ça vaut un bon marché pour celui qui voudra les entendre.

— Je veux les entendre.

— Alors il me faut une garantie de votre part, et si vous êtes pas assez gradé pour m'en donner une, je veux que quelqu'un en haut de l'échelle donne le feu vert.

— Qui était l'agent qui vous a arrêté ?

— Un connard du nom de Benedict.

— Vous savez quel commissariat ?

— Celui où je suis allé, c'était le 158e. »

Walsh n'hésita pas.

« Je peux régler les choses au 158e. »

Moran se pencha en avant. Il regarda directement Walsh, qui vit alors dans ses yeux qui il était vraiment : un cinglé, un tueur, un type froid, un préparateur de meth, un fêlé imprévisible qui vous planterait un crayon dans l'œil pour un pochon de coke.

Walsh ne tressaillit pas.

« Qu'est-ce que ça veut dire ?

— Ça veut dire que j'ai quelques amis au 158e. Je passe un coup de fil, votre dossier disparaît, et voilà, on n'en entend plus parler pendant six mois. Et alors le procureur adjoint et les autres n'en auront rien à foutre car on ne s'intéresse plus aux histoires de possession – on cherche les fournisseurs –, et même si on s'y intéressait encore, ça n'aurait aucune importance car il n'y aurait plus de paperasse vous concernant.

— Vous êtes sérieux ? »

Walsh se pencha en avant. Il croisa le regard implacable de Moran.

« Parfaitement sérieux.

— Comment je sais que je peux vous faire confiance ?

— Vous ne pouvez pas.

— On fait ça sur une poignée de main. »

Walsh secoua la tête.

« On ne fait rien, Richard. Je ne sais pas qui vous êtes. Vous ne savez pas qui je suis. Cette conversation n'a jamais eu lieu. Tout ce qui se passe, c'est que vous me dites ce que vous savez. Je passe un coup de fil. On est tous les deux contents – si, naturellement, ce que vous avez à me dire vaut quelque chose. »

Walsh s'entendait parler, et tout d'un coup il eut l'impression d'avoir dix ans de moins. Il se sentait intelligent, rapide et réactif. C'était agréable. Il mentait comme un arracheur de dents, mais c'était agréable parce qu'il le faisait pour les bonnes raisons. C'était comme ça que le jeu fonctionnait, et c'était un jeu auquel il savait jouer.

« Oh, ça vaut quelque chose.

— Comment je sais qu'on parle du même coup ?

— Fulton, Bobby Landry, Chuck Williams, c'est ça ? »

Walsh, une fois encore, ressentit cette petite décharge électrique le long de sa colonne vertébrale. Il ne dit rien.

« Donc on parle du même coup, exact ? »

Walsh acquiesça.

« Je vous dis ce que je sais, et vous faites disparaître cette charge pour possession de drogue. C'est le deal ?

— C'est le deal.

— Donnez-moi votre parole.

— Je vous donne ma parole. »

Moran se pencha en arrière.

« Je sais même pas pourquoi je vous fais confiance…

— Parce que vous n'êtes pas idiot, et moi non plus, répondit Walsh. Vous croyez que je ne sais pas de quoi vous êtes capable ? Si je reviens sur ma parole et que ça tourne mal pour vous, qu'est-ce que vous ferez ? Vous vous vengerez, pas vrai ? Vous vous défoncerez avec cette saloperie faite maison et vous viendrez me trouver. Avec cette merde dans le corps, vous n'hésiterez pas à me buter. »

Moran sourit. Il acquiesça lentement.

« Je suis le Cutter.

— Alors parlez.

— C'était un plan foireux dès le départ, dit-il. Je ne sais pas grand-chose, mais ce que je sais vaut son pesant de cacahuètes. Un type l'a monté. C'était le chef de l'équipe. Il recrutait. C'est lui qui a mis Larry dans le coup, et alors Larry est revenu en disant qu'il y en avait deux autres. Quatre en tout. Le big boss, puis Larry, Williams, et finalement l'autre, Landry. Il avait du mal à cerner le chef, mais il a fini par apprendre quelque chose. Il m'a pas dit son nom, mais il m'a dit autre chose.

— Et il s'agissait du cambriolage de la maison ?

— La maison ? Je sais pas, mon vieux. Je sais pas ce qu'ils cambriolaient, mais je sais ce qu'ils volaient, si vous voyez ce que je veux dire. »

Walsh haussa les sourcils.

« L'argent d'une banque.

— De quoi ?

— Ils volaient l'argent d'une banque. Une autre équipe braquait une banque, l'argent était déplacé, et le boss – quel que soit son nom – avait un plan pour piquer cet argent. » Moran lâcha un gros éclat de rire. « On aurait dit un truc tiré d'un foutu film hollywoodien. Une équipe braque une banque, et elle a pas le temps de blanchir le fric qu'une autre équipe débarque et le lui vole.

— Vous savez quelle banque ? »

Moran secoua la tête.

« Aucune idée. Mais je vais vous dire ceci… le meneur, celui qui a recruté Bone, il savait pas que l'argent provenait d'une banque. Il croyait que c'était de l'argent de la drogue.

— Alors comment Larry l'a appris ?

— Larry connaissait des gens. Suffisamment de gens. Il pouvait avoir des infos sur tout. »

Walsh était déjà en train d'analyser cette information. L'argent était traçable. Il commencerait bientôt à refaire surface quelque part.

« Vous dites qu'ils ont dévalisé une maison ? demanda Moran.

— Oui, à Harlem.

— Alors c'est ça. C'est logique. Le boss intègre Larry à l'équipe. Larry fait ses devoirs, il découvre que l'argent qu'ils vont piquer provient d'une banque, que tout est enregistré et traçable avec les numéros de série figurant dans un système quelque part. Mais le type principal n'en sait rien. Larry avait lui-même quelqu'un qui était prêt à prendre un pourcentage pour blanchir l'argent après coup. Il aurait touché soixante-dix ou soixante-quinze pour cent puis il aurait foutu le camp. Il voulait pas être dans les parages quand les autres crétins auraient commencé à dépenser leur fric.

— Mais s'il savait que l'argent était marqué, pourquoi participer ? Dès que les autres auraient commencé à le dépenser, ils se seraient fait arrêter. L'un d'eux aurait à coup sûr balancé Larry pour négocier un marché avec le procureur.

— Le Mexique, déclara Moran. Bon Dieu, mec, y avait rien pour lui ici. Il comptait faire blanchir l'argent en vingt-quatre heures, être au Mexique en quarante-huit, et on en parlait plus.

— Mais s'il allait au Mexique, il n'avait sûrement pas besoin de blanchir l'argent.

— J'en sais rien. Putain, mec, je vous dis juste ce qu'il m'a dit. Je sais pas ce qui se passait dans sa tête…

— OK, fit Walsh. Mais c'est tout de même un sacré risque.

— Faut spéculer pour accumuler. C'est ce qu'il disait. Plus le risque était élevé, plus le danger était grand, plus le retour était conséquent.

— Donc c'est tout ce que vous avez pour moi ? »

Moran secoua la tête.

« J'ai autre chose. C'est une bombe, mec, une vraie bombe… Et bordel, s'il était pas mort je vous le dirais pas, mais il s'est fait descendre. Et si ce qu'il m'a dit est vrai, alors y a pas que Larry Fulton qu'avait un problème avec ce type. Je dirais que vous en avez un aussi. »

Walsh secoua la tête.

« Je ne comprends pas ce que vous voulez dire.

— C'est parce que je vous l'ai pas encore dit.

— Alors dites-le-moi.

— On a un deal, d'accord ? Je vous le dis, vous passez ce coup de fil, et je suis débarrassé de cette charge pour possession de drogue.

— C'est le deal.

— Accrochez-vous à votre putain de chapeau, mon vieux…

— Contentez-vous de me dire… Dites-moi, nom de Dieu…

— Le type principal, celui qu'a recruté Larry et les deux autres… C'était un flic, mec. C'était un putain de flic. »

29

Love And Desperation

Le corps de Maribel Arias avait été retrouvé dans le Yard, ce qui signifiait qu'elle dépendait du 167ᵉ. Sa tête avait été découverte dans une benne derrière une boutique vide près de la station de métro de la 125ᵉ Rue. Le reste de son corps était dans des sacs-poubelle robustes, du genre de ceux utilisés par les ouvriers sur les chantiers de maçonnerie et de plomberie – ses jambes dans un sac, ses bras dans un autre, son torse sectionné dans deux sacs supplémentaires. Ils avaient été retrouvés par un sans-abri qui faisait les poubelles derrière le North General Hospital à la recherche d'aiguilles usagées. Ce qui restait de Maribel Arias était toujours sur de la glace à la morgue. Dix-huit jours s'étaient écoulés depuis la découverte, mais l'affaire – initialement attribuée à Charlie Harris, puis refourguée à un type relativement nouveau à la criminelle, John Faber – avait atteint une impasse au bout de soixante-douze heures et n'avait pas avancé depuis.

Faber était arrivé des mœurs au 27ᵉ commissariat. Il avait de bonnes références, un dossier solide, mais c'était un de ces types méthodiques et pragmatiques. Il ne fonctionnait pas à l'intuition, c'est du moins ce qu'il expliqua à Madigan.

« C'est juste du travail de terrain, dit-il. C'est une question de quantité. Si vous parlez à suffisamment de personnes, vous trouverez quelqu'un qui saura quelque chose. »

Madigan n'était pas en désaccord avec ça, et il n'objecta pas. Tout ce qu'il voulait, c'était jeter un coup d'œil au dossier. Faber n'était que trop heureux de coopérer. Mais une année de plus à la criminelle, et il aurait été aussi soupçonneux et mal à l'aise que les autres.

Madigan porta le dossier à son bureau. Il lut les rapports de scène de crime initiaux, les constatations du légiste – décapitation, section nette, les parties du corps tranchées par une scie mécanique à dents étroites, l'absence de déchirure sur l'os indiquant une lame de haute qualité, possiblement en acier au carbone –, ainsi que les abondantes notes prises par Faber lui-même tandis qu'il avait essayé de parler à suffisamment de personnes pour *trouver quelqu'un qui savait quelque chose*. Pour l'instant, il n'avait pas localisé ce mystérieux et singulier individu qui aurait pu faire la lumière sur ce qui était arrivé à Maribel Arias. Comme toujours, quelle que soit la nature de la mort de la victime, plus le temps passait, moins il était probable que de nouvelles informations surviennent. En règle générale, ils avançaient dans le noir. Les témoins oculaires qui se trouvaient là par hasard, à l'insu du criminel, restaient inconnus de la police jusqu'à ce que les flics frappent à suffisamment de portes et les trouvent.

Faber avait raison, du moins dans une certaine mesure, mais ce qui lui manquait, c'était la certitude qu'il y avait *toujours* quelqu'un qui savait quelque chose, et que souvent ce n'était rien d'autre qu'un *mouvement* intuitif qui vous menait vers cette personne. Ce *mouvement* était un changement de perspective, une altération du point de vue. Ce n'était pas une science. Ce n'était même pas un sixième sens à proprement parler. C'était une attention au ton de la voix, au langage corporel, au mouvement des yeux, à la myriade de détails qui vous échappaient jusqu'à ce que vous commenciez à les prendre pour ce qu'ils étaient.

C'est alors qu'il lisait le dossier que Madigan se souvint de quelque chose. Un événement, une circonstance, la chose qui l'avait poussé à s'inscrire à l'école de police de New York en juillet 89. Une femme avait été violée. C'était une connaissance d'Angela, sa première femme. Il venait de la rencontrer, et deux années s'écouleraient avant qu'ils se marient. Ils devaient sortir un soir, mais Angela l'avait appelé pour dire qu'elle annulait.

Pourquoi ? avait-il demandé.

À cause de ce qui est arrivé à une fille dans la rue.

Qu'est-ce qui s'est passé ?

Elle a été agressée par un type. Il l'a violée.

Est-ce qu'il l'a tuée ?

Non, Vincent, il ne l'a pas tuée. Mais on se demande, si quelque chose comme ça nous arrivait, si on ne préférerait pas être morte. Enfin quoi, comment continuer de vivre quand un tel truc se produit ?

Bref, elle n'avait pas voulu quitter la maison où elle vivait avec ses parents. Du coup, Vincent était allé la chercher en voiture. Ils étaient sortis, et au bout d'environ une heure elle avait cessé de parler de ça et ils avaient passé un moment agréable.

Deux mois plus tard, le type s'était fait serrer. Arrêté, inculpé, la totale. Mais il y avait un problème. C'est Angela qui en avait parlé à Vincent. Il y avait un souci avec le mandat, un détail administratif, et tout d'un coup l'arrestation du type avait été invalidée, et il s'était retrouvé de nouveau libre. Et la fille qui s'était fait violer ? Elle s'était suicidée. Angela ne la connaissait pas plus que ça quand l'agression avait eu lieu, mais ça lui avait foutu un sale coup. Elle avait été quelque temps inconsolable. Elle n'arrêtait pas de dire qu'elle aurait pu parler à la fille, devenir son amie, être là pour elle. Enfin quoi, merde, elle vivait dans la même foutue rue. Il aurait suffi de marcher trois minutes et de frapper à la porte. Et peut-être que si elle l'avait fait la fille aurait toujours été en vie.

Vincent lui avait dit que non, ça ne fonctionnait pas comme ça. Mais ensuite il s'était mis à réfléchir. Il avait commencé à s'interroger sur les gens dans la rue, sur leurs intentions, leurs motivations. Il avait commencé à se mettre dans la tête que peut-être les choses n'étaient pas *comme ça*. Il ne savait pas trop comment ça avait fait de lui un flic, mais ça avait été un tournant crucial, un moment de changement. Il en avait parlé à Angela, et elle y avait été totalement favorable.

Tu ferais un bon flic, avait-elle dit. *Tu aurais un salaire correct, une bonne retraite. C'est une carrière, Vincent, une chose qui peut permettre d'élever une famille.*

Ça semblait faire sens. Alors il avait tenté sa chance. Il était populaire à l'école de police, et c'était génial de s'apercevoir pour la première fois de sa vie qu'il était doué pour quelque chose.

Il a ça dans le sang. C'était ce que les instructeurs disaient. *Vincent Madigan a ça dans le sang.*

Et tout avait bien commencé. Puis ça avait dégénéré à mesure qu'il s'était aperçu qu'il avait les mains liées. Exactement comme ce qu'avaient dû ressentir ces types quand leur violeur avait été libéré et que la victime s'était donné la mort.

On ne peut pas tout régler, disaient les flics. *On n'est pas ici pour sauver le monde. Le monde est trop détraqué pour que quelqu'un puisse le faire. Il s'agit de limiter les dégâts, c'est tout. Ça ne sera jamais mieux que ça, et si vous espérez plus, alors vous avez choisi le mauvais boulot.*

C'est là que les choses avaient changé. La lente et insidieuse perte de foi dans le système. Puis ça s'était transformé en rancœur, en amertume, en une frustration profonde teintée de désillusion. Et si vous doutiez du système, alors vous doutiez de vous-même, et votre confiance commençait à se détériorer implacablement. *Si j'ai tellement pu me tromper sur ma carrière, dans quels autres domaines me suis-je également trompé ? Mon mariage ? Ma capacité à être père ?* Venait ensuite rapidement la tentation de remplacer tout ce qu'il y avait par autre chose. Une maîtresse au lieu d'une femme. Un autre enfant dont votre femme ne saura rien. Puis le désir d'avoir plus d'argent vous gagnait. *Si seulement j'avais plus de fric je pourrais…*

Et alors arrivait le jour.

Le jour.

Vincent Madigan, assis à son bureau, s'en souvenait désormais comme si c'était la veille. Le lundi 16 janvier 1985. Le jour où tout avait été chamboulé. Le jour où il avait pris sa décision. Celui de sa rencontre avec Sandià. Bien sûr, il le connaissait déjà de réputation. Il appartenait à la brigade antigang de Manhattan, et tout le monde là-bas connaissait Sandià, peut-être pas personnellement, mais au moins professionnellement.

C'était le jour où tout avait changé.

Il s'était mis à boire un mois plus tard, peut-être moins. Puis les cachets étaient arrivés peu après. En un peu plus d'un an, Angela et lui étaient devenus irréconciliables. Et un an plus tard ils divorçaient. Il fréquentait déjà Ivonne depuis trois ans, Adam avait onze mois, et sur le coup tout semblait de nouveau rouler. Il n'avait jamais aimé Angela. Pas vraiment. Pas comme il aimait Ivonne. Et Cassie, sa première enfant, la fille qu'il avait eue de son premier mariage ? C'était une gamine. Une gamine adorable et merveilleuse, et c'était ça le pire. C'était comme si on lui arrachait son âme. Il était lié à Adam, mais pas autant qu'à Cassie. Du coup, il se sentait coupable et minable. Il avait le sentiment d'être un menteur. Même s'il savait que tout était de sa faute et qu'il n'aurait jamais la garde de Cassie. Il avait tout de même essayé. Il avait diminué l'alcool, réduit sa consommation de stimulants pour tenir le coup, de sédatifs pour dormir. Mais le monde lui était revenu en pleine face, d'autres choses s'étaient produites, la culpabilité était revenue, et tout d'un coup Adam avait eu deux ans, bientôt trois, Ivonne et lui se voyaient de moins en moins souvent, et lorsqu'ils se voyaient, ils ne discutaient pas vraiment. Ils se gueulaient dessus, et

Adam se mettait à brailler. Il n'était plus censé porter de couches, mais il était tellement perturbé qu'il se réveillait chaque nuit dans un lit trempé, les yeux gonflés et rougis à force de pleurer, et Ivonne disait à Vincent *tire-toi, espèce de putain d'ivrogne, espèce de connard, espèce de junkie de merde…*

Alors il était parti.

Madigan ferma les yeux et prit une profonde inspiration. Il essayait tellement de ne pas penser à ces choses, mais c'était ainsi. La vie était comme ça. C'était là qu'il en était, et il y était arrivé sans l'aide de personne.

Hormis celle de Sandià.

Sandià voulait qu'il soit à côté de la plaque, bourré, incontrôlable. Il voulait le tenir dans sa main. Il voulait profiter de lui de toutes les manières possibles.

Sandià. C'était là que le problème avait commencé, et c'était là qu'il devait s'achever. Il devait arrêter d'être mêlé à ses affaires. Il devait s'éloigner de lui. L'argent servirait un objectif : faire sortir Sandià de sa vie.

Madigan regarda de nouveau les photos de Maribel Arias dans le dossier devant lui. C'était une jolie fille. Vingt-neuf ans, la tête dans une benne, son corps dépecé et abandonné dans des sacs-poubelle derrière le North General Hospital. Qu'avait-elle fait, pour autant qu'elle ait fait quelque chose ? Pourquoi avait-elle été assassinée ? Pourquoi la dépecer ? Pourquoi séparer sa tête et son torse et les abandonner en deux endroits différents ? Trop de questions, et – comme toujours – trop peu de réponses.

Madigan fit des photocopies de chaque document du dossier et le rapporta à Faber.

« Qu'est-ce que vous en dites ? » demanda ce dernier.

Madigan secoua la tête.

« Ça pourrait être n'importe quoi. Un cinglé, un contrat, un meurtre rituel, sacrificiel, religieux, un ex fou de rage. Comme l'a dit Paul Simon, il y a cinquante façons de quitter son amant.

— Eh bien, j'espère ne jamais avoir de petite amie suffisamment furax après moi pour faire ça. »

Madigan remercia Faber et regagna son bureau. Avant de repartir, il envoya un bref e-mail à Bryant. *Identification de la fille et de la mère confirmée. Melissa et Isabella Arias respectivement. Me penche sur les liens éventuels avec le meurtre de la tante de la fille, Maribel Arias. Enquête de voisinage autour de son domicile, et nouveau passage à l'hôpital de Harlem pour voir si la fille a reçu des visites.*

Il appuya sur « Envoyer » et se leva pour attraper sa veste. À cet instant, le téléphone sonna.

« Vincent, c'est Bryant. J'ai reçu votre e-mail. Walsh a également du neuf. »

Madigan ressentit une crampe au fond des tripes. Avait-il peur ?

« Balancez.

— Il est parvenu à retrouver l'un des associés de Fulton. Le type était probablement défoncé à la meth, mais il a donné quelques infos sur lesquelles Walsh va se pencher. Tout d'abord, d'après ce que Fulton a dit à son copain, l'argent qui a été volé dans le repaire de Sandià était le butin du braquage d'une banque. Si quelqu'un le dépense… eh bien, on le saura très vite. »

Madigan prit une inspiration sonore. Il comprenait désormais précisément ce que Sandià avait voulu dire. *L'argent ne sera d'aucune utilité à ceux qui l'ont pris. S'ils commencent à le dépenser, ils n'iront pas plus loin que la prochaine épicerie.*

« Ça va, Vincent ? demanda Bryant.

— Oui, oui… juste une petite indigestion…

— Bref, maintenant, la cerise sur le gâteau. Ce type… attendez une seconde… » Il y eut un bruissement de papiers. « Richard Moran, c'est son nom. Enfin, bref, il dit que Fulton a été engagé pour ce coup par un type. Il est allé voir de quoi il retournait, et il y avait deux autres mecs qui avaient été recrutés, probablement Chuck Williams et Bobby Landry. Ça colle avec la balistique et les infos sur la scène de crime dans le box, le fait qu'il devait y avoir un quatrième homme. Et d'après ce que dit ce type, c'est lui qui a monté le coup…

— Qu'est-ce que vous avez sur ce quatrième homme ?

— Eh bien, ce Moran affirme que le quatrième homme était un flic. »

Madigan cessa de respirer. Il y eut un silence lourd et embarrassé entre les deux hommes.

Soudain, il parla. Il n'avait pas le choix.

« Vous vous foutez de moi.

— Bon Dieu, Vincent, ce mec fabrique de la meth. Et il a probablement appris ça de la bouche d'un type qui ne valait pas mieux que lui. Les types de ce genre passent leur temps à se raconter des craques. Cette histoire d'argent provenant d'une banque m'intéresse, mais comme vous pouvez l'imaginer, Walsh est sérieusement excité par cette connexion avec un flic.

— Il prend ça au sérieux ?

— Il est bien obligé, Vincent, il est des affaires internes. C'est son boulot. J'ai accepté de le laisser nous donner un coup de main sur cette affaire parce qu'il vaut mieux l'avoir avec nous en train de pisser sur les autres que l'inverse, mais maintenant il a une raison valable de mettre son nez partout où il veut.

— Quoi, parce qu'un camé affirme qu'un autre camé lui a dit qu'un flic était impliqué ?

— Hé, hé, ne prenez pas ça personnellement. On pense tous la même chose de ces ordures de dealers et tout. Mais vous ne pouvez pas perdre de vue ce qui est en jeu, mon ami. Vous ne pouvez pas perdre de vue pourquoi vous faites ce boulot. Bon sang, vous êtes ici depuis suffisamment longtemps pour savoir que ces connards diront n'importe quoi pour s'impressionner mutuellement, et que la plupart du temps, c'est des conneries. Mais en attendant, faites ce que vous avez à faire de votre côté, et laissez Walsh faire ce qu'il fait. De toute façon, vos chemins ne devraient pas trop se croiser. Faites-moi savoir si vous trouvez quoi que ce soit sur cet autre meurtre, la tante de la gamine, OK ? Vous croyez qu'il y a un lien ?

— Je ne sais pas, Al. Laissez-moi un peu de temps et je vous tiendrai au courant.

— D'accord, Vincent. D'accord. »

La connexion fut interrompue.

Madigan raccrocha.

Il s'enfonça dans son siège et ferma les yeux. Il respira profondément – trois, quatre fois –, mais tout ce qu'il entendait, c'était la voix de Bryant…

Eh bien, ce Moran affirme que le quatrième homme était un flic... affirme que le quatrième homme était un flic... le quatrième homme était un flic...

Soudain, le monde lui sembla effroyablement petit, la pression arrivait de toutes les directions.

Dix bonnes minutes passèrent avant qu'il ne bouge. Et lorsqu'il le fit, il savait qu'il avait besoin de boire un verre, un verre et deux lithiums, ou deux n'importe quoi, juste pour se débarrasser de cette impression, cette terrible, terrible impression que tout allait s'achever ainsi.

Et il pensa une fois de plus à ses enfants – Cassie, Adam, Lucy et Tom. Mais c'est Cassie qui l'obnubilait, plus que les autres. Et il prit conscience que de tous ses enfants – de toutes les personnes qu'il connaissait et qui le connaissaient –, celle dont il espérait qu'elle n'apprendrait jamais la vérité était sa fille aînée.

Il songea alors à Melissa Arias – huit ans, gisant sur un lit d'hôpital à Harlem avec un trou gros comme un poing dans son petit corps.

Peut-être que c'est ce que je mérite, telle fut la pensée qui lui vint à l'esprit tandis qu'il quittait le commissariat et prenait la direction de sa voiture.

Peut-être que tout ce qui arrivera désormais sera la conséquence inévitable de toutes les emmerdes que j'ai provoquées.

Puis une dernière pensée :

OK. Soit. Mais si je tombe, Sandià tombe avec moi.

30

Wildweed

Je suis le quatrième homme.

Voilà qui je suis.

Je suis celui qu'ils recherchent.

Je me tiens dans les toilettes d'un bar, mais je ne sais plus lequel. Je transpire abondamment. Je ne sais même pas quelle heure il est. Je suppose qu'il doit faire nuit, ou que la nuit est en train de tomber. Le crépuscule, peut-être. Quelque chose comme ça.

Je suis censé être à l'hôpital de Harlem. Je suis censé être dans l'appartement de Maribel Arias dans la 118e Rue Est entre Lexington et la 3e Avenue.

Mais je n'y suis pas.

Je suis ici.

En plein cauchemar.

Putain putain putain…

Merde.

Qu'est-ce que je fais maintenant ?

Je dois rentrer et me changer. Je dois faire un brin de toilette et y retourner. Je dois découvrir si celui qui a tué Maribel a enfermé Melissa dans la maison de Sandià, et s'il a fait disparaître Isabella…

Et l'argent de Sandià provenait d'un braquage ?

Et Fulton le savait ?

Comment ai-je pu l'ignorer ? Comment est-ce que ça a pu m'échapper, quand un connard de camé comme ce putain de Larry Fulton le savait ?

Je perds l'avantage. La partie m'échappe peu à peu.

Qui a informé Fulton pour l'argent ? À qui a-t-il parlé ? Combien de personnes hormis ce type, Richard Moran, savaient que Fulton préparait un coup avec un flic ? A-t-il dit mon nom à qui que ce soit ? Des gens savent-ils que Larry Fulton, Bobby Landry et Chuck Williams devaient braquer le repaire de Sandià avec un flic nommé Vincent Madigan ?

Et qui en entendant parler de trois types morts dans un box près de la 97e Rue Est fera le rapprochement ?

Dans la merde jusqu'au cou, et je continue de m'enfoncer.

J'ai besoin d'un autre verre.

31

Sensitivity

Walsh se retrouvait avec deux noms. Un second *compadre* de Laurence Fulton, un certain Bernie Tomczak, et Karl Benedict, l'agent du 158e qui avait arrêté Moran pour possession de drogues. Walsh avait raconté des bobards à Moran. Il ne savait pas s'il pourrait faire disparaître les charges. Mais il devait tout essayer ; il pourrait encore avoir besoin de Moran, car maintenant que Fulton était mort, il devrait l'aider à confirmer que le quatrième homme du braquage de la maison de Sandià était un flic.

Avec cette information, l'affaire avait pris une tout autre tournure. Walsh pouvait légitimement mener l'enquête dans le cadre de ses fonctions officielles. Un flic pourri. Un flic qui avait organisé le braquage du repaire d'un dealer de drogue, le butin de ce vol étant apparemment le butin d'un casse préalable dans une banque. Quelle banque ? Moran l'ignorait. Mais Walsh ne voulait pas mettre l'accent là-dessus. *Ça fera débarquer les fédés*, avait-il dit à Bryant. Et Bryant avait approuvé cette décision. *Étouffez ça*, avait-il dit à Walsh. *Je ne veux pas plus que vous voir les fédés ici. Bon sang, avoir affaire à vous me complique déjà suffisamment la vie.*

Étouffez ça. Tels avaient été les termes de Bryant, et Walsh les avait interprétés de deux manières. Bryant travaillait avec lui, tentant d'être aussi réglo que possible. D'un côté, les affaires internes s'occupaient du linge sale du département. C'était déjà assez compliqué comme ça. Mais laver ce linge sale en public aurait été une tout autre histoire. D'où qu'il vienne, un mauvais flic était un mauvais flic. Ça affectait le département dans sa totalité, pas simplement les divisions ou les unités ou les commissariats. Ça donnait une sale image du NYPD dans son ensemble. Et là, il s'agissait d'un vol et d'un multiple assassinat, pas d'un bleu qui acceptait un billet de vingt pour égarer une contravention pour une infraction au code de la route. On parlait de meurtre.

Pour commencer, Walsh se rendit au 158e et demanda à voir Karl Benedict. Par chance, ce dernier était de service et présent dans le bâtiment. Walsh attendit dans le hall, se demandant quelle direction prendrait la conversation. Il le saurait bientôt.

Benedict, tout d'abord soupçonneux, se demandait pourquoi un agent des affaires internes du 167e voulait lui parler.

« J'ai besoin que vous abandonniez une charge, expliqua Walsh.

— Abandonner une charge ? Quelle charge ? De qui s'agit-il ?

— Un type nommé Richard Moran. Vous l'avez arrêté pour possession de drogues, et il a besoin que le dossier disparaisse. »

Benedict – la petite trentaine, cinq ans dans la police, plus malin qu'il n'en avait l'air – sourit et secoua la tête.

« Je ne fais pas disparaître les charges pour possession de drogue, inspecteur Walsh.

— Je peux le pincer plus tard pour quelque chose de plus grave et vous le donner.

— Je peux faire mon travail tout seul.

— Je sais bien, mais ce type coopère avec moi sur une grosse affaire… une très grosse affaire…

— Vous êtes des affaires internes, n'est-ce pas ?

— Oui, je vous l'ai dit.

— Donc, une grosse affaire pour vous va impliquer un flic, exact ?

— Je ne peux rien dire. »

Benedict acquiesça. Il baissa les yeux vers ses chaussures, les releva vers Walsh.

« Je crois que nous en avons fini, inspecteur. »

Il commença à se retourner.

« Oui, il s'agit d'un flic, dit Walsh. Mais c'est sérieux. Multiple meurtre… peut-être.

— Vraiment ?

— C'est ce qu'on dirait.

— Et Moran est votre indic ?

— Officieusement.

— Et vous avez déjà conclu un marché ? »

Walsh ne répondit rien. Il soutint le regard de Benedict, qui le fixait sans ciller.

L'agent baissa de nouveau les yeux vers ses chaussures.

« Je vais vous dire une chose, inspecteur Walsh… D'après ce que je vois, vous avez déjà une dette envers moi.

— Je comprends.

— Vous avez fait croire à un type que j'ai arrêté que la charge va être effacée, et quand il reviendra ici, il demandera à cor et à cri son avocat. Il lui dira qu'il a conclu un marché avec vous. Et je me retrouverai avec l'avocat sur le dos.

— Ça se passe comme ça. On est du même côté. »

Benedict fit un pas en avant. Il baissa la voix.

« Je vais vous dire comment je crois que ça se passe. Ce que je crois, c'est que vous venez ici et vous me dites que vous avez besoin que je fasse quelque chose. Je vous écoute. Je comprends votre problème, évidemment. Et croyez-moi, je suis sensible à votre situation, inspecteur Walsh, et je suis la seule personne qui puisse arranger les choses. » Benedict marqua une pause. Il semblait prendre plaisir à cette confrontation. « En prenant en compte ce que vous m'avez dit, je suppose que vous savez ce que je me dis.

— Vous vous dites que vous voulez quelque chose en échange. »

Benedict sourit.

Walsh avait prévu que la conversation prendrait cette tournure. Mais il était sûr de lui. Il avait les choses en main.

« Quel est votre souci ?

— Une commission d'enquête se réunit lundi en huit à cause d'une fusillade dans laquelle j'ai été impliqué, déclara Benedict.

— Et qu'est-ce que vous voulez ?

— Je veux que ce soit repoussé d'un mois… Non, mieux, disons deux.

— Et c'est la première fois qu'elle se réunit pour cette affaire ?

— Non, la troisième et la dernière.

— La commission a déjà été repoussée ?

— Deux fois.

— Et vous voulez que je la repousse une fois de plus ?

— C'est le deal. Vous la faites repousser de deux mois, et je laisse tomber les charges contre Moran. Et alors vous aurez votre informateur, et moi, j'aurai ce dont j'ai besoin. Tout le monde est content. »

Walsh regarda son interlocuteur. Il était des affaires internes. Il pouvait faire repousser une commission d'enquête d'un simple coup de fil. Il n'avait aucune intention de dire à Benedict à quel point ce serait facile, mais il avait son compromis.

« OK, dit-il.

— Vous allez arranger ça ?

— Oui. »

Benedict tendit la main. Walsh la serra.

« Dès que j'apprendrai que la commission est repoussée, les documents sur Moran se volatiliseront.

— Marché conclu.

— Marché conclu. » Benedict lâcha la main de Walsh. « Un plaisir de faire affaire avec vous. »

Benedict se retourna et s'éloigna.

Walsh le regarda partir, puis il quitta le commissariat et regagna sa voiture.

Il resta un moment assis et alluma la radio pour noyer ses pensées, mais ça ne fit que l'irriter. Il réfléchit à ce qu'il venait de faire, à l'aisance avec laquelle il l'avait fait. Il n'avait pas eu le choix. C'était le jeu, c'était le terrain, c'était tactique. Il était doué pour ça. C'était son domaine. Il y avait les règles. Mais il y avait des espaces entre les règles. Et si vous saviez les reconnaître, vous vous en serviez à votre avantage.

De sa poche il tira le bout de papier sur lequel il avait noté le nom et l'adresse de Bernie Tomczak. C'était là qu'il irait maintenant. Un autre acolyte de Laurence Fulton, quelqu'un qui saurait quelque chose sur cette maison qu'il avait braquée avec le reste de l'équipe. Il parlerait à Tomczak, découvrirait s'il savait autre chose que ce que lui avait déjà dit Moran.

Walsh démarra et fit demi-tour. L'appartement de Tomczak se trouvait dans la 128e Rue Est près de Harlem River Drive. Ça lui prendrait une bonne demi-heure avec la circulation du début de soirée, plus si c'était bouché. Ça lui laisserait le temps d'analyser la situation, d'anticiper son prochain coup, puis celui d'après, et de voir quelles possibilités pourraient naître de ses manœuvres. Peut-être qu'il avait ça dans le sang. Peut-être que, au bout du compte, c'était vraiment ce qu'il était censé faire.

32

City In Pain

Elle avait fait un effort. C'était indéniable. Son appartement se trouvait dans un des nombreux immeubles délabrés qu'on trouvait dans le quartier, mais une fois à l'intérieur, Madigan s'aperçut que Maribel Arias avait fait de son mieux pour laisser le monde à l'extérieur. Néanmoins, le monde l'avait retrouvée, et il lui avait coupé la tête et l'avait abandonnée dans une benne derrière une boutique vide à huit blocks au nord-ouest de l'endroit où il se trouvait désormais.

Le concierge l'avait laissé entrer. Des vestiges de cordon de scène de crime adhéraient toujours au montant de la porte d'entrée, mais Faber et les autres étaient repartis depuis longtemps.

De toute évidence, il n'y avait plus rien d'important ici.

Madigan trouva des photos de la gamine, Melissa. Il n'avait plus aucun doute quant à son identité. Elle était accompagnée d'une femme qui ressemblait beaucoup à Maribel sur les photos du dossier de Faber. C'était à coup sûr Isabella, la mère disparue. Il s'assit dans la petite cuisine, tenant devant lui une photo. Il observa les trois visages. Une morte, une à l'hôpital avec une blessure par balle et une disparue. C'était tout ce qu'il savait de la famille Arias. Le père ? Aucune idée. Isabella Arias était probablement célibataire, ou au moins séparée, sinon elle n'aurait pas utilisé son nom de jeune fille. Il n'y avait aucune trace de celui-ci, hormis dans les souvenirs d'Isabella.

Madigan posa la photo sur la table et examina le reste de l'appartement. Décorations bon marché, mobilier bon marché, fleurs artificielles bon marché dans un vase en plastique sur le rebord de fenêtre dans la chambre. Elle avait résisté, mais la déferlante l'avait submergée et noyée.

Madigan se sentait calme, autant qu'il était possible de l'être dans ces circonstances. Le fait de voir l'appartement de cette femme lui avait quelque peu éclairci les idées. Ça avait rendu Maribel réelle, et cette réalité en entraînait une autre, puis une autre. Moyennant quoi il pouvait accepter et analyser sa situation. Il était acculé dans un coin, mais il était toujours debout, il pouvait encore décocher des coups. Il pouvait s'effondrer, ou continuer de lutter. Mais ce serait un combat tactique, il utiliserait plus son esprit que ses poings. Car s'il se mettait à cogner comme un bourrin, il était foutu. On était passé du jeu de dames au backgammon.

Où aller désormais ? Comment découvrir ce qui était arrivé à Isabella Arias ? À l'hôpital. Voir si la fille avait reçu des visites, si quelqu'un avait demandé la permission de venir la voir. Quelle que soit votre situation, si votre gamine était malade, vous tenteriez de la voir, d'être là, de faire tout ce que vous pourriez.

À moins d'être Vincent Madigan, évidemment. Si vous étiez Vincent Madigan, il y avait de grandes chances pour que vous ne soyez informé que bien après les faits.

Il prit la photo dans la cuisine et sortit. En partant, il informa le concierge qu'il en avait fini et le remercia pour son aide.

« Ils savent qui l'a tuée ? » demanda l'homme.

Madigan secoua la tête.

« L'enquête continue.

— Un sacré gâchis. Une fille vraiment gentille. Sa sœur aussi.

— Vous connaissiez sa sœur ?

— Bien sûr, je la connaissais aussi bien que Maribel. Elle était tout le temps ici avec Melissa. Des gens vraiment gentils.

— Avez-vous vu Isabella depuis le meurtre de Maribel ?

— Oui. Elle est venue deux fois. Je crois qu'elle voulait quelques affaires, des choses que la gamine avait laissées, ou peut-être des souvenirs de sa sœur.

— Comment l'avez-vous trouvée ?

— Effondrée. Complètement effondrée. Elles étaient d'habitude si gaies toutes les deux, et cette histoire est arrivée. » Le concierge était consterné. « Bon sang, où va le monde, hein ?

— Quand avez-vous vu Isabella pour la dernière fois ?

— On est quoi aujourd'hui ? Mercredi, c'est ça ? Je l'ai vue lundi soir, vers 8 heures, 8 heures et demie. Elle est restée vingt minutes, pas plus, puis elle est repartie.

— Sa fille n'était pas avec elle ?

— Non, pas de fille. » Il marqua une pause. « À bien y réfléchir, je n'ai pas vu Melissa depuis que j'ai appris la mort de Maribel.

— Comment vous a paru Isabella ce soir-là… lundi ?

— Pareil. Effondrée. On aurait dit qu'elle avait dormi tout habillée, et ça ne lui ressemble tout simplement pas. »

Madigan donna sa carte au concierge.

« Si vous la voyez, appelez-moi. Elle est peut-être en danger, et j'ai besoin de la placer sous protection.

— Vous croyez que quelqu'un en voulait aux deux ?

— Nous n'en savons rien, répondit Madigan. Nous n'en savons vraiment rien. Mais je dois m'assurer que si quelqu'un en voulait aux deux, il n'aura pas Isabella.

— C'est une coriace. Elle sait ce qu'elle veut. Je lui dirai ce que vous avez dit, mais je ne peux pas garantir qu'elle vous appellera.

— Je comprends, mais dites-lui juste que je suis de son côté, que je cherche à les protéger, elle et sa fille.

— Je n'y manquerai pas. »

Madigan repartit, retourna à sa voiture et prit la direction de la 135e Rue, le chemin le plus rapide pour se rendre à l'hôpital de Harlem. Si Isabella Arias avait appris dans quel état se trouvait sa fille – d'un ami, d'un contact, ou même dans la presse locale –, alors il ne faisait guère de doute dans l'esprit de Madigan qu'elle essaierait d'aller la voir. Quelle mère pourrait laisser son enfant sur un lit d'hôpital sans tenter de lui rendre visite ?

Les routes étaient dégagées et Madigan ne perdit pas de temps. Il se gara derrière l'hôpital, mit une carte de la police derrière le pare-brise pour que sa voiture ne finisse pas à la fourrière, et entra dans le bâtiment. Il connaissait les lieux, mais la réceptionniste l'interpella, lui demanda une pièce d'identité, et expliqua que Melissa Arias avait été déplacée dans une nouvelle unité.

Madigan ne voulut pas demander pourquoi, mais la femme perçut son inquiétude.

« Elle doit aller mieux, déclara-t-elle. Elle était en soins intensifs, maintenant elle est en rééducation. Ils ne l'auraient pas transférée s'ils n'estimaient pas qu'elle va s'en sortir. »

Le soulagement de Madigan fut rapidement suivi par un sentiment d'angoisse lorsqu'il repensa à la maison de Sandià, à la possibilité que la fillette ait vu quelque chose.

Il suivit les pancartes jusqu'au service de rééducation, le trouva au bout du couloir, à droite des soins intensifs. Melissa avait toujours une demi-douzaine de perfusions, mais elle n'avait plus de tube ni dans le nez ni dans la bouche, et elle semblait respirer sans assistance.

Madigan resta là à l'écouter. Elle avait les yeux fermés, son corps était immobile. Elle était tellement fragile.

Il éprouvait une sorte d'incertitude, mais il ne savait pas pourquoi. Il avait besoin de s'asseoir. Il alla chercher une chaise dans la pièce voisine. Le fait de revoir la fillette le troublait. Il avait été sûr de ce qu'il avait à faire, mais le doute s'immisçait de nouveau.

Le bruit de sa respiration, le frémissement presque imperceptible de ses paupières fermées, le goutte-à-goutte du glucose, du sérum physiologique et des antalgiques. Elle avait le même âge que Lucy, certes, mais ce que Madigan voyait, c'était Cassie à huit ans, combien elle lui avait semblé fragile, délicate, parfaite… Il releva la tête lorsqu'il perçut du coin de l'œil du mouvement dans le couloir. Il fronça les sourcils, se leva. Il se sentait troublé, peut-être même effrayé.

Une femme s'éloignait. Une infirmière. C'est du moins ce à quoi elle ressemblait – même blouse bleu pâle. Madigan l'appela.

« Excusez-moi ? Madame ? »

La femme se retourna et Madigan aperçut son profil.

Il commença à la suivre.

Elle l'entendit, accéléra le pas, et soudain Madigan fut certain. Absolument certain.

« Isabella, lança-t-il. Isabella Arias ? »

Elle se retourna une fois de plus et il vit la peur dans son regard. Elle se mit à courir.

« Merde ! s'exclama-t-il. Oh merde ! »

Madigan s'élança à sa poursuite dans le couloir, passant devant les autres chambres du service de rééducation. Les enseignes « sortie de secours » clignotaient à la périphérie de son champ de vision. Il entendit l'alarme se déclencher, et il sut qu'elle avait tourné à l'angle et ouvert la porte de la cage d'escalier.

Une autre infirmière apparut à la porte d'une chambre.

« Fausse alerte ! cria Madigan. Éteignez-moi ce truc ! » Il avait la main sur sa plaque et la lui montra en passant. « Dépêchez-vous ! » hurla-t-il par-dessus son épaule.

Il franchit alors la porte de l'issue de secours et entendit plus bas le bruit des pas de la femme sur les marches en béton.

Il cria : « Isabella ! Isabella ! Arrêtez-vous ! Je peux vous aider ! Je suis là pour vous aider ! »

Mais elle continua de descendre. Madigan sentait déjà la tension dans sa poitrine, il avait la tête qui tournait et une crampe intense au ventre. Il dévala une nouvelle volée de marches et faillit perdre l'équilibre.

Il agrippa la rampe, négocia un angle serré et continua de descendre – une nouvelle volée de marches, puis une autre. Au son des pas de la femme, il pensait gagner du terrain, ce qui le poussa à continuer. Il la vit alors tourner à un angle deux volées de marches plus bas. Madigan accéléra, tombant presque tandis qu'il avalait trois, cinq, neuf marches. Son cœur cognait. Il avait le souffle court et se sentait nauséeux. Il avait l'impression que son cœur allait exploser dans sa poitrine. Il tira alors son arme et hurla : « Putain ! Arrêtez de courir, nom de Dieu ! Arrêtez de courir ou je vous descends ! »

Il finit par la rattraper deux volées de marches plus bas.

Il respirait fort, tenait à peine debout. Isabella Arias était coincée dans un angle de la cage d'escalier, poings serrés, le visage couvert de sueur, les yeux écarquillés, son mascara étalé sur le haut de ses joues. Elle ressemblait à un animal traqué, prêt à sortir les griffes et à frapper autant qu'il le pourrait avant de mourir.

« Isabella Arias », dit-il, haletant. Il tenait son arme de sorte qu'elle la voie, sans toutefois la pointer directement sur elle. « Si vous essayez encore de fuir, je vous tire une balle dans la tête, OK ? »

Elle ne répondit rien, le fusilla du regard.

« Vous me comprenez ? »

Un hochement de tête presque imperceptible.

« OK, OK… alors calmez-vous. Je ne suis pas ici pour vous arrêter, d'accord ? Je ne vais pas vous embarquer. Je suis venu voir votre fille… » Il tira les deux dernières impressions de la photo de Melissa de sa poche. « Vous voyez ? J'essaie de découvrir qui lui a tiré dessus. C'est la seule raison de ma présence ici. J'ai besoin de vous parler. Vous pouvez m'aider à comprendre ce qui s'est passé. »

Isabella le toisa avec mépris.

« Allez-vous faire foutre, lâcha-t-elle d'une voix sifflante.

— Je sais que vous avez perdu votre sœur… et maintenant votre fille est ici…

— Vous êtes de la police, répliqua sèchement Isabella. Vous êtes de la police. Vous vous foutez de ce qui nous arrive… Vous êtes juste des porcs. »

Madigan abaissa encore plus son arme. Il continuait de respirer fort, avait toujours la poitrine oppressée. Il regardait la femme et percevait sa peur, sa haine, sa colère, sa douleur, son chagrin et mille autres choses.

Une sensation le submergea soudain.

Il recula et ferma brièvement les yeux, mais le regard de la femme le transperçait, et pendant une seconde il ne sut même plus comment il s'appelait… il sentait juste ce regard fixe qui le pénétrait, et il n'était plus anonyme, invisible, il n'était plus un fantôme…

Il lui retourna son regard et il se vit. Il vit ce qu'il était devenu, et ça le terrifia.

« Je suis ici pour vous aider », répéta-t-il.

Les mots sortaient lentement, de façon saccadée. *Je. Suis. Ici. Pour. Vous. Aider.*

Isabella esquissa un sourire dédaigneux.

« Les gens comme vous ne cherchent qu'à s'aider eux-mêmes. »

Madigan ne trouva rien à répondre.

« Ma sœur est morte… assassinée par ce salaud. Et maintenant ma fille a reçu une balle et gît sur un lit d'hôpital, et je ne peux rien faire pour la protéger… Et vous croyez que je ne sais pas comment sont les flics ? Vous croyez que je ne sais pas qu'il vous paye pour que vous fermiez les yeux ?

— De qui parlez-vous ? Qui a assassiné votre sœur ? »

Isabella Arias, farouche et effrayée, ouvrit de grands yeux et serra les poings. Tout son corps frémissait de rage et de haine, et elle le regardait avec un mépris absolu.

« Allez. Vous. Faire. Foutre, dit-elle, insistant sur chaque mot. Vous ne pouvez rien pour moi. Personne ne peut m'aider. Il me retrouvera et il me tuera, et après il tuera ma fille… et personne ne peut rien faire pour l'en empêcher… »

33

Secret Fires

Il ne fallut pas beaucoup de temps ni d'efforts à Walsh pour retrouver Bernie Tomczak. Il était dans un bar à pas plus de trois ou quatre blocks à l'ouest du commissariat, et lorsqu'il vit l'inspecteur passer la porte, il se mit à regarder de tous les côtés. Il ne pouvait pas savoir que Walsh le cherchait, mais il connaissait les flics.

« Bon Dieu, dit Walsh en s'asseyant face à lui. Qui vous a mis dans cet état ? »

Bernie ne répondit rien. Il secoua la tête.

« Hé, je n'ai rien contre vous, le rassura Walsh. J'ai parlé à quelques personnes, qui ont parlé à d'autres personnes, et on m'a dit que je vous trouverais peut-être ici. »

Il parcourut du regard le petit rade faiblement éclairé. Il était idéalement sombre pour dissimuler toutes sortes de transactions, idéalement peuplé et bruyant pour limiter les risques d'être entendu, mais c'était un trou à rats. Ça ne faisait aucun doute. Bernie semblait avoir la mâchoire fracturée, plus deux yeux au beurre noir et tout un tas de petites hémorragies dans la partie supérieure des joues. Il tenait un verre rempli d'un alcool quelconque.

« Je peux vous en offrir un autre ? » demanda Walsh.

Bernie acquiesça.

« D'accord, pourquoi pas ? Jack Daniel's sec, pas de glace, pas d'eau… Double. »

Walsh se leva et marcha jusqu'au bar. Lorsqu'il regarda par-dessus son épaule, Bernie était déjà à mi-chemin de la porte. Il le rattrapa en trois ou quatre enjambées et l'agrippa.

« Bernie… sérieusement… J'ai juste besoin de vous parler. Je vous paye un verre, nous nous asseyons, nous échangeons quelques mots, et je m'en vais. C'est tout, pas d'entourloupe. »

Bernie hésita. Il semblait calculer ses chances. Libérer son bras et s'enfuir ? Faire croire à Walsh qu'il acceptait, le prendre par surprise et détaler ? Ou simplement laisser le type poser ses questions puis finir son verre tranquillement ?

Il opta pour cette dernière option et acquiesça. Il n'avait ni la volonté ni la force de filer dans la rue avec un flic à ses trousses. Bernie retourna à la table et attendit que Walsh lui apporte son Jack Daniel's.

« Alors, qui vous a mis le visage dans cet état ? demanda Walsh.

— C'est ça que vous êtes venu me demander ?

— Non.

— Alors posez vos questions puis dégagez. »

Walsh acquiesça.

« Larry Fulton, dit-il.

— Quoi, Larry Fulton ?

— Il est mort.

— Quelle surprise.

— Vous le saviez ?

— Je sais beaucoup de choses.

— Mais vous saviez que Larry Fulton était mort ? répéta Walsh.

— Je le connaissais suffisamment bien pour savoir qu'il n'en avait pas pour longtemps dans ce monde.

— Donc sa mort ne vous étonne pas ? »

Bernie esquissa un sourire sarcastique.

« Rien ne m'étonne.

— Étiez-vous au courant du coup qu'il préparait ? »

Bernie attrapa son verre, but une gorgée. Il ne quittait pas Walsh des yeux, mais Walsh ne voyait rien, pas le moindre frémissement suggérant qu'il pouvait avoir des informations intéressantes. Ça ne voulait cependant rien dire. Bernie, à en croire son dossier, était un joueur, et les joueurs s'entraînent à conserver un visage impassible.

« Bernie ? »

L'homme reposa son verre sur la table.

« Comment vous vous appelez ?

— Walsh.

— Vous êtes flic ?

— Oui.

— Quel commissariat ?

— Le 167e.

— Hé, c'est juste à quelques rues d'ici.

— Exact.

— Alors comment ça se fait qu'on se soit jamais croisés ?

— On aurait dû ? »

Bernie s'esclaffa.

« Bon Dieu, mec, j'ai croisé le chemin de tous ceux qui portent ou ont porté un uniforme.

— Parce que je ne suis ni des mœurs ni de la criminelle, répondit Walsh.

— Alors vous êtes quoi ?

— Affaires internes.

— Sans déconner », dit Bernie.

Il y avait désormais de la surprise dans sa voix, et aussi de la curiosité.

« Sans déconner, répéta Walsh en écho.

— Alors pourquoi vous voulez me voir ?

— Je travaille sur une affaire. »

Bernie fit un nouveau sourire sarcastique.

« Sans déconner.

— Bon, savez-vous quoi que ce soit sur le coup que Larry Fulton préparait ? »

Bernie but une nouvelle gorgée.

« Savez-vous quoi que ce soit à mon sujet, inspecteur Walsh, affaires internes, 167ᵉ commissariat ?

— Non, Bernie.

— Alors je vais vous dire une chose, et c'est gratuit. Si j'étais la seule personne au monde à connaître la réponse à votre question et qu'en vous la disant je pouvais apporter la paix à toutes les nations, mettre un terme à toutes les guerres, résoudre la faim dans le monde et provoquer le second avènement du Christ, je me collerais un crayon dans chaque narine et je me cognerais la tête sur cette table avant de prononcer un seul putain de mot.

— Vous êtes bien décidé à ne rien dire, alors ?

— Oui.

— Quel dommage.

— En effet.

— Vous savez pourquoi, Bernie ?

— Non, inspecteur Walsh. Et même si je sais que vous allez me le dire, je me sens obligé de vous préciser que je me contrefous de savoir pourquoi c'est dommage.

— Juste pour que nous soyons sur la même longueur d'onde, d'accord ?

— C'est ça, inspecteur... juste pour que nous soyons sur la même longueur d'onde.

— Alors écoutez-moi bien, Bernie, parce que voici le marché. Larry Fulton est mort. De même que deux autres individus, l'un nommé Bobby Landry et l'autre, Chuck Williams. Ils se sont fait tuer par un quatrième homme, et cet homme pourrait être un flic... »

Les yeux de Bernie s'élargirent légèrement.

« Ça vous intéresse maintenant ? demanda Walsh.

— Continuez, répondit Bernie.

— Bon, je parlais avec un de mes amis nommé Richard Moran... »

Bernie éclata de rire.

« Bon Dieu, mec, si vous et Moran êtes potes, alors moi je suis le pape.

— Nous le sommes maintenant, Bernie. Vous saisissez ? Pas hier, ni ce matin, mais *maintenant*. »

Bernie regarda Walsh en plissant les yeux tel un lézard.

« Qu'est-ce qu'il vous a soutiré ? »

Walsh balaya la question d'un revers de la main.

« Je suis intéressé par tout ce que Larry a pu dire, Bernie... *tout* ce que Larry a pu dire qui pourrait m'aider. Vous comprenez ce que je dis ? »

Bernie resta un moment sans bouger, puis il acquiesça lentement.

Walsh sentit sa respiration se dégager. Les choses avançaient plus vite que prévu. Deux acolytes de Fulton, et chacun avait des choses à dire.

« Alors réfléchissez un moment, Bernie. Réfléchissez un moment et voyez si vous savez ou non quelque chose sur ce quatrième homme. Son nom, peut-être. Ça pourrait être un bon début…

— Et si je le connais ?

— Eh bien, si vous le connaissez, on pourrait peut-être voir si on peut trouver un arrangement.

— Comme le genre d'arrangement que vous avez conclu avec Moran ? »

Walsh ne répondit rien. Son cœur battait vite. Il s'écoutait parler, et il parvenait à peine à croire ce qu'il entendait. Il était sur le point d'apprendre l'identité du quatrième homme.

« Alors, inspecteur Walsh, je pense qu'il est très possible que nous trouvions un arrangement mutuellement bénéfique… »

Bernie laissa sa phrase flotter en suspens.

Walsh, une fois de plus, ne dit rien. Il ne voyait pas ce qu'il y avait à ajouter. Tout d'un coup, il était dans la position idéale pour négocier.

« Nous devrions pouvoir nous entendre, ajouta Bernie Tomczak.

— C'est ce qu'on dirait. Alors parlez. »

Bernie secoua la tête.

« Ça ne se passe pas comme ça, mon ami », dit-il. Il grimaça brièvement, posa précautionneusement sa main à plat sur le côté droit de sa mâchoire, puis il sembla se détendre. « Dites-moi ce que vous voulez savoir. Je verrai si je peux répondre, ou si je peux l'apprendre pour vous, et alors je vous dirai ce que je veux en échange.

— Vous savez déjà ce que je veux, Bernie. Je veux savoir avec qui Larry travaillait.

— Si c'était un flic, et dans ce cas, comment il s'appelle, exact ?

— Exact. »

Bernie prit une profonde inspiration et expira lentement.

« Bon, je vais vous donner quelque chose gratuitement, inspecteur Walsh. Je peux vous dire tout de suite qu'aucun flic n'était mêlé aux magouilles de Larry. Larry Fulton travaillant avec un flic ? Aucune chance, mon ami, aucune putain de chance. Si vous croyez que Larry bossait avec un flic, c'est que vous ne le connaissiez pas. »

Walsh sentit son cœur s'arrêter brièvement. Il ne comprenait pas ce qu'il entendait. Fulton n'était *pas* de mèche avec un flic ? Dans ce cas, qu'avait raconté Moran ? Et qu'avait-il lui-même rapporté à Bryant ?

Il secoua la tête.

« Hé, attendez une seconde. Moran a dit…

— Moran est un menteur, coupa Bernie, puis il sourit. OK, moi aussi je suis un menteur, mais Moran est pire.

— Pourquoi devrais-je…

— Me croire plutôt que lui ? Parce que je n'essaie pas de conclure un marché, vous voyez ? Quoi qu'ait demandé Moran, vous ne devriez pas le lui accorder parce qu'il vous a raconté un énorme bobard, mon vieux, un énorme bobard. Larry Fulton n'aurait pas plus travaillé avec un flic que moi. »

Walsh se pencha en arrière. Il ne savait plus qui croire ni que penser.

« Cependant, ajouta Bernie, si ce dont on parlait tout à l'heure tient toujours, je peux peut-être vous donner quelque chose qui vous orientera dans la bonne direction.

— Un nom ?

— Exact, inspecteur, un nom.

— Quel nom ?

— Le nom de l'homme qui a organisé ce coup.

— Le braquage de la maison du dealer… »

Bernie haussa les épaules.

« Je ne sais pas ce qu'ils ont braqué, ni à qui appartenait la maison, mais je sais que c'était le coup sur lequel était Larry.

— Comment savez-vous que c'était le même ?

— Parce qu'il m'a dit d'où venait l'argent, et il m'a dit qui l'avait. »

Walsh haussa les sourcils.

Bernie sourit.

« Disons juste que quand Larry Fulton et son équipe ont mis la main sur ce pognon, tout le sale boulot avait déjà été accompli. C'est clair ? »

Oui. C'était clair. Le sale boulot, c'était le braquage original de la banque.

« Oui, répondit Walsh, certain que Bernie et lui parlaient du même coup.

— Alors je vous donne le nom de l'homme à qui vous devriez parler – peu importe que ce soit lui qui ait buté Larry et les autres –, je vous donne le nom du type qui a monté ce coup, et vous me rendez un service, d'accord ? »

Walsh hésita.

« Qu'est-ce que vous voulez ?

— Je veux que vous fassiez disparaître quelque chose. »

Walsh ferma les yeux. Il inspira, expira lentement. Ils voulaient tous la même chose.

« Qu'est-ce que vous avez fait ? demanda-t-il. Qu'est-ce qui s'est passé ?

— Pas pour moi, répondit Bernie, pour mon frère. Et c'est pas grand-chose.

— Votre frère ?

— Oui, mon frère, Peter. C'était juste une erreur. Il gardait quelque chose pour quelqu'un, un calibre .22. C'était un jouet, rien de sérieux. Pas de quoi fouetter un chat. Mais il s'est fait pincer, et j'ai besoin que cette arme disparaisse. Elle est dans votre dépôt de pièces à conviction, et si elle s'évaporait, il n'y aurait plus d'affaire.

— Vous espérez que je fasse disparaître une pièce à conviction ? dit Walsh.

— Vous pouvez faire tout ce que vous voulez, inspecteur. Ou pas. Mais si vous ne le faites pas, vous n'aurez rien de moi. Vous connaissez la musique. C'est toujours la même chose. Vous ne pouvez pas jouer les ignorants avec moi. Soit vous voulez le nom de ce type, soit vous ne le voulez pas. »

Walsh se sentit soudain agité. La panique s'était emparée de lui, mais il demeurait néanmoins déterminé. C'était comme si Bernie Tomczak l'avait attiré dans sa toile et qu'il n'avait d'autre solution que de continuer.

« Et si j'accepte, déclara Walsh, qui peut dire que je ne vais pas revenir sur ma parole ? Vous me dites ce que vous savez, et j'ignore le marché. Je fais comme si je ne vous avais jamais parlé. Qu'est-ce qui pourrait m'empêcher de faire ça ?

— Rien », répondit Bernie d'un ton détaché.

Walsh se pencha en arrière.

« Vous allez devoir me faire confiance.

— En effet. De la même manière que vous allez devoir me faire confiance pour vous donner la bonne information.

— Mais j'enquêterai sur ce que vous me direz, et s'il s'avère que c'est bidon, alors le marché ne tient plus.

— D'accord.

— Donc on en revient au fait que vous allez devoir me faire confiance.

— Exact. »

Walsh baissa les yeux et remarqua que sa main tremblait.

« On dirait que vous avez besoin d'un peu de temps pour réfléchir », déclara Bernie.

Walsh enfonça sa main dans sa poche de veste, puis la ressortit. Pendant un instant il eut l'impression que le mur du fond se décalait très lentement vers la gauche.

« Non, répondit-il. Vous devez me dire ce que vous savez.

— Vous êtes sûr, inspecteur ? »

Walsh ne répondit pas.

« Vous convenez que si je vous dis ce que je sais, alors on a un marché. Je vous donne un nom, et le .22 de mon frère disparaît et ne refait jamais surface… On est bien d'accord ?

— Oui, répondit Walsh, le mot jaillissant de ses lèvres comme une balle.

— Alors je vais me renseigner et apprendre ce que vous voulez savoir, dit Bernie. Donnez-moi votre carte.

— Vous allez me le dire maintenant, n'est-ce pas ? »

Bernie secoua la tête.

« Non, monsieur, pas maintenant.

— Qu'est-ce que… »

Walsh commença à se lever de sa chaise.

« Rasseyez-vous, inspecteur, dit Bernie. On va faire les choses à ma manière. Je m'en vais, je vérifie quelque chose, je vous appelle, vous me dites que ce .22 a disparu, et alors vous aurez votre renseignement.

— Vous vous foutez de moi, déclara Walsh. Vous vous foutez de ma gueule. Hors de question. Ce n'est pas ce que nous avons convenu. Vous me dites ce que vous savez maintenant, ou le marché ne tient plus… »

Bernie saisit son verre et le vida d'un trait. Il repoussa sa chaise et se leva.

« Nous avons un accord, dit-il calmement. Et cet accord tient toujours. J'apprends ce que vous voulez savoir, et vous réglez mon problème.

— Allez vous faire foutre, répliqua Walsh.

— Oh, je ne crois pas que vous ayez le choix, inspecteur Walsh », déclara Bernie. Il tira de sa poche de blouson un téléphone. « Ça, c'est un sacré appareil. Il prend des photos, il me rappelle mes rendez-vous – et j'ai *tellement* de rendez-vous importants. Vous voyez ce que je veux dire ? Et il comporte également un enregistreur. » Il sourit. « Toute la conversation, mon ami, toute la putain de conversation, et ça – quoi que vous en pensiez – c'est ma quinte flush. Vous avez été enregistré en train d'accepter de faire disparaître une pièce à conviction, et ça, comme on dit dans le business, c'est échec et mat… »

Walsh bondit en avant et tenta d'arracher le téléphone de la main de Bernie. Ce dernier fit deux pas en arrière, se retourna et se mit à marcher.

Walsh se leva et se rua à sa suite. Il se rapprochait rapidement de Bernie, plus vite que l'autre ne le croyait, et il lui saisit le bras et le lui tordit dans le dos.

C'est alors qu'il perçut de l'agitation, des gens qui connaissaient Bernie mais ne le connaissaient pas lui, des gens qui paraissaient beaucoup plus menaçants et dangereux que Bernie ne le serait jamais.

« T'as besoin d'aide ? lança quelqu'un d'une voix teintée d'une telle agressivité que Walsh lâcha le bras de Bernie et se figea.

— Je crois que c'est bon, merci », répondit Bernie. Il regarda Walsh et sourit. Puis il parla d'une voix étouffée mais catégorique. « J'ai tout ce qu'il me faut, inspecteur Walsh. Vous êtes dans une merde sans nom. Vous avez accepté de voler une pièce à conviction. Vous avez accepté le compromis. Vous l'avez clairement dit. Si ça se retrouve dans la presse, vous êtes foutu. Votre seule solution est de respecter le marché. Vous faites disparaître le .22, vous obtenez le nom que vous voulez, vous résolvez l'affaire et vous êtes un héros. Mais trahissez-moi, mon ami, et votre carrière est finie. Avec un peu de chance, vous terminerez agent de sécurité dans un grand magasin. »

Walsh ne pouvait rien faire. Des gens l'observaient, attendant qu'il recule, qu'il laisse partir Bernie.

Ce dernier fit un pas. Walsh ne bougea pas. Il en fit un second, puis un troisième, et il atteignit la porte. Il jeta un coup d'œil en arrière. Walsh aperçut furtivement le sourire narquois sur son visage, et il disparut.

L'inspecteur resta planté là une minute, puis il s'assit lourdement.

Il était tellement abasourdi qu'il arrivait à peine à respirer, et encore moins à réfléchir. Il n'avait pas le choix. Il devait faire disparaître l'arme. Quoi qu'il fasse, il était foutu. Moran, Benedict… et maintenant Bernie Tomczak. Qu'est-ce qu'il faisait ? À quoi était-il en train de jouer ?

Il n'en revenait pas de s'être mis dans cette situation, il n'en revenait pas d'avoir prononcé ces mots.

34

Sorrow Knows

Elle l'avait finalement regardé dans la cage d'escalier et avait dû voir dans ses yeux quelque chose qui lui avait donné à réfléchir, car elle avait simplement déclaré : « Faites-moi sortir de là », et c'est ce que Madigan avait fait. Dans la voiture elle ne prononça pas un mot, et il l'emmena à un endroit où aucune personne liée à Sandià ne la reconnaîtrait. Madigan ne lui demanda rien – ni où elle s'était cachée, ni où elle s'était procuré la tenue d'infirmière, ni qui selon elle avait tiré sur sa fille ou tué sa sœur.

Il ne posa aucune question.

De temps à autre il prononçait simplement quelques paroles rassurantes. *C'est bon. Je peux vous aider. Vous pouvez me dire ce qui s'est passé. Prenez votre temps. Prenez votre temps.*

Marion's Continental, au numéro 354 de la Bowery, était un restaurant idéalement anonyme. C'était un lieu avec une histoire, et Madigan ne se souvenait pas combien de fois il était tombé saoul dans les toilettes et avait dû être porté à l'extérieur. Le lavabo y avait été remplacé quatre fois après avoir cédé sous le poids de couples en train de baiser. Même si l'endroit était fréquenté par les célébrités et les esthètes, la politique anti-paparazzi en vigueur maintenait bon nombre de gens à l'écart – le genre de personnes qui voulaient voir des stars ou qui voulaient être vues. Madigan trouvait le restaurant suffisamment discret et éloigné des sentiers battus pour satisfaire ses besoins. C'était l'endroit idéal pour ne pas être reconnu. Depuis toutes les années qu'il fréquentait Marion's, il n'y avait jamais rencontré un autre flic, ce qui constituait une raison suffisante pour continuer d'y aller.

Il emmena Isabella Arias dans les toilettes des hommes et l'aida à se nettoyer le visage et à rajuster la jupe et le tee-shirt qu'elle portait sous sa tenue d'infirmière. Personne ne les interrompit durant les quelques minutes que ça leur prit, ce dont Madigan fut reconnaissant. Lorsqu'ils eurent fini, il s'assit avec elle à une table dans un coin, la regarda boire du cognac, et attendit longuement qu'elle se détende. Ses yeux étaient gonflés et rouges. On aurait dit qu'elle avait pleuré non-stop pendant toute une semaine.

À un moment, il consulta sa montre. Il était tard, 11 heures passées, et il ne savait absolument pas depuis combien de temps ils étaient assis là.

Finalement, elle parla.

« J'ai faim, dit-elle. On peut aller manger quelque part ?

— On peut dîner ici.

— Non, répondit-elle. Je ne veux pas rester ici. Je veux aller ailleurs. »

Madigan ne protesta pas. Il l'aida à se lever, l'accompagna dehors, lui ouvrit la portière de la voiture et fit le tour pour monter à son tour. Il prit la direction de chez lui, dans le Bronx, et continua de rouler jusqu'à atteindre l'un de ses repaires habituels dans Grand Concourse, après le parc et le musée. Il fit de nouveau le tour de la voiture et ouvrit la portière. Elle le regarda sans rien dire. Elle était épuisée. Il le voyait dans chacun de ses pas, dans chaque mouvement de son corps. Fatiguée, faible, effrayée et confuse. Il tenta de s'imaginer ce qu'il ressentirait si ça avait été Cassie à l'hôpital, blessée par balle…

Il tenta de se rappeler si la balle avait été retrouvée dans la pièce où la fillette avait été découverte.

Les techniciens lui avaient-ils adressé un rapport à ce sujet ?

Il aurait dû le savoir. Il aurait dû le savoir avec certitude, et pourtant il ne se rappelait pas.

Il lui ouvrit la porte du restaurant. L'endroit était sombre et désert. Ici, on ne les remarquerait pas.

« Merci », dit-elle, et elle passa devant lui et marcha jusqu'à un box au fond à droite.

En passant devant le bar, Madigan attira l'attention du serveur.

« Menu ? » demanda-t-il.

L'homme acquiesça, apporta les menus à leur table et leur demanda ce qu'ils voulaient boire.

« Juste de l'eau, répondit Isabella. Plus d'alcool.

— Jack Daniel's, dit Madigan. Double, sec. »

Elle commanda du steak pané, une portion de frites, une salade. Madigan prit la même chose car il n'avait pas le courage de lire le menu. La nourriture arriva. Elle était acceptable. Elle vida son assiette et Madigan mangea plus qu'il ne le voulait, mais il songea qu'il en avait besoin. Il ne se rappelait pas la dernière fois qu'il avait avalé un vrai repas.

Elle voulut un café. Le serveur le lui apporta. Madigan commanda un autre double Jack Daniel's, et elle le regarda d'un air dubitatif.

« Je suis blindé, déclara-t-il.

— Mais vous conduisez, répliqua-t-elle.

— Certes, mais je suis flic, et si on me contrôle, on ne m'embarquera pas. »

Elle secoua la tête d'un air désapprobateur.

Il y eut un moment de silence, que Madigan brisa en déclarant : « Votre sœur est morte. »

Isabella le regarda. Si elle n'avait pas déjà pleuré pendant une semaine, elle aurait peut-être recommencé.

« Et votre fille est à l'hôpital. Mais elle va s'en sortir, vous savez ? »

Isabella ne répondit rien. Elle conserva un visage implacable, et Madigan songea qu'elle resterait ainsi pendant longtemps encore, comme si un semi-remorque avait traversé sa vie en ne laissant derrière lui qu'un champ de ruines.

« Ils vous l'ont dit ? demanda Madigan.

— Non, répondit-elle. J'y suis allée trois fois. J'y suis retournée hier et elle avait disparu. Je ne savais pas où ils l'avaient emmenée. J'étais paniquée. Alors j'ai demandé à quelqu'un, et on m'a dit qu'elle était en rééducation. Apparemment, quand on va là-bas, c'est qu'on a de grandes chances de s'en tirer. »

Elle parlait d'une voix plate. Elle faisait tout son possible pour ne rien montrer. Elle essayait de se convaincre qu'elle pouvait supporter ça, qu'elle était assez forte pour encaisser tout ce qui lui arrivait, et ce qui était arrivé à sa fille et à sa sœur.

Madigan observa les mains d'Isabella. Ses doigts s'entortillaient, ses poings se serraient et se desserraient, elle était tellement crispée que ses articulations étaient blanches.

« Où vous êtes-vous cachée après le meurtre de votre sœur ? »

Elle secoua la tête.

« C'est bon. Vous n'êtes pas obligée de me le dire, déclara Madigan. Je suis allé chez vous. J'ai parlé au concierge. Il m'a dit que vous étiez passée récupérer quelques affaires. »

Une fois encore, pas un mot.

« Ce n'est pas moi qui enquête sur la mort de votre sœur, poursuivit-il. J'enquête sur le braquage de la maison où logeait votre fille… »

Isabella leva soudain la tête, ses yeux lançant des éclairs.

« Elle ne *logeait* nulle part !

— Elle était retenue, c'est ça ? »

Pas de réponse.

« Quelqu'un l'a kidnappée… quelqu'un est venu chez vous et l'a emmenée, n'est-ce pas ? Vous avez essayé de vous cacher dans la salle de bains. Vous avez tenté de bloquer la porte du pied, mais vous n'avez rien pu faire, et elle a été enlevée. C'est bien ce qui s'est passé ?

— Ils l'ont enlevée, dit Isabella. Ils nous ont toutes les deux enlevées. Nous nous sommes échappées dans la rue, mais ils nous ont couru après et l'ont rattrapée… »

Elle baissa la tête, porta les mains à son visage. Tout son corps se souleva et retomba vivement tandis qu'elle réprimait ses sanglots.

« Ils l'ont rattrapée et emmenée dans cette maison ? » demanda Madigan.

Il tendit la main et lui toucha le bras, mais elle l'ôta brusquement, refusant sa tentative de la consoler, de la rassurer. Elle s'appuya au dossier de la banquette et le fusilla du regard.

« Qui êtes-vous ? demanda-t-elle. Qu'attendez-vous de moi ?

— Je veux vous aider à découvrir ce qui est arrivé à votre sœur, et je veux que vous récupériez votre fille.

— Pourquoi ? Qu'est-ce que ça peut vous faire ? Vous êtes flic. Vous êtes tous aussi corrompus que… »

Elle n'acheva pas sa phrase.

« Aussi corrompus que qui ? la relança Madigan. Aussi corrompus que les gens qui ont enlevé votre fille ?

— Je ne veux pas en parler. »

Madigan n'insista pas. Elle parlerait le moment venu, ou peut-être pas.

« Avez-vous un endroit où loger ? demanda-t-il.

— J'ai un appartement dans lequel je ne peux pas aller. Il y a des gens qui me cherchent…

— Et vous ne pouvez pas retourner à l'endroit où vous avez logé jusqu'à maintenant ?

— J'étais dans un motel. Mais j'ai très peu d'argent. Je peux encore me payer une chambre pour une nuit, peut-être deux si c'est bon marché…

— J'ai une maison », déclara Madigan.

Elle sourit d'un air sarcastique.

« Comme c'est gentil de votre part.

— J'ai une chambre que vous pourriez utiliser. »

Elle le regarda. Elle avait une expression soupçonneuse, méfiante, voire vindicative. Pour elle, Madigan symbolisait une bonne partie de ce qui clochait dans le monde.

Il leva les mains comme pour dire : *Écoutez, aucune embrouille*.

« Quoi ?

— Une chambre. J'ai une chambre. Je vis seul. Vous pouvez rester quelque temps. Ce n'est pas génial. À vrai dire, c'est assez pourri. Mais personne n'ira vous chercher là-bas et vous serez à l'abri.

— Hors de question… Qu'est-ce que vous…

— C'est très simple, mademoiselle Arias. Je sais qui a attaqué la maison où se trouvait votre fille. Je crois savoir qui lui a tiré dessus. Je sais assurément à qui appartient cette maison…

— Vous savez qui a tiré sur ma fille ?

— Je *crois* savoir, répéta Madigan. Je n'en suis pas certain. Mais je sais avec certitude à qui appartient cette maison, et je veux juste que vous me disiez pourquoi votre fille a été enlevée, et pourquoi elle était retenue là-bas.

— Je ne peux pas vous faire confiance, répliqua Isabella. Pourquoi je vous croirais ? D'ailleurs, je sais par expérience que les flics sont les toutes dernières personnes à qui on peut faire confiance…

— Vous devriez me croire parce que nous voulons la même chose.

— Ah oui, et de quoi s'agit-il ?

— Nous voulons que nos vies redeviennent comme avant.

— Qu'est-ce que c'est censé vouloir dire ?

— Ça veut dire que vous voulez récupérer votre fille, et que vous voulez reprendre le cours de votre vie sans avoir des gens à vos trousses. Et que je veux récupérer certaines choses que j'ai perdues.

— Comme ?

— Aucune importance. Ce qui compte, c'est que vous pouvez aller dans un motel, et quand vous n'aurez plus d'argent vous pourrez errer dans les rues et voir ce qui se passera, ou alors vous pouvez me faire suffisamment confiance pour vous recueillir. Une nuit, deux, peut-être – aussi longtemps que vous voudrez. Dites-moi juste ce que vous savez, et j'irai m'occuper de toute cette merde. »

Elle resta silencieuse et le regarda une fois de plus comme elle l'avait fait dans la cage d'escalier à l'hôpital. Elle regardait *à travers* lui. C'était l'impression qu'il avait.

« Vous êtes sérieux, dit-elle.

— Oui.

— Alors qui êtes-vous ? »

Madigan esquissa un sourire ironique.

« J'étais quelqu'un, puis je suis devenu personne, et maintenant j'essaie d'être à nouveau quelqu'un.

— Vous vous foutez de moi ? Qui parle comme ça ? Ce n'est pas un jeu, monsieur. Ces gens sont réels, ma fille est dans un véritable hôpital, et quelqu'un a tué ma sœur et lui a vraiment coupé la tête. Vous vous croyez dans un film ?

— Parfois, oui… À vrai dire, oui, parfois c'est comme être dans un film. » Il secoua lentement la tête. Il regarda son verre vide, crevant d'envie d'en boire un autre. Puis il releva la tête et sourit. « Mais le film doit finir tôt ou tard, pas vrai ? Les gens doivent rentrer chez eux et reprendre le cours de leur vie… »

Sa voix se perdit dans le silence. Pour la première fois il parlait sans vraiment réfléchir. Il avait tellement menti, et à tellement de personnes, à propos de tant de choses, que chaque mot qu'il prononçait devait être soupesé et considéré pour éviter de commettre une gaffe. Qu'est-ce que c'était que cette vie ?

« Vous êtes une espèce de cinglé, déclara-t-elle, et vous voulez que j'aille chez vous ?

— Non, pas vraiment. La plupart du temps, je ne sais pas ce que je veux, mais je crois que vous et moi, nous pouvons nous entraider, je crois que si nous unissons nos forces nous avons peut-être une chance. Alors que si vous essayez de régler ça seule, vous finirez comme votre sœur…

— Assez ! coupa sèchement Isabella. Vous n'avez aucun droit…

— Si, interrompit Madigan. J'ai tout à fait le droit de parler de ça. Votre sœur est morte, votre fille a reçu une balle, et je crois pouvoir vous aider à vous en sortir vivante. Alors que vous ? Toute seule ? Si c'est bien la personne que je pense… S'il se passe vraiment ce que je crois, alors je vous donne une journée, peut-être deux, avant qu'on retrouve vos morceaux dans des bennes à ordures à travers la ville. »

Isabella se contenta de fixer Madigan, ne sachant que répondre.

« Dites-moi qui a tué votre sœur, reprit-il.

— Je ne sais pas.

— Vous connaissez les gens qui sont venus chez vous, les gens qui ont enlevé Melissa ?

— Leurs noms ? Non, je ne connais pas leurs noms.

— Mais vous savez pour qui ils travaillent ? »

Pas de réponse, ce qui en était une en soi.

« Sandià, c'est ça ? demanda-t-il. Melissa était dans sa maison, et si elle a été enlevée par les gens de Sandià, alors c'est lui qui a dû commanditer le meurtre de votre sœur. Est-ce que je chauffe ? »

Une fois encore, elle demeura si impassible qu'on aurait dit qu'elle ne l'entendait même pas.

« Et s'ils vous cherchaient également alors que vous étiez en fuite, ils devaient garder Melissa en otage jusqu'à ce que vous vous rendiez à eux. Je me trompe ? »

Silence. Son expression était implacable.

« S'ils veulent tellement vous retrouver… au point de tuer Maribel et de kidnapper votre fille, c'est que vous devez savoir quelque chose qui leur fout une sacrée trouille…

— Sandià, dit Isabella. C'est comme ça qu'il se fait appeler. Mais pour moi, il sera toujours Barrantes… Dario Barrantes… »

La réaction de Madigan fut immédiate. Il n'avait pas entendu ce nom depuis des années.

« Vous connaissez Barrantes, hein ?

— Oui, répondit-il. Je connais Barrantes.

— Et vous savez pourquoi on l'appelle Sandià, l'Homme Pastèque ?

— Oui.

— Et vous êtes associé avec lui ? Vous êtes un de ses hommes ?

— Non, répondit Madigan. Je ne suis pas un de ses hommes. Mais je suis flic dans le Yard. Tout ce qui s'y passe est lié à Sandià, du coup nos chemins se croisent. »

Isabella ferma les yeux et se pencha en arrière.

Madigan sentait son cœur battre. Il avait peur, était tendu, agité. Il ne connaissait pas cette femme. Il ne comprenait pas comment ça s'était produit, mais il pensait avoir été irrésistiblement attiré dans une toile dense et complexe. Il s'était toujours arrangé pour rester à la périphérie, en bordure, et maintenant ?

« OK, dit-elle, interrompant le fil de ses réflexions.

— Quoi ?

— Je vais vous suivre. C'est ce que vous voulez, non ?

— Oui, répondit Madigan, presque malgré lui. C'est ce que je veux.

— Alors allons-y.

— Pourquoi ce soudain…

— Pourquoi ? Parce que vous avez raison. J'ai assez d'argent pour une journée, peut-être deux, et après, je suis morte. Alors si vous travaillez pour Barrantes, tant pis. Je suis morte si je vous suis, et morte si je ne vous suis pas. Et si je ne fais pas quelque chose, *n'importe quoi*, il tuera Melissa… »

Elle hésita, inspira profondément, sembla s'écarter d'un nouvel abîme de chagrin, puis elle se glissa sur la banquette et attrapa sa veste.

Madigan se leva. Et maintenant ? C'était à ça qu'il pensait auparavant. Maintenant quoi ? Il n'y avait pas de retour en arrière. Il était arrivé jusque-là, et – comme il se l'était dit plus tôt – le seul moyen de descendre de ces montagnes russes était d'attendre la fin du parcours. Il fallait accepter les conséquences de ses choix.

Elle marcha jusqu'à la porte. Il la suivit aussi vite qu'il put, s'arrêtant juste le temps de poser assez d'argent sur le bar pour régler leur note. Elle se rappelait où il avait garé la voiture et continua d'avancer. Il la rattrapa, lui agrippa le bras et la fit ralentir. Elle ne résista pas ni ne protesta. Il la lâcha, et elle marcha à côté de lui.

Il roula lentement, respectant les limitations de vitesse. Ils arrivèrent chez lui en dix minutes, et alors qu'il se garait au bord du trottoir, il sut que quelque chose clochait.

« Attendez ici », dit-il.

Il éteignit la veilleuse avant d'ouvrir la portière côté conducteur. Tenant son arme à la main, il passa devant trois maisons à gauche de la sienne avant de couper par une allée pour atteindre l'arrière du pâté de maisons. Il arriva chez lui par le jardin, vit une silhouette qui se détachait sur la porte de derrière, et s'accroupit. La personne était immobile, puis elle bougea, se planta une cigarette dans la bouche et alluma un briquet.

Bernie Tomczak.

Madigan, se demandant ce que Bernie fabriquait dans son jardin, surgit de nulle part et lui enfonça son arme dans le creux des reins.

« Bon Dieu de merde, Vincent ! »

La cigarette allumée tomba de ses lèvres et rebondit sur le perron dans une explosion de petites étincelles.

« Qu'est-ce que tu fais ici, Bernie ? T'es venu me planter ?

— Bon Dieu, non, Vincent ? Qu'est-ce que tu crois ? Bordel, t'as failli me filer une attaque cardiaque.

— Réponds à ma question, Bernie… Qu'est-ce que tu fais ici ?

— Je suis venu te parler. Quelqu'un est venu me voir. Un flic. Il m'a raconté des trucs, et je crois que tu devrais être informé.

— Si tu te fous de ma gueule, Bernie… Est-ce que c'est un…

— Vincent, ferme ta gueule et écoute-moi, OK ? J'ai quelque chose qui va t'aider. »

Madigan fronça les sourcils. Il se rappela la raclée qu'il avait collée à Bernie deux jours plus tôt, la raclée qui l'avait fait ressembler à une victime d'accident de voiture. Et alors il comprit.

« Tu veux effacer ta dette avec Sandià, c'est ça ?

— Exact.

— Eh bien, Bernie, tu ferais bien d'avoir quelque chose de vraiment valable.

— Vincent, laisse-moi juste entrer dans ta foutue baraque. Qu'est-ce qui te prend, hein ?

— OK, Bernie, mais je suis accompagné.

— Un rendez-vous galant, Vincent ? »

Bernie sourit comme un idiot.

« Non, ce n'est pas un rendez-vous galant, espèce d'abruti. J'ai un témoin dans la voiture, et j'ai besoin que tu y ailles mollo, OK ?

— Comme tu veux, Vincent. Comme tu veux.

— Bon sang, je sais même pas pourquoi j'accepte encore d'avoir affaire à toi. »

Bernie leva la main et tapota doucement la joue de Madigan.

« Parce que tu m'aimes, Vincent, et parce que je te manquerais si je disparaissais. »

Madigan sortit ses clés et ouvrit la porte de derrière.

« Entre, dit-il. Fais du café. Je vais chercher la fille, et pas d'embrouilles, OK ? »

Bernie Tomczak entra dans la maison et Madigan referma la porte derrière lui.

En retournant à la voiture, il informa Isabella qu'il y avait quelqu'un chez lui.

« Qui ? demanda-t-elle.

— Son nom est Bernie Tomczak. C'est un vieil ami. Pas de problème. »

Ça ne sembla pas troubler Isabella, qui descendit de voiture et suivit Madigan.

Mais lorsque Isabella Arias et Bernie Tomczak se retrouvèrent face à face, Madigan perçut quelque chose dans l'expression de ce dernier. Un changement furtif, comme l'ombre d'un nuage traversant un champ puis disparaissant. Isabella cependant ne sembla rien remarquer.

Madigan lui demanda d'aller s'asseoir dans le salon, et il suivit Bernie jusqu'à la cuisine.

« Qu'est-ce qui se passe ? » demanda-t-il.

Bernie fronça les sourcils.

« J'ai dit pas d'embrouilles, Bernie. Qu'est-ce qui se passe avec la fille ? »

Bernie secoua la tête. Son visage s'affaissa.

« C'est la sœur de la morte, pas vrai ? Celle que Sandià cherche ?

— Comment tu sais ça ? demanda Madigan.

— Oh, bon Dieu, t'as aucune idée de tout ce que je sais… vraiment aucune putain d'idée. »

35

Anger Blues

« Je ne sais pas pourquoi, déclara Walsh. Je ne sais pas ce qui s'est passé…

— Oh, arrête, Duncan, tu espères que je vais croire ça ? Toi, par-dessus le marché ? Monsieur Organisé, Monsieur Prévisible, Monsieur Routine… Est-ce que tu t'entends ?

— Carole, je suis fatigué. Je suis vraiment crevé, OK ? Je n'ai pas besoin de ça en ce moment…

— Si, tu en as besoin, Duncan, tu en as bien besoin. Parce que ce que tu viens de me dire… » Carole Douglas leva les mains de désarroi. « Bon Dieu, je n'arrive même pas à comprendre. » Elle se leva du bord du lit et marcha jusqu'à la porte. Elle commença à l'ouvrir, puis se retourna. « Non, dit-elle d'un ton catégorique. On en parle, et on en parle maintenant.

— Carole…

— Tu es aux affaires internes, Duncan. Les affaires internes ! Tu es censé être le plus réglo de tous. Tu es censé être irréprochable. Tu es censé montrer l'exemple que tous les autres suivront, mais tu passes un marché avec un type pour faire sauter une charge pour possession de drogues. Et après tu passes un marché avec un agent pour faire repousser une commission. Et ensuite tu en passes un dernier avec un voyou pour faire disparaître une pièce à conviction, et il enregistre tout sur son téléphone ! Bon Dieu de merde, Duncan, qu'est-ce qui t'a pris ? »

Walsh se leva.

« Assez ! hurla-t-il. Assez, Carole ! Je t'en ai parlé parce que j'ai besoin de trouver une solution. Parce que je te fais confiance. Parce que après six ans ensemble, je me disais que tu comprendrais suffisamment la situation pour simplement écouter ce que j'avais à te dire puis essayer de m'aider à résoudre le problème sans émettre des jugements à la con…

— Va te faire foutre, Duncan !

— Et toi aussi, Carole ! »

Ils restèrent alors immobiles pendant ce qui leur sembla durer une heure, une journée, chacun d'un côté du lit, se fusillant du regard.

Walsh fut le premier à détourner les yeux, mais ce fut simplement pour marcher jusqu'à elle.

« Je suis désolé… », commença-t-il.

Carole resta un moment plantée là, puis elle secoua la tête.

« Bon sang, Duncan, qu'est-ce qu'on va faire ? Enfin quoi, c'est qui ce type ? Celui avec le téléphone ?

— Il s'appelle Bernie Tomczak. C'est un escroc, une crapule, un joueur… Mais aucune importance.

— Et qu'est-ce que tu lui as dit exactement ?

— Je lui ai dit que j'avais besoin de renseignements… des renseignements importants relatifs à un flic qui avait pu être mêlé à un vol et à un multiple meurtre, et il a répondu qu'il avait un nom à me donner, puis il m'a demandé de récupérer une arme dans le dépôt de pièces à conviction et de m'en débarrasser. C'est son frère qui s'est fait choper, et si l'arme disparaît, il n'y a plus d'affaire.

— Et tu as accepté ? »

Walsh acquiesça.

« Oui, j'ai accepté.

— Et il t'a enregistré sur son téléphone.

— Oui. »

Carole ferma les yeux et secoua la tête.

Walsh l'entendit soupirer avec résignation.

« Donc tu n'as même pas eu le renseignement que tu voulais ?

— Non, répondit Walsh.

— Comment est-ce que…

— Tu n'y étais pas, Carole. Tu n'as pas pris part à la conversation. Si tu avais été là…

— Duncan, si j'avais été là, tu n'aurais jamais parlé à ce type. Bon sang, qu'est-ce qui t'est passé par la tête ?

— L'objectif, voilà quoi. La raison pour laquelle je fais ça. La raison pour laquelle j'ai rejoint les affaires internes. C'est mon boulot, Carole. C'est pour ça que j'étais là-bas.

— Mais parler à une crapule dans un bar… En quoi c'est le boulot des affaires internes ?

— C'est une longue histoire. »

Carole s'assit au bord du lit. Elle attrapa son sac à main, sortit ses cigarettes et en alluma une.

« Eh bien, j'ai le temps, Duncan. J'ai le temps, et je crois que tu ferais bien de me dire ce qui se passe. »

Walsh s'assit à son tour. Il n'avait pas fumé depuis deux ans, trois peut-être, mais il prit une des cigarettes de Carole et l'alluma. Ses mains tremblaient. Il sentait un voile de sueur froide recouvrir la totalité de son corps. Il n'avait pas éprouvé ça depuis son deuxième mois à la criminelle, quand une commission d'enquête à propos d'une fusillade avait mal tourné pour lui. Pendant un moment, il avait risqué d'être accusé d'avoir accidentellement tué un civil, mais le rapport balistique était arrivé, et ce n'était pas son arme. Ça avait été les trois jours les plus durs de sa vie. Jusqu'à maintenant.

Il lui raconta alors. Il lui parla de l'attaque de la maison de Sandià, de la mort des coursiers, des trois cadavres dans le box, de la fillette qui s'était fait tirer dessus, de la mère disparue, de la tante assassinée, et de la raison pour laquelle il était impliqué. Il lui parla de Madigan et de Bryant, et de sa rencontre avec Richard Moran, du fait que ça l'avait mené jusqu'à l'agent Karl Benedict et à cette commission qui devait être repoussée, et finalement de sa rencontre avec Bernie Tomczak. Et lorsqu'il eut fini, elle resta un moment silencieuse, puis elle le regarda et demanda : « Ce Madigan. Il est bien ?

— Bien ? Comment ça, bien ?

— C'est un bon flic ? »

Walsh sourit.

« Est-ce que les bons flics existent ?

— Hé, écoute-toi. On n'a pas le temps pour ça, on doit trouver une solution. Maintenant dis-moi, qui est ce Madigan, et comment est-il ?

— Il est à la brigade des vols et des homicides. C'est un bon flic. Il a un bon taux d'élucidation.

— Il est réglo, ou est-ce qu'il se fait graisser la patte ? »

Walsh fronça les sourcils.

« Quoi ? fit Carole. Tu crois que je ne sais pas comment vous êtes ? Tu crois que je ne sais pas que de l'argent circule ? Pour l'amour de Dieu, Duncan, je ne suis pas naïve. Pourquoi tu crois que les affaires internes existent ? »

Walsh leva les mains dans un geste de conciliation.

« OK, dit-il. Madigan ? Je crois qu'il fait ce qu'il a à faire. Je suis sûr que ce n'est pas le meilleur, mais je ne crois pas non plus que ce soit le pire.

— Alors tu pourrais lui parler en toute confidentialité ? Tu pourrais lui dire ce qui s'est passé et il n'irait pas aussitôt voir le chef de la police ou je ne sais qui ?

— Quoi ? Tu suggères que je raconte ça à Madigan ?

— Duncan… Tu *dois* en parler à quelqu'un. Tu crois que je sais quoi faire ? Non, je n'en sais rien. Et tu n'as de toute évidence pas de solution magique dans ta manche. Tu dois te faire aider. Tu dois arranger ça. Sinon…

— OK, OK, j'ai saisi, coupa Walsh. Mais Madigan ?

— Bon, il y a quelqu'un d'autre ? Quelqu'un de mieux ? Je me fous de savoir à qui tu parles, mais ça ne peut pas être au sergent, et encore moins au capitaine. Et si tu racontes ça à ton supérieur aux affaires internes, tu es foutu. Ta carrière est finie, et qu'est-ce que tu feras alors, hein ? Ils te foutront à la porte sans rien.

— Je suppose que Madigan est le plus sûr, dit Walsh. Il vaut aussi bien qu'un autre.

— Donc nous sommes d'accord. Tu parles à ce Madigan, et tu vois ce qu'il dit, OK ? »

Walsh ne répondit rien.

« OK, Duncan ?

— OK, OK, oui… je vais parler à Madigan. »

Walsh avait laissé la cigarette se consumer entre ses doigts. Il l'écrasa dans le cendrier, puis se tourna vers Carole et secoua la tête.

« Je suis désolé de te faire endurer ça… »

Il tendit la main vers elle.

« Duncan, je suis tellement furieuse après toi. Bon Dieu… »

Il toucha la manche de sa robe.

« Ne me touche pas, déclara-t-elle d'une voix plate. Ne me touche pas pour le moment, Duncan. »

Walsh retira sa main et resta assis au bord du lit. Il se sentait nauséeux – à cause de la cigarette, de la dispute, de la situation dans laquelle il s'était mis, de l'idée que Bernie Tomczak se baladait avec un enregistrement de leur conversation sur son téléphone.

Il se leva.

« Je vais prendre une douche. »

Carole ne répondit rien.

Il sortit de la chambre et longea le couloir. Il verrouilla la porte de la salle de bains derrière lui, puis s'assit au bord de la baignoire et se prit la tête à deux mains.

« Pauvre, pauvre abruti », murmura-t-il, espérant de tout cœur que Vincent Madigan était digne de confiance et qu'il aurait quelque chose d'utile à dire de sa situation cauchemardesque.

Il savait peu de choses sur lui, hormis que c'était un bon flic depuis vingt ans et qu'il avait vu à peu près tout ce qu'il y avait à voir.

Mais si Madigan était le mauvais choix, alors lui, Duncan Walsh, était baisé.

36

Keys To The Kingdom

Bernie resta dans la cuisine.

Madigan se rendit à l'étage et fit couler un bain pour Isabella. Il tenta de mettre un peu d'ordre dans la chambre d'amis, porta des cartons dans sa propre chambre, trouva des draps propres et fit le lit. Personne n'avait dormi dans cette pièce depuis… Bon sang, il ne se rappelait même pas la dernière fois que quelqu'un avait dormi là.

Lorsqu'il eut fini, il redescendit et alla la chercher. Il lui montra la salle de bains, l'endroit où se trouvaient les serviettes, le savon, lui prêta un peignoir, puis il lui montra où elle pourrait dormir.

« Je dois régler un truc avec ce type en bas », expliqua-t-il.

Il resta planté sur le palier, conscient du fait que quinze centimètres sous ses pieds il y avait trois cent mille dollars qui appartenaient à Sandià.

Isabella se tenait dans l'entrebâillement de la porte de sa chambre. Elle avait une expression étrange.

« Quoi ? » demanda-t-il.

Elle secoua la tête.

« Rien.

— OK, alors prenez un bain et dormez un peu. »

Madigan se tourna vers l'escalier.

« Hé ! lança-t-elle.

— Quoi ?

— Je ne vais pas dire merci.

— Je ne m'attends pas à ce que vous le fassiez.

— Tant mieux, parce que je ne vous fais pas confiance. Je ne sais pas qui vous êtes et j'ignore pourquoi vous faites ça. Je pourrais me réveiller demain matin et découvrir que… » Elle s'interrompit, secoua la tête. « Je pourrais même ne jamais me réveiller, n'est-ce pas ? »

Madigan prit une profonde inspiration.

« Prenez un bain. Dormez. Nous reparlerons demain matin. »

Il n'attendit pas qu'elle réponde et descendit rejoindre Bernie Tomczak.

« Tu connais Larry Fulton, exact ? »

Madigan fronça les sourcils.

« Je connais ce nom, oui. Qui est-ce ? »

Bernie fit un sourire ironique.

« T'es pas un très bon menteur, Vincent.

— Dis ce que tu as à dire, Bernie, et ensuite fous le camp de chez moi.

— T'es vraiment un putain de malpoli quand tu t'y mets, répliqua Bernie. Bon Dieu, on croirait que quelqu'un te pisse dans le dos et te dit qu'il pleut. »

Madigan se leva de la table de la cuisine. Il attrapa une bouteille de Jack Daniel's et deux verres dans le placard, les remplit, se rassit.

« J'ai eu une conversation ce soir, déclara Bernie.

— Tant mieux pour toi.

— Une conversation très, *très* intéressante. »

Madigan inspira profondément. Il hésitait entre frapper Bernie Tomczak tout de suite ou attendre un peu avant de le faire.

« Avec un certain Walsh. »

Madigan fut interloqué. Il produisit un effort énorme pour ne rien laisser paraître, mais la surprise était évidente dans ses yeux.

« Tu veux que je te parle de ma conversation avec l'inspecteur Walsh, affaires internes, 167e commissariat ?

— Bien sûr, vas-y, parle-moi de ta conversation.

— Mais faut que tu sois gentil, Vincent. Faut que tu sois gentil, OK ? »

Madigan sourit du mieux qu'il put.

« Je vais être gentil, Bernie.

— Bon, l'inspecteur Walsh est allé voir un certain Cutter Moran. Tu le connais ?

— Non.

— Il se fait appeler Cutter. Son nom, c'est Richard, mais Larry et lui étaient comme des frères. Il était Cutter, Fulton était Bone, comme dans ce film, tu sais ?

— Oui, je connais le film.

— Bon, bref, le truc, c'est que ce Walsh est allé voir Moran, et Moran lui a parlé de moi, alors Walsh m'a cherché, et il m'a trouvé. Et il m'a raconté une histoire vraiment intéressante sur un coup qui a été organisé dans une des maisons de Sandià, au cours duquel un paquet de types se sont fait salement amocher, après quoi Fulton et deux de ses *compadres* ont été liquidés dans un box quelque part. Alors maintenant, ce Walsh cherche le quatrième homme. Il semblerait que ce quatrième homme ait non seulement participé au casse chez Sandià, mais qu'il ait tué Fulton et les deux autres et se soit fait la belle avec tout le pognon… »

Bernie Tomczak marqua une pause.

Le cœur de Madigan était comme un poing furieux qui essayait de s'échapper de sa cage thoracique. Tout son corps était glacé, et pourtant recouvert d'une épaisse pellicule de sueur. Il sentit le verre glisser entre ses doigts et le reposa sur la table avant de le lâcher. Il n'arrivait pas à regarder Bernie dans les yeux, mais il devait le faire, il ne devait rien montrer, ne rien laisser paraître…

« Ça va, Vincent ? » demanda Bernie.

Madigan acquiesça.

« Fatigué, Bernie. Longue, longue journée. Il te reste encore des choses à me raconter ?

— Est-ce que j'ai besoin de t'en dire plus ?

— Qu'est-ce que ça signifie ? »

Bernie secoua la tête.

« Rien, Vincent… Ça ne signifie rien.

— Alors, comme j'ai dit, dis-moi ce que tu as à me dire, puis fous le camp d'ici.

— T'as dit que tu serais gentil.

— Je suis gentil. Continue de m'emmerder et je vais m'énerver.

— Bon sang, t'es vraiment tout le temps d'une humeur de chien…

— Bernie…

— OK, OK… Calme-toi. Bref, donc ce Walsh me raconte tout ça, puis il m'explique que Cutter Moran lui a dit que le type numéro quatre était un flic. Tu le crois, ça ? Un flic braque une des baraques de Sandià, il dézingue les trois types dans le box, puis il se tire avec le fric.

Bordel, il a des couilles, ce mec ! Donc j'écoute, j'écoute, tout en réfléchissant à ce que je dois faire, et soudain ça me vient. Ça me vient comme une putain d'illumination. Quelque chose comme ça, ça arrive qu'une fois dans une vie, Vincent, une fois dans une vie. Alors on est là… toi et moi… et on a un truc à régler, pas vrai ? »

Madigan vida son verre. Il se servit de nouveau, et attendit.

« Pas vrai, Vincente ?

— Ne m'appelle pas Vincente.

— Quoi ? Tu crois que j'ai peur ? Tu crois que j'ai pas pris une assurance, Vincent ? J'ai une assurance, mon ami… J'en ai plein. On va faire un deal, toi et moi. On va faire un deal et il sera très simple, et quand t'auras rempli ta part du marché, je disparaîtrai de ta vie, de New York, et tu me verras plus jamais et t'entendras plus parler de moi. »

Madigan savait qu'il était coincé. C'était un développement qu'il n'avait pas anticipé. Bon Dieu, avait-il anticipé quoi que ce soit ?

« Alors qu'est-ce que tu veux ? demanda-t-il.

— J'ai une dette à rembourser, répondit Bernie. Comme tu ne le sais que trop bien.

— Combien ?

— Cent quatre-vingts. »

Madigan ouvrit de grands yeux.

« Cent quatre-vingt mille dollars ? T'es complètement dingue !

— Quoi ? Tu crois pas que ce que je sais vaut autant ?

— Non, Bernie, je ne sais pas comment tu t'es autant endetté auprès de Sandià.

— Oh, va te faire foutre, Vincent. Tu connais la musique. Tu mises sur un gagnant et tu crois que ça s'arrêtera jamais, et alors tu mises sur un perdant et t'es bien obligé de continuer parce qu'il faudra que ça s'arrête à un moment. C'est le putain de jeu, mon vieux. C'est la vie. Tu sais comment c'est. »

Madigan leva la main.

Bernie se tut.

« Bois un autre verre, Bernie. »

Ce dernier saisit la bouteille et se resservit.

« Je pourrais t'emmener dans le jardin et te tirer une balle dans la tête, et personne n'en saurait rien. »

Bernie sourit.

« Tu pourrais, mais tu vas pas le faire.

— Pourquoi, Bernie ? Dis-moi pourquoi je ne vais pas faire ça.

— Parce que mon assurance est ton assurance.

— Éclaire ma lanterne.

— Cet enculé, ce Walsh… bon sang, il sera sur ton dos en un rien de temps. Il traîne dans le Yard, il cause à des gens, et il va pas mettre longtemps à tomber sur quelqu'un qui te balancera. Il trouvera quelqu'un comme moi, seulement ce sera quelqu'un qu'aura déjà payé ce qu'il doit à Sandià et qu'en aura rien à foutre de toi, et alors, qu'est-ce que tu feras ? Il dira à Walsh que tu sers d'homme de main à Sandià, et tout d'un coup Walsh fera le rapprochement. T'as fait chier un paquet de monde, Vincent, et tu le sais…

— Alors qu'est-ce que tu as ?

— J'ai la bande sonore de mon intéressante conversation avec l'inspecteur Walsh.

— Tu as quoi ?

— Ce que j'ai dit. J'ai un enregistrement de ma conversation avec Walsh. J'avais mon téléphone sur moi, et voilà… Les merveilles de la putain de technologie moderne, pas vrai ?

— Et qu'est-ce qu'il a dit ?

— Bon, commençons par le commencement, juste pour te prouver que je suis de ton côté. J'ai dit à Walsh que Cutter racontait que des conneries, et que ce quatrième homme était pas plus flic que moi. Ça a foutu toutes ses belles théories en l'air, laisse-moi te le dire. Et après, je lui ai laissé entendre que je savais qui avait organisé le braquage. Je lui ai dit que je savais qui il cherchait vraiment. Il est devenu tout excité. Ça le faisait vraiment bander, tu vois ? Je lui ai dit que je savais qui c'était, et que je voulais quelque chose en échange.

— Et il a accepté ?

— Oui.

— Qu'est-ce qu'il t'a donné ?

— Il m'a dit qu'il piquerait un calibre .22 dans le dépôt de pièces à conviction et qu'il s'en débarrasserait. » Bernie sourit du mieux qu'il put malgré son visage amoché. « C'est génial, Vincent, top génial. »

Une fois encore, Madigan ne put dissimuler le changement d'expression sur son visage. Il détourna un moment les yeux, se tourna de nouveau vers Bernie et dit :

« Top génial ? Qui parle comme ça, Bernie ? Bon sang, t'as l'air d'un débile.

— Si tu le dis, Vincente…

— Je croyais t'avoir dit de ne pas m'appeler comme ça.

— Hé, tu veux bien la fermer ? C'est important. J'ai cet enregistrement, OK ? J'ai un enregistrement de ton connard des affaires internes en train de conclure un marché avec moi, et je l'ai mis bien à l'abri. Donc, même si tes magouilles tournent mal, t'as une assurance. Et ce que je veux en échange, c'est que tu règles mon problème avec Sandià.

— Cent quatre-vingt mille dollars.

— Tout à fait. Cent quatre-vingt mille dollars.

— Et où est cet enregistrement ?

— Sur mon téléphone, dans un endroit sûr.

— Tu me demandes de te faire confiance, Bernie.

— Oui. »

Madigan se pencha en arrière. Il n'avait pas eu le temps de réfléchir. Maintenant qu'il l'avait, il ne savait que penser. Il était coincé. Mais il y avait un bon côté. Si ce que Bernie Tomczak disait était vrai – et il n'y avait aucune raison d'en douter – alors il avait vraiment une assurance contre Walsh. Mais il restait la question des cent quatre-vingt mille dollars…

« Je voudrais entendre cette conversation, Bernie.

— Bon, je me doutais que tu dirais ça, et même si je te fais pas assez confiance pour apporter ce téléphone et te passer l'enregistrement, j'ai pris un moment pour te le recopier. »

Bernie enfonça la main dans la poche intérieure de sa veste et produisit une feuille de papier. Il l'aplatit sur la surface de la table et la fit glisser vers Madigan.

Celui-ci la lut rapidement. Bernie n'avait ni le talent ni l'intelligence nécessaires pour pondre lui-même un tel document.

On dirait que vous avez besoin d'un peu de temps pour réfléchir.

Non. Vous devez me dire ce que vous savez.

Vous êtes sûr, inspecteur ? Vous convenez que si je vous dis ce que je sais, alors on a un marché. Je vous donne un nom, et le .22 de mon frère disparaît et ne refait jamais surface… On est bien d'accord ?

Oui.

« Alors ? demanda Bernie.

— Alors quoi ?

— Alors on a un deal ? »

Madigan sourit.

« Tu m'enregistres en ce moment, Bernie ?

— Hé, Vincent, c'est pas parce que tu me colles une raclée tous les lundis matin qu'on n'est plus amis.

— T'es vraiment un petit malin.

— Oui, Vincent, je sais, mais cette fois je crois que j'ai peut-être bien agi, tu trouves pas ?

— Si, Bernie. Je te le concède. Tu as bien agi.

— Alors, on a un deal ? »

Madigan acquiesça.

« Oui, on a un deal. »

Bernie leva son verre.

« Aux amis absents, déclara-t-il. Dieu bénisse Larry Fulton et ses potes camés, bêtes à bouffer du foin mais doués pour la bagarre. »

Madigan leva son verre à son tour, et lorsqu'il le reposa il savait déjà ce qu'il allait faire.

37

Sleeping In Blood City

Isabella Arias.

Elle dort à l'étage.

J'imagine que si je retiens mon souffle, je l'entendrai peut-être respirer.

La chose que je n'ai pas pu dire, la chose que j'ai trouvée incompréhensible, c'est à quel point elle m'a fait penser à Ivonne.

Cet instant dans l'escalier à l'hôpital, et aussi quand elle m'a regardé sur le palier… sa façon de voir à travers *moi…*

J'aimais Ivonne.

Je la vénérais.

Et elle aussi me vénérait.

Et puis j'ai tout foutu en l'air, comme j'avais tout foutu en l'air avant, comme je continuerai de tout foutre en l'air encore et encore…

Tout ce que tu touches se barre en couilles, Vincent.

Tu passes ta vie à mentir.

Tu crois que je ne sais pas qui tu es, Vincent Madigan ? Tu crois que je ne vois pas à travers ton cœur jusqu'à cette petite ombre noire que tu appelais jadis une âme ?

Tout ça pour en arriver là. Mort si j'agis, et mort si je ne fais rien. C'est une toile – finement construite, délicate, fragile, et pourtant censée supporter mon fardeau.

De qui est-ce que je me moque ?

De moi, voilà de qui.

Je repense à cet instant dans le bar. Je sentais l'odeur de shampooing de ses cheveux, celle de savon de sa peau. Je me rappelle que ses yeux étaient rougis et gonflés par le chagrin, et je me souviens de ce que j'ai éprouvé quand j'ai vu la fille de cette femme sur son lit d'hôpital.

Il m'est impossible de comprendre ce qu'elle ressent, et pourtant j'essaie. J'essaie vraiment.

Bernie est parti. Il m'a laissé la transcription de sa conversation avec Walsh. Je vais essayer de sauver ma peau avec ça.

Et si j'y parviens ? Qu'est-ce qui se passera ? Qu'est-ce que j'aurai ? Un boulot que je ne peux plus faire, deux ex-femmes, et quatre enfants qui peineront à me reconnaître lors d'une séance d'identification.

Voilà ce que j'aurai.

Est-ce à ça que se résume désormais ma vie ? Bon Dieu.

Et si j'échoue. Si tout va de travers… encore plus que maintenant ? Qu'est-ce qui se passera ? Est-ce que je finirai mort, ou en prison, ou est-ce que je finirai à la rue avec une carrière foutue en l'air ?

Dommage qu'il n'existe pas de livre pour vous dire comment ça fonctionne.

Dommage que je n'aie pas bien agi dès le début.

Le recul : le conseiller le plus cruel et le plus perspicace.

38

Mother Of Earth

« Vous êtes sûr que ce type ne dira à personne qu'il m'a vue ici ? » demanda Isabella.

Elle était assise face à Madigan dans la cuisine, à la table où Bernie Tomczak et lui avaient bu et discuté la nuit précédente. Il était tôt, un peu après 7 heures, et Isabella leur avait préparé des œufs. Elle mangeait rapidement, avalant tout ce qui se trouvait devant elle, tandis que Madigan mangeait lentement, peinant après la troisième bouchée.

« Il ne dira rien », lui assura Madigan.

Elle secoua la tête. Dans ses yeux, il y avait de la confusion, du désespoir, à peu près tout ce que Madigan avait ressenti la nuit précédente. Il avait dormi une heure, peut-être deux, et s'était levé difficilement, tout son corps le faisant souffrir.

« Vous allez devoir vous décider à me faire confiance », déclara-t-il.

Isabella demeura un moment silencieuse. Elle mangea un peu plus, but une gorgée de café.

« Ce matin je me suis réveillée, dit-elle, et j'étais seule ici avec vous. »

Madigan fronça les sourcils.

« Vous vous attendiez à quoi ?

— Je ne sais pas… à des ennuis supplémentaires ? À ce que vous m'ayez menti ? À ce que vous travailliez pour Barrantes ? Dans un sens, j'ai même été surprise de me réveiller. »

Madigan se rappela une pensée qu'il avait eue : *surpris chaque matin en me réveillant de m'apercevoir que personne ne m'a tué*.

« Donc vous êtes vivante, et il n'y a personne d'autre ici. Comme j'ai dit, quand vous penserez pouvoir me faire confiance, je serai prêt à écouter vos explications.

— Je vais devoir sortir, déclara-t-elle, ignorant ce qu'il venait de dire. J'ai besoin de vêtements propres.

— Je peux vous en procurer. Dites-moi ce que vous voulez, donnez-moi votre taille, et je vous les achèterai.

— Et il n'y a presque rien à manger ici. Vous vivez vraiment dans cette maison ?

— Oui, je vis ici.

— Depuis combien de temps ? »

Madigan haussa les épaules. Il tenta de se rappeler. Il avait emménagé un ou deux mois après la finalisation de son divorce avec Catherine.

« Deux ans, peut-être. Quelque chose comme ça.

— On dirait que vous êtes ici depuis quinze jours.

— J'achèterai également à manger.

— Et qu'est-ce que je suis censée faire toute la journée ?

— Regardez la télé. Dormez. Reposez-vous, pour l'amour de Dieu. Faites ce que vous voulez, mais vous ne pouvez pas quitter la maison. »

Elle ne répondit pas.

« Je dois aller au boulot, reprit-il. Et à mon retour, vous devrez commencer à parler. J'ai besoin de savoir pourquoi votre sœur a été assassinée, pourquoi Sandià retenait votre fille dans cette maison… » Il fut interrompu en milieu de phrase par le changement d'expression d'Isabella. « Quoi ?

— Barrantes a fait tuer ma sœur. Elle a vu quelque chose, il l'a appris et a commandité son assassinat.

— Elle a vu quoi ?

— Elle l'a vu tuer quelqu'un. »

Il écarquilla de grands yeux. Sandià ne faisait jamais le sale boulot. C'était difficile à croire, mais Madigan le croyait. Il devait donc s'agir d'une affaire très personnelle.

« Maribel avait un petit ami. C'était un type bien. Du moins, au fond de son cœur. Mais il a fait des choses, et il a commis des erreurs, et il s'est mis à dos Barrantes, qui l'a assassiné.

— Vous connaissez son nom… au petit ami de Maribel ?

— Oui.

— Et Maribel vous a dit qu'elle avait vu Barrantes le tuer ?

— Elle n'a pas eu besoin de me le dire. »

Madigan fronça les sourcils d'un air confus.

« Je ne comprends pas…

— J'étais également là. J'étais là quand il l'a tué. Nous étions toutes les deux dans la maison, mais Barrantes ne le savait pas. Seulement il l'a appris plus tard, et quand il a retrouvé Maribel, il l'a tuée, et maintenant il me cherche…

— De quoi ? Vous avez *vu* Barrantes tuer un homme ? Vous l'avez vu tuer un homme de ses mains ?

— J'ai vu Dario Barrantes planter un tournevis dans l'œil d'un homme et le tuer.

— Ça s'est produit quand ? Et où ?

— C'était quelques jours avant l'assassinat de Maribel. Nous étions toutes les deux chez son petit ami dans la 115e Rue Est. Barrantes est arrivé avec deux autres hommes, et ils l'ont tenu pendant que Barrantes le tuait.

— Et son nom ? Qui était cet homme que Barrantes a assassiné ?

— Il s'appelait David… David Valderas.

— Et Melissa…

— Melissa était à l'école, et quand ces hommes sont repartis, je suis allée la chercher et nous sommes restées chez Maribel. Elle était certaine que Barrantes ne découvrirait jamais que nous avions tout vu.

— Alors comment l'a-t-il su ?

— Je ne sais pas comment il l'a appris, mais ensuite Maribel a été assassinée, et nous ne pouvions plus rester chez elle, alors nous avons dû partir. Nous sommes repassées chez moi récupérer quelques affaires, mais les hommes de Barrantes nous attendaient. Ils étaient cachés dans l'appartement, et quand nous sommes entrées ils nous ont attrapées toutes les deux… »

Elle s'interrompit. Le rouge lui monta au visage et ses yeux s'emplirent de larmes. Elle inspira profondément, retint son souffle, puis expira. Madigan ouvrit la bouche pour parler, mais elle leva la main et il resta silencieux.

« Si vous travaillez pour Barrantes, vous savez déjà ce que vous voulez savoir, et vous pouvez me tuer maintenant. Je suis terrifiée, plus que je ne l'ai jamais été, mais je vous donne volontiers ma vie en échange de celle de ma fille… »

Madigan tendit le bras et saisit sa main. Elle l'ôta vivement.

« Si je travaillais pour Barrantes, j'aurais déjà su pourquoi il vous cherchait. J'aurais déjà su pourquoi votre sœur avait été assassinée. J'aurais déjà su pourquoi il séquestrait votre fille. Et vous seriez déjà morte. Je le connais, mais je ne travaille pas pour lui. Alors continuez. Dites-moi ce qui s'est passé. »

Isabella détourna le regard. Les larmes se mirent à couler sur ses joues. Chaque muscle, chaque nerf, chaque tendon était au comble de la crispation. Elle semblait sur le point de craquer.

« Melissa s'est dégagée et s'est enfermée dans la salle de bains. Je l'entendais hurler. Ils se sont rués après elle, deux d'entre eux, et je me suis libérée du troisième, celui qui me tenait, pour aller l'aider. Mais ils sont parvenus à la faire sortir, et ils nous ont emmenées toutes les deux dans la rue, et c'est là que je me suis enfuie… »

Les larmes gouttaient depuis son menton sur son tee-shirt. Elle agrippait le bord de la table comme pour ne pas perdre l'équilibre.

« J'ai couru, poursuivit-elle. J-je me suis enfuie… Je l'ai ab-bandonnée… »

Madigan lui toucha l'épaule. Elle se leva, il l'imita, et il la tint un moment entre ses bras. Elle était raide, tendue, puis ses jambes semblèrent se défiler sous elle et il dut rassembler toutes ses forces pour l'empêcher de tomber à genoux.

« OK, OK, dit-il. Vous n'aviez pas le choix… Je ne vois pas ce que vous auriez pu faire d'autre.

— J'aurais pu sauver ma fille, l'entendit-il dire. J'aurais pu les empêcher de l'enlever…

— Mais c'était vous qu'ils voulaient. Si vous étiez restée, ils vous auraient tuée, et ensuite ils auraient tué Melissa. Je connais Sandià. Je sais qu'il l'aurait fait, et alors vous seriez toutes les deux mortes. Pour le moment, vous êtes vivantes. Il ne sait pas où vous vous trouvez, et il doit s'assurer que Melissa reste en vie, car elle est sa garantie que vous ne direz rien à la police… »

Isabella s'écarta de Madigan et leva les yeux vers lui. Elle était telle que la veille au soir, comme si tout son corps était rempli de chagrin et qu'il cherchait par n'importe quel moyen à soulager la pression de ce fardeau.

« Donc en vous enfuyant vous lui avez sauvé la vie… Et maintenant nous pouvons agir. Nous pouvons la récupérer et en finir avec Sandià…

— En finir avec Sandià ? On ne peut pas en finir avec un homme comme lui. Il continuera éternellement, et quand il disparaîtra, un autre viendra prendre sa place. »

Madigan secouait la tête.

« Il peut être vaincu, Isabella. Même un homme comme Sandià peut être vaincu.

— Vous ne travaillez vraiment pas pour lui ?

— Non, répondit-il. Je ne travaille pas pour lui. Je travaille désormais pour moi, et je vais aussi travailler pour vous.

— Il vous a également fait souffrir ? demanda-t-elle. Barrantes s'en est pris à vous ? »

Madigan resta un moment sans rien dire, puis il fit un pas en arrière et la tint par les épaules.

« Faut que j'y aille. Je vais être absent toute la journée. Si vous avez besoin de moi, appelez mon portable depuis la ligne fixe, OK ? Mais ne quittez pas la maison. Et si quelqu'un vient ici, n'ouvrez pas la porte. Vous me comprenez ?

— Oui.

— Vous voulez que je vous achète des vêtements ?

— Oui, si vous pouvez. Juste deux ou trois choses.

— Faites-moi une liste, dit-il. Je les achèterai, et j'achèterai aussi à manger. »

Madigan lui donna un stylo et du papier. Elle nota ce dont elle avait besoin. Sous-vêtements, jean, tee-shirts, une autre paire de chaussures.

« N'importe quoi fera l'affaire, dit-elle.

— OK. » Madigan enfila sa veste. « Il y a un revolver calibre .22 sous la baignoire. Il est dans une boîte en carton. Si les hommes de Barrantes viennent ici… s'ils ont réussi à vous retrouver, faites tout ce que vous pourrez pour vous enfuir. Passez par-derrière et regagnez la rue par l'allée. Prenez l'arme avec vous. S'ils entrent et que vous savez qu'ils vont vous tuer, tuez-en autant que vous pourrez avant qu'ils ne le fassent. »

Isabella ne répondit rien. Il n'y avait rien à dire.

Elle le suivit jusqu'à la porte, et lorsqu'il l'ouvrit pour sortir, elle le regarda avec une lueur nouvelle dans les yeux.

« Je vous ai dit que je ne vous dirais pas merci… » Sa voix devint plus faible. « Je ne peux pas vous faire confiance. Vous comprenez ?

— Faites attention à vous », répondit Madigan, et il sortit et referma fermement la porte derrière lui.

39

Black Hole

Madigan conduisit sans réfléchir. Il ne voulait pas réfléchir. C'était le bordel. Un bordel cauchemardesque. Il avait cru que sa situation était compliquée, mais ça ? Ça, c'était au-delà du compliqué.

En arrivant au commissariat, il monta à son bureau. Il prit un sachet transparent dans son tiroir de bureau, essuya sa tasse à café, la plaça à l'intérieur. Il se rendit au dépôt de pièces à conviction, salua de la tête l'agent de service, marcha jusqu'au fond de la pièce, chercha le .22 de Tomczak et l'enfonça à l'arrière de son pantalon. Puis il le remplaça par son propre sachet et ressortit.

Quoi que Walsh dise ou fasse, le fait était qu'il avait accepté de voler quelque chose dans le dépôt de pièces à conviction, comme en attestait l'enregistrement de Bernie Tomczak, et cet objet précis avait désormais disparu.

Dans son bureau, Madigan démonta le .22, balança les pièces dans un sac de chez Subway, le referma fermement et le plaça dans la poche intérieure de sa veste. Il trouverait une poubelle dans la rue, et d'ici deux heures ce calibre .22 serait noyé sous les détritus en route vers la décharge municipale.

La priorité suivante était d'apprendre tout ce qu'il pourrait sur le meurtre de Valderas. 115e Rue Est. Au moins, c'était dans le Yard. L'affaire avait dû être traitée ici, au 167e, ce qui signifiait que le dossier ne serait pas trop difficile à trouver.

Madigan n'était pas assis depuis cinq minutes lorsque Walsh apparut dans l'entrebâillement de la porte.

« Vincent, dit-il. Je me demandais si vous auriez quelques minutes. »

Madigan leva les yeux vers lui, fronça les sourcils, s'enfonça dans son fauteuil.

« Qu'est-ce qui se passe ? »

Walsh semblait hésitant. Sa main était posée sur le bord de la porte.

« Je peux la fermer ? » demanda-t-il.

Madigan savait ce qui allait arriver.

« Bien sûr, répondit-il, allez-y. »

Walsh ferma la porte lentement et doucement, presque comme s'il voulait que personne ne sache ce qu'il faisait. Il marqua une nouvelle pause, puis s'approcha du bureau de Madigan et s'assit. Il ferma les yeux une seconde, inspira profondément, et déclara :

« J'ai un souci, Vincent, et ce n'est pas un souci que j'ai… »

Il secoua la tête, tourna les yeux vers la fenêtre.

« Votre enquête, c'est ça ? » demanda Madigan.

Walsh acquiesça.

« Les trois types morts dans le box. Le premier… Larry Fulton… il avait un ami, quelqu'un qu'il connaissait, un certain Richard Moran. Ça vous dit quelque chose ? »

Madigan réfléchit un moment.

« Non, rien. »

Il sentait la tension entre eux. Il ne savait pas exactement ce que Walsh savait, et Walsh ignorait que Bernie Tomczak avait déjà parlé à Madigan.

« Aucune importance. Bref, ce Moran était un ami de Fulton, et je suis allé le voir. Il m'a dit quelque chose. Il m'a dit que le quatrième homme était un flic…

— Bryant me l'a dit, coupa Madigan. Vous y croyez vraiment ?

— Bon sang, Vincent, je ne sais que croire… »

Madigan se demanda où voulait en venir Walsh. Il semblait réellement ébranlé.

« J'ai dit à ce Moran que je l'aiderais à régler un problème s'il me donnait le renseignement. Mais maintenant je ne sais pas si ce renseignement était exact…

— Quant au fait que le quatrième homme était un flic ?

— Oui.

— Alors, qu'est-ce qui vous fait croire que ce n'est pas vrai ? »

Walsh secoua la tête.

« Ça vient après. Il s'est passé autre chose. J'ai passé un accord avec Moran et accepté de l'aider à faire sauter une accusation de possession de drogues s'il me disait ce qu'il savait. Il me l'a dit, du coup je dois remplir ma part du marché, sinon le dossier que je pourrais monter tombera à l'eau parce que Moran refusera de le confirmer. Bref, je vais voir le flic qui l'a arrêté pour cette histoire de possession. Son nom est Benedict. C'est un agent en uniforme du 158ᵉ. Il me dit qu'il peut régler le problème de Moran si je l'aide avec autre chose. Il a une commission d'enquête parce qu'il a été impliqué dans une fusillade. Il l'a déjà repoussée deux fois, mais il veut la repousser une fois de plus. Alors je suis forcé d'accepter pour faire sauter les charges contre Moran.

— Mais vous avez dit que le renseignement de Moran n'était pas valable, n'est-ce pas ? Si le tuyau qu'il vous a donné est bidon, inutile de faire sauter la charge contre lui.

— Certes, certes… Mais je ne sais pas s'il est valable ou non, et ce n'est pas tout.

— Ce n'est pas tout ? demanda Madigan, feignant la surprise.

— Non », répondit Walsh.

Un silence s'installa entre eux.

« Alors ? demanda Madigan.

— Ce qu'on dit ici ne sort pas de cette pièce, d'accord ? »

Madigan fronça les sourcils.

« Quoi ? Vous êtes vraiment obligé de me poser cette question ?

— OK, OK… Bon Dieu, Vincent, c'est vraiment la merde. Je ne me suis jamais retrouvé dans une telle situation…

— Alors dites-moi ce qui s'est passé.

— Vous connaissez un type du nom de Bernie Tomczak ?

— Oui », répondit Madigan.

Il savait que son propre nom figurait partout dans le dossier de Bernie. S'il avait nié le connaître, il aurait aisément pu être démasqué.

« Je suis allé le voir, reprit Walsh. C'est Moran qui m'a parlé de lui. Bernie Tomczak était également pote avec Fulton, et j'ai remonté sa piste jusqu'à un bar. Je lui ai raconté toute l'histoire, et il m'a alors répondu qu'il voulait conclure un marché.

— Lui aussi voulait faire sauter une accusation ?

— Pas exactement, non. Il voulait que je sorte une arme du dépôt de pièces à conviction, un calibre .22 à cause duquel son frère s'était fait arrêter. »

Madigan tenta de paraître confus.

« Mais vous ne l'avez pas fait, si ? Vous n'êtes pas allé récupérer l'arme au dépôt ? Quel est le problème ?

— Il a enregistré la conversation. »

Madigan marqua une pause. Il regarda Walsh. L'expression sur le visage de ce dernier valait tout l'or du monde.

« Il a fait quoi ?

— Il a enregistré la conversation, Vincent… Il a enregistré tout ce que j'ai dit. À propos de Fulton, de Moran, il m'a enregistré en train de passer un accord avec lui… Et il a nié que le quatrième homme était un flic. Catégoriquement. Il a dit que Fulton n'aurait jamais bossé avec un flic. »

Dieu te bénisse, Bernie, songea Madigan. *Dieu te bénisse, espèce d'abruti de polack ivrogne et joueur.*

« Oh, fit Madigan. Oh, bon sang… »

Madigan songea au sac de chez Subway dans sa poche de veste, aux pièces du calibre .22 à l'intérieur.

« Je ne sais plus quoi faire, Vincent… je voulais juste… »

Madigan leva la main.

« Attendez une seconde », dit-il.

Il se leva et marcha jusqu'à la fenêtre, enfonça les mains dans ses poches, et resta environ une minute silencieux avec une mine pensive.

« OK, OK, OK, dit-il. Donc Fulton fait ce coup. Il dit à son pote Moran que le quatrième type était un flic, mais il n'y a rien pour le prouver. Bernie Tomczak nie qu'il y ait eu un flic. Mais vous avez passé un accord avec Moran concernant cette charge pour possession de drogues, et vous avez ce problème avec l'agent du 158e.

— Exact.

— Mais le pire, c'est que la conversation que vous avez eue avec Tomczak a été enregistrée.

— Exact.

— Enregistrée sur quoi ? demanda Madigan.

— Son téléphone portable. »

Madigan retourna au bureau et s'assit.

« Alors, qu'est-ce que je fais ? demanda Walsh.

— Vous ne faites rien.

— Hein ?

— Vous ne faites rien. Absolument rien. Vous continuez de vous occuper de vos dossiers habituels. Vous laissez tomber cette histoire de box. Vous l'oubliez complètement. Je dirai à Bryant que je vais m'en charger en même temps que l'enquête sur la gamine qui s'est fait descendre. Celle qui est à l'hôpital. C'est la même affaire, nom de Dieu. C'est logique. J'irai parler à Moran. Et aussi à Bernie Tomczak. Je lui forcerai la main pour qu'il me donne son téléphone. Vous devez rester à l'écart de tout ça pour le moment. Vous êtes compromis. Tout ce que vous feriez risquerait de faire empirer la situation.

— Vincent… Bon Dieu, je ne sais même pas comment c'est arrivé. Si vous pouvez m'aider ce coup-ci, ce serait…

— Ça va aller, coupa Madigan. On se serre les coudes, OK ? On règle les problèmes. On est du même côté.

— Je vous serai redevable, Vincent… Sérieusement, si je peux faire quelque chose pour vous…

— Je suis sûr que vous pourrez, Duncan. Je suis sûr que vous pourrez. Mais ne vous en faites pas pour ça pour le moment. Occupez-vous de vos autres dossiers. Je vais m'occuper de cette affaire, et si j'ai besoin de votre aide, je vous le ferai savoir. Sinon, cette conversation n'a jamais eu lieu.

— Vincent… je ne sais pas quoi dire.

— Ne dites rien. Vous me comprenez ? Ne parlez à personne. Comme je vous l'ai déjà dit, ce que nous disons ici reste ici. »

Walsh se leva. Il serra la main de Madigan.

Madigan le raccompagna à la porte.

« Je n'oublierai pas ça, Vincent.

— Moi non plus », répliqua Madigan, et il lui ouvrit la porte et le regarda longer le couloir en direction de l'escalier.

Alors même qu'il refermait la porte, un léger sourire sur les lèvres, avant même qu'il ait eu le temps de se féliciter de la façon dont l'entretien s'était déroulé, son téléphone portable sonna. Il savait qui c'était avant de regarder l'écran. Il enfonça le bouton vert.

« Oui, dit-il.

— Il veut que vous veniez le voir. »

40

Desire

J'ai tous les éléments.

Walsh est écarté. Il s'est empêtré dans cette affaire, et il ne peut plus bouger. Il ne se mêlera plus des meurtres du box. Pas tant que je ne lui aurai pas dit de le faire. Isabella est le témoin oculaire d'un meurtre commis par Sandià, et personne ne sait où elle est, sauf moi. Sandià voudra plus que tout la retrouver, mais il n'a même pas encore prononcé son nom en ma présence. Il aurait dû avoir quelqu'un à l'hôpital. Est-ce que ça aurait été simple de trouver une infirmière, de la payer, de lui demander de l'informer en cas de visite ? Oui, trop simple. Et David Valderas, qui qu'il ait pu être, sera mon échappatoire avec Sandià. Bernie est de mon côté, Dieu le bénisse. Bon sang, qui se serait attendu à ça ? Je lui colle la raclée de sa vie lundi, et il revient deux jours plus tard comme mon sauveur. Mais lui aussi veut une échappatoire. Il veut que sa dette de cent quatre-vingt mille dollars s'évanouisse, pour pouvoir repartir de zéro. Est-ce pour ça que nous nous battons tous ? Une chance de repartir de zéro ? Même Sandià… Pas pour échapper à sa vie, fuir qui il est, mais pour se libérer du meurtre de Valderas. C'était une erreur. Une grossière erreur. Les types comme lui ne devraient jamais se salir les mains. C'est pour ça qu'ils s'entourent de gens comme moi, pour briser les os et défoncer les crânes à leur place. Et puis il y a Moran, mais il n'a aucune importance, purement anecdotique. Si je parviens à rassembler tous les éléments de sorte qu'ils racontent l'histoire que je souhaite, je serai tiré d'affaire. Plus de dette envers Sandià, plus de lien avec le braquage, et donc rien à voir avec les meurtres de Fulton, Williams et Landry.

Tiré d'affaire.

Qu'est-cè qui pourrait aller de travers ?

Tout, voilà quoi.

Tout pourrait aller de travers, et s'il y a une chose que je sais d'expérience, c'est que tout ce qui peut aller de travers ira *de travers.*

Je ne m'attendais pas à ce que ce soit un jeu d'enfant, mais je ne m'attendais pas non plus à ce que ce soit si dur.

Vous voulez quelque chose ? Vous n'avez qu'à le désirer suffisamment.

C'est une corde raide.

Je dois désormais avancer prudemment.

Car la chute serait longue et brutale et je n'y survivrais pas.

41

Bad Indian

C'était plus fort que Madigan. Il n'avait pas pu se retenir de prendre quelque chose avant de retourner voir Sandià. Juste un petit calmant – une bonne dose de Jack Daniel's pour faire passer deux Librium –, et les angles s'étaient arrondis, il se sentait plus maître de lui-même.

Lorsqu'il atteignit Paladino Avenue, il était moins anxieux. Ce qu'il avait à faire ne l'effrayait pas. Le jeu avait changé, rapidement, mais en sa faveur. Avoir Isabella chez lui était un brelan d'as, mais la confession de Walsh et sa demande d'assistance étaient une quinte flush royale.

Madigan pensait que Sandià ne voulait rien de plus qu'un rapport sur ce qu'il avait appris concernant le vol, mais lorsqu'il pénétra dans la pièce, quelque chose dans l'attitude de Sandià lui dit qu'il était là pour une autre raison.

« C'est impossible », déclara Sandià. Madigan s'avança et s'assit. « Quelqu'un ne peut pas se volatiliser comme ça.

— De qui tu parles ? demanda Madigan.

— Je parle d'une femme nommée Isabella Arias. » Sandià sourit. « Voilà, je l'ai dit. Ma nouvelle politique. Dire la vérité. Dire les choses telles qu'elles sont. Je veux qu'on retrouve cette Isabella Arias, et je la veux morte.

— Je peux te demander qui c'est ?

— C'est la mère de la gamine qui est à l'hôpital. »

Les narines de Madigan se dégagèrent. Son champ d'action venait de se réduire considérablement. Le nombre de choses qui pouvaient aller de travers avait soudain spectaculairement diminué.

« Tu la veux morte, répéta Madigan.

— Oui, Vincent, je la veux morte. » Sandià s'écarta de la fenêtre et s'assit de l'autre côté du bureau. « Et, une fois encore, je dis la vérité. Pas d'hésitation, juste la vérité telle qu'elle est. » Il sourit. « C'est assez libérateur.

— Je peux te demander pourquoi tu la veux morte ? »

Sandià esquissa un nouveau sourire.

« Tu peux demander, Vincent, mais je ne te répondrai pas. Les affaires sont les affaires. »

Madigan acquiesça.

« Donc je n'ai pas demandé.

— Alors dis-moi, mon ami, quelles nouvelles de ces gens qui ont pris mon argent et tué mon neveu ?

— J'y travaille. J'ai parlé à beaucoup de monde. Je me rapproche…

— Mais tu n'as rien de spécifique.

— Non, rien de spécifique. »

Sandià secoua la tête. Son expression se fit froide, distante.

« Donc tu m'es moins utile que je ne le pensais.

— Pardon ?

— Eh bien, tu dis que tu n'as rien de spécifique, alors que j'ai pour ma part découvert quelque chose de très spécifique. Ce qui signifie que mon réseau d'informateurs en dehors du département de police vaut mieux que celui à l'intérieur, et si tel est le cas, ça veut dire que tu es superflu. »

Madigan sourit.

« Quelqu'un t'a raconté un bobard.

— Quoi ? Comment ça ?

— Tu me dis que tu as des informations que je n'ai pas ?

— Oui.

— À propos du quatrième homme, c'est ça ? »

Sandià hésita, et Madigan comprit immédiatement de quoi il retournait.

« Le quatrième homme était un flic. C'est ce que quelqu'un t'a dit, exact ? »

Sandià ne répondit pas.

« On t'a dit que le quatrième homme était un flic, n'est-ce pas ?

— Tu croyais être la seule brebis galeuse de la police, Vincent ? Tu crois être la seule personne à me dire ce que j'ai besoin de savoir ?

— Je suis le seul à te dire la vérité, apparemment », répliqua Madigan.

Il sentait la sueur sur ses paumes. S'il n'avait pas pris de Librium, son cœur aurait battu à toute allure.

« Quoi ? Tu me dis que ce n'était pas un flic ?

— Qui t'a dit ça ? Quelqu'un du département ?

— Ça, c'est mon affaire, Vincent, tu le sais. Tu apprécierais si je donnais ton nom chaque fois que quelqu'un me demande comment j'ai appris quelque chose ?

— Eh bien, si cette information provient de l'intérieur du département, alors elle a déjà été contredite. Il y a des gens impliqués, des gens qui veulent que d'autres croient certaines choses. Ils ont leurs propres intérêts particuliers et leurs mobiles, et ils veulent mouiller certaines personnes qui n'ont rien à voir avec tout ça. Ce qu'on t'a raconté, c'est de l'histoire ancienne, et l'histoire d'aujourd'hui est totalement différente.

— Vincent, je sens que je commence à m'énerver… qu'est-ce que tu es en train de me dire ?

— Je te dis que ce que tu as entendu, c'est de l'histoire ancienne. Laisse-moi faire. Je trouverai ton homme. C'est peut-être un flic, mais peut-être pas. Pour le moment, il semblerait que non, mais demain tout pourrait de nouveau changer.

— Bordel ! » s'exclama Sandià en tapant de la main sur le bureau.

Madigan sursauta, surpris, mais il se ressaisit rapidement.

Sandià se leva. Il fit les cent pas derrière son bureau, puis il ralentit et s'immobilisa. Il se retourna et regarda Madigan. Une fois encore, Sandià avait cette expression froide, cette absence d'émotion, de véritable humanité. Soudain la distance entre eux diminua et ses yeux brillèrent de colère.

« J'ai besoin de savoir ce qui est arrivé, Vincent. J'ai *besoin* de le savoir. Tu sais pour quoi ça me fait passer ? Je ne peux même pas garder mon propre argent. Je ne peux même pas protéger ma propre famille. Ça me fait passer pour un faible, Vincent. Ça me fait passer pour un homme qui est en train de perdre le contrôle de son territoire.

— Je m'en occupe, OK ? dit Madigan. Tu m'as demandé de m'en occuper, et c'est ce que je fais. J'ai besoin que tu dises aux autres personnes avec qui tu travailles sur cette affaire, surtout s'il s'agit de quelqu'un au sein du département, de rester à l'écart et de me laisser gérer la situation. Je n'ai vraiment pas besoin que quelqu'un embrouille tout…

— Tu dois me promettre, Vincent. Tu dois me promettre que tu vas t'en occuper, et vite…

— J'ai eu une seule journée, coupa Madigan. Une seule journée. La rumeur a couru qu'un flic avait pu être impliqué. Tu sais d'où vient cette information ? D'un camé. Un pauvre junkie. Alors je me penche dessus. Car si c'est un flic, je suis très intéressé. Je parle à d'autres personnes, des personnes au-dessus de tout soupçon, et tout indique qu'il ne s'agit pas d'un flic. Puis tu viens me dire que je ne sers à rien parce que tu as entendu dire ailleurs qu'il s'agissait d'un flic. Ça date, OK ? Ça remonte à une demi-journée. J'ai besoin que tu me fasses confiance pour régler ça, et je le ferai.

— Vincent, je comprends…

— Qu'est-ce que tu es en train de dire ? Tu es en train de dire que tu ne me fais plus confiance ? »

Sandià sourit.

Librium et Jack Daniel's, pensait Madigan. *Librium et Jack Daniel's. Merde, ce mélange me met de mauvaise humeur. Et c'est ce qui peut m'arriver de mieux en ce moment. La meilleure défense, c'est l'attaque.*

« Vincent, sérieusement, quand avons-nous vraiment eu confiance l'un en l'autre ? Les gens comme toi et moi ne fondent pas une relation sur la confiance. Tu me dis ce que j'ai besoin de savoir, et j'arrange des choses pour toi. C'est simplement un arrangement qui nous est mutuellement profitable.

— Alors laisse-moi faire ce que tu m'as demandé de faire, OK ? Laisse-moi faire ce que tu m'as demandé de faire, et ne m'emmerde pas avec ce que disent les autres. »

Sandià s'enfonça dans son fauteuil, qui craqua doucement, produisant un bruit sonore dans le silence tendu qui s'était installé entre eux.

« Depuis combien de temps on se connaît, Vincent ? demanda Sandià.

— Qu'est-ce que c'est que ça ? Tu te prends pour le Parrain maintenant ? »

— Va te faire foutre, Vincent Madigan », répliqua Sandià avec un sourire.

Madigan s'esclaffa.

« Tu t'inquiètes trop, tu le sais, ça ?

— Hé, si je ne m'inquiète pas, qui le fera ? Mon neveu est mort. C'était un jeune homme, la fierté de ma sœur, et celui qui a fait ça doit payer. L'argent… » Sandià fit un geste dédaigneux. « L'argent en lui-même n'a aucune importance. De la menue monnaie, tu sais ? Mais c'est le principe, le message que ça envoie. Sandià ne peut pas s'occuper de ses affaires. Sandià perd la main. Sandià peut être vaincu par une petite crapule sortie des *barrios*…

— Crois-moi, dit Madigan, je ne pense pas que quiconque se dise ça.

— J'ai besoin d'en être sûr. Je peux croire tout ce que je veux, mais la croyance, la foi, l'espoir sont des valeurs inutiles dans ce business. J'ai besoin de savoir qui a fait ça, et je veux qu'il meure.

— Et tu as besoin de la mère de la fille.

— Oui, Vincent, j'ai besoin de la mère de la fille. Plus que tout, j'ai besoin de cette femme.

— Et la fille ?

— La fille est une monnaie d'échange, rien de plus. Quand elle ira assez bien pour être déplacée, je l'enlèverai de nouveau. Si je le faisais maintenant, elle mourrait, et elle ne m'est d'aucune utilité morte. Mais si on retrouve cette femme, je n'ai plus besoin d'elle.

— Donc, si tu veux que je la trouve, tu dois me dire tout ce que tu sais sur elle.

— Ce que je sais ? Je connais son nom. Je ne sais rien d'autre à son sujet, et tout ce que j'ai besoin de savoir, c'est où elle est. Si elle est morte, parfait, apporte-moi sa tête dans un sac pour le prouver. Sinon, il me la faut – qu'elle vienne de son plein gré ou non, aucune importance. Elle peut croire qu'elle va me voir pour sauver sa fille, ou alors parce qu'elle croit pouvoir conclure un marché avec moi…

— Pourquoi voudrait-elle conclure un marché avec toi ? »

Sandià posa ses coudes sur les accoudoirs de son fauteuil. Il joignit le bout des doigts et ferma les yeux un moment.

« Je pose les questions, Vincent. Je n'y réponds pas. Je suis prêt à retenir mes autres hommes et à te laisser faire ton travail. Voici l'accord que je te propose. Tu découvres qui a volé mon argent, tu découvres qui a tué mon neveu, et tu ne me dois plus rien. Ta dette est effacée.

— Et si je t'amène cette femme ? Qu'est-ce qui se passera ?

— Tu me l'amènes, morte ou vive, et non seulement j'effacerai ta dette, mais je te donnerai cinquante mille dollars. »

Madigan acquiesça.

« OK, marché conclu. Mais je travaille seul, du moins sur le vol et les meurtres. Tu peux envoyer qui tu veux à la recherche de cette femme, mais si je la trouve, les cinquante mille dollars sont pour moi.

— Travailler avec toi n'est jamais compliqué, n'est-ce pas, Vincent ? C'est toujours uniquement une question d'argent, pas vrai ? »

Madigan fit un sourire ironique.

« Hé, qu'est-ce qu'il y a d'autre ? Si tu as assez d'argent, toutes tes emmerdes disparaissent.

— Tu crois ça ?

— Je n'ai jamais eu assez d'argent pour le vérifier.

— Mais tu y travailles.

— N'est-ce pas ce que nous faisons tous ? »

Sandià se leva et contourna le bureau. Madigan se leva également. Sandià lui agrippa les épaules et le regarda droit dans les yeux.

« Je poursuis notre relation parce que tu es un voleur et un menteur et un assassin, Vincent Madigan. Je continue parce que toi et moi sommes presque identiques. Fais ça pour moi, et ta vie sera beaucoup plus simple, je te l'assure. »

Sandià le lâcha. Madigan se retourna et marcha vers la porte.

« Si tu apprends quoi que ce soit d'important – je veux dire, de vraiment important – tiens-moi au courant, OK ? demanda Madigan. La moitié du jeu consiste à savoir ce que tous les autres savent.

— C'est la différence entre toi et moi, Vincent, répliqua Sandià. Je me fous de ce que les autres savent. La seule chose qui m'intéresse, c'est d'en savoir plus. »

Madigan sourit. Il ouvrit la porte, sortit dans le couloir, et la referma en silence derrière lui.

42

Thunderhead

Les choses prenaient une nouvelle tournure. Non seulement Sandià avait parlé d'Isabella Arias, mais il avait également admis la présence d'un autre informateur au sein du département. Dire que c'était un choc pour Madigan n'aurait pas été exact. S'il y avait réfléchi, il aurait trouvé ça logique. Quelle division, quelle unité, quel commissariat – il était impossible de le savoir. Sandià pouvait avoir des gens n'importe où, et – le connaissant – c'était probablement le cas. Mais cette proximité troublait Madigan – le fait que Sandià avait une autre source d'informations sur le braquage et les meurtres dans le box. Et son intérêt pour Isabella Arias virait à l'obsession. Il voulait qu'elle disparaisse. Il avait *besoin* qu'elle disparaisse. Ce qui confirmait ce qu'elle lui avait dit. Cinquante mille dollars, ce n'était rien comparé à une possible accusation de meurtre, mais Sandià ne voulait pas laisser voir à Madigan à quel point sa mission était sérieuse en lui offrant une somme énorme. Il aurait payé cinq millions pour éviter une condamnation, mais il n'allait pas le crier sur tous les toits. Madigan demeurait un flic – bon, mauvais, indifférent, il demeurait un flic – et Sandià ne pouvait pas se permettre de baisser la garde ou d'étaler toutes ses cartes. Comme il l'avait dit, il restait puissant parce qu'il en savait plus que les autres. Il restait puissant à cause de l'ignorance des autres.

Madigan retourna au commissariat. Il devait en apprendre plus sur David Valderas, sur le meurtre dont avaient été témoins les sœurs Arias. Il voulait savoir qui était sur l'affaire, et si l'enquêteur était à la solde de Sandià.

Un message l'attendait à l'accueil. Bryant voulait le voir. Madigan monta, frappa à la porte et entra.

« La fillette, déclara Bryant en se levant de son bureau. Elle va s'en tirer à coup sûr. C'est une coriace, celle-là, et je veux que vous entriez en relation avec la personne qui s'occupe d'elle pour qu'elle nous informe dès qu'elle sera en état de parler.

— Je pense que ça va prendre un moment, répondit Madigan.

— Peu importe, Vincent, j'ai juste besoin que vous soyez là-bas dès qu'elle aura le feu vert pour répondre à quelques questions.

— Entendu. »

Madigan hésita.

« Autre chose, Vincent ?

— Oui », répondit Madigan. Il s'assit. « Je dois être honnête avec vous, sergent. Je dois vous dire que je pense que c'est une erreur de confier tous ces meurtres à Walsh.

— Pourquoi ça ?

— Parce que ça fait trop longtemps qu'il est cantonné derrière un bureau, et il suffit d'un mois aux affaires internes pour regarder du mauvais côté. »

Bryant ne répondit rien pendant un moment, puis il sembla acquiescer comme s'il partageait l'inquiétude de Madigan.

« OK, dit-il. Du coup je pense que je vais mettre Charlie Harris dessus.

— Pas la peine. Je m'en charge. C'est la même affaire, ça ne fait aucun doute. Vous avez un quatrième homme quelque part, et nous avons juste besoin de le trouver.

— Du neuf sur cette rumeur qui prétend que c'est un flic ? »

Madigan secoua la tête.

« Ça venait d'un camé, comme vous avez dit. Je ne crois pas qu'il y ait beaucoup de vérité là-dedans. Enfin quoi, merde…

— Vincent, vous en avez vu d'autres. Ça vous surprendrait tant que ça ? Peut-être bien que c'est un flic. Bon sang, peut-être bien que c'est le foutu procureur. »

Madigan éclata de rire.

Bryant également.

La tension se dissipa.

« Alors, qu'est-ce que vous voulez faire ? demanda le sergent.

— Laissez-moi juste traiter les deux affaires en une.

— Vous voulez que Charlie travaille avec vous ?

— Non, donnez-moi juste un agent en uniforme pour le travail de terrain quand j'en aurai besoin.

— Vous pouvez gérer ça ?

— Non, sergent, ça va être un putain de désastre…

— OK, OK, OK, coupa Bryant. Mettez-vous au boulot. »

Madigan se leva.

« Et, Vincent ? »

Madigan se retourna vers Bryant.

« Si c'est vraiment un flic, je veux être le premier à le savoir. Je ne suis pas naïf. Je sais que nous faisons un sale boulot. Je sais ce que ces gars vivent jour après jour. Je sais à quel point il est aisé de tomber du mauvais côté, de perdre de vue l'essentiel. Je sais qu'une seule erreur peut détruire une carrière, et qu'une carrière brisée signifie la plupart du temps une famille brisée. » Il secoua lentement la tête. « Je tiens vraiment aux types qui bossent ici. Chacun d'entre eux. Leurs femmes, leurs gosses, leur vie, ils mettent tout entre parenthèses pour faire un boulot qui est au mieux frustrant et ingrat. Alors plus j'ai d'informations, plus je peux limiter la casse. Vous comprenez ce que je dis ?

— Oui, sergent, je comprends exactement ce que vous dites.

— Alors tenez-moi au courant. Quoi que vous appreniez, je dois être le prochain à le savoir, d'accord ?

— D'accord. »

Madigan marcha jusqu'à la porte, sortit, et ce n'est que lorsqu'il atteignit l'escalier qu'il s'aperçut que son cœur battait à mille à l'heure.

De retour dans son bureau, son petit sanctuaire au cœur de la folie, Madigan parcourut de nouveau le dossier de Maribel Arias. La tête dans la benne à ordures, le reste dans des sacs-poubelle derrière le North General

Hospital. Bon Dieu, Sandià était un putain d'animal. Si c'était lui qui avait fait ça…

Madigan songea à son nom – l'Homme Pastèque. Oui, Sandià aurait facilement pu faire ça à Maribel Arias. Sans ciller.

Il se lança ensuite sur la piste de David Valderas. Dans le système, il apparaissait comme une enquête en cours, dossier enregistré le mercredi 23 décembre 2009. Le rapport du légiste affirmait que Valderas était mort environ dix-huit heures plus tôt, le mardi, son corps ayant été découvert chez lui dans la 115e Rue Est. Une fois encore, Madigan nota que cette information correspondait à ce que lui avait dit Isabella.

La mort avait été provoquée par un objet qui avait transpercé l'œil jusqu'au lobe frontal du cerveau. L'arme du crime – un tournevis à tête plate, un simple outil à 1,99 $ qu'on pouvait se procurer dans mille boutiques dans un rayon de quinze blocks – ressortait de l'orbite. La tige mesurait quinze centimètres et avait été enfoncée jusqu'au manche. La paralysie du système nerveux avait dû être instantanée, mais l'état de conscience avait dû durer quelques secondes, secondes durant lesquelles Valderas avait su que sa mort était imminente. Une sale mort, et qui ressemblait tellement à Sandià. Quand les gens ne pouvaient plus rien dire, Sandià faisait en sorte qu'ils sachent tout.

L'affaire Valderas avait été prise par le deuxième inspecteur de service ce soir-là, Charlie Harris. Il avait arpenté la rue, parlé à une demi-douzaine de voisins, et en était revenu bredouille. Mais si quelqu'un avait su que c'était Sandià, il n'aurait rien dit. Les habitants du Yard savaient quand mieux valait ne rien savoir.

Toujours pareil. Charlie était un bon flic – rigoureux, méthodique –, et si l'affaire avait à l'origine été attribuée à Madigan, il doutait qu'il aurait fait mieux. Mais bon, il doutait aussi que Charlie ait parlé aux personnes auxquelles il aurait parlé. L'ironie était immédiatement évidente. Si ça avait été un autre dossier, un autre meurtre, la première personne que Madigan aurait contactée aurait été Sandià. Un tel meurtre avait dû être approuvé, ou du moins acheté. Il était clair dès le début que Valderas n'avait pas chômé. Trois arrestations pour possession de drogue, une pour possession avec intention de revendre, une pour coups et blessures, un vol de voiture, un cambriolage, un séjour au trou pour possession illégale d'arme à feu, deux condamnations à des travaux d'intérêt général dont rien n'indiquait qu'il les avait accomplis, et enfin un mandat en cours pour le braquage d'une épicerie. Sa maison, juste à côté dans la 115e Rue, était à un jet de pierre de Paladino Avenue. Et avec un tel casier, Valderas travaillait forcément pour Sandià. Donc, si quelqu'un d'autre que Sandià avait voulu que Valderas disparaisse, Sandià aurait dû donner sa bénédiction. Si perdre Valderas avait été avantageux pour lui, sa bénédiction n'aurait pas coûté cher. Si la rancœur était légitime mais personnelle – disons que Valderas avait violé la fille d'un autre gros caïd ou quelque chose du genre – alors le gros caïd aurait dû payer pour avoir le privilège d'expédier Valderas dans l'au-delà. Le prix habituel, c'était deux ans de profits. Quelle que soit la somme que Valderas rapportait à Sandià chaque année, doublez-la, et vous avez le tarif. Donc Sandià aurait été au courant du meurtre, et peut-être qu'il aurait donné quelques informations à Madigan, mais ça n'aurait pas été gratuit. Pour qu'il désigne le coupable, Madigan aurait été obligé de faire disparaître les charges qui pesaient contre quelque autre brute hispanique en débardeur et au sang chaud. Madigan aurait alors eu des infos sur l'assassin, il l'aurait serré, Sandià aurait obtenu la garde du territoire du tueur pendant qu'il était en taule, et tout le monde aurait été content. Ça fonctionnait comme ça, ça avait toujours fonctionné comme ça, et ça n'était pas près de changer. On donnait d'une main et on prenait de l'autre, et tout le monde avait l'air blanc comme neige. Le crime organisé avait toujours été là. La mafia, ce n'était pas la Sicile dans les années 40. Les mafias remontaient à des centaines d'années. En Asie il n'y avait pas que les triades ; il y avait les yakuzas, les *ronins* et ainsi de suite depuis mille ans, quand un premier type avait voulu la rizière d'un autre et avait été prêt à lui foutre sur la gueule pour l'obtenir.

Mais ça ? Ça, c'était Sandià en personne. Cette fois il n'allait pas lui désigner le tueur dans son entourage. C'était Madigan qui avait été informé que Sandià avait tué quelqu'un. Donc Maribel Arias s'était fait dépecer parce qu'elle était dans la maison quand il avait planté Valderas avec un tournevis. Mais pourquoi Valderas avait-il été assassiné ? Qu'avait-il fait ? Comment avait-il contrarié M. Sandià en ce funeste mardi de décembre ?

C'était la question qui n'avait pas encore de réponse, et Madigan aurait aimé en avoir une.

Il décida de ne rien dire à Charlie Harris, qui, manifestement, n'avait pas du tout avancé sur l'affaire. Il préférait travailler dessus dans son coin, sans que rien le relie officiellement à l'enquête.

Et puis il y avait Walsh. Il était acculé. Bryant l'informerait qu'on lui avait retiré les meurtres, et il ne broncherait pas. Madigan les reprendrait dans le cadre de son enquête.

Il décrocha son téléphone, composa un numéro interne, et Walsh répondit après la deuxième sonnerie.

« Walsh, Madigan à l'appareil.

— Salut. Oui. Comment ça va ? Tout se passe bien ? »

Madigan perçut l'anxiété dans sa voix. Il marchait sur des œufs.

« Oui, tout va bien, répondit Madigan. Bon, écoutez… j'ai parlé à Bryant et il m'a confié les trois cadavres dans le box. Je m'occupe de toute l'enquête. J'aurai peut-être besoin que vous fassiez une ou deux choses, mais si c'est le cas, ce sera officieux. Vous voyez ce que je veux dire ?

— Je comprends. Oui, évidemment, répondit Walsh. Mais je ne peux rien faire qui mettrait en péril…

— Qui mettrait quoi en péril ? Vous êtes sérieux ? Bon sang, mon vieux, vous avez une idée de la merde dans laquelle vous êtes déjà ? Vous voulez que je vous aide à en sortir, alors vous allez devoir jouer le jeu, OK ? »

Il y eut un silence à l'autre bout du fil.

« OK ? répéta Madigan.

— OK, OK… mais…

— Mais rien, coupa Madigan. Peut-être que je ne vous demanderai rien, mais si je le fais, j'aurai besoin que vous vous en occupiez. C'est tout. »

Il marqua une brève pause, puis raccrocha.

Le jeu était lancé, et – comme toujours – si vous inventiez les règles, vous augmentiez vos chances.

43

Preachin' The Blues

Il y avait des gens à qui Madigan aurait pu parler, mais il décida de rentrer chez lui. Il s'arrêta en chemin dans une boutique de vêtements, acheta les articles qu'Isabella avait listés. La vendeuse lui demanda quelle taille il voulait.

« Quelle taille je veux, *moi* ? » demanda Madigan.

La fille sourit. Elle avait un joli sourire.

« Non, monsieur, la taille de la femme pour qui vous achetez ces vêtements.

— Allez savoir… Votre taille peut-être, un peu plus petite au niveau du… vous savez, là-haut…

— Du buste ?

— Oui, oui, si vous le dites.

— Et savez-vous quel style elle aime ? De quelle couleur elle veut ses tee-shirts ? Et ses sous-vêtements ?

— Aucune idée, répondit-il. Choisissez juste des trucs que vous aimez et je les achèterai. »

La fille sourit de nouveau.

« C'est ce que toutes les filles aiment entendre, pas vrai ? »

Madigan fronça les sourcils. Est-ce qu'elle le draguait ? Bon sang, elle ne pouvait pas avoir plus de vingt-cinq ans.

« Oui, c'est ça », répondit-il.

Il sentit le rouge lui monter aux joues. Qu'est-ce qui lui arrivait tout d'un coup ?

La fille s'éloigna. Elle revint dix minutes plus tard avec deux jeans, quelques tee-shirts, un chemisier, deux paires de chaussures, des sous-vêtements.

« Ça vous va ? demanda-t-elle.

— Ça m'a l'air bien. Combien ?

— Cent vingt-cinq dollars cinquante. »

Madigan compta cent cinquante dollars, dit à la fille de garder la monnaie.

« Merci, monsieur. »

Madigan enfonça les articles dans deux sacs et quitta la boutique.

Il s'arrêta à un supermarché en quittant le quartier de Morrisania, acheta du café, du thé, du lait, du sucre, des œufs, du jambon, du salami, de la mayonnaise, de la moutarde. Il prit aussi des conserves, une poignée de légumes, quelques livres de steak haché, un bocal de cornichons, un pack de Schlitz, deux bouteilles de rouge, deux de blanc, une de rosé, un litre de Jack Daniel's. Il demanda à un gamin de l'aider à trimballer le tout jusqu'à sa voiture et lui donna un billet de dix. Le gamin sembla fou de joie.

En reprenant le chemin de sa maison il se demanda depuis combien de temps il n'avait pas fait de courses. Il ne s'en souvenait pas. Ça n'avait aucune importance, ça soulignait juste le fait que sa vie avait été solitaire depuis mai 2008. Près de deux ans seul. Mais c'était mieux comme ça. Il le fallait. Il n'avait pas à se battre pour savoir de quelle couleur devaient être ses sousvêtements ou quel type de vin acheter.

Isabella sembla heureuse de le voir, comme si elle s'était imaginé qu'il la laisserait tomber. Il lui montra les vêtements qu'il avait achetés.

« Vous vous êtes bien débrouillé pour un homme », observa-t-elle.

Elle sourit. C'était son premier vrai sourire depuis qu'il l'avait trouvée. Mais il ne dura pas longtemps, comme si elle s'était surprise à se détendre et que baisser la garde, c'était s'attirer encore plus d'ennuis. Il était clair qu'elle avait pleuré, et il lui transmit donc le message qu'il avait reçu de Bryant.

« Elle fait de grands progrès, dit Madigan. Il ne fait aucun doute qu'elle va s'en tirer... Et vu ce que j'ai compris, je pense que vous la récupérerez bientôt. Pour le moment elle est incapable de répondre à mes questions. Les médecins ne veulent pas la soumettre au moindre stress. Mais on m'a confié toute l'enquête, si bien que personne ne lui parlera sans mon autorisation. Comme ça, quoi que j'apprenne d'elle, vous serez immédiatement informée.

— Et je peux la voir ? Est-ce que je vais pouvoir la voir ? »

Il secoua la tête.

« Non, vous ne pouvez pas la voir. C'est dur, je sais. Mais imaginez si ça avait été un autre flic qui avait été là quand vous avez débarqué à l'hôpital, hein ? Vous auriez une conversation totalement différente en ce moment. Soit vous seriez en prison pour votre propre protection, soit vous auriez été livrée à Sandià.

— Par les flics ? »

Madigan la regarda. Il ne la pensait pas naïve au point de croire qu'une telle chose était impossible.

« Inutile de me caresser dans le sens du poil, dit-il. Je sais que certaines personnes au sein du département sont bien pires que celles en dehors.

— Mais pas vous ? demanda-t-elle. Vous m'aidez, n'est-ce pas ? »

C'était clairement une question. Elle avait peur, se sentait seule, méfiante, elle était sur la défensive. Ce n'était pas en lui offrant une nuit de sommeil et quelques fringues bon marché qu'il gagnerait la confiance d'Isabella Arias.

« Oui », répondit Madigan. Il hésita. « Oui, je vous aide. Mais je m'aide également moi-même. »

Ils restèrent un moment silencieux, puis elle dit :

« Je vais préparer quelque chose à manger. Vous restez ?

— Non, répondit-il. Je dois aller voir quelqu'un, mais je serai revenu dans deux heures.

— Je vais préparer à manger, répéta-t-elle, et on pourra manger à votre retour.

— D'accord, ça me fera plaisir. »

Madigan marcha jusqu'à la porte. Elle le suivit, mais il se retourna et lui demanda de rester en retrait.

« Je ne veux pas que quelqu'un dans la rue vous voie ici.

— Vous pensez à tout », répliqua-t-elle.

Elle tendit la main pour toucher sa manche, mais Madigan interpréta plus ce geste comme une tentative de se convaincre elle-même qu'elle pouvait lui faire confiance que comme une marque d'affection.

Il recula.

« Quoi ? demanda-t-elle. Vous avez peur de moi ? »

Il tenta de sourire.

« Tout en vous transpire la solitude, poursuivit-elle. Votre maison, vos placards, les chambres… la solitude. Tout ce que vous dites résonne comme les paroles d'un homme seul. »

Elle marqua une pause, l'observant attentivement. Madigan se sentit troublé, il voulait simplement partir.

« Vous et moi ne sommes pas si différents, reprit-elle. Je ne vous fais pas confiance. Vous ne me faites pas confiance. Pour le moment, c'est comme ça, et ça ne peut pas être autrement. J'apprécie ce que vous avez fait jusqu'à présent, Vincent Madigan, mais je sais que les gens ne sont jamais tels qu'ils paraissent…

— Je ne m'attends pas à ce que vous me fassiez confiance, mais j'ai besoin que vous croyiez ce que je vous dis, répondit-il. Pour l'instant, je veux juste que vous restiez ici. Il n'y a que deux options, soit nous en sortons tous les deux vivants, soit non. C'est aussi simple que ça. Mais si vous faites autre chose que ce que je vous dis, nos chances diminueront sérieusement.

— Je vais rester ici. Et je vais faire ce que vous dites.

— Parfait », dit-il, et sur ce il ouvrit la porte, la referma doucement derrière lui, et s'éloigna sans regarder en arrière.

Après avoir parcouru quatre blocks vers le sud-ouest en direction du pont de la 3e Avenue, Madigan s'arrêta au bord de la route et se demanda ce qui se passait.

Toute cette histoire était un cirque, et soit il gardait la tête froide, soit il pouvait dire adieu à tout. La fillette n'était qu'une monnaie d'échange pour Sandià. Il y aurait un gagnant et il y aurait un perdant. Bon Dieu, peut-être qu'il n'y aurait que des perdants. C'était ainsi.

Assez. Dépêche-toi de vivre, ou dépêche-toi de mourir, comme disait le personnage des *Évadés*.

Près de l'angle du boulevard Martin Luther King Jr. et de la 2e Avenue, Madigan se rangea et s'arrêta au bord du trottoir. Il resta assis un moment, fuma une cigarette, décida d'avaler un Percocet, puis changea d'avis. Il sortit, jeta son mégot dans le caniveau et prit vers la gauche en direction du croisement. Un appartement au deuxième étage, un immeuble qui donnait sur le carrefour, et tandis qu'il approchait il vit le rideau remuer doucement.

Vincent Madigan et Freddy Virago se connaissaient depuis la nuit des temps. Autrefois, ils avaient été proches, mais la vie avait suivi son cours, des choses s'étaient produites, et il y avait eu une rupture. Ils étaient désormais aussi réconciliés qu'ils le seraient jamais, mais leur ancienne amitié appartenait à un passé lointain. Désormais, ils se toléraient uniquement par respect mutuel.

Plus âgé que Madigan d'une bonne quinzaine d'années, Freddy Virago avait eu cent noms différents. Il avait des ex-épouses et d'anciennes maîtresses éparpillées à travers le Yard et au-delà. Vingt ans plus tôt, la blague récurrente était que si une fille n'avait pas porté l'un des gamins de Freddy, alors ce n'était pas une vraie fille du Yard. À près de soixante ans, il avait passé assez d'années à l'ombre pour savoir qu'il ne voulait pas y mourir, moyennant quoi il se tenait à l'écart de tout. Il savait ce qui se passait, mais il ne s'en mêlait jamais. Madigan était persuadé qu'il ne fumait même plus de joints. Il buvait un verre ou deux, comme Madigan, mais une ligne avait été tracée, car si vous continuiez sur la même voie, vous finissiez par faire une connerie.

Madigan sonna à l'interphone, la porte s'ouvrit. Virago l'avait vu arriver à cent mètres.

Il prit l'escalier, et lorsqu'il atteignit le palier du deuxième étage, la porte de Virago était déjà ouverte. Une jeune femme l'attendait – âgée d'environ dix-huit, dix-neuf ans, une tignasse de boucles noires, le teint olivâtre et basané. Elle était jolie, avec ce style négligé et débraillé qu'arboraient tant d'Hispaniques, allure qui avait brisé le cœur de Madigan en bien trop d'occasions.

« Monsieur Vincent, dit-elle, et elle sourit.

— Salut, ma grande. »

Elle fit la moue.

« Vous ne me reconnaissez pas ?

— Bien sûr que si », répondit-il, même s'il entendait l'incertitude dans sa propre voix.

Maintenant elle allait lui demander de dire son nom. Alors il se creusa la cervelle, mais elle se contenta de sourire encore plus et dit :

« Mon oncle est à l'intérieur… Il regarde un match. »

OK, donc c'était l'une des nièces. Bien. Virago avait cinq sœurs, chacune avec un million de gamins.

« Comment va ta mère ? lui demanda-t-il.

— Elle râle, comme toujours. Elle veut que je poursuive mes études, mais moi, je veux trouver du travail. Vous pouvez comprendre ça, non ?

— Évidemment.

— Je veux être coiffeuse. Je veux avoir ma propre boutique. Peut-être même plusieurs. Je pourrais avoir une chaîne et l'appeler Caterina's. Ça sonne bien, non ? »

D'accord, c'était Caterina. Madigan ne se souvenait toujours absolument pas d'elle, mais au moins il connaissait désormais son nom.

« Ça semble une super idée, ma grande, mais tu sais, parfois les mères n'ont pas tort. Plus tu auras fait d'études, plus tu auras de chances de faire tourner ton affaire. Tu sais remplir une déclaration d'impôts, n'est-ce pas ? »

Caterina fronça les sourcils.

« Tu vois, tu as déjà un problème. Si tu ne sais pas remplir tes déclarations d'impôts, tu vas avoir le fisc sur le dos, et ils peuvent te reprendre ton commerce. C'est une bande de salauds, Caterina, et faut en avoir dans la tête pour gérer toutes ces conneries.

— Caterina ! hurla Virago depuis le fond de l'appartement. Caterina… dis à cette feignasse de radiner son cul ici et ferme cette foutue porte ! »

Madigan sourit. Il pénétra dans le couloir et referma la porte derrière lui. Il suivit Caterina jusqu'à la cuisine, où Virago était assis à la table, une assiette de nourriture devant lui, la petite télé sur le réfrigérateur passant une rediffusion d'un match de baseball.

« Hé, Madigan, nom de Dieu. Tu veux un peu de cette espèce de bouillie ? »

Caterina donna gaiement une petite claque à l'arrière de la tête de son oncle.

Virago éclata de rire.

« Cette gamine est la meilleure cuisinière de toute cette foutue ville, je te le dis. » Il se retourna, l'attrapa et lui enserra la taille. « Je plaisante, ma puce. Tu le sais bien.

— Ça va, répondit Madigan. J'ai un dîner qui m'attend à mon retour.

— Conneries, répliqua Virago. La dernière fois que t'as eu un dîner qui t'attendait, c'était quand quelqu'un a laissé ce qu'il voulait pas dans un restaurant.

— Sérieusement, j'ai un dîner… »

Et alors il s'interrompit. Si un repas l'attendait, qui le préparait ? Ce serait la prochaine question. Virago – aussi loyal qu'il ait pu être autrefois – était un homme avec un passé. Si Sandià apprenait que Madigan était venu le voir, eh bien, il pourrait très bien rendre lui-même une petite visite à Freddy. Et au bout d'une demi-heure, Freddy le lâcherait et répéterait à Sandià mot pour mot tout ce qu'il avait dit.

« OK, dit Madigan, mais juste un peu, je n'ai pas beaucoup d'appétit ces temps-ci.

— T'as un peu meilleure mine que la dernière fois que je t'ai vu, observa Virago tandis que Caterina allait lui chercher une assiette. T'as arrêté de picoler ?

— Oui, exactement. C'est le tout nouveau Madigan. »

Virago sourit. Il repoussa son assiette et attrapa ses cigarettes.

« T'as besoin des conseils de personne, Vincent. Ça a toujours été comme ça, et ça le sera toujours, pas vrai ? T'es un malin toi, hein ? Tu sais tout sur tout, et tu le sais à trois putain de kilomètres…

— Tonton… » fit Caterina.

Elle posa une assiette de chili devant Vincent, avec une tortilla en accompagnement. Il y avait aussi quelques tranches d'avocat et un quartier de citron.

« Désolé, ma puce, dit Virago à la fille. Elle dit que je jure trop.

— C'est la vérité », répondit Madigan.

Il saisit la cuiller et commença à manger. La viande était bonne – riche et fraîche. Il pressa le citron au-dessus de l'avocat. Il ne s'était pas rendu compte à quel point il avait faim. Il mangerait ce qu'il avait devant lui, puis il mangerait de nouveau chez lui.

« T'as une raison d'être ici si ce n'est pour goûter la cuisine de ma Caterina ? demanda Virago.

— Oui.

— Tu veux une bibine ou quelque chose ?

— D'accord. »

Virago se tourna vers Caterina.

« Ma puce, apporte-nous deux bières, tu veux bien ? Et après va regarder un peu la télé. Faut qu'on discute, Vincent et moi. »

Caterina apporta les bières. Elle semblait comprendre qu'il y avait des choses qu'elle n'avait pas à entendre ou à savoir. Madigan supposa qu'elle était assez futée pour deviner quel genre de conversations son oncle Freddy avait dans la cuisine ; suffisamment futée pour ne pas s'en mêler.

Elle ferma la porte derrière elle, et Virago se pencha en avant.

« Alors, pourquoi t'es ici ?

— Valderas, dit Madigan. David Valderas.

— Qu'est-ce qu'il a ?

— Il est mort.

— Sans déconner ?

— Freddy, arrête de jouer au con… C'est quoi l'histoire ?

— Tu veux vraiment le savoir ?

— Non, je suppose que non. Merci pour le dîner et tout, je vais y aller. »

Virago se redressa, alluma une deuxième cigarette en autant de minutes.

Madigan baissa les yeux. Il avait vidé son assiette et aurait pu remanger la même chose.

« Valderas a déconné, déclara Virago. Il a fait un coup avec un des neveux de Sandià. Une histoire de banque. Ils sont repartis avec trois ou quatre cent mille dollars. »

Madigan, par chance, avait fini d'avaler sa gorgée de bière, sinon il aurait tout recraché sur les cuisses de Virago. Le braquage de la banque. C'était ça. Il avait tapé dans le mille. C'était de là que l'argent provenait à l'origine.

« Enfin bref, ils ont fait ce coup, tout s'est passé comme sur des roulettes… Ils sont repartis avec le pognon. Mais il semblerait que Valderas soit allé voir le neveu avec un plan pour arnaquer Sandià, comme s'ils pouvaient se barrer avec le fric. Cette espèce d'abruti pensait que le putain de neveu de Sandià trahirait son oncle. C'était vraiment un connard.

— Le neveu a tout raconté à Sandià, et Sandià s'est occupé de Valderas, c'est ça ?

— Évidemment, tout le monde aurait fait pareil. Mais l'ironie, la véritable ironie dans tout ça, c'est qu'une autre équipe a braqué le butin et piqué le fric au neveu dans l'une des maisons de Sandià. Le neveu est mort… Merde, mec, tous ceux qu'étaient là sont morts. Même trois des types qu'ont fait le coup ont été retrouvés en bouillie dans un box quelque part. Et il semblerait qu'il y ait un quatrième homme, et que ce soit lui qui se soit fait la belle avec le pactole. Maintenant Sandià est prêt à s'arracher un putain de bras avec les dents pour choper ce type. Il a rien à foutre du pognon… Bon Dieu, c'est juste de la petite monnaie pour lui. Mais quelqu'un est venu sur son territoire et la lui a mis profond, l'a fait passer pour un con, et il retrouvera pas le sommeil tant qu'il saura pas qui est ce type et qu'il aura pas sa tête dans un sac.

— Eh bien, qui que soit ce type, il a intérêt à foutre le camp très vite.

— Ah, Sandià est pas si malin que ça, et tu le sais. Le problème avec ces types, c'est qu'ils dirigent leur organisation par la peur. Tout le monde est terrifié, tout le monde a une trouille bleue, alors ils font ce qu'on leur demande. Mais le problème, c'est que les sous-fifres ont parfois plus peur de ce qui va arriver s'ils obéissent que s'ils obéissent pas. Alors le big boss se casse la gueule et faut tout recommencer de zéro. J'ai vu trop de Sandià aller et venir pour m'en faire pour les types comme lui. Dans un an, cinq, peut-être dix, y aura quelqu'un d'autre dans cet immeuble de Paladino. C'est dans l'ordre des choses, Vincent. » Il esquissa un sourire sardonique. « Tout finit par disparaître, pas vrai ?

— Tu connais le nom du neveu… celui qui a été tué pendant le braquage de la maison ?

— Calvo, Alex Calvo. »

Madigan resta silencieux un moment. Il tira une cigarette du paquet de Virago et l'alluma.

« Qu'est-ce que t'as à voir avec ça ? demanda Freddy.

— Je suis sur l'affaire, officiellement, répondit Madigan. Pas le meurtre de Valderas, mais le braquage du repaire de Sandià, les trois cadavres dans le box… la petite gamine à l'hôpital. Tu es au courant pour elle, non ?

— La petite Arias ? Oui, je suis au courant. Je sais aussi que Sandià cherche sa mère, et que sa tante était la maîtresse de Valderas.

— Bon Dieu, Freddy, est-ce qu'il y a quelque chose que tu ne sais pas ?

— Pas vraiment, répondit Virago. Ah, si, y a peut-être une chose que j'ignore. C'est pourquoi t'es ici à me poser toutes ces questions. Ça, c'est encore un mystère pour moi.

— Je suis ici pour la raison que je t'ai donnée… pour me renseigner sur Valderas.

— D'accord. Mais rien n'est jamais simple avec toi, Vincent. Tu dis une chose, t'en penses une autre. Tu fais une chose, et c'est toujours pour en faciliter une autre. Si j'étais toi, je serais étonné tous les matins en me réveillant de m'apercevoir que personne m'a collé une balle dans la tête.

— Je le suis, Freddy. Crois-moi, je le suis.

— Donc, quoi qu'il se passe dans ta vie, je pense que t'as besoin de mettre un peu la pédale douce. »

Madigan fit une moue interrogatrice.

« T'as toujours trop picolé. Et t'étais toujours en train de gober des cachets comme si t'avais peur d'en manquer. Si je te connais, t'as pas de femme. T'es tout seul, comme d'habitude, et rien n'est jamais de ta faute. À ton âge… Bon Dieu, mec, à ta place, je commencerais à m'assagir.

— Une leçon de techniques de survie dont je n'ai pas besoin, Freddy, surtout de la part de quelqu'un comme toi.

— Bon, ben, va te faire foutre, connard, répliqua Freddy. Moi, je m'en sors. Je fais rien qui pourrait intéresser la police. J'ai assez de fric. J'ai Caterina et tout un tas de filles et de nièces qui viennent me voir pour me faire à manger et m'apporter des bières, et je m'occupe d'elles. C'est pas une famille que j'ai, Vincent, c'est une vraie dynastie. Je dors sur mes deux oreilles, et je passe pas tout mon temps à me demander si quelqu'un me suit. Je parie que tu sais même pas comment c'est. »

Madigan secoua la tête.

« Aucune idée, Freddy. Je n'en ai aucune idée.

— C'est ce que je dis. Ça te fait pas du bien de te comporter comme ça. Moi, j'ai essayé les deux, mon pote, et c'est bien mieux comme je suis maintenant. »

Madigan termina sa cigarette. Il écrasa le mégot dans le cendrier et écarta son assiette.

« Alors, tu as d'autres infos à me donner ? » demanda-t-il.

Freddy secoua la tête.

« Qu'est-ce qu'il y a d'autre ? David Valderas était un putain de connard cupide. Alex Calvo était loyal envers sa famille. Ils sont tous les deux morts. Y a un paquet d'autres types qui se sont fait buter pendant le braquage, et trois autres dans un box. On est sûrs qu'il y a un quatrième homme, il s'en est tiré, et je doute qu'il soit dans un rayon de cinq cents kilomètres à l'heure qu'il est. Sinon... eh bien, sinon, soit il est vraiment complètement crétin, soit il a des *cojones* en acier trempé grosses comme l'hôtel de ville. La petite copine de Valderas s'est fait découper et balancer dans une benne à ordures, la gamine a fini à l'hosto, et maintenant Sandià a envoyé la terre entière à la recherche de deux personnes – la sœur de la fille morte et le mec qu'a dézingué ses livreurs dans cette maison et qui s'est tiré avec le cash. Pas compliqué. »

Madigan acquiesça. Freddy Virago avait tout pigé. Mais ce qu'il ignorait, c'était que l'une de ces personnes était assise juste là, face à lui, et que l'autre était chez Madigan en train de préparer le dîner.

« C'est la guerre que nous livrons, déclara Virago.

— À la vie à la mort, ajouta Madigan, et il sourit tristement.

— Tu pars ? demanda Virago tandis que Madigan commençait à se lever.

— J'y vais, oui.

— Ça m'a fait plaisir de te voir. Comme j'ai dit, ça m'étonne à chaque fois que tu sois toujours vivant.

— Moi aussi, ça m'étonne, Freddy. »

Virago raccompagna Madigan à la porte. Caterina apparut. Madigan lui fit ses adieux.

« Sois gentille, lui dit-il. Essaie de ne pas trop prendre la tête à ta mère… Réserve ça aux hommes de ta vie.

— Au revoir, monsieur Vincent », dit-elle avec coquetterie, et elle sourit comme la petite fille qu'elle avait été autrefois.

Madigan serra la main de Virago. Ce dernier lui saisit l'épaule.

« Fais gaffe à toi, dit-il, parce que tu peux être sûr que personne le fera à ta place. Tu le sais, pas vrai ?

— Je le sais, Freddy. »

Virago referma la porte et retourna dans la cuisine.

Madigan longea le pâté de maisons jusqu'à sa voiture et grimpa dedans. Sa conversation avec Freddy avait produit exactement le résultat espéré : elle avait confirmé qu'il n'y avait rien dans toute cette histoire qu'il ne savait déjà. Avant de démarrer et de reprendre la direction de chez lui, il songea au merdier dans lequel il s'était mis.

C'était fini. Il fallait que ça cesse. Il ne pouvait pas continuer de vivre ainsi éternellement.

44

My Dreams

Isabella l'attendait. C'est l'impression qu'il eut. C'était comme s'il rentrait chez lui et retrouvait Ivonne. Il se rappelait cette sensation, et c'était agréable.

Elle avait passé en revue tous les vêtements qu'il lui avait achetés.

« Vous avez demandé à quelqu'un de les choisir à votre place, n'est-ce pas ? demanda-t-elle en souriant.

— Oui, en effet.

— Ça se voit. »

Madigan sourit. Il ôta sa veste. Ses épaules le faisaient souffrir. Il décrocha son holster et le posa au-dessus du réfrigérateur.

« Comment ça, ça se voit ?

— Parce que vous n'avez pas l'air d'être le genre d'homme habitué à vous occuper de quelqu'un d'autre que vous-même. »

Ne sachant que répondre, il ne dit rien et attrapa un verre, la bouteille de Jack, puis alla chercher des glaçons dans le freezer.

« Vous en voulez un ? »

Elle secoua la tête.

« Cela fera l'affaire », dit-elle en soulevant la bouteille de rosé.

Elle l'ouvrit, se servit un verre, reposa la bouteille.

« Je ne sais pas ce que vous avez préparé, mais ça sent bon », lui dit Madigan.

Il s'assit avec son verre, alluma une cigarette.

« Vous ne devriez pas fumer.

— C'est ce qu'on n'arrête pas de me dire. »

Elle s'assit face à lui. Ses mains entouraient son verre, comme si elle voulait sentir sa fraîcheur se répandre en elle.

« Aujourd'hui, ça a été un peu mieux. Quand vous m'avez dit que Melissa avait été transférée, qu'elle allait s'en tirer, j'ai commencé à avoir moins peur.

— Il est trop tôt pour ça.

— Pour quoi ?

— Pour avoir moins peur. Sandià vous cherche. Il continuera jusqu'à ce qu'il vous ait trouvée, ou jusqu'à ce que quelqu'un l'empêche de vous chercher. »

Isabella ferma les yeux et prit une profonde inspiration.

Madigan vit ses joues se colorer.

« Votre sœur », dit-il.

Elle acquiesça.

« Sandià est un homme très, très dangereux. Vous savez pourquoi il s'appelle comme ça, n'est-ce pas ? Sandià ? L'Homme Pastèque ?

— Je connais l'histoire.

— Bon, alors vous savez que ce que la rumeur dit qu'il a fait, il l'a vraiment fait.

— Il a tué ma sœur… Il a assassiné David, puis il a tué ma sœur…

— David a essayé de le doubler. C'était un idiot. Dès que vous commencez à être de mèche avec quelqu'un comme Sandià, vous êtes dans le pétrin… »

Madigan hésita. Il parlait de lui-même. Il était dans le pétrin depuis le jour où il avait fait la connaissance de Sandià. Il savait également qu'il parlait à la mère de Melissa. Cette terrible ironie ne lui échappait pas. Sa fille, cette enfant au sujet de laquelle elle était tellement rassurée, n'aurait jamais fini à l'hôpital sans Madigan. Il s'imagina la réaction d'Isabella si elle découvrait un jour la vérité. Elle cherchait refuge chez l'homme qui avait failli causer la mort de son unique enfant, un homme si proche de l'assassin de sa sœur que Sandià aurait tout aussi bien pu partager leur dîner avec eux. N'était-il pas – lui, Madigan – tout aussi diabolique que les autres ?

« Peu importe qu'il ait été idiot…, commença-t-elle, puis elle se reprit. Les gens comme Sandià prennent tout ce qu'ils peuvent et ils font souffrir les gens autant que possible. Peut-être qu'ils croient que ça les blindera eux-mêmes contre la souffrance, ou peut-être qu'ils ne savent rien faire d'autre et que s'ils n'ont pas ça leur vie est vide.

— Les gens comme Sandià sont le mal incarné, déclara-t-il, conscient du fait qu'il aurait aisément pu s'inclure dans cette catégorie.

— Vous croyez ça ?

— Je suis obligé de le croire.

— Pas moi. »

Madigan fronça les sourcils.

« Comment ? Même après ce qui est arrivé à David et Maribel… après ce qui est arrivé à Melissa ?

— Je crois que les gens naissent bons, dit-elle, puis que chaque fois qu'ils commettent une mauvaise action une partie de leur bonté inhérente s'en va. Finalement il ne reste plus rien que le mal. Comme quand vous faites souffrir quelqu'un, vous lui donnez le pouvoir de vous voler vos rêves, et au bout du compte il ne reste que les cauchemars.

— C'est un très beau concept, déclara Madigan, mais il semble néanmoins quelque peu innocent et naïf.

— Alors qu'est-ce que vous pensez ? »

Madigan vida l'essentiel de son verre. Il attrapa la bouteille et se resservit deux bons doigts de Jack. Seul, ça aurait été trois, voire quatre, mais pour une raison ou pour une autre il se souciait de l'impression qu'il donnait à Isabella. Il avait presque tué sa fille, mais il craignait qu'elle ne le prenne pour un alcoolique ? Il perdait la boule – il le savait – mais il ne pouvait rien faire contre ses sentiments. Plus tard, il monterait à l'étage et goberait deux Xanax.

« Ce que je pense ? Je pense que certaines personnes naissent simplement mauvaises, elles sont comme ça dès le début, et on ne peut pas faire grand-chose pour elles. Les gens qui les entourent passent toute leur vie dans le chaos. Il s'agit uniquement de limiter les dégâts. De minimiser la destruction. Allez parler à certaines de ces personnes dehors, les junkies, les dealers, les types qui étaient en maison de correction alors qu'ils étaient encore en couche-culotte, ceux qui crèveront en prison… Bon Dieu, allez parler à certaines de ces personnes et dites-moi que les gens sont fondamentalement bons.

— Vous devez vous rappeler la bonté innée de l'humanité.

— Je dois me rappeler que j'ai chaque jour une raison de me lever et d'aller au boulot. Les choses ont empiré, indéniablement. Ce n'est pas que les gens commettent plus de mauvaises actions. C'est juste qu'ils sont plus nombreux qu'avant à en commettre. »

Madigan avala le contenu de son verre, tendit une fois de plus la main vers la bouteille. Isabella la plaça hors de sa portée.

« Ça suffit… pour le moment, dit-elle. Mangez d'abord, OK ? »

Il la regarda. Pendant un moment, il se sentit défié, et une rage immense bouillonna en lui. Comment osait-elle ? Comment osait-elle venir ici, dans cette maison, profiter de l'infime bonté qui lui restait, et lui dire ce qu'il pouvait faire ou non ?

Puis il se calma.

C'était comme s'il entendait sa propre voix, et cette voix était celle d'un autre homme. Il comprenait pourquoi elle faisait ça. Si elle devait lui faire confiance, s'il était l'homme qui se tiendrait entre elle et Sandià, alors elle voulait qu'il soit sobre. Instinct de préservation. C'était aussi simple que ça. Elle ne se souciait pas de lui, elle se souciait d'elle et de sa fille.

Elle lâcha la bouteille.

« OK, dit-il. Je commence à avoir faim. »

Ils mangèrent. Le repas était bon, comme dans un restaurant, mais un établissement de qualité où le personnel se souciait des clients. Il but du vin, juste un verre, et pendant un petit moment il n'eut même pas envie de boire autre chose. Elle prépara du café, il fuma deux cigarettes, puis, tandis qu'ils étaient assis à la table, un silence étrange et réconfortant s'installa. Madigan ne voulait le remplir avec rien d'autre que le son de la voix d'Isabella. Il voulait l'écouter. Il voulait entendre ce qu'elle avait à dire. Elle brisa finalement le silence :

« Vous savez comment c'est quand quelqu'un meurt… une mère, un père, un enfant peut-être ?

— Une sœur ? hasarda Madigan.

— Oui. Une sœur aussi.

— Dites-moi.

— On s'arrête. Notre vie s'arrête. Tout s'arrête. On ne voit pas comment les choses pourront redémarrer. On ne comprend pas comment il est possible que la vie continue après ça. Nous sommes nous-mêmes, mais nous sommes aussi notre famille. Si l'un de ses membres meurt, les parties du défunt que nous avons en nous… je crois qu'elles meurent aussi. »

Madigan sourit.

« Vous êtes vraiment une penseuse, une philosophe.

— Ma fille ne connaît pas son père, poursuivit Isabelle comme si Madigan n'était même pas là. Je ne sais pas… Je ne sais pas ce que je dois faire. Elle grandit sans père, et il y aura des choses en elle qu'elle ne comprendra pas. Nous transmettons tous des facettes de nous-mêmes à nos enfants, non ? »

Elle leva les yeux vers Madigan. Elle semblait sur le point de fondre de nouveau en larmes. Il se demanda s'il ferait bien de lui donner deux cachets de lithium.

« Nos enfants ? » fit-il.

Il pensait à Cassie, Adam, Lucy et Tom, et se demandait si c'était totalement vrai, s'ils avaient hérité de choses qui lui étaient propres. Et si oui, lesquelles ? Il se demandait si Tom serait un voleur, Adam, un homme adultère, Cassie, une menteuse compulsive et invétérée, et si Lucy serait l'ivrogne, la junkie, la violente…

Il ferma les yeux.

« Vous aussi, vous pouvez parler, dit-elle.

— Non, répondit-il. Je veux vous écouter.

— Il y a des choses qui sont allées de travers pour vous… votre famille, vos enfants ? »

Il lâcha un éclat de rire soudain. C'était une riposte, une réaction plus qu'autre chose.

« J'ai foiré tellement de choses, dit-il. C'est pour ça que je sais à quel point les choses peuvent partir en couilles. »

Elle sourit.

Pas lui.

« Je suis sérieux, reprit-il. On fait des trucs, vous savez ? On est comme des gosses toute notre vie. Comme quand un gosse fait une chose qu'il ne devrait pas faire et qu'on lui demande pourquoi il a fait ça ? Pourquoi il a fait ça, hein ? On en revient toujours à la même réponse. Parce que ça semblait une bonne idée sur le coup. C'est toujours la raison. Et on n'est pas différents. On fait des trucs parce que ça semble une bonne idée sur le coup. Si on est un peu plus malin, vous savez… si on veut justifier nos actes, eh bien, on appelle ça l'instinct, mais ce n'est en fait rien que de la cupidité, de la haine, des a priori. C'est la vérité. La plupart des choses que les gens font, ils les font par cupidité, par haine, par a priori…

— C'est une vision très tordue et cynique des gens.

— Les gens sont très tordus et cyniques.

— Vous croyez ça ?

— J'en ai la certitude.

— Vous savez, j'ai un rêve, dit-elle.

— De quoi ?

— Un rêve d'avenir.

— Et c'est quoi ? C'est quoi ce rêve ?

— Que ma fille conserve le bonheur que j'ai vu en elle et qu'elle perde tout le reste.

— Pas très réaliste.

— Pourquoi dites-vous ça ?

— Parce qu'elle a déjà une chose contre elle, répondit Madigan. Elle est hispanique. Elle n'est pas blanche. Si on est blanc, alors OK, on a une chance. Mais si on est noir ou hispanique ou je ne sais quoi, eh bien, on nage à contre-courant avant même d'avoir atteint la plage. Vous le savez. Et le fait qu'on ait un Noir à la Maison-Blanche ne signifie rien. Le gouvernement est plus corrompu que n'importe lequel d'entre nous. Toujours ce vieux proverbe : qu'importe pour qui vous votez, le gouvernement gagne toujours. Le pays est foutu, la planète est foutue, et nous sommes également tous foutus. La seule chose dont on devrait se préoccuper, c'est de couvrir nos arrières.

— Ça n'a aucun sens. Votre logique ne fonctionne pas.

— Pourquoi ?

— Parce que je suis ici, parce que vous m'aidez…

— Vous croyez que je fais ça par bonté de cœur ? Vous croyez que c'est un acte d'humanité altruiste ? » Madigan secoua la tête. « Sandià hante la périphérie de ma vie depuis des années… depuis que je suis flic, vraiment. Je vais le faire tomber, et vous allez m'aider. »

Isabella fixa Vincent Madigan. Son regard était implacable, inflexible, et Madigan le lui retourna et se sentit invisible. Il ne détourna cependant pas les yeux. Il voulait dire quelque chose, mais il ne savait pas quoi.

« Vous avez un cœur, Vincent Madigan, déclara-t-elle finalement. Un cœur sombre, mais un cœur tout de même.

— Si vous le dites », répondit-il, et il attrapa la bouteille de Jack.

Ils parlèrent peu après ça. Elle fit la vaisselle. Madigan alla s'asseoir sur le canapé et zappa pendant une heure. Puis elle vint le prévenir qu'elle allait se coucher.

« OK, répondit-il. Je n'en ai pas pour longtemps. Je vais baisser le volume.

— Vous êtes chez vous, dit-elle. Faites ce qui vous plaît. »

J'y compte bien, songea-t-il lorsqu'elle fut partie. *C'est ma vie, et je vais finalement en faire ce que je veux…*

45

The Midnight Promise

Qu'a dit McCarthy de la politique ? Que les gens entraient en politique parce qu'ils étaient suffisamment intelligents pour la comprendre, mais suffisamment idiots pour croire qu'elle était importante ? Ou quelque chose de ce genre.

Bon sang, ça pourrait s'appliquer à peu près à tout dans la vie.

Est-ce que je veux coucher avec elle ? Non. Elle est jolie, cette Isabella Arias, mais il y a quelque chose en elle qui me tape sur les nerfs. Bien-pensante ? Non, ce n'est pas ça. Je crois que c'est sa naïveté. Merde, sa fille vient de se faire tirer dessus. Elle aurait pu mourir. Le père de sa fille est aux abonnés absents. Elle n'a pas un rond, vit dans un appartement merdique dans un quartier pourri, et elle parle d'espoir pour l'avenir, de rêves pour sa fille. Retombe sur terre, ma petite. Ta fille sera une pute ou une junkie ou les deux à dix-sept ans. Ça va être ça, ta vie. C'est ça, les rêves qui t'attendent, chérie.

C'est pour ça que je n'ai rien tenté. C'est pour ça que je n'ai pas voulu coucher avec elle. Parce qu'elle me regardait avec l'air de dire « Je sais ceci, je sais cela… Vous êtes trop négatif, Vincent Madigan. »

Va te faire foutre.

La vie est négative. Les gens sont négatifs.

Réveille-toi et sens l'odeur du désespoir.

J'ai emporté la bouteille au lit. Je n'ai pas pris la peine de me déshabiller. J'étais allongé sur le matelas, je l'entendais dans la salle de bains, et je pensais aux vêtements que je lui avais achetés, au repas qu'elle avait préparé, à ce que j'avais ressenti en rentrant après ma conversation avec Freddy Virago, et au fait que ce serait chouette d'avoir de nouveau quelqu'un qui m'attendrait à la maison…

Je dois m'extraire de cette vie.

Je jure que je vais m'extraire de cette vie, d'une manière ou d'une autre.

Si je dois mourir pour y parvenir, eh bien, soit. Quelle que soit la direction dans laquelle le vent tourne, il faut faire avec.

Quelqu'un informe Sandià. Quelqu'un d'autre que moi. Qu'est-ce que ça me dit ? Ça me dit que moi aussi, je suis naïf. Ça me dit que je suis un pauvre crétin d'avoir cru que j'étais le seul à bosser pour lui. Toute cette histoire a désormais un goût aigre, amer. C'est étriqué, mesquin. On a fait ça pour l'argent. Toujours l'argent. Des vendus sur tous les fronts. Et qu'est-ce qui nous reste ? Qu'est-ce qui me reste ? Rien. Trois cent mille dollars qui ne valent pas un clou sous le plancher, un problème d'alcool, et de la solitude. Voilà ce qui me reste.

Je vais prendre une poignée d'Ambien et de Quaalude et dormir un peu.

Demain, je dois éclaircir ce bordel. Quelqu'un est de mèche avec Sandià. Charlie Harris ? C'est lui qui enquêtait sur l'affaire Valderas. Quelque part au commissariat ils ont compris qu'il y avait eu un témoin à son meurtre, et celui qui est à la solde de Sandià lui a transmis l'information. Maribel est morte. Et maintenant il veut la mort d'Isabella. Est-ce que ça pourrait vraiment être Charlie Harris qui est en lien avec Sandià ? Ça semble peu probable. Pas lui. Mais bon, ne dirait-il pas la même chose de moi ?

Je dois savoir qui c'est.

Il doit y avoir un moyen de le découvrir.

Je vais donner quelque chose à Charlie, quelque chose qui pourrait intéresser Sandià, et on verra bien si ce dernier m'appelle.

Je n'arrive pas à dormir.

Pas avec tout ce boucan dans ma tête.

Je m'assieds un moment à côté de la fenêtre et regarde la rue.

Puis je vais me poster dans le couloir devant la chambre où elle dort.

Isabella Arias.

Je plaque mon oreille contre la porte. Je l'entends respirer, ou est-ce mon imagination ?

Est-ce que je suis devenu dingue ?

Est-ce que j'ai largué les amarres et suis à la dérive ?

Bon Dieu, je ne comprends plus ce qui se passe, et ne pas comprendre m'effraie plus que tout…

46

The Light Of The World

Elle était levée, douchée, et en train de préparer le petit déjeuner lorsque Madigan descendit.

« Pancakes, annonça-t-elle. Et aussi du bacon. Il y a une épicerie à l'angle…

— Vous ne pouvez pas sortir, Isabella. Je vous l'ai déjà dit…

— J'ai mis un manteau, un des vôtres, avec une écharpe autour…

— Ne recommencez pas, coupa-t-il d'une voix sévère et ferme. Ne sortez plus. Je suis sérieux.

— Mais…

— Pas de mais. Pas de raisons. Rien. Vous restez à la maison. Vous ne sortez plus. S'ils découvrent que vous êtes ici, nous sommes tous les deux morts. Et ce n'est pas le moment de mourir pour moi, OK ? J'ai des choses à faire. »

Elle le regarda, commença à sourire. L'expression de Madigan était implacable. Son sourire s'évanouit.

« OK, dit-elle. Je ne sortirai plus.

— Bien. Je comprends que vous ayez voulu préparer un petit déjeuner. Je comprends que vous ayez éprouvé le besoin de sortir. Mais vous ne pouvez pas déconner avec ça, Isabella.

— Je comprends, Vincent. Vraiment. Maintenant, asseyez-vous. Mangez, et arrêtez de parler. »

Il s'assit. Elle lui servit un verre de jus d'orange.

Madigan mangea autant qu'il put. Il n'avait pas bu autant que d'habitude la veille, et il se sentait un peu plus vif. Il devait parler à Charlie Harris. Il devait lui donner quelque chose, puis voir ce qui se passerait. Il se sentait tendu, à l'affût de ce qui se passait autour de lui, et quand Isabella lui demanda ce qu'il voulait pour le dîner, il répondit : « Ça m'est égal. Faites ce que vous pouvez avec ce qu'on a.

— Vous n'avez pas acheté grand-chose.

— Alors je rapporterai des plats à emporter. Je ne fais plus de courses, et je ne ferai rien livrer ici. »

Isabella ne répondit rien. Elle avait saisi au ton de sa voix ce qu'il voulait dire. Ce qu'ils mangeraient pour le dîner n'avait absolument aucune importance comparé à ce qui se passait vraiment.

« Faut que j'y aille, annonça-t-il brusquement. J'ai beaucoup à faire. »

Isabella le regarda, et Madigan sut qu'elle allait parler.

« Je ne veux pas mourir… comme ma sœur, dit-elle. Et je ne veux pas qu'ils tuent Melissa… »

Madigan enfila sa veste.

« Vous n'allez pas mourir, et ils ne tueront pas votre fille.

— Vous le promettez ?

— Bon Dieu, non, je ne peux rien promettre de tel… Mais ce que je peux promettre, c'est que je ferai tout ce qui est en mon pouvoir pour m'assurer que nous nous en sortirons tous indemnes. Je vais aussi faire tout ce que je peux pour débarrasser cette ville de Sandià.

— Je commence à croire que vous êtes un type bien, Vincent. »

Madigan secoua la tête et esquissa un sourire ironique.

« Vous ne savez pas de quoi vous parlez, Isabella… absolument pas. »

Madigan sortit sans qu'ils échangent un mot de plus. Leur relation restait impersonnelle, et elle devrait le demeurer jusqu'à la fin.

L'appel arriva quatre heures plus tard.

Madigan était arrivé au commissariat avant 9 heures. Il avait passé vingt minutes à feuilleter de la paperasse, bu une tasse de café, puis il avait quitté son bureau et trouvé Charlie Harris dans le sien.

« Salut, Charlie.

— Vincent. Comment ça avance ?

— Ah, tu sais… lentement.

— Toujours pareil.

— J'avais quelque chose sur mon radar hier… une affaire sur laquelle tu as bossé il y a quelque temps. Un type qui s'est fait planter un tournevis dans la tête. »

Charlie Harris cessa de pianoter sur son clavier. Il fronça les sourcils, sembla réfléchir, puis dit :

« Oui, bien sûr. Un Hispanique. S'est fait transpercer l'œil.

— C'est ça.

— Et ?

— Je me demandais si ça avait donné quelque chose. »

Charlie secoua la tête.

« Pas vraiment. Probablement un règlement de comptes entre gangs. Ces connards passent leur putain de temps à se planter avec tout ce qui leur tombe sous la main. Pourquoi ça t'intéresse ?

— Ça ne m'intéresse pas. Pas directement. » Il avança et s'assit face à Charlie. « J'ai une gamine qui a reçu une balle dans l'un des repaires de Sandià près de Paladino. Sa mère s'est volatilisée, sa tante a été assassinée, et c'était la petite amie de ton type. On dirait qu'il pourrait y avoir un lien.

— Sans déconner ?

— Sans déconner.

— Drôle d'histoire.

— Comme toujours. Donc, ton homme, le nommé Valderas, s'est fait planter un tournevis dans la tête, sa petite amie est cette Maribel dont on a retrouvé le cadavre en morceaux dans une benne et ailleurs, et maintenant on dirait que la sœur, une certaine Isabella, est recherchée. Et il s'avère que la gamine à l'hôpital de Harlem est la fille de cette Isabella. Ça fait beaucoup de coïncidences, non ?

— On dirait une seule et même affaire. Alors, tu cherches qui ?

— Il semblerait que tout ait commencé avec celui qui a fait un trou dans la tête de ton type.

— C'est ce qu'on dirait.

— Et tu n'as jamais eu de piste… pas de noms, pas de têtes, rien ?

— Rien. Pas de témoins, pas de tuyaux, pas d'indic surgi de nulle part. Le désert, Vincent, le désert total.

— OK, dit Madigan, et il commença à se lever. Tu as entendu ce truc à propos du braquage du repaire de Sandià… comme quoi il y avait peut-être un quatrième homme sur les lieux ?

— Oui.

— Des idées ?

— Aucune, répondit Charlie. Faire un coup comme ça. Quel genre de cinglé ferait un truc pareil ?

— Tu penses que ça pourrait être le même que celui qui a buté notre homme ? Qui lui a planté un tournevis dans la tête ?

— Bon Dieu, Vincent, je ne sais pas ce que tu fumes, mais ça fait des merveilles sur ton imagination.

— Oui, une idée dingue. Mais je vais quand même me pencher dessus, et si ça donne quelque chose, je te tiendrai informé avant qu'on en parle à Bryant. C'est toujours ton affaire, le meurtre au tournevis.

— Merci, Vincent. Mais ne te fatigue pas avec ça. Merde, c'était juste un dealer de seconde zone. Le quartier se portera mieux sans lui. »

La conversation s'acheva. Madigan repartit. Il passa quelques coups de fil, reprit quelques dossiers, alla déjeuner. À son retour, quatre heures s'étaient écoulées depuis sa discussion avec Charlie Harris, et c'est alors que son téléphone sonna.

« Il veut que vous veniez le voir », déclara la voix, exactement comme d'habitude.

C'était la deuxième fois en autant de jours – le trajet jusqu'à l'immeuble de Sandià, la montée en ascenseur, les sbires de chaque côté de la porte. Madigan se demanda ce que ça ferait de ne jamais avoir à refaire ça. En chemin il avait pris le temps de s'arrêter pour balancer le sac de chez Subway qui contenait le .22 démonté dans une poubelle municipale.

« Nous avons une bonne relation, Vincent, déclara Sandià lorsque Madigan fut une fois de plus assis de l'autre côté de son bureau. Serais-tu d'accord pour dire que nous avons une bonne relation ?

— Oui. Sans aucun doute.

— C'est ce que je pensais, Vincent. Et les bonnes relations – qu'il s'agisse de liens personnels, de mariage même, mais surtout de business – sont fondées sur le respect mutuel, parfois un peu sur la confiance, mais toujours sur le respect. Es-tu d'accord, Vincent ? »

Madigan acquiesça. Il pensait à Charlie Harris. Il pensait à toutes les années où il l'avait connu, aux enquêtes qu'ils avaient menées ensemble, aux verres qu'ils avaient partagés après les succès, à ceux qu'ils avaient partagés quand les crapules s'en étaient tirées, et il se demandait si oui ou non Sandià avait Charlie Harris dans sa poche.

Bon Dieu.

« Nous avons eu nos différends au fil des années, Vincent. Je le sais. Mais nous avons toujours réussi à les surmonter au final…

— Qu'est-ce que tu attends de moi ? demanda Madigan, connaissant pertinemment la réponse avant de poser la question.

— Je veux que tu oublies la mort de David Valderas. »

Madigan ne répondit rien. Il ne broncha pas, ne sourcilla pas, rien. Mais il souriait intérieurement.

« OK, répondit-il après un moment. Je peux le faire. »

Sandià eut l'air satisfait.

« Tu es un type bien, Vincent Madigan. »

Madigan sourit de nouveau intérieurement. Sandià était la deuxième personne à lui dire ça le même jour. Si seulement ils avaient su ce que lui savait.

« Je ne suis pas un type bien, répondit-il. Aucun de nous n'en est un. Si on commence à penser ça, on a un problème. »

Sandià esquissa un sourire froid. Madigan buvait pour oublier ses cas de conscience. Sandià ne buvait pas – Madigan le savait – et il vivait donc avec sa conscience, il devait sans cesse essayer de se convaincre de sa propre droiture.

« Peut-être que nous ne sommes pas bons, mais nous sommes réalistes et efficaces. Il s'agit de business, Vincent, rien que du business. Et comme n'importe quel businessman te le dira, c'est une lutte à mort. »

Le ton de sa voix irritait Madigan. Sa suffisance, la certitude avec laquelle il prononçait ses ordres et ses aphorismes à la con. Madigan n'était pas armé car le protocole l'obligeait à laisser son pistolet dehors, mais il y avait de nombreux objets dans la pièce – coupe-papier, un presse-papier en verre, un pied de lampe sur une table proche – avec lesquels il aurait pu tuer Sandià sur-le-champ. Il n'aurait jamais quitté l'immeuble vivant. Mais peut-être que ça aurait grandement contribué à réparer les torts que tous deux avaient provoqués.

Peut-être que ça se terminerait ainsi. Par sa mort et celle de Sandià.

Il repensa à Charlie Harris. Peut-être que lui aussi devait mourir.

« Bon, sinon… comment avance notre affaire ? demanda Sandià.

— Je retourne chaque pierre. C'est comme ça que j'ai découvert le lien avec Valderas. Mais si tu me dis que je dois arrêter de chercher dans cette direction, alors je vais arrêter.

— Ça ne te rapportera rien. Cet homme n'avait rien à voir avec ce qui s'est passé dans ma maison… Il n'avait rien à voir avec celui qui a volé mon argent et tué mon neveu.

— Très bien », dit Madigan, et il s'apprêta à partir.

Sandià leva la main.

« Reste un peu », dit-il. Il remua dans son fauteuil, se pencha en arrière, sembla se détendre. « Nous ne parlons jamais, Vincent. Avant, nous discutions. Les années ont passé, nous avons vieilli, et nous aurions dû prendre plus de temps, mais il semblerait que nous en ayons de moins en moins.

— C'est toujours comme ça », répondit Madigan.

Il se demandait quel baratin il allait entendre maintenant.

« Je m'en fais pour toi, Vincent. »

Madigan fronça les sourcils, puis sourit.

« Inutile, dit-il. Je suis une cause perdue.

— Eh bien, peut-être ai-je choisi d'être le saint patron des causes perdues.

— Non, mon ami, nous sommes les saints patrons des menteurs, des voleurs et des assassins. Voilà qui nous sommes. C'est ce que nous faisons…

— Tu n'as pas parlé à tes enfants récemment, si ?

— Pardon ?

— Quand un homme perd le contact avec ses enfants, il perd le contact avec les choses les plus importantes de sa vie. Quand as-tu vu l'un d'eux pour la dernière fois ?

— Je ne sais plus.

— Tu vois ? Je te l'avais dit. Tu dois voir tes enfants, Vincent. Tu dois te rappeler l'importance de l'avenir, de ce que tu laisses derrière toi.

— Je crains de ne laisser derrière moi qu'un paquet de gens abîmés… et aussi quelques morts.

— Comme nous tous, Vincent, comme nous tous. Mais il n'en demeure pas moins que tu as des enfants. Ils ne deviendront peut-être pas ce que tu souhaites, mais ce sont les tiens. Et je vois que tu es seul, qu'il n'y a personne pour s'occuper de toi. Un homme a besoin que quelqu'un s'occupe de lui…

— Et il rend la politesse en s'occupant de cette personne, exact ? Eh bien, c'est à ça que je n'ai jamais été très doué. » Madigan se leva. « J'apprécie ton inquiétude, vraiment, mais j'ai beaucoup à faire et… »

Sandià lança quelque chose – un objet pâle et oblong –, prenant Madigan de court. Il l'attrapa en plein vol, avant qu'il ne touche le sol.

Une enveloppe. En papier kraft, épaisse d'environ quatre centimètres.

« Pour tes frais, déclara Sandià. Et peut-être aussi pour acheter un petit quelque chose à tes enfants. OK ?

— Je ne peux pas…

— Si, tu peux, et tu vas le faire. Si tu me refuses ça, je serai offensé. Je veux que tu l'acceptes courtoisement

– une petite prime pour l'aide que tu m'apportes –, et nous n'en parlerons plus.

— Merci, répondit Madigan.

— Dis mon nom, Vincent… Tu ne prononces jamais mon nom. Fut un temps où nous parlions comme des amis et où tu disais toujours mon nom.

— Merci, Dario… je te suis reconnaissant. Sincèrement. »

Sandià se leva. Il contourna son bureau et se tint un moment face à Madigan. Puis il s'avança, écarta les bras et l'étreignit.

« N'oublie pas de prendre soin de tes enfants, lui murmura-t-il à l'oreille. N'oublie pas de les aimer. Si les enfants grandissent sans père, il y aura des choses en eux qu'ils ne comprendront jamais. »

Madigan sentit chaque muscle de son corps se crisper. C'était la deuxième fois que Sandià répétait une chose qu'Isabella avait dite.

Je commence à croire que vous êtes un type bien, Vincent.

Si les enfants grandissent sans père, il y aura des choses en eux qu'ils ne comprendront jamais.

Sandià lâcha Madigan.

« Merci, Dario », dit-il.

Il entendait la tension et l'incertitude dans sa voix.

« Je t'ai contrarié, Vincent ?

— Non, tu m'as juste fait réfléchir à des choses auxquelles je ne voulais pas réfléchir.

— Peut-être que c'est une bonne chose, répliqua Sandià. Peut-être que ça fait partie de mon boulot de saint patron des causes perdues.

— Peut-être, fit Madigan, et il se tourna vers la porte.

— Tiens-moi informé de tes progrès, dit Sandià tandis qu'il s'engageait dans le couloir.

— Je n'y manquerai pas, Dario, je n'y manquerai pas. »

Madigan referma doucement la porte derrière lui et longea le couloir, tenant dans sa main l'épaisse enveloppe en kraft.

Il savait que Sandià l'avait menacé. Indirectement, rien qu'en mentionnant ses enfants, Sandià l'avait menacé. Et ensuite il lui avait donné de l'argent. C'était ça, le jeu. Donner d'une main, prendre de l'autre.

Il était temps que Sandià soit la victime de ses propres méthodes.

Il était temps de rétablir l'équilibre.

47

Go Tell The Mountain

Walsh l'attendait dans le couloir. Il semblait agité.

« Vincent. Faut que je vous parle.

— Maintenant ? »

Madigan n'avait aucune envie de voir Walsh pour le moment ; il avait besoin d'un peu de tranquillité pour réfléchir. Était-ce Charlie Harris qui avait appelé Sandià ? Était-ce également lui qui l'avait informé de la présence de Maribel chez Valderas ? Et si oui, comment l'avait-il su ?

« Oui, maintenant, répondit Walsh. On peut aller dans votre bureau ? »

Madigan ouvrit la porte. Walsh se hâta à sa suite, jeta un dernier coup d'œil dans le couloir comme s'il craignait que quelqu'un ne le suive. Il referma la porte, s'y adossa, et regarda directement Madigan, qui remarqua à quel point il semblait pâle et épuisé.

« Je suis allé au dépôt. Le pistolet n'est plus là. Le .22 dont a parlé Tomczak… il a disparu. Bon Dieu, Vincent, je ne sais plus quoi penser. Je suis vraiment dans la merde, là. »

Madigan éclata de rire.

« Vous vous inquiétez parce qu'une pièce à conviction a disparu du dépôt ? Bon sang, Duncan, vous voulez bien vous calmer ? Si je faisais faire un inventaire maintenant, je vous garantis qu'au moins vingt-cinq pour cent des objets qui sont supposés y être n'y sont plus. »

Walsh s'assit. Puis il se releva. Il se mit à faire les cent pas entre la porte et le bureau.

« Hé, sérieusement… calmez-vous, vous voulez bien ? reprit Madigan. Je crois que c'est loin d'être aussi grave que ce que vous pensez. Pour être honnête, le fait qu'il ait disparu pourrait être une bonne chose.

— Une bonne chose ? Comment ça ? »

Madigan sentait à quel point Walsh était tendu et anxieux. Et c'était précisément ce qu'il voulait. Pourtant, il devait le calmer un peu. Trop angoissé, trop inquiet, Walsh pouvait faire une bêtise. En règle générale, les situations désespérées ne nécessitaient pas de mesures désespérées, bien au contraire.

« Eh bien, s'il n'est plus là, vous avez une bonne excuse pour ne pas le prendre vous-même, expliqua Madigan. Et si sa disparition donne lieu à une quelconque enquête, vous ne serez pas impliqué. Vous ne pouvez pas mentir à propos d'une chose que vous n'avez pas faite.

— Ça ne changera rien, Vincent. Tomczak a un enregistrement de moi passant un accord avec lui…

— Vous pourriez expliquer ça de tant de façons. C'était un coup monté. Vous cherchiez à identifier une possible fuite chez nous. Bernie était un test. Vous vouliez découvrir si ce que vous lui disiez revenait au département…

— Ça ne fonctionne pas comme ça, Vincent… Si on me soupçonne un tant soit peu…

— Walsh, j'ai les choses en main. Je m'en occupe, OK ? Laissez-moi faire, et je vais vous arranger ça.

— Comment ça, m'arranger ça ?

— Comme j'ai dit, vous arranger ça. J'ai les choses en main. Arrêtez de paniquer, bordel, OK ? Vous n'avez vraiment aucune raison de vous en faire.

— Comment pouvez-vous dire ça ? Comment pouvez-vous dire un truc pareil ?

— Parce que je m'en occupe, d'accord ? Voilà comment je peux le dire.

— Et qu'est-ce qui se passera si quelque chose tourne mal ?

— Walsh, putain, asseyez-vous. »

Walsh le regarda. Sa nervosité et son expression accablée indiquaient à Madigan qu'il ne comprenait pas.

« Asseyez-vous. »

Walsh s'exécuta.

« Écoutez, c'est très simple. Quelqu'un a quelque chose sur vous, vous avez quelque chose sur lui… Bon, dans ce cas, c'est moi qui ai quelque chose sur lui. Il faut juste que vous arrêtiez de vous en faire pour cette arme. Elle n'est plus là, OK ? Elle a disparu.

— Ce type… Bernie Tomczak… vous avez quelque chose sur lui ?

— Bon Dieu, Walsh, comment pouvez-vous être aussi naïf ? Merde, mon vieux, j'ai des choses sur tout le monde.

— Y compris sur moi, n'est-ce pas ?

— Je n'ai rien sur vous. En revanche, Bernie Tomczak, lui, a quelque chose sur vous. Mais on s'en occupe.

— On ? Comment ça, on ?

— Bon sang, c'est juste une façon de parler. On – vous et moi, OK ? *On* s'en occupe.

— Et qu'attendez-vous de moi ? demanda Walsh, soudain méfiant en plus d'être anxieux.

— De vous ? Je ne veux rien de vous. Qu'est-ce que je pourrais vouloir de vous ?

— Je travaille aux affaires internes. Je peux faire disparaître les choses. Je peux changer la date des commissions d'enquête…

— Je ne veux rien, d'accord ? Et pour ce qui est de ces conneries de commissions à repousser pour je ne sais qui, laissez tomber. Ce renseignement bidon que vous avez eu de Moran comme quoi le quatrième homme serait un flic, eh bien, il ne résisterait pas au moindre examen. Donc si Moran vous a raconté des conneries, vous n'avez pas besoin de faire sauter la charge pour possession de drogues, et si vous n'avez pas besoin de la faire sauter…

— Alors je n'ai plus besoin de repousser la commission de Benedict.

— Exact.

— Et vous êtes sûr que le quatrième homme n'était *pas* un flic. »

Madigan s'esclaffa, et il fut surpris par la spontanéité et le naturel de son rire.

« Vous croyez réellement qu'un flic irait dans une des baraques de Sandià, buterait plusieurs types dont son neveu, puis se tirerait avec un paquet de pognon ?

Et ensuite, juste pour que la fête soit totale, qu'il déciderait de buter ses trois *compadres* dans un box ? Bon sang, c'est des conneries de roman de gare. »

Walsh sourit. Du moins, il essaya, car il ne parvint qu'à faire une grimace crispée et maladroite.

« Dormez un peu, OK ? reprit Madigan. On dirait que vous n'avez pas dormi depuis une semaine. Faites-vous porter pâle ou quelque chose…

— Deux jours, rectifia Walsh. Deux jours sans dormir, et à peine mangé. Ce truc me ronge…

— Bon sang, mon vieux, vous auriez dû venir me voir plus tôt. Ce n'est rien, vous comprenez ? Inutile de stresser. C'est fini. C'est du passé. OK ?

— J'apprécie vraiment votre aide, Vincent… Et si je peux faire quoi que ce soit pour vous… »

Madigan sembla réfléchir un moment.

« Eh bien, maintenant que vous en parlez, il y a ce braquage que j'ai commis, j'ai buté plusieurs types, et je me demandais si vous pourriez m'aider à planquer ça sous le tapis, pour ainsi dire. »

Walsh sourit. Il se mit à rire.

« Vincent… vous êtes un type bien, et j'apprécie vraiment votre aide. »

Ça recommençait. *Vincent, vous êtes un type bien.* C'était quoi l'adage ? Une fois, c'est un hasard, deux fois, c'est une coïncidence, la troisième fois, c'est une conspiration ? Peut-être que le monde essayait de faire de lui une personne meilleure.

« Oubliez ça, dit Madigan. Faites-vous porter pâle pour la journée. Reposez-vous. Vous avez une sale tronche. »

Walsh hésita tandis que Madigan lui tenait la porte ouverte. Il tendit la main. Madigan la lui serra.

« Je n'oublierai pas, Vincent, dit Walsh.

— C'est pourtant ce que vous devez faire.

— Je ne parle pas de cette histoire avec Bernie… je parle de…

— Je sais de quoi vous parlez, coupa Madigan. Allez-y. Mangez. Dormez. Prenez un peu de temps pour vous, d'accord ? »

Walsh acquiesça. Il sortit du bureau, longea le couloir et jeta un dernier coup d'œil en direction de Madigan lorsqu'il arriva au bout.

Madigan referma la porte. Il regagna son bureau et sentit les tremblements arriver. Il parvint à sortir l'enveloppe en papier kraft de sa poche de veste et la rangea dans le tiroir de son bureau, mais lorsque son téléphone portable se mit à sonner, il tremblait tellement qu'il parvint à peine à le tenir droit.

« Vincent ?

— Isabella… qu'est-ce qui se passe ?

— J'ai peur, Vincent. Quelqu'un est venu et a frappé à la porte. Je crois que c'est l'homme qui était ici l'autre soir…

— Quel homme ? Bernie ?

— Je ne sais pas… Il avait un chapeau la dernière fois…

— Oui, c'est Bernie. Ne vous en faites pas à son sujet. Il est OK.

— Il n'avait pas l'air OK, Vincent. Il était en vraiment sale état. On aurait dit qu'il venait de se faire tabasser.

— OK. Ne faites rien. Ne bougez pas. Je vais le trouver et voir ce qui se passe, d'accord ?

— D'accord, Vincent… Mais…

— Mais rien, Isabella. Laissez-moi faire.

— Très bien, si vous êtes sûr de vous. J'ai juste peur, vraiment peur.

— Je sais. Mais c'est inutile. Je suis le seul à savoir où vous êtes. Laissez-moi m'occuper de Bernie. Maintenant raccrochez et allez regarder la télé ou quelque chose, je vous verrai plus tard. D'accord ?

— D'accord, dit-elle. Merci, Vincent, et désolée d'avoir appelé.

— Vous avez bien fait. Raccrochez maintenant. Je vais régler ça. »

Elle obéit. Il posa le téléphone sur son bureau. Qu'est-ce que c'était que cette histoire ? Pourquoi Bernie était-il allé chez lui ? Dilemme. S'il appelait Bernie pour lui demander pourquoi il était venu, celui-ci saurait qu'il y avait quelqu'un dans la maison. Bernie Tomczak n'était pas du genre à laisser passer ce genre de détail. Mais si Madigan ne lui mettait pas la main dessus, il ne saurait pas s'il était en sale état à cause de la raclée qu'il lui avait lui-même collée quatre jours plus tôt ou si quelqu'un d'autre lui était tombé dessus, car dans ce cas, il devait savoir si c'était lié à cette affaire. Bon sang, Bernie ne pouvait être que dans trois ou quatre endroits. Madigan serait obligé d'y aller, et quand il le trouverait, il faudrait que ça ait l'air d'une coïncidence.

Il sortit l'enveloppe en kraft et l'ouvrit. Elle contenait dix mille dollars. Il les divisa en trois parts, mit un tiers dans sa poche de pantalon, et un autre dans chacune de ses poches de veste. Quoi qu'il doive attendre de son entrevue avec Bernie, ce serait toujours plus facile si c'était accompagné d'une liasse de cash.

Sa première idée fut de retourner dans le Bronx, mais ça avait également été celle de Bernie puisqu'il avait pensé que Madigan serait chez lui. Il ne viendrait pas au commissariat – aucun risque –, donc il irait vérifier les endroits où il penserait trouver Madigan. Ils furent assez faciles à passer en revue, et c'est dans le troisième qu'il fut presque pris d'assaut par un Bernie Tomczak au comble de l'agitation. Ce qu'il avait subi le lundi précédent entre les mains de Madigan n'était rien comparé à ce qu'il avait enduré depuis mercredi soir.

« Putain de bordel, Vincent. Je t'ai cherché partout ! » s'écria-t-il.

Deux de ses dents manquaient, le côté droit de son visage était gonflé et sillonné de vaisseaux sanguins éclatés. Il avait une coupure au-dessus de l'œil gauche, où un épais pâté de sang avait séché.

« Qu'est-ce qui t'est arrivé ? » demanda Madigan.

Il était vraiment inquiet pour Bernie, ce qui l'étonna lui-même.

« J'ai eu quelques problèmes », répondit Tomczak.

Il attrapa le bras de Madigan et l'entraîna vers le fond du bar, un établissement tranquille de la 123e Rue Est où Madigan allait parfois quand il voulait changer de ses repaires habituels.

« Pourquoi tu ne m'as pas appelé ? demanda Madigan.

— Ah, mec, j'ai un nouveau téléphone et t'es pas dessus. Et je t'aurais appelé d'une cabine, mais j'arrivais pas à me souvenir de ton numéro… Enfin, bref, aucune importance. Je te tiens maintenant.

— Alors qu'est-ce qui t'est arrivé ? T'as baisé la fille de quelqu'un et elle…

— J'ai besoin d'argent, Vincent, et j'en ai besoin vite. Je sais pas à qui d'autre m'adresser.

— Combien, Bernie ?

— Huit mille. Il me faut huit mille dollars dans environ trois heures, et je…

— Huit mille dollars ? Tu te fous de ma gueule ?

— Est-ce que j'ai l'air de me foutre de ta gueule, Vincent ? Est-ce que j'ai l'air de te faire marcher ? Il me faut huit mille dollars, et vite.

— Et où tu crois que je vais trouver une telle somme, Bernie ? Ça fait un sacré paquet de cash.

— Je sais pas, Vincent. Je sais pas, et pour le moment, je m'en fous. Faut que tu m'aides. Faut que…

— Je n'ai *rien*, Bernie. Tu ne peux pas simplement débarquer et me demander huit mille dollars…

— Je te rembourserai. Je te rembourserai sans faute, Vincent.

— Comme tu as remboursé celui à qui tu dois cet argent, c'est ça ?

— Je ferai tout ce que tu veux, Vincent…

— Je veux le téléphone. »

Bernie écarquilla les yeux.

« Le téléphone ?

— Celui sur lequel tu as enregistré le flic. Je veux ce téléphone-*là*.

— Mais, Vincent…

— Bernie, ne me raconte pas de salades. Tu as besoin de huit mille dollars, je peux te les donner, tout de suite, en espèces. »

Bernie fit un sourire étrange, puis il partit à rire.

« Qu'est-ce que tu me chantes ? »

Madigan enfonça la main dans sa poche de pantalon.

« Il y en a pour à peu près trois mille cinq cents dollars, dit-il en lui montrant la liasse de billets aussi discrètement que possible. J'en ai deux autres identiques dans mes poches de veste. Je te file huit mille dollars maintenant si tu me donnes le téléphone. »

Bernie cligna deux fois des yeux, puis il secoua la tête.

« Je peux pas…

— Cet argent dont tu as besoin… Est-ce qu'il est pour Sandià ?

— Non, bien sûr que non.

— Alors t'es baisé, dit Madigan. Si tu me donnes le téléphone contre ces huit mille dollars, tu n'auras plus rien à négocier pour régler ta dette auprès de Sandià, pas vrai ? »

Bernie n'avait pas besoin de répondre. La situation était évidente.

« OK, Bernie, voici le marché. J'ai besoin de toi vivant. T'as vraiment déconné. T'as fait une ardoise auprès d'un autre enfoiré de bookmaker, c'est ça ? Quoi qu'il en soit, tu t'es mis dans ce merdier pour huit mille dollars… Bon sang, parfois je ne te comprends vraiment pas…

— Vincent… mec, sérieusement, je voulais pas…

— Ferme-la et écoute-moi, Bernie. Je vais te donner les huit mille dollars parce que je peux pas te laisser crever pour le moment. Je veux le téléphone, OK ? Tu dois me le donner. Tu dois me le donner parce que je vais en prendre beaucoup plus soin que toi, et aussi parce que si tu fais encore une fois le con et que tu te fais buter, je suis dans la merde, OK ?

— Mais, Vincent…

— Bernie, qu'est-ce que j'ai dit.

— Tu m'as dit de me taire.

— Bien, alors tais-toi une minute et écoute-moi jusqu'au bout. »

Bernie ferma la bouche.

« OK, donc tu me donnes le téléphone, je te donne huit mille dollars, tu évites les ennuis et tu restes en vie pendant encore quelques jours. Je te donnerai cinq cents dollars de plus et tu vas aller te planquer dans un motel ou je ne sais où, et tu attends mes instructions, OK ? Tu ne fais rien. Tu ne vas nulle part sans mon autorisation. Tu me suis jusqu'à présent ? »

Bernie acquiesça.

« Bien, alors tu te planques dans un motel, et tu m'appelles pour me dire où tu es… Non, mieux, je t'emmène quelque part comme ça je saurai où tu es, et quand je t'appellerai pour te dire de faire quelque chose, tu devras le faire, OK ?

— Et Sandià ? Je dois le payer lui aussi.

— Je m'en occupe, répondit Madigan. Je m'en occupe. Je remplirai ma part du contrat si tu fais exactement ce que je te dis.

— Oui, oui… Bon sang, Vincent, je sais pas quoi dire.

— Alors ne dis rien, Bernie… tu risqueras moins de t'attirer des ennuis comme ça.

— D'accord, d'accord.

— Bien, alors allons-y. Où est ce téléphone ?

— Dans une boîte à lettres que j'ai louée, à trois rues d'ici.

— Bon, ouvre la voie, mon ami. Ouvre la voie. »

Ils s'y rendirent à pied. En chemin Madigan s'arrêta dans une boutique de téléphones et acheta un portable jetable avec cinquante dollars de crédit dessus. Il enregistra son propre numéro dans le répertoire, s'appela, puis donna le téléphone à Bernie.

« Tu as mon numéro maintenant, dit-il. Le seul dont tu aies besoin. C'est le seul téléphone auquel tu réponds, et c'est le seul que tu utilises pour passer des appels, d'accord ? Quand je te verrai, je vérifierai combien de fois tu m'as appelé et combien de crédit il reste. Si je découvre que t'as appelé des putes, ou des bookmakers, ou des dealers, ou je ne sais qui, je te jure que je t'emmènerai moi-même voir Sandià…

— Je promets, Vincent, je promets.

— OK, alors allons chercher ce téléphone avec l'enregistrement. »

La boîte à lettres se trouvait là où Bernie l'avait dit, de même que le téléphone. Madigan vérifia l'enregistrement. C'était bien Walsh, aucun doute.

« Bon, où dois-tu déposer ces huit mille dollars ?

— Y a un club dans Marin Boulevard…

— Tu te fous de ma gueule, dit Madigan. Marin Boulevard. Tu ne peux avoir affaire qu'à une seule personne si tu dois effectuer la livraison là-bas. Bon Dieu, Bernie, qu'est-ce que c'était ce coup-ci ?

— C'était un match de baseball, OK ? Un match de baseball à la con. J'ai joué quitte ou double. C'était une dette qui remontait à loin.

— Bon sang, Bernie, parfois je me demande ce qui tourne pas rond chez toi.

— C'est une maladie, Vincent… Le jeu, c'est une maladie…

— Ouais, Bernie, c'est ça. Comme picoler ou se shooter ou tripoter les gamins… C'est rien que des putain de maladies, et personne n'est responsable.

— Vincent, je suis désolé…

— Épargne-moi ça, Bernie. On prend la voiture. Je ne marche pas jusqu'à Marin Boulevard. Et ces huit mille dollars… C'est la totalité, hein ? C'est pas : *Apporte-moi huit mille dollars aujourd'hui et tu restes en vie, mais je veux le reste demain ?* C'est pas un deal de ce genre ?

— Non. C'est la totalité, Vincent, je te jure.

— Y a intérêt, Bernie, parce que je…

— Je te le jure, Vincent. Ça et les cent quatre-vingt mille que je dois à Sandià, et c'est tout.

— Juste ça et les cent quatre-vingt mille à Sandià. C'est tout. Mec, tu devrais t'entendre. Je connais personne qui soit autant dans la merde que cet abruti de Bernie Tomczak. »

Madigan entendit ses propres paroles. Il était là, le mensonge. Il s'était lui-même mis bien plus dans le pétrin que Bernie.

Madigan conduisit. Ni lui ni Tomczak ne parlèrent pendant le trajet. Il se gara devant l'endroit sans même demander où ils étaient censés aller.

Il compta huit mille dollars et les tendit à Bernie Tomczak. Ce dernier eut l'air de vouloir dire quelque chose, puis il sembla se raviser.

« OK, va payer le type », dit Madigan, et Bernie descendit de voiture.

Tandis qu'il attendait, Madigan écouta l'enregistrement que Bernie avait fait de sa conversation avec Walsh. L'enregistrement était de bonne qualité – aucun doute quant à l'identité de la personne qui parlait, et le sens de ce que chacun disait était parfaitement clair. Si ça atterrissait entre les mains de quelqu'un au sein du département, la carrière de Walsh était finie. Il avait dit qu'il se débarrasserait d'une pièce à conviction, et – à en croire les apparences – il l'avait fait.

Bernie Tomczak revint moins de dix minutes plus tard. Il semblait soulagé.

« Ils t'ont demandé d'où venait l'argent ? demanda Madigan.

— Ils le font d'habitude ? Ils en ont quelque chose à faire ?

— Non », répondit Madigan, et il redémarra.

Il emmena Bernie à Mott Haven, de l'autre côté de la rivière, et trouva un motel près de l'hôpital St. Francis. Il lui réserva une chambre pour une semaine, paya d'avance, et lui donna cinq cents dollars supplémentaires.

« Ça, dit-il, c'est pour le café et les gâteaux, pour boire un verre et acheter des clopes, d'accord ? Rien d'autre. Si je reviens et que tu as joué cet argent…

— Vincent, ça suffit. J'ai pigé. J'ai bien pigé, OK ?

— Content de l'entendre, Bernie. Maintenant, fais gaffe à toi. Reste dans ta chambre, regarde des films porno, fais-toi livrer à manger, un restaurant différent à chaque fois. Tu ne bouges pas jusqu'à ce que je t'appelle. »

Bernie acquiesça. Il se tenait à la porte de sa nouvelle maison.

« Je te suis vraiment reconnaissant, Vincent. Tu sais, malgré tous les différends qu'on a eus, t'es vraiment un type bi…

— Épargne-moi ça, Bernie. Tu sais pas de quoi tu parles. »

Madigan retourna au commissariat, ne s'arrêtant qu'une fois dans une boutique de téléphones portables d'occasion pour en acheter un identique à celui qu'il venait de prendre à Bernie. Il enregistra la conversation entre Walsh et Tomczak sur le nouvel appareil, et plaça le premier dans la boîte à gants. De retour au commissariat, il trouva Walsh et lui demanda de venir dans son bureau. Walsh s'exécuta. Madigan le fit asseoir, lui tendit le téléphone, et Walsh resta là, dans une incrédulité silencieuse, pendant trente bonnes secondes.

« C'est le téléphone ? finit-il par demander.

— Non, Walsh, c'est le portable de ma mère. Bon sang, évidemment que c'est le téléphone. »

Walsh semblait sur le point de pleurer.

« C'est fini, OK ? reprit Madigan. Maintenant vous voulez bien rentrer chez vous et vous reposer ? »

Walsh se leva.

« Merde, je ne sais pas quoi dire, Vincent.

— Eh bien, comme j'ai dit à Bernie, pourquoi vous ne la fermez pas quelque temps histoire d'éviter les ennuis ?

— Oui. Oui, évidemment.

— Bien, maintenant foutez le camp. J'ai à faire. »

Walsh repartit. Madigan se l'imagina quittant le commissariat puis restant assis dans sa voiture, écoutant encore et encore cette conversation avant de l'effacer, sans jamais cesser de se demander comment il avait pu être aussi idiot. Si cette expérience avait appris quelque chose à Walsh, c'était qu'il y avait une limite. Si vous la franchissiez, vous aviez intérêt à savoir ce que vous faisiez, parce que si vous ne le saviez pas… eh bien, vous finissiez comme Bernie Tomczak, planqué dans un motel pourri à Mott Haven avec la trouille de mettre le nez dehors.

Et peut-être, songea Madigan en quittant une fois de plus son bureau, que ce serait également son destin.

Il y avait eu de nouveaux développements. Le jeu avait évolué. Il était temps d'y mettre un terme.

48

Fire Spirit

Charlie Harris était à son bureau. Il semblait agité avant même que Madigan parle, et lorsque celui-ci attaqua la conversation par : « Charlie… une autre question sur le meurtre de Valderas, celui avec le tournevis », Charlie leva les yeux vers lui avec une expression contrariée. C'est alors que Madigan comprit qu'il remuait le couteau dans la plaie. Charlie Harris savait quelque chose sur cette affaire, et il ne voulait pas que Madigan continue de mettre le nez dedans.

« Quoi ? demanda Harris d'une voix teintée de soupçon.

— Juste un truc qui me turlupine.

— Bon sang, Vincent, je suis débordé. J'ai une réaffectation d'un connard du 158e parce qu'un informateur qu'on utilisait autrefois… Ah, merde, tu veux même pas savoir. » Il secoua la tête et se pencha en arrière sur sa chaise. « Alors, c'est quoi le problème maintenant ? »

Madigan prit l'autre chaise, hésita un bref instant, puis demanda : « Les témoins ?

— Les témoins ? De quoi tu parles ? Je t'ai dit que j'avais rien, que dalle, *nada*… absolument rien sur cette affaire.

— Dans la maison. »

Harris sembla confus.

« Et après ? »

Ce fut au tour de Madigan d'avoir l'air confus.

« Et après quoi ?

— Bon sang, on va jouer à ce petit jeu toute la journée ? Tu me questionnes sur le témoin dans la maison, et ensuite t'as l'air surpris parce que je te demande ce que tu veux savoir dessus. Tu as toi-même mentionné cette fille, celle qui a fini en morceaux. Tout est dans le dossier. »

Madigan secoua la tête.

« Il n'est question d'aucun témoin dans le dossier, Charlie.

— Bien sûr que si. J'ai moi-même rédigé le foutu rapport. Vérifie de nouveau.

— J'ai étudié chaque page. Il n'y a aucune mention d'un possible témoin dans la maison.

— Quoi ?

— Sérieusement, Charlie, il n'y a rien.

— Bon, il y avait bien quelqu'un dans la maison, et je l'ai bien noté. Si un crétin de l'administration a merdé et a perdu le rapport, c'est son problème.

— Qu'est-ce qu'il y avait dans ce rapport ?

— Écoute, Vincent, c'est très simple. On arrive là-bas. Y a un macchabée sur la terrasse avec un putain de tournevis qui lui sort de la tête comme une antenne. Peut-être qu'il essaie de capter le programme du soir de WKLM, j'en sais rien. On fait le tour de la maison pour s'assurer que personne ne se planque avec une boîte à outils et une clef à molette, d'accord ? Je vais dans la salle de bains, et soudain je marche dans une flaque de pisse. Quelqu'un a pissé sur le tapis de bain. Puis les techniciens débarquent, comme toujours à la bourre, ils examinent la mare de sang autour de la tête du cadavre, et ils viennent me dire qu'il y a l'empreinte du bord d'une chaussure de femme dedans, OK ? Donc deux et deux font quatre. Cette empreinte est arrivée après le sang, pas avant. Tout fait sens. Il y avait quelqu'un dans la maison, une nana, et elle était planquée dans la salle de bains. Elle était terrifiée, elle savait ce qui se passait. Elle a attendu que l'auteur parte, elle est sortie, elle est allée voir dans quel état était Tête d'Antenne, et pendant qu'elle se tenait là la flaque de sang a atteint le bord de sa chaussure ou quelque chose du genre. Et alors elle a foutu le camp. »

Madigan songea à Maribel Arias – décapitée, son corps démembré, le tout emballé dans des sacs et balancé sans cérémonie en divers endroits. Une semaine plus tôt, ça n'avait pas semblé important. Maintenant, c'était comme un cauchemar sorti de l'imagination la plus tordue.

Il voulait demander à Charlie comment ils avaient fait pour devenir aussi cyniques. À quel moment ces hommes avaient-ils cessé d'être humains ? Il se ravisa alors même qu'il formulait mentalement la question. Il se produisait quelque chose en lui. Une semaine plus tôt, il ne se serait pas plus posé une telle question qu'il n'aurait avoué le braquage de la maison de Sandià et le meurtre des trois types dans le box.

Il perdait la boule. Il ne buvait plus autant. Il ne gobait plus de cachets comme si c'étaient des M&M's. Pourtant, il perdait indéniablement la boule.

« OK, dit Madigan, et il commença à se lever.

— En tout cas, si t'as d'autres questions sur cette affaire à la con, tu les poses à quelqu'un d'autre, OK ? J'ai trop de boulot pour m'occuper de l'histoire ancienne.

— Je crois que c'est bon, Charlie… Je m'interrogeais juste sur le témoin dans la maison.

— Bon, on a mis les choses au clair. C'est réglé, pas vrai ?

— Si. »

Madigan jeta un coup d'œil en arrière tandis qu'il quittait le bureau. Charlie ne le regardait pas, et il n'avait pas semblé troublé. En plus il y avait le rapport. Celui qui avait disparu du dossier. Peut-être que Charlie n'était pas l'informateur de Sandià. Ron Callow ? Bon sang, ça pouvait être n'importe quel flic du commissariat. Tout le monde avait accès aux dossiers, ou pouvait les consulter sans difficulté. Tout ce que Sandià avait à faire, c'était prévenir la personne qui était à sa solde, lui demander de garder un œil sur une enquête en cours et de le tenir informé de ce qui se passait, puis d'« égarer » un ou deux documents pour ralentir les choses. Madigan savait que ça pouvait se passer ainsi. Pourquoi ? Parce qu'il l'avait fait lui-même.

Non, son intuition lui disait que ça allait plus loin que Charlie Harris et une simple feuille de papier perdue, mais il ne voyait pas qui…

De retour dans son bureau, il plaça le téléphone dans un sachet à pièces à conviction et le rangea dans le tiroir du bas de son bureau. Puis il changea d'avis, le ressortit et le cacha derrière le tiroir inférieur du meuble où il rangeait ses dossiers. Il compta ce qui restait des dix mille dollars de Sandià et se demanda ce qu'il devait faire maintenant. Personne d'autre n'enquêtait sur le braquage de la maison et sur les trois meurtres. Personne d'autre n'investiguait sur ce qui était arrivé à Melissa Arias. Le meurtre de Maribel et celui de David Valderas avaient été relégués au second plan. Maintenant qu'il s'était occupé de Walsh, plus personne ne s'intéressait à lui. Charlie Harris ne remplissait plus de rapports, et Madigan n'en remplirait pas non plus. Comme ça, celui qui transmettait des informations à Sandià se retrouverait rapidement à sec. Ainsi Sandià dépendrait de Madigan. Ce qui pousserait peut-être quelqu'un à venir l'interroger sur les progrès de l'affaire. Il se rappela une scène du *Parrain*. Le jardin, Michael parlant à son père, et Vito lui disant de se méfier de quiconque viendrait lui proposer une réunion de réconciliation. C'était la même chose ici. Celui qui le questionnerait sur ses avancées, d'un air détaché, en passant – *Hé, Vincent, y a du neuf sur l'affaire de Sandià... tu sais, celle avec les trois types qui se sont fait buter dans un box ou je sais pas quoi ?* –, eh bien, ce serait son homme. C'était ça ce qu'il devait attendre.

Estimant que les choses étaient à peu près sous contrôle, Madigan quitta son bureau. Il emprunta l'escalier et sortit de l'immeuble. Il était près de 3 heures, il n'avait pas déjeuné, et il était de service depuis 8 heures du matin. Officiellement, il lui restait encore deux heures à tirer, mais il ne manquerait à personne.

Il voulait être un peu tranquille. Juste un peu. Il voulait être ailleurs – loin de tout ça, loin de la folie et des mensonges et des meurtres.

Quelque chose avait changé. Était-ce le fait qu'Isabella Arias était chez lui ? Ou le fait qu'il n'était plus défoncé la moitié du temps ? Il n'y avait pas réfléchi, mais il prenait de moins en moins de cachets. Il atteignit sa voiture, monta dedans et chercha sa flasque dans la boîte à gants. Elle était pleine. Il en but la moitié, s'enfonça dans son siège et ferma les yeux un moment. La chaleur de l'alcool se répandit dans sa gorge, sa poitrine, et il sentit ses muscles se détendre au niveau de sa nuque et de ses épaules. Il conservait néanmoins cette anxiété permanente au creux du ventre. Toujours là, toujours fidèle… la tension qui venait de la vie qu'il menait. *Chaque coup de fil annonce un nouveau désastre. Les victimes ne sont pas créées égales. Quand votre journée s'achève, la mienne commence. Seigneur, à défaut d'autre chose, accorde-moi juste un jour de plus…*

Madigan reposa la flasque et mit le moteur en route. Il sortit du parking souterrain et tourna à droite en direction de chez lui. Il s'arrêterait en route pour acheter à manger. Il connaissait un restaurant thaï dans son quartier. Il leur achèterait à manger à tous les deux, et il ferait semblant d'être un type normal avec une vie normale, comme si rien de ce qui s'était passé ce jour-là n'aurait la moindre influence sur le lendemain ou le jour d'après.

Peut-être que pendant un petit moment il n'y aurait plus de Sandià, ni de Maribel dans une benne, ni de Valderas avec un tournevis dans la tête, ni de fillette à l'hôpital avec une blessure par balle au ventre. Peut-être.

49

Sexbeat

« D'habitude, je ne mange pas de nourriture orientale, déclara-t-elle, mais c'était bon. »

Ils étaient assis à la table de la cuisine, elle avec un verre de vin, Madigan avec une tasse à café à moitié remplie de Jack Daniel's.

« Moi, d'habitude, je ne mange pas du tout, répliqua-t-il.

— Je sais. »

Il se pencha en arrière.

« Alors, parlez-moi du père de Melissa. »

Ça semblait approprié de la questionner sur sa fille. Madigan avait appelé l'hôpital. La fillette se portait bien, mais elle y resterait encore quelques jours. Elle avait demandé à voir sa mère, et l'infirmière qui s'occupait d'elle – celle à qui Madigan avait parlé – s'en était bien sortie. Elle avait expliqué à Melissa qu'elle n'avait droit à aucune visite à cause d'une infection potentielle provenant de l'extérieur du service. La fillette n'avait pas bronché. L'infirmière avait demandé à Madigan si la mère avait été localisée, et Madigan avait prétendu ne rien savoir.

« Elle va devoir aller avec les services sociaux si la mère ne se manifeste pas avant sa sortie.

— Je comprends, avait répondu Madigan. Ça va aller. Je vais la trouver. Tenez-moi au courant si une personne des services pour l'enfance passe, d'accord ? »

Il avait répété la conversation à Isabella, omettant toutefois de préciser que Melissa avait demandé après elle. La dernière chose dont il avait besoin, c'était qu'elle se tire à l'hôpital pour voir sa fille pendant qu'il serait au boulot. Le contrôle était la clé. Contrôle de Bernie Tomczak, contrôle d'Isabella Arias et, surtout, contrôle de lui-même. Il devait garder la tête froide. Il savait qu'il n'aurait pas dû boire, mais il ne pouvait pas s'en empêcher. Il faisait néanmoins des progrès. Il le pensait sincèrement. Ce qui se passerait avec Isabella et Melissa, il l'ignorait. Il n'avait pas de plan hormis mettre au plus vite un terme à cette histoire. C'était comme avec les Alcooliques Anonymes – il fallait juste prendre les choses au jour le jour. Il était pour le moment incapable de voir plus loin.

« Le père de Melissa ? demanda Isabella. Nous sommes restés quelques années ensemble, mais… » Elle secoua la tête, saisit son verre de vin. « Mais ce n'était pas un père. Certains hommes ne sont tout simplement pas prêts pour la paternité.

— Certains hommes ne le sont jamais.

— Vous parlez de vous ?

— De moi et de beaucoup d'autres.

— Tous les hommes sont prêts à être père. C'est la nature. Certains ne veulent pas l'être parce qu'ils pensent qu'un enfant les ralentira, les empêchera de vivre, d'apprécier autant les choses, alors que c'est exactement l'inverse.

— Comment ça ?

— Qu'est-ce qui pourrait plus garantir un bonheur et un bien-être continuels qu'un enfant ?

— C'est un point de vue très basique.

— Basique ? répéta-t-elle. Peut-être. Mais le basique peut être fondamental, et les fondamentaux sont tout. Sans eux, il n'y a pas de structure…

— Qu'est-ce que c'est ? Un cours d'initiation à la philosophie et à la sociologie ? »

Elle partit à rire, mais Madigan n'eut pas l'impression qu'elle se moquait de lui.

« Vous faites mine d'être superficiel, mais vous ne l'êtes pas, dit-elle.

— Oh, si, je suis superficiel, répliqua Madigan. J'ai une couche de vague désespoir, et pas grand-chose en dessous.

— Vous êtes trop dur avec vous-même. Vous êtes un type bien.

— C'est ce que tout le monde n'arrête pas de me dire.

— Peut-être que ce serait bien de le croire, alors.

— Peut-être que ce serait bien que les gens arrêtent de me dire qui je suis, surtout ceux qui ne me connaissent pas.

— Comme moi.

— Oui, comme vous. »

Un pli apparut brièvement sur le front d'Isabella, comme l'ombre d'un nuage traversant un champ.

« Je vous ai contrarié, Vincent ?

— J'ai le cuir plus épais que ça.

— Je ne l'ai pas fait exprès.

— Vous ne m'avez pas contrarié.

— Je suis désolée.

— Pourquoi ? demanda Madigan. Je viens de dire que vous ne m'aviez pas contrarié. »

Il saisit sa tasse.

Elle but son vin.

Il y eut un moment de silence.

« Et vos enfants ? demanda-t-elle.

— Quoi, mes enfants ?

— Vous en avez combien ?

— Quatre.

— Quatre ? Eh ben, pour quelqu'un qui ne veut pas être un père.

— Je n'ai jamais dit que je ne voulais *pas* être un père. J'ai juste dit que certaines personnes n'étaient pas prêtes à l'être.

— Mais quatre enfants ?

— Oui, quatre.

— Comment ils s'appellent ?

— Cassie, Adam, Lucy et Tom. Respectivement dix-sept, treize, six et trois ans.

— Vous les voyez ?

— Rarement.

— Vous ne pensez pas que ce serait bien pour eux de vous voir plus souvent ?

— Probablement pas.

— Pourquoi, Vincent ? Pourquoi un enfant ne voudrait-il pas connaître son père.

— Parce que le père pourrait ne pas avoir la meilleure influence qui soit sur l'enfant.

— Vous n'avez vraiment pas une haute opinion de vous-même, hein ?

— Peut-être que je ne mérite pas d'en avoir une.

— Vous n'avez rien pu faire de si terrible qui justifie que vous vous rabaissiez autant.

— Comment ça, je me rabaisse ? Qu'est-ce que c'est que ça ? Pourquoi j'ai droit à cet interrogatoire ? J'essaie de vous aider, ma petite…

— Hé, je suis désolée, s'écria Isabella. Comme j'ai dit, je n'essaie pas de vous contrarier. On parle, OK ? C'est tout.

— Parler, c'est une discussion, pas un déluge de questions.

— OK, Vincent, plus de questions.

— Bien, plus de questions. »

Il y eut un nouveau silence, plus long cette fois.

« Alors, de quoi voulez-vous parler ? demanda-t-elle.

— D'autre chose que mes enfants, mes ex-femmes, mes ex-maîtresses, ou mon boulot.

— D'accord. De politique, alors ? De religion. »

Madigan leva les yeux vers elle. Elle était jolie. Elle était en colère après lui, mais elle était jolie.

« Je suis désolé, dit-il.

— Pourquoi ?

— Heu, je ne sais pas… parce que je suis un connard, OK ? Acceptez simplement mes excuses et passons à autre chose.

— Excuses acceptées.

— Donc vous pensez que je suis un connard.

— Je n'ai pas dit ça.

— Mais j'ai dit que j'étais désolé d'être un connard et vous avez accepté mes excuses, indiquant par là même que j'avais raison de vous présenter mes excuses, moyennant quoi vous devez estimer que je suis un connard.

— Allez vous faire foutre, Vincent. »

Il éclata de rire.

Elle aussi, brièvement.

Ils restèrent une fois de plus silencieux.

« Je ne crois pas m'être déjà sentie aussi embarrassée, dit-elle.

— Alors vous n'avez pas beaucoup vécu, répliqua Madigan. Ce n'est pas ça, l'embarras. On en est loin.

— Je me dis que je devrais vous apprécier, mais vous semblez tenir à persuader les gens qu'ils feraient mieux de ne pas le faire.

— Oh, il n'y a qu'avec vous que je me comporte comme ça. Avec les autres, je suis le type le plus adorable qu'on puisse imaginer. »

Pendant un moment elle se demanda s'il était sérieux. Il avait un visage de marbre, puis il esquissa un infime sourire.

« Vous êtes vraiment un connard, dit-elle.

— Alors, ça… », menaça-t-il en levant le poing.

Comme elle était en train de boire, elle toussa, postillonna, incapable de s'arrêter de rire. Du vin coula sur son tee-shirt.

« Regardez ça, dit-elle.

— Je vous en achèterai d'autres. Ne vous en faites pas pour ça.

— Je vais en chercher un propre.

— Oh, pour l'amour de Dieu, c'est juste un peu de vin… laissez tomber.

— Non, dit-elle. J'en veux un propre. »

Elle se leva, passa derrière lui tandis qu'elle se dirigeait vers l'escalier, et, ce faisant, elle traça une ligne en travers de ses épaules avec le bout de son doigt. Il n'eut pas le temps de réagir. Ça avait duré une fraction de seconde. Il avait senti son doigt, puis elle était partie.

Était-elle en train de le draguer ?

Bon Dieu, était-elle *réellement* en train de le draguer ?

Madigan avait la bouche sèche. Il tendit la main vers la tasse de Jack, se ravisa. Il voulut aller se chercher un verre d'eau, de jus de fruit, ou d'autre chose, mais il changea d'avis et retourna au Jack Daniel's.

Ce n'était pas bon. Pas bon du tout. C'était une complication dont il pouvait se passer. Il était en train de perdre le contrôle…

« Vous voyez ? » dit-elle.

Madigan se retourna. Elle était au pied de l'escalier, puis marcha vers lui. Elle portait un nouveau tee-shirt. Il était blanc. À cet instant, il la trouva plus jolie que jamais.

J'ai tiré sur ta fille. Mes complices et moi avons tiré sur ta fille. Sans moi…

Quoi ? songea-t-il. Sans lui, qu'est-ce qui se serait passé ? Peut-être que le braquage de la maison avait foutu en l'air les plans de Sandià. Peut-être que ça lui avait mis des bâtons dans les roues. Peut-être – c'était une simple supposition – que s'il n'y avait pas eu de vol, si le neveu n'avait pas été tué, Sandià aurait continué de chercher systématiquement Isabella et Melissa, et qu'elles ne seraient désormais guère plus que des noms et des dossiers dans la section des affaires non élucidées du 167e.

Mais non, ça ne s'était pas passé ainsi. Isabella était en vie. Melissa aussi.

Peut-être qu'en tirant sur Melissa il leur avait en fait permis de rester vivantes un peu plus longtemps.

Il tenta de sourire.

« Ça va, Vincent ?

— Oui, répondit-il. Fatigué, peut-être.

— Vous avez l'air crevé.

— Oui, c'est juste ça. »

Elle se rassit là où elle était auparavant, face à lui, désormais souriante, avec son tee-shirt blanc, ses dents blanches, ses cheveux sombres qui encadraient ses épaules, ses yeux, l'odeur de son... Avait-elle mis du parfum ?

Oh, bon sang, ça ne doit pas se passer comme ça...

« Je peux vous poser une question, Vincent ?

— Bien sûr.

— Il vous arrive de vous sentir seul ?

— Évidemment, répondit-il.

— Je veux dire, seul au point de vouloir être avec quelqu'un... juste à côté de quelqu'un, de sentir la chaleur d'un autre être humain auprès de vous ? »

Il la regarda.

Elle avait les joues rouges.

Si ça, ce n'était pas une invitation...

« Non, dit-il. On ne va pas s'engager sur cette voie, Isabella. »

Il tenta de paraître aussi catégorique que possible.

« Mais...

— Vous êtes vulnérable. Vous vous sentez seule. Moi aussi. Bon sang, qu'est-ce qui se passe ? »

Elle se leva. Il *savait* qu'elle allait faire le tour de la table.

« Isabella, non », dit-il, levant la main pour la stopper.

— Vincent… »

Elle se rassit.

« Non, vous ne pouvez pas faire ça. Vous le regretteriez. »

Elle se releva. Vincent l'imita. Il fit un pas en arrière et la chaise tomba à la renverse, puis il sentit la colère monter.

Elle était juste devant lui, elle avait la main sur son bras. Il se crispa, sentit la tension dans chaque muscle de son corps, puis il ferma les yeux l'espace d'une seconde, se préparant à lutter contre ce désir irrésistible de la prendre entre ses bras, mais c'était trop tard…

Il sentit une main sur sa joue, et lorsqu'il rouvrit les yeux, ceux d'Isabella étaient juste là, à quelques centimètres des siens.

Elle se pencha en avant et l'embrassa.

Madigan n'eut aucune réaction.

Elle recommença.

Et il fut incapable de se retenir.

Il plaça les mains sur ses épaules, l'attira contre lui. La sensation d'un autre corps, sa chaleur, son odeur, ses cheveux contre sa peau. Ses mains descendirent jusqu'à la taille d'Isabella, et il ne se rappelait pas à quand remontait la dernière fois qu'il avait ressenti quelque chose d'aussi puissant…

Soudain il se figea.

Tu as failli tuer sa fille.

Tu n'es pas un type bien.

Tu es un sale enfoiré, et si elle savait ce que tu sais…

« Je suis désolé », dit-il.

Il la repoussa, la maintint à bout de bras, et il vit dans ses yeux l'éclair de la souffrance et du rejet.

« Non, reprit-il. Vous n'y êtes pour rien… Vraiment, vous n'y êtes pour rien, Isabella. Je vous le promets… Bon sang, c'est moi, juste moi. Je ne peux pas faire ça. Je dois conserver mes distances. Je ne peux pas m'impliquer…

— Vous impliquer ? demanda-t-elle. Vous ne pouvez pas vous *impliquer* ? Mais c'est déjà fait, Vincent… Je suis ici, non ? Dans votre cuisine. J'habite chez vous. Vous me cachez des gens qui ont tué ma sœur et tiré sur ma fille… »

C'est ce que tu crois. Tu penses que Sandià est responsable de ce qui est arrivé à Melissa.

«… et si ça ne signifie pas que vous êtes impliqué, alors je ne sais pas ce qui se passe dans votre tête.

— Ce n'est pas ce que je voulais dire. Vous me comprenez. Ce n'est pas que je ne vous trouve pas…

— Quoi ? Vous croyez sérieusement que j'ai quoi que ce soit à foutre que vous me trouviez attirante ou non ? Bon Dieu, vous êtes tellement naïf, Vincent Madigan. Vous croyez vraiment qu'il s'agissait de ça ? Merde, non, je me disais juste qu'on pourrait peut-être baiser, vous voyez ? Vous pensez que les femmes ne veulent jamais se faire sauter. Il ne s'agit que de ça, Vincent. Mais elles aiment s'envoyer en l'air de temps en temps. Pas d'engagement, pas de complications, rien si ce n'est tirer un coup pour soulager la tension et penser à autre chose qu'au pitoyable bordel qu'est devenue leur vie. C'est tout, Vincent. Quoi… vous pensiez sérieusement que j'étais amoureuse de vous ou je ne sais quoi ? Que j'étais raide dingue de vous et que vous et moi allions nous mettre ensemble et que je serais votre petite fée du logis…

— Assez, coupa Madigan. Vous me fatiguez.

— Oh, grandissez, pour l'amour de Dieu !

— Fermez-la !

— C'est vous qui allez la fermer, espèce de connard ! »

Elle fit un infime pas en arrière et il vit la gifle arriver. Elle décocha un swing puissant, mais il lui agrippa l'avant-bras juste avant l'impact. Il serra son bras comme un étau. Il était presque sidéré par la rapidité et la puissance de sa propre réaction. La main d'Isabella arrivait à cent à l'heure, et il l'avait arrêtée net.

« Vous alliez me gifler, dit-il.

— Vous le méritiez.

— Vous êtes un véritable cauchemar. Vous êtes pire que mes deux ex réunies.

— Et vous, vous êtes l'époux idéal, je vois… c'est pour ça que vos mariages sont de telles réussites.

— Bon sang, vous êtes vraiment négative.

— Oui, et vous êtes Monsieur Insouciance en personne, Vincent. »

Elle recula, se rassit, attrapa son verre et le vida.

« Resservez-moi du vin », dit-elle.

Vincent hésita, il saisit la bouteille. Il versa du vin dans son verre, qui déborda, et il regarda le liquide se répandre sur la table.

Il vit du coin de l'œil qu'elle l'observait en souriant. Il sourit également.

« Vous êtes un vrai nul, déclara-t-elle. Je n'ai jamais vu de ma vie un homme refuser de s'envoyer en l'air gratuitement et sans engagement.

— Eh bien, frangine, si ça avait été quelqu'un d'autre que vous… »

Il laissa sa phrase en suspens.

« Oh, espèce de salaud ! »

Madigan saisit sa tasse. Son cœur cognait à une allure phénoménale. L'adrénaline pompait comme… comme quoi ? Il n'était même pas capable de décrire ce qu'il ressentait.

Le goût du Jack dans sa bouche, la sensation dans sa poitrine – tout d'un coup il n'eut plus envie de whiskey, mais il savait que s'il le buvait l'envie pressante de se jeter sur elle passerait.

Il devait se retenir. Ça ne pouvait pas fonctionner. Ça n'était pas la direction à prendre.

« C'est peut-être mieux comme ça, déclara finalement Isabella. Je ne voulais pas…

— Vous n'avez pas à expliquer ni à justifier quoi que ce soit. Dans d'autres circonstances, ça aurait été sans hésitation. Mais nous devons rester concentrés sur ce que nous faisons. Pour vous, pour Melissa, pour votre sœur, OK ?

— Maintenant vous me faites me sentir minable.

— Je suis désolé, dit Madigan. Ce n'est pas ce que je veux. Je ne suis pas très doué pour ce genre de situation. Je pense ce que je pense, et je le dis.

— C'est une qualité.

— Parfois, oui, mais à d'autres moments, c'est pile ce qu'il ne faut pas faire.

— Eh bien, dans le cas présent... » Elle hésita. « Je crois que vous avez peut-être eu raison, Vincent. Je sais que demain matin vous ne m'auriez pas respectée, et que je me serais détestée d'être tombée si bas. »

Madigan sourit.

« Touché », dit-il.

Isabella se pencha en avant et plaça sa main sur celle de Madigan.

« Vous faites tellement semblant d'être un type dur, inatteignable, mais vous êtes comme tout le monde. Sous toutes ces conneries et cette bravade, il y a un cœur.

— Je ne suis pas celui que vous pensez, Isabella.

— Je ne sais pas qui vous êtes, Vincent, alors peu importe ce que je pense. Je vous connais depuis deux jours, c'est tout, même si j'ai l'impression que ça fait plus longtemps. On n'apprend pas à connaître quelqu'un en si peu de temps.

— Je pourrais vous donner vingt ans, et vous ne sauriez toujours pas tout de moi.

— Oh, je ne crois pas que vous soyez difficile à cerner, inspecteur Madigan. »

Il acquiesça, sourit, tendit la main vers la bouteille. Il ne la défia pas, n'objecta pas, ne réagit pas. Cette conversation n'allait nulle part.

Pour le moment, tout ce qu'il voulait, c'était s'assommer à coups de whiskey. Et c'était ce qu'il allait faire, quoi qu'en pense ou en dise Isabella.

« Vous aller boire tout ça ? demanda-t-elle.

— Oui, et quand j'aurai fini, j'irai peut-être en chercher une autre.

— Bon, si vous comptez vous saouler, autant me donner une tasse pour que je me joigne à vous. »

Plus tard, au petit matin, avant le lever du soleil, il se réveilla. Il était tout habillé, Isabella aussi, et ils étaient étendus côte à côte sur le canapé.

Il resta silencieux et immobile pour ne pas la réveiller et ne pas recouvrir le son de sa respiration. Car c'était tout ce qu'il entendait, jusqu'à ce qu'un papillon de nuit se mette à tisser une toile invisible autour de l'ampoule de la cuisine dans l'espoir de garder à jamais cette lumière.

Il s'interrogea sur lui-même, sa vie, sur Isabella et Melissa, se demanda qui dans le département travaillait pour Sandià…

Il se posait de nombreuses questions, et pourtant comprenait si peu de choses.

Ça ne servait à rien de s'examiner ainsi, et pourtant il ne pouvait s'en empêcher. Il s'examinait, et il voyait ; il comprenait d'où il était parti et où il était arrivé. S'il avait su qu'une telle vie l'attendait…

Et alors il ferma les yeux et, pendant un bref moment, tenta d'oublier qui il était.

50

The House On Highland Avenue

Isabella ne se réveilla pas lorsque Madigan se leva finalement. Il était 8 heures passées ce dimanche matin, et même s'il était de repos, il avait des choses à faire.

Ça aurait été le moment des regrets amers s'ils avaient couché ensemble. Il était soulagé d'avoir fixé une limite.

Il s'aspergea le visage d'eau froide dans la salle de bains à l'étage, attrapa une chemise propre pas repassée et l'enfila. Il prit sa veste, ses clés de voiture et son téléphone portable, et – peut-être inutilement – griffonna un mot à l'attention d'Isabella.

Parti pour deux ou trois heures. Appelez-moi sur le portable si vous avez besoin de moi. Ne sortez pas.

Vincent.

Tandis qu'il s'éloignait de la maison, il songea à Charlie Harris. Plus il y réfléchissait, moins il pensait qu'il travaillait pour Sandià. Certes, il lui avait filé une information bidon, et quelques heures plus tard il avait reçu un appel de Sandià. Mais Charlie avait pu parler à n'importe qui entre-temps.

Madigan fait une fixation sur un putain de dealer mort.

Ah oui ? Lequel ?

Je sais pas, un connard qui s'est fait planter un tournevis dans la tête.

Et l'informateur n'était peut-être même pas la personne à qui Charlie avait parlé. Ça pouvait être quelqu'un qui avait surpris la conversation. L'attitude de Charlie, son manque d'intérêt apparent pour ce que Madigan faisait de cette affaire… Ou peut-être que c'était juste un bon acteur. Après tout, n'était-il pas lui-même un as du mensonge ? Il était le saint patron des menteurs. Pensait-il avoir le monopole de l'imposture et de la tromperie ?

Madigan s'examina dans le rétro tandis qu'il se garait à une demi-rue du commissariat.

Il commença à douter du bien-fondé de ce qu'il faisait.

Ne suis pas cette voie, Vincent.

Elle te mènera aux ténèbres. Tu vas te perdre.

Non, mon ami, tu ne veux vraiment pas suivre cette voie.

Il est trop tard pour changer quoi que ce soit.

Les choses ont un ordre naturel.

Ce n'est pas une bonne idée de le perturber…

Tu es ce que tu es. Tu seras toujours ainsi.

Autant l'accepter. Lutter contre l'inévitable ne sert à rien…

Il farfouilla dans la boîte à gants à la recherche de quelque chose – n'importe quoi. Un Quaalude, du Xanax, du Percocet. Mais il n'y avait rien.

Il descendit de voiture et referma la portière en la claquant. Il se sentait frustré. Et anxieux. Mais l'anxiété et la peur étaient fondées sur l'ignorance, rien de plus. Et qu'ignorait-il ? Eh bien, il y avait une réponse facile à cette question. Il ignorait qui travaillait pour Sandià. Qui, au sein du département, dans *ce* commissariat, travaillait pour Sandià.

Bon, comme disait le vieil adage, à escroc, escroc et demi. Et qui aurait été mieux placé que Madigan pour déterminer qui d'autre était en lien avec Sandià ?

Personne.

Il s'agissait juste de trouver un moyen de le faire.

Tout d'abord, il devait voir qui pouvait être concerné. Il y avait Ron Callow et Charlie Harris de la brigade des vols et des homicides, mais ce n'était qu'une petite unité au sein du bâtiment. Il y avait les inspecteurs des mœurs, des crimes sexuels, des fraudes et de la cyberfraude, et au-dessus d'eux, leurs chefs d'escadron attitrés, les chefs d'unité, le capitaine, le commandant de division… bon sang, vous pouviez remonter jusqu'au sommet. N'importe qui avec un rang d'inspecteur 3e classe ou plus pouvait accéder au système depuis n'importe quel poste de travail. N'importe qui avait pu jeter un coup d'œil au dossier de Valderas et décider d'égarer une partie des documents.

Il était impossible de déterminer l'identité de l'informateur à partir de fuites que Madigan aurait pu initier. Il y avait tout simplement trop de monde. Pour y parvenir, il aurait fallu donner une information différente à chacun, et voir laquelle arriverait aux oreilles de Sandià. Les types du commissariat, soit, mais le commandant de division ?

Donc, s'il ne pouvait pas aller à eux, il devrait faire en sorte que ce soient eux qui viennent à lui.

C'était la seule solution.

Il devrait jeter un appât et voir qui viendrait le renifler.

C'était la proverbiale maison dans Highland Avenue dont parlait son père. Madigan ne savait pas d'où venait cette expression, mais quand il était enfant, c'était la réponse à toutes les questions.

Où on va, papa ?

À la maison dans Highland Avenue.

C'est où ?

Tu verras quand on y sera.

Ça ne voulait rien dire. C'était juste pour son père une manière de ne pas répondre, d'entretenir le mystère. Vous cherchiez un endroit qui n'existait pas.

Il devait forcer l'informateur à aller quelque part pour découvrir quelque chose. Et ça devait être une chose que Sandià ne pouvait pas demander à Madigan de faire, un endroit où Madigan ne pouvait ou ne voulait pas aller. Un endroit qui compromettrait leur relation. Comme ça, Sandià serait obligé d'envoyer son autre homme, et Madigan serait là pour le démasquer. Après ça, le second stratagème devrait fonctionner, un stratagème qui les placerait Isabella Arias et lui en dehors de la ligne de feu, ainsi que Melissa, et même Bernie Tomczak. D'ailleurs, Madigan pouvait utiliser Bernie, et aussi Walsh, de même que tous ceux à qui il pouvait faire confiance pour garder le silence.

C'était une partie d'échecs, rien de plus. Mais son adversaire ne s'était pas aperçu qu'elle avait déjà commencé.

Et qu'est-ce qui éveillerait suffisamment l'intérêt de Sandià pour nécessiter une action immédiate ?

L'argent, évidemment, mais – plus encore que l'argent – une possible identification du quatrième homme, celui qui avait tué son neveu, descendu trois de ses complices, puis qui s'était calmement fait la malle avec le pactole.

Simple en théorie, mais dans les faits ? Dans les faits, c'était une tout autre histoire.

Madigan entra dans son bureau et ferma la porte. Il s'assit et ferma les yeux. Il respira profondément pendant un moment, tenta de se concentrer, de se recentrer, mais c'était difficile. Tant de pensées, tant de confusion. Isabella, Bernie Tomczak, le motel, l'argent, la fillette blessée, la sœur morte, le fait qu'il avait failli tout compromettre en couchant avec cette foutue Isabella la veille…

Il avait besoin de boire un coup. Il tira une bouteille de Jack Daniel's du tiroir inférieur de son bureau, prit le plus propre des deux gobelets à café qui étaient posés sur son meuble de rangement, et se versa une dose généreuse.

Il la but d'un trait, laissa la sensation familière et réconfortante se propager dans sa poitrine.

Il pensa à Cassie. Elle aurait dix-huit ans dans vingt-cinq jours. Puis il pensa à Adam, Lucy et Tom, et il se rappela les paroles de Sandià.

Si les enfants grandissent sans père, il y aura des choses en eux qu'ils ne comprendront jamais.

Il y avait deux façons de grandir sans père. Soit il était absent – physiquement, concrètement. Soit il n'était mentalement et émotionnellement pas là. La première possibilité cadrait avec ses propres enfants, alors que la seconde correspondait à son père. La « maison dans Highland Avenue » avait peut-être été une métaphore pour toutes les choses qui comptaient. Son père avait-il vraiment jamais été là pour lui ?

En toute honnêteté, il y avait peu de choses qui irritaient autant Madigan que les jérémiades et la posture de victime des personnes qui rendaient le passé responsable de leur présente infortune. Les gens n'étaient pas uniquement le produit de leur histoire. Ils étaient le produit de tant de choses. Il y avait des dynamiques situationnelles, des éléments tellement divers qui entraient en jeu. La totalité était plus grande que la somme de ses parties. En tant qu'enfant unique avec un père distant et une mère timorée toujours dans l'ombre de son mari, Madigan avait dû s'inventer lui-même ses distractions. C'étaient toujours les gamins les plus intelligents qui s'attiraient des ennuis. Ils s'ennuyaient plus vite. Ils avaient besoin de stimuli intellectuels plus exigeants. L'imagination, si elle n'était pas canalisée en une force créative et constructive, devenait un outil de manipulation. Certains gosses étaient simplement trop idiots et crédules pour mentir. Madigan, en revanche, avait toujours été un menteur. Il mentait pour obtenir ce qu'il voulait, pour qu'on fasse attention à lui, pour avoir de l'argent, pour s'éviter des ennuis. Et aussi, dans certains cas, pour s'en attirer, juste histoire de rompre la monotonie de l'enfance.

Était-ce ce qui était arrivé ? Était-ce alors que tout avait commencé ? Tout cela avait-il constitué les fondations de son échec avec ses propres enfants ?

C'étaient des pensées sombres. Passerait-il le restant de sa vie ainsi ? N'y avait-il rien d'autre à attendre ? Sur l'échelle du bien et du mal, où en était-il, et était-il possible de revenir en arrière ? Ou, plus précisément, était-il possible de revenir en arrière *vivant* ?

Madigan ne s'était jamais trop soucié du souvenir qu'il laisserait. Ce qu'on penserait de lui quand il serait parti ne l'avait jamais inquiété. Mais maintenant ? Est-ce que ça comptait maintenant ? Craignait-il plus désormais ce que ses enfants pourraient penser de lui, ce qu'on leur dirait, ce qu'ils apprendraient ? C'était en soi égocentrique de sa part de supposer qu'ils *voudraient* savoir, que ça les intéresserait. Après tout, avait-il joué un rôle significatif dans leur vie ? Que savaient-ils jusqu'à présent ? Qu'avait dit Angela à Cassie ? *Ton père ? Bon sang, Cassie, laisse tomber. C'était un loser, un ivrogne, un menteur... Il était comme ça à l'époque, et je suis certaine qu'il l'est encore. Les gens ne changent pas. En fait, non, ce n'est pas vrai. Certaines personnes changent. Ce sont les gens comme Vincent qui restent toujours les mêmes.* Et la perspective de Cassie avait-elle été tellement biaisée qu'elle n'envisagerait jamais un autre point de vue ? Et dans ce cas, n'était-ce pas tout ce qu'il méritait ?

Mais il y avait aussi Adam, Lucy et Tom. Pourquoi étaient-ils moins importants que Cassie ? Parce qu'ils étaient encore assez jeunes pour que leurs impressions aient un poids et de la substance. Et d'où venaient ces impressions ? Des femmes auxquelles il avait menti, celles qu'il avait trahies, trompées, abusées, induites en erreur, et abandonnées. C'était ça qui le définissait. Mais les gosses étaient également assez jeunes pour être ouverts à une influence contraire, pour voir leur point de vue inversé. Mais pour y parvenir, il aurait fallu que Madigan soit là pour eux. Et il ne l'était pas.

Cassie était la première, elle l'avait toujours été et le serait toujours. C'était désormais une adulte, une jeune femme, plus une enfant. Chaque pensée qu'il avait la concernant portait le poids de l'obligation, du devoir, de la paternité, et il semblait qu'il avait échoué à tous ces égards.

Sa vie. Bon Dieu, quel putain de désastre.

Madigan se leva et arpenta la pièce de long en large. Il devait tout reconstituer. Il devait tirer sur chaque fil, chaque fragment, les rassembler de nouveau et puis foutre le camp. Était-ce possible ? Était-il délirant, fou, ou provoquait-il simplement le destin et la providence ? Avait-il commis trop de mauvaises actions pour avoir droit à une nouvelle chance ?

Et Isabella ? Combien de temps avant qu'elle n'apprenne la vérité sur ce qui s'était passé – que c'était lui, Vincent Madigan, son chevalier blanc, qui avait expédié sa fille à l'hôpital de Harlem avec une balle dans le ventre ?

Et si elle l'apprenait, qu'est-ce qu'elle ferait ? Essayer de le tuer ? Le balancer à ses supérieurs ? Le pardonner ?

Les pensées de Madigan allaient dans tous les sens. La nausée n'était pas passée, pas complètement. La tension dans sa poitrine, au creux de son ventre, semblait désormais se propager comme un virus à travers tout son corps. Il fallait qu'il sorte. Il avait besoin de prendre l'air. Il devait *réfléchir*.

À une rue et demie du commissariat, il trouva un petit restaurant. Il s'assit dans un box face à la vitre, commanda un café, une viennoiserie. Il regarda les gens passer, leur visage, leurs yeux, leur expression, et se demanda à quoi ressemblait leur monde. Il songea à leurs mensonges, leurs trahisons – les infidélités, les promesses non tenues, les tromperies et les fuites, les secrets de famille. Il pensa aux dénis de grossesse, aux avortements, aux délits de fuite, au blanchiment d'argent, aux vols, aux fraudes fiscales. Il pensa à la vérité, au fait que certains estimaient qu'elle ne valait pas grand-chose et était quantité négligeable, tandis que d'autres la considéraient comme une maladie qui pouvait être soignée avec de nouveaux mensonges. La compassion et l'humanité de la jeunesse et de l'innocence peu à peu anéanties. Finalement, les gens n'étaient plus eux-mêmes. Ils étaient ce qu'ils croyaient que le monde voulait qu'ils soient. Parce qu'il ne s'agissait que de ça. C'était ça, le véritable tour de passe-passe, la réelle tromperie. Se persuader que tout ce qu'on faisait, tout ce qu'on avait fait, était motivé par de bonnes intentions. *Je ne voulais pas lui faire de peine. Je ne voulais pas rendre les choses pires qu'elles ne l'étaient déjà. S'il avait su, il aurait été anéanti... Je croyais qu'il valait mieux garder ça pour moi. Juste pour le moment. Jusqu'à ce que je l'estime en état de surmonter ça.* Foutaises. C'étaient rien que des foutaises. On passait tous notre vie à se mentir les uns aux autres, à se mentir à soi-même, à mentir au reste de ce foutu monde.

Pourquoi ? À cause de la cupidité, de l'avarice, de la convoitise, du racisme, de la haine, des préjugés… Et qu'est-ce qu'on disait des préjugés ? Qu'ils étaient une opinion inébranlable fondée sur de la peur ? Madigan avait eu des préjugés toute sa vie. À son égard, envers les autres. Il en avait eu par le passé, et il en avait encore, même s'il savait que c'étaient des mensonges.

Et la vérité ? La vérité, c'était qu'il allait être obligé de mentir un peu plus pour s'en sortir.

Il vida sa tasse de café, laissa la viennoiserie sans y toucher. Puis il regagna sa voiture, fit demi-tour et remonta la 1re Avenue en direction de Paladino.

Il y avait tant de vies en jeu – non seulement celles de Melissa et d'Isabella Arias, mais également celles de Bernie Tomczak, de Duncan Walsh, voire de ses enfants. Et aussi, même si c'était peut-être le moins important, la sienne.

Madigan savait qu'il devait parler à Sandià, et il devait le faire sur-le-champ.

51

The Master Plan

« Sénèque ? » répéta Sandià.

Madigan acquiesça. Il essaya de sourire, de paraître détendu. Il ne devait rien laisser paraître.

« Oui, répondit-il. Sénèque.

— Et qu'est-ce qu'il a dit ?

— Il a dit que la chance, c'était ce qui arrivait quand la préparation coïncidait avec l'opportunité. »

Sandià réfléchit un moment, puis il opina du chef.

« Ça me plaît, mais je ne vois pas en quoi ça nous concerne. »

Madigan inspira profondément, mais en silence.

La puissance du cœur avait été mesurée – pas en termes d'émotions, ni en termes d'amour, de passion ou de trahison, car c'était impossible. Elle avait été mesurée d'un point de vue physique – le nombre de kilos par centimètre carré, la force nécessaire pour propulser tant de litres sur tant de mètres à telle ou telle vitesse. Mais le cœur, quelle que soit sa puissance, était silencieux jusqu'à ce que la peur montre son visage. Tant que la panique ou la terreur ou l'angoisse n'assaillait pas les sens, le cœur vaquait tranquillement à ses occupations secrètes. Madigan ne se rappelait pas avoir jamais senti son cœur aussi vivant. Tout ce qu'il avait pu éprouver jusqu'alors n'était rien comparé à ça. Il était désormais plus sobre qu'il ne l'avait été depuis longtemps. Il n'y avait pas grand-chose niveau drogue ou alcool pour apaiser l'anxiété, l'inquiétude, la terreur qu'il éprouvait à cet instant.

Tout était désormais dans la balance, car Sandià ne tenait compte d'aucun paramètre quand il s'agissait de venger les torts qu'on lui avait causés.

Madigan alluma une cigarette, inspira, expira, ferma les yeux un moment puis commença à parler.

« Comme tu l'as déjà dit, nous nous connaissons depuis longtemps. Suffisamment pour partager un certain respect mutuel, peut-être même une confiance limitée. C'est vrai, non ? Même si dans ce business on ne peut faire totalement confiance à personne, je crois pouvoir affirmer que tu as toujours été un homme de parole, et je te respecte pour ça.

— C'est très gentil de dire ça, Vincent, mais qu'est-ce que ça a à voir avec…

— Écoute-moi », coupa Madigan. Il tira une nouvelle taffe sur sa cigarette. « J'ai réfléchi à ce qui s'est passé, j'ai pensé à la confiance, à ce que Sénèque a dit de la chance. Celui qui a braqué ta maison n'avait ni chance ni malchance. Il avait juste la préparation et l'opportunité.

— Bon, c'est une évidence, Vincent…

— Peut-être, mais voici ce que je ne saisis pas. » Madigan se pencha en avant. « Les gens qui bossent pour toi, d'accord ? Tu les traites bien. Enfin quoi, regarde toi et moi, par exemple. Je travaille sur le principe du donnant-donnant. Tu me donnes ce que je veux, et tu me prends ce dont tu as besoin pour que les affaires roulent. Nous n'avons jamais eu de problèmes. Jamais de désaccords. Nous avons toujours vu les choses du même œil, pas vrai ?

— Bien sûr, Vincent, bien sûr. »

Sandià remua sur sa chaise. Il avait une expression implacable, calme, détachée peut-être. Il s'agissait de business. Dans les faits, sa relation personnelle avec Madigan ne signifiait rien. S'il n'avait pas été là, quelqu'un d'autre aurait pris sa place. Mais il était curieux de savoir où Madigan voulait l'entraîner avec cette conversation. Ses intentions l'intriguaient. Seulement quatre jours s'étaient écoulés depuis le braquage de la maison et le meurtre de son neveu, et il commençait à perdre patience. Il voulait des réponses. Il voulait des résultats. Et si les réponses et les résultats n'arrivaient pas vite, des gens allaient mourir.

Sandià agita la main comme pour dire : *Viens-en au fait, Vincent.*

Madigan s'éclaircit la voix.

« Et pendant toutes ces années où nous avons travaillé côte à côte, est-ce que je t'ai donné des raisons de t'inquiéter ? Est-ce que je t'ai déjà donné la moindre raison de ne pas croire ce que je te disais ?

— Non, Vincent, bien sûr que non. Comme j'ai dit, nous avons eu… » Sandià marqua une pause. Il sourit comme s'il essayait de se montrer de bonne humeur, d'alléger le ton de la conversation. « Nous avons eu ce que j'appellerais une relation mutuellement profitable.

— Donc je veux que tu m'écoutes, dit Madigan, je veux que tu m'entendes jusqu'au bout, et quand j'en aurai fini on pourra en parler et essayer de tirer tout ça au clair.

— Dis ce que tu as à dire, Vincent. Assez de ce baratin, OK ?

— C'est précisément le problème. Ce n'est pas du baratin. Je ne me moque pas de toi. Je vais te dire une chose, ça va te faire un choc, mais je veux que tu réfléchisses à toutes les options et toutes les possibilités avant de la rejeter immédiatement.

— OK, OK, OK… Bon Dieu, Vincent, tu commences franchement à me taper sur les nerfs. Assez de sermons. Donne-moi les détails.

— Je crois… Merde, Dario, je crois que ton neveu allait t'arnaquer. »

Sandià regarda Madigan. Un pli apparut sur son front, puis disparut tout aussi vite. Il sourit, tenta d'avoir l'air pensif, confus même, puis sourit de nouveau. Son sourire se transforma en rire, et il secoua la tête et dit :

« Bon Dieu, Vincent, tu m'as bien fait marcher… Je croyais que tu allais me dire quelque chose de sensé.

— Tu as quelqu'un d'autre à ta solde, déclara Madigan. Tu as quelqu'un d'autre à ta solde au sein du département, quelqu'un qui te fournit des informations, qui te dit ce que tu dois savoir. Je soupçonne fortement que cette personne était de mèche avec ton neveu et qu'ils allaient te piquer cet argent, après quoi ton neveu se serait servi de ce pognon pour monter une équipe et t'attaquer. Il voulait le territoire, Dario. Il voulait ton territoire et était prêt à faire à peu près tout pour y parvenir. Il était lui-même en relation avec cette personne qui bosse pour toi, et ils comptaient nous éliminer toi et moi et prendre nos places… »

Sandià demeura silencieux.

Son expression était impassible.

C'était peut-être la chose la plus troublante. La réaction initiale de Sandià, son dédain face à l'hypothèse de Madigan, était purement superficielle. La vérité, aussi dure fût-elle, était qu'il ne faisait confiance à personne. Il savait qu'il ne pouvait pas, pas même à sa propre famille.

À cet instant, le vide dans les yeux de Sandià effraya plus Madigan que tout ce qu'il avait vu jusqu'alors. Si son neveu avait vraiment essayé de l'arnaquer, alors il aurait été assassiné. C'était le business. Ça avait toujours été le business, et ça le serait toujours.

Sandià parla alors. Sa voix était basse, presque un murmure, et même si ses mots avaient un sens, ils laissaient entendre quelque chose de tout à fait différent. C'était comme s'il cherchait à se convaincre lui-même, tout en sachant pertinemment que Madigan avait pu dire la vérité.

« C'est absurde, Vincent. Je sais que tu prends des cachets et tout… mais c'est absurde…

— Vraiment ? C'est ce que tu crois ?

— Si tu dis vrai, comment se fait-il que mon neveu ait été tué ? »

Sandià avait posé sa question franchement. Il n'était pas en colère, sa voix était toujours à peine plus qu'un murmure, et il fixait Madigan d'un regard implacable et envoûtant.

Ce dernier dut faire un effort surhumain pour ne pas détourner les yeux – à aucun moment, pas une fraction de seconde.

« Parce que le type qui travaille pour toi n'a aucune intention de te faire tomber. Tu lui rapportes trop d'argent. Il a un plan en or. Il est contacté par le gamin, il l'écoute, il accepte tout en se disant qu'il peut faire le boulot lui-même. Il peut voler l'argent dans la maison, supprimer ton neveu et l'équipe de livraison, tuer ses trois complices. Il s'en tire sans être inquiété, il se fait trois cent mille dollars de bénéfice, il conserve sa relation avec toi, et la seule personne qui était au courant du braquage est morte.

— Non, Vincent, c'est impossible… Tu ne sais pas de quoi tu parles. Mon propre neveu ? Tu crois que c'est Alex qui a fait ça ? Qu'il voulait me renverser ? Le fils de ma sœur ?

— Ce n'était pas ton fils, Dario. C'était ton neveu. Il t'a dit ce que tu voulais entendre. Il t'a fait croire tout du long qu'il était avec toi, mais il avait cette idée en tête, cette idée de devenir le big boss, le maître des lieux. Alors il y travaille en coulisses ; il cherche une personne de confiance. Pourquoi il s'adresse à ton autre contact dans la police ? Parce qu'il est déjà compromis. C'est un meilleur pari qu'un membre de la famille, pas vrai ? Ce type doit être prudent, quoi qu'il fasse. Il ne peut pas l'ouvrir à droite, à gauche. Il ne peut pas te dire ce qu'il voudrait. Tu es déjà sur tes gardes avec lui. Il le sait. C'est un flic. Un frère d'armes. Il va disparaître sans laisser de traces. Pourquoi ? Parce que le département ne veut pas d'un tel scandale. Il ne veut pas qu'on en parle aux infos. Il n'y a rien qui nuise plus à l'image du département qu'un flic véreux. Ils feront tout ce qu'il faudra pour que ça ne paraisse pas dans la presse. Si ton contact déballe tout, alors ils le planqueront quelque part. Il leur dit qu'il travaille pour toi, qu'il magouille, qu'il touche des pots-de-vin, qu'il conclut des deals pour toi. Ils flippent comme t'as pas idée. Ça va ramener leur réputation à ce qu'elle était dans les années 40. Alors ils lui accordent l'immunité. Ils écoutent tout ce qu'il a à dire. Ils préparent leur dossier. Ils vous serrent toi, ta famille, tout le monde. Ils cadenassent tout, et maintenant ton type mène une nouvelle vie à Boise, dans l'Idaho, sous une nouvelle identité. Tu ne le retrouveras jamais. C'est plié. Fin de l'histoire. Mais bon, ça pourrait aussi se passer différemment. Ton neveu veut te renverser, il le dit à ton contact dans la police, le contact te répète tout. Qu'est-ce que tu vas faire ? Tu vas te débarrasser de ton neveu, mais tu vas aussi être obligé de te débarrasser d'un flic vu qu'il peut te relier à la mort de ton neveu. Penses-y. La chose la plus intelligente à faire, c'est tuer ton neveu, prendre le fric, et tout est réglé. »

Sandià était silencieux. Il entendait ce que Madigan disait. Il cherchait le moindre indice qui aurait confirmé ou infirmé ce que Madigan suggérait. Qu'avait dit Alex ? Quelle impression avait-il donnée ? Comment avait-il réagi à tel ou tel événement ? La fois où il avait dit ceci ou cela… est-ce que ça avait pu être un mensonge ? Les rouages tournaient dans la tête de Sandià. Madigan les entendait. Deux choses jouaient en sa faveur. La première était un principe de psychologie : donnez à quelqu'un une raison de douter, et il cherchera automatiquement de quoi confirmer ses doutes au lieu de les réfuter. La seconde était la méfiance inévitable de Sandià. Un homme comme lui ne pouvait pas conserver un tel empire sans se méfier de tout ce qu'il entendait et voyait.

« Si tu dis vrai, alors cet autre type, ce flic, celui qui était de mèche avec mon neveu, pourquoi il ne m'a pas fait tomber ?

— Pourquoi il ferait ça ? À quoi ça lui servirait ? Quelle raison aurait-il de s'en prendre à toi ? Tu crois qu'il a envie d'être passé au gril, de voir toute sa vie s'écrouler autour de lui ? Tu crois qu'il veut finir à Boise, Idaho ? Il a un plan en or. Je ne sais pas combien tu le payes, mais si c'est équivalent à ce que tu me donnes, eh bien, il faudrait être cinglé…

— Ou être un joueur, Vincent. Un joueur et un ivrogne. Peut-être que ce que je lui donne n'est pas la question. Peut-être qu'il est comme toi. Peut-être que je pourrais lui donner un million de dollars par mois et qu'il s'en foutrait parce qu'il claque tout aux cartes, en alcool, aux matches de football…

— Je ne crois pas, Dario.

— Et pourquoi ça, Vincent ? Pourquoi tu ne le crois pas ?

— Parce que je suis ton électron libre, mon ami. Tu crois que je ne le sais pas ? Tu crois que je ne comprends pas que tu es bien trop malin pour avoir deux cinglés qui travaillent pour toi ? Je te connais trop bien, d'accord ? Je sais que tu as des billes partout. Je sais que tu dois faire en sorte que certaines choses fonctionnent sans problème, tandis que d'autres peuvent partir à vau-l'eau. Je sais que tu n'as pas le temps de te soucier de deux cinglés. Tu me gardes parce que je suis le dangereux des deux. Comme un investisseur avisé, tu conserves des actions dans les vieilles valeurs sûres, et tu places de l'argent dans des trucs incertains qui pourraient se casser la gueule demain – ou peut-être pas… ça pourrait réussir et te rapporter une fortune. C'est comme ça que tu travailles, mon ami. Je te connais depuis trop longtemps et j'en ai trop vu pour douter de toi une seule seconde. »

Sandià sourit. Pendant un moment, il sembla goûter le compliment, puis sa bonne humeur s'évanouit et il se rappela le sujet de cette conversation.

« Tu me dis que mon propre neveu, Alex Calvo, allait me trahir ?

— Tout ce que je dis, c'est qu'il y a trop d'indices logiques pour qu'autre chose fasse sens. Je dis qu'il y a une chance, une possibilité… C'est tout.

— Et tu me conseilles d'aller parler à l'autre personne concernée…

— Je ne te dis pas ce que tu as à faire. Tout ce que je dis, c'est que la rumeur affirmait qu'un flic avait pu être mêlé à ce vol et au meurtre de ton neveu… et qu'il est en effet possible qu'un flic ait eu l'opportunité de le faire. En plus, si c'était quelqu'un à ta solde, qui mieux que lui aurait su où l'argent devait être livré ?

— Si ce que tu dis est vrai, réponds à cette question. Pourquoi un flic viendrait-il me dire qu'un flic a été mêlé à tout ça ? Si celui qui a fait ça est vraiment de la police, pourquoi s'impliquerait-il ? »

Madigan esquissa un sourire.

« Une ruse vieille comme le monde. En laissant entendre qu'on a pu être impliqué, on s'exonère. L'attaque est la meilleure défense. »

Sandià se pencha en arrière, joignit les mains comme s'il priait, puis il posa les coudes sur les accoudoirs de son fauteuil. Il ferma les yeux.

Il resta immobile quatre ou cinq bonnes minutes.

Madigan sentait les battements de son cœur. Il n'osait pas bouger.

Ces minutes semblèrent durer une éternité, et il avait l'impression que sa vie était avalée par le vide. S'il s'était trompé…

« Vincent. »

Madigan ouvrit les yeux. Il ne s'était pas rendu compte qu'il les avait fermés.

« Vincent… j'ai quelques coups de fil à passer. J'ai quelques affaires à régler. »

Sandià se leva, fit le tour du bureau.

Madigan se leva également, et pendant un instant ils se tinrent face à face, à environ un mètre l'un de l'autre. Sandià plongea les yeux dans ceux de Madigan comme s'il cherchait à explorer le passé, voir le présent, prédire l'avenir. Madigan ne cilla pas, il ne détourna pas le regard ; il se contenta de fixer Sandià comme s'il n'y avait personne d'autre au monde.

Sandià leva les bras et saisit les épaules de Madigan.

« J'ai tué des hommes, dit-il doucement. Même mon nom… je l'ai acquis, Vincent, comme tu le sais, en faisant une chose que je devais faire. Je ne suis pas du genre à chercher les faiblesses chez les autres. J'essaie de trouver leurs forces. Car la force d'un homme peut m'être utile. Son honnêteté, son intégrité et sa force peuvent m'être utiles. J'ai besoin qu'il soit courageux, qu'il me dise la vérité, qu'il ne me mente jamais. Je dois pouvoir me reposer sur les gens. Tu le sais. Tu sais que nous ne pouvons pas faire ce que nous faisons en étant entourés de tromperie et de mensonge. » Il inspira lentement, expira, puis secoua la tête sans jamais détacher son regard de Madigan. « Si ce que tu dis est vrai… S'il y a ne serait-ce qu'une once de vérité dans tout ça, alors je le découvrirai et j'aviserai. Mais si je m'aperçois que tu m'as menti, Vincent… »

Il laissa sa phrase en suspens.

Madigan ne prononça pas un mot. Il ne respirait plus.

« Bien, reprit Sandià. Pars, fais ce que tu as à faire. Je vais passer mes coups de fil et parler à des gens, et nous découvrirons la vérité ensemble. »

Madigan acquiesça, un mouvement à peine visible de la tête, mais il ne détourna pas le regard.

« Et si tu as raison…, poursuivit Sandià en lâchant les épaules de Madigan et en retournant au bureau, si tu as raison, mon ami, ce sera un triste jour pour cette famille…

— Je comprends. Mais je devais venir te voir, Dario… Je devais te faire part de mes soupçons… »

Sandià leva la main et Madigan se tut.

« Ta loyauté n'a jamais été remise en question, Vincent, et elle ne l'est pas maintenant. Pas encore. Laisse-moi résoudre ça de mon côté, et nous nous reparlerons. »

Madigan marcha vers la porte.

« Merci, Vincent », lança Sandià.

Madigan ne répondit rien.

La main sur la poignée, la porte s'ouvrant, le sentiment de délivrance, de soulagement, de relâchement total. L'impression qu'il allait se mettre à hurler, regagner la rue en courant, son cœur cognant comme une machine, prêt à imploser, à défaillir, à s'arrêter net, et qu'il allait s'écrouler sur le trottoir avec un regard vide, que tout ce qui comptait allait disparaître…

Le poids de ses pieds tandis qu'il marchait vers l'ascenseur. Appuyer sur le bouton. Bruit de poulies et de câbles. Attendant que Sandià ouvre la porte derrière lui, le rappelle…

Vincent… une dernière chose avant que tu partes…

L'ascenseur arrivant. Entrer dedans. Un doigt sur le bouton, les yeux tournés vers la porte par laquelle il venait de sortir.

Sa bouche et sa gorge comme remplies de poussière.

Les yeux écarquillés, parvenant à peine à croire le scénario qui venait de se dérouler.

Tout était réel, mais également irréel.

L'ascenseur atteignit le rez-de-chaussée. Les portes s'ouvrirent. Il passa devant les types dans le couloir, récupéra son arme, puis la lumière du jour, les bruits du monde à l'extérieur.

Quelqu'un dit quelque chose, Madigan ne répondit pas, mais il se retourna et sourit.

Porte, trottoir, cent mètres jusqu'à sa voiture.

Le tout au ralenti pendant que le reste du monde allait à cinq, dix, vingt fois sa vitesse habituelle.

Ouvrir la portière, monter dans le véhicule, la refermer. Les mains sur le volant, le front appuyé sur ses mains. Il hurlait intérieurement, mais tout était silencieux.

Un long moment s'écoula avant qu'il mette le contact et s'éloigne.

52

Straits Of Love And Hate

Le cœur de Madigan ne commença à ralentir que lorsqu'il fut à une demi-douzaine de blocks de l'immeuble de Sandià.

Il n'arrêtait pas de penser à Alex Calvo, le neveu. Sandià retournerait encore et encore cette histoire dans sa tête. Il la ruminerait jusqu'à ce qu'il ait tout compris. Jusqu'à ce qu'il *croie* avoir tout compris. *Pourquoi Alex ne s'était-il pas associé à Valderas ? Pourquoi avait-il révélé la trahison de ce dernier à Sandià ? Parce qu'il était déjà de mèche avec quelqu'un d'autre, voilà pourquoi. Et pourquoi Alex aurait-il voulu renverser Sandià ? Simple… Toujours les mêmes raisons – l'argent, la cupidité, le pouvoir, le contrôle, la jalousie.*

Sandià ne serait plus attristé par la mort d'Alex Calvo lors du braquage de ce mardi matin. Il ne pleurerait plus son neveu. Il estimerait que quelqu'un avait simplement fait le sale boulot à sa place. Calvo était devenu un renégat, un traître, et désormais il ne constituait plus une menace. Mais l'autre flic ? Le quatrième homme ? Était-ce lui le véritable traître ? C'était la graine de doute que Madigan espérait avoir plantée dans l'esprit de Sandià, et ce dernier, étant donné sa nature, ne voudrait qu'une seule chose : défier cet homme.

Madigan espérait juste qu'il parviendrait à revenir à temps.

Il s'arrêta dans une agence de location de la 118e Rue Est, prit une petite voiture quelconque, et laissa cinquante dollars de pourboire pour qu'on surveille son propre véhicule jusqu'à son retour. Il montra sa plaque, et l'employé ne posa pas de questions.

Il retourna à Paladino et se gara à un demi-block de l'entrée de l'immeuble. Si tout se passait comme il l'espérait, alors il n'aurait pas longtemps à attendre avant que quelqu'un arrive. La seule question était qui, et est-ce que Madigan le reconnaîtrait ou non. Ça pouvait être n'importe quel flic de n'importe quel commissariat de la ville. S'il échouait à l'identifier, il était baisé.

10 h 30, et Madigan était déjà à cran. Il avait envie de pisser, mais il ne pouvait pas bouger. Il ne pouvait aller nulle part. Il aurait voulu avoir une bouteille en plastique ou quelque chose du genre dans la voiture, un récipient dans lequel il aurait pu uriner avant de s'en débarrasser plus tard.

Il était rongé par le doute. Il avait mal estimé tout et tout le monde. Il s'était empêtré dans un piège créé par lui-même.

Il alluma la radio à bas volume, la régla sur une station de jazz qui émettait depuis Long Island.

La musique ne fit que l'irriter encore plus, et il la coupa.

Il songea à Isabella. Il songea à Melissa. Il se demanda ce qu'il ferait d'elles si jamais cette histoire s'achevait un jour. Peut-être qu'elles seraient toutes les deux mortes. Ou peut-être qu'elles s'en sortiraient, mais que lui serait mort. Il pensa à tout ce qui s'était passé depuis sa rencontre avec Bernie Tomczak dans une allée seulement cinq jours plus tôt. Cinq jours. Les cinq jours les plus importants de sa vie. Pas de retour en arrière, pas de fuite possibles. Maintenant, c'était en avant toutes, quoi qu'il trouve sur son chemin. Soit il le vaincrait et s'en sortirait, soit ce serait son arrêt de mort. Littéralement.

Et s'il s'en sortait, qu'est-ce qui se passerait ? Où irait-il ? Il ne pourrait certainement plus rester dans la police. Ou peut-être que si ? Pouvait-il réussir un tel coup ? S'il s'occupait de Walsh, des affaires internes, de ses propres statistiques, de son dossier, est-ce qu'il serait en mesure de rester, de tirer ses vingt-cinq ans, puis de partir avec une pension ? Il aurait alors quarante-huit ans, pas si vieux que ça, encore vingt ou trente bonnes années devant lui. L'argent du braquage de Sandià ne serait plus là. Il fallait qu'il le planque bientôt quelque part, puisque c'était censé être la preuve incontestable que quelqu'un d'autre que lui s'était trouvé dans la maison le mardi matin précédent, que quelqu'un d'autre que lui avait tenu les armes qui avaient tué l'équipe de Sandià. Se sentait-il en mesure de faire ça ? Se sentait-il capable de refaire sa vie quelque part grâce à une pension de la police ?

Madigan jeta un coup d'œil dans le rétro. Il se rappela le moment où il s'était garé devant le restaurant chinois après sa rencontre avec Landry, Williams et Fulton. Il avait regardé ce même reflet. Dans combien de miroirs de combien de toilettes de combien de bars ce visage usé lui avait-il retourné son regard ? Trop, ou pas assez ? Peut-être qu'il s'enfermerait simplement dans une chambre de motel et boirait jusqu'à en crever. Peut-être que ce serait le plus simple. Il se rappelait avoir déjà pensé ça. Il se rappelait avoir eu de nombreuses pensées semblables. C'était comme si le monde était rempli de lieux sombres. Il en avait vu la plupart, avait vécu dans quelques-uns, et même ceux où il n'avait jamais mis les pieds lui semblaient étrangement familiers.

Rien n'était certain. Rien n'était fiable.

Madigan regarda l'entrée de l'immeuble et pria pour que quelqu'un arrive.

Quand midi sonna, il n'en pouvait plus. Il avait les nerfs en lambeaux. Sa vessie était sur le point d'exploser. Il avait fumé à la chaîne une demi-douzaine de clopes et avait la nausée et la tête qui tournait. Il pouvait rester assis ici et personne ne viendrait. Et si l'homme de Sandià était un grand ponte du département ? S'il travaillait au bureau du procureur, ou à celui du chef de la police ? Impossible pour quelqu'un de ce genre de se montrer dans le coin. Et dans ce cas, tout ce qu'il avait fait ne mènerait à rien. Et s'il ne découvrait pas l'identité de l'autre source de Sandià, alors…

Madigan remua sur son siège. Il jeta un coup d'œil en arrière par-dessus son épaule et vit du coin de l'œil quelque chose bouger.

Il se retourna.

Une voiture s'immobilisa un demi-block devant lui. C'était une berline quelconque, précisément le genre de véhicule que le garage fournissait quand on était en service. Et ce serait logique d'utiliser une voiture du garage. Comme l'avait dit Madigan à Sandià à propos de sa deuxième source, l'attaque était la meilleure défense. Si on vous voyait ici dans autre chose qu'une voiture du département, ça soulèverait des questions. Alors que dans une voiture de la police, vous étiez forcément en mission, pas vrai ? Qui serait assez idiot pour se rendre sur le territoire de Sandià dans sa propre voiture ?

Madigan se baissa instinctivement, bien que la voiture fût orientée dans la direction opposée. Il attendit. Observa. Il regrettait de ne pas avoir de jumelles. Mais il avait son téléphone portable. Il pouvait au moins prendre quelques clichés de la voiture et de son occupant.

Il enfonça la main dans sa poche intérieure de veste et en tira son téléphone. Il l'avait réglé sur la fonction appareil photo lorsque la portière de la berline s'ouvrit.

Un pied sur la chaussée, une main sur le toit tandis que le conducteur s'extirpait du véhicule.

Madigan se figea alors, n'en croyant pas ses yeux, paralysé.

Puis il se ressaisit, prit deux ou trois clichés en rafale, et le téléphone lui glissa des mains et tomba par terre. Il le laissa là tandis qu'il regardait l'occupant refermer la portière de la berline et commencer à traverser la rue en direction de l'immeuble de Sandià. Bon Dieu de merde.

Il avait le souffle coupé, était sans mots, totalement abasourdi. Jamais il n'aurait soupçonné cet homme d'être au service de Sandià… Mais bon, il devait y avoir un bon paquet de gens au commissariat qui auraient dit la même chose de lui.

Il s'enfonça dans son siège, ferma les yeux et respira profondément. Il tira une nouvelle cigarette, l'alluma, l'écrasa presque immédiatement dans le cendrier.

OK. OK. Il devait mettre de l'ordre dans ses pensées. Il devait s'organiser et déterminer ce qu'il allait faire et comment. Il devait parler à Bernie, à Walsh… Il devait sortir l'argent de Sandià de sa maison et se préparer à ce qui arriverait ensuite.

Bon Dieu.

Madigan avait du mal à accepter ce qu'il venait de voir de ses yeux, même s'il ne pouvait nier l'évidence. Après tout, c'était aussi logique qu'autre chose. Cet homme avait accès à chaque enquête en cours. Chaque dossier, chaque document, chaque rapport. Et le fait qu'il pouvait les consulter n'était remis en cause par personne. Il était dans la position idéale pour fournir à Sandià toutes les informations qu'il voulait.

Une question le troubla alors : ce deuxième informateur était-il au courant de son lien avec Sandià ? Probablement pas. Sandià n'était pas assez idiot pour compromettre ses contacts en informant l'un de l'existence de l'autre. Madigan en était certain. Après tout, lui-même n'avait pas été au courant qu'il y avait un autre homme, n'est-ce pas ? Sandià était par-dessus tout un businessman. L'étendue de son influence et de son pouvoir dépendait uniquement de ce qu'il savait et de ce que les autres ignoraient.

Il démarra, reprit la direction de la société de location. Il devait passer quelques coups de fil, rendre quelques visites, discuter avec Walsh de la suite des opérations.

Bernie Tomczak était sur le point de mourir d'ennui lorsque Madigan débarqua au motel.

« Merde, Vincent, tu comptes me laisser moisir longtemps dans ce putain de trou à rats ?

— Relax, Bernie. On va sortir, on va manger un morceau, et on va discuter. J'ai besoin que tu fasses quelque chose pour moi, et je veux que tu sois sobre, lucide et calme.

— Quoi ? Qu'est-ce que tu veux que je fasse ?

— Prends ta veste. »

Bernie obéit, l'enfila, suivit Madigan jusqu'à la voiture.

Ils roulèrent vers le nord, laissant Mott Haven derrière eux, puis Madigan prit vers l'ouest en direction de Highbridge. Il voulait être loin de chez lui, loin des gens qui auraient pu le reconnaître ou reconnaître Bernie Tomczak.

Il se gara et ils marchèrent un peu. Il opta pour un petit restaurant quelconque près du parc John Mullaly. Il commanda un sandwich à la dinde et au cheddar blanc. Bernie prit la même chose. Puis Madigan demanda des frites, une salade, deux bières. Il avait faim. C'était agréable d'avoir faim. Il se demanda si c'était parce qu'il avait arrêté les cachets.

La nourriture arriva, les bières aussi.

Bernie souleva sa bouteille.

« Qu'est-ce que c'est que ça ? demanda-t-il. Tu bois de la bibine maintenant ? Qu'est-ce qui t'arrive ?

— Ferme ta gueule, à moins que ce soit pour y enfoncer de la nourriture, répliqua Madigan. On mange, et on parlera après.

— Y a un truc qui cloche chez toi…, commença Bernie, puis il secoua la tête. Qu'est-ce que je dis ? Y a *toujours* quelque chose qui cloche chez toi.

— Mange, Bernie.

— OK, OK, c'est ce que je fais. »

Bernie Tomczak mangea, levant de temps à autre les yeux vers Vincent Madigan et se demandant ce que cachait son expression froide et troublante.

Lorsqu'ils eurent fini de manger, ils parlèrent. Ils parlèrent pendant une heure. Bernie posait les questions, Madigan y répondait dans la mesure où il était disposé à le faire, après quoi Bernie Tomczak resta quelque temps silencieux.

Une demi-heure plus tard, Madigan le redéposa devant le motel de Mott Haven.

« À plus tard, dit Madigan. Je viendrai te chercher ou je te téléphonerai. N'essaie pas de me joindre. »

Bernie ne répondit rien et se contenta d'acquiescer avant de se diriger vers l'entrée du motel.

Madigan fit une fois de plus demi-tour et prit la direction du Bronx. Il devait voir Isabella Arias pour lui parler. Il voulait l'informer en partie de ce qu'il comptait faire et lui expliquer pourquoi.

53

Watermelon Man

« Vous avez l'air d'avoir bien dormi, déclara Madigan.

— J'ai trouvé des cachets dans votre armoire à pharmacie, j'en ai pris un et je suis dans les vapes.

— Quels cachets ?

— Je ne sais pas… des somnifères, des espèces de calmants. Ils m'ont assommée. Ils m'ont complètement assommée, et maintenant je me sens vaseuse.

— Vous avez bu un café ?

— Non. J'ai songé à en faire, mais je n'ai pas eu le courage.

— Bon Dieu, fit Madigan d'un ton un peu exaspéré.

— Hé. Pas la peine de le prendre comme ça. C'est pas vous qui êtes coincé seul dans cette maison pourrie à vous inquiéter pour votre fille.

— Votre fille va bien. Je vous l'ai déjà dit.

— Faut que je sorte. Ça ne rime à rien. Je ne peux pas rester enfermée ici indéfiniment.

— Vous n'en avez plus pour longtemps », dit Madigan.

Elle ouvrit la bouche pour répondre, hésita, puis secoua la tête.

« Je vais faire du café », déclara-t-il.

Il traversa la pièce et baissa les stores. Pourquoi, il n'aurait su le dire. Tout d'un coup il avait le sentiment qu'il devait se cacher. La pièce était dans la semi-pénombre, et l'atmosphère changea immédiatement.

« Asseyez-vous », dit-il en désignant le canapé.

Elle fit ce qu'il lui demandait, mais à contrecœur. Les deux heures passées dans la voiture à attendre que quelqu'un débarque chez Sandià avaient rendu Madigan dingue. Isabella était claquemurée dans la maison depuis mercredi. Il avait une petite idée de ce qu'elle devait ressentir.

Mais maintenant tout était différent. Maintenant il avait une notion de l'étendue de cette histoire. Maintenant il comprenait pleinement ce qui était en jeu, et ce qui se passerait si tout allait de travers. Il était complètement baisé s'il foirait son coup.

Comme il l'avait annoncé, Madigan prépara un bon café bien fort. Il remplit deux tasses et les porta au salon.

Isabella avait l'air inquiète, plus qu'avant.

« Alors, quoi de neuf ? demanda-t-elle. Qu'est-ce qui se passe ? Je vais devoir rester ici combien de temps ?

— Pas trop longtemps, j'espère. J'ai deux ou trois choses à faire, et si tout se passe comme je le souhaite, vous devriez être tirée d'affaire demain ou après-demain.

— Qu'est-ce que vous allez faire ? demanda-t-elle, puis elle leva la main. Ne me dites pas. Tirée d'affaire signifie que vous allez vous occuper de Sandià, c'est ça ?

— C'est l'idée. »

Elle ferma les yeux. Elle resta assise là avec les mains autour de la tasse de café, et Madigan l'entendit soupirer. Sa posture trahissait un accablement profond, l'ombre de la défaite.

« Vous croyez que je vais me faire tuer, dit-il.

— Oui, répondit Isabella. Si vous vous attaquez à Sandià, vous vous ferez tuer, et qu'est-ce que je deviendrai ? Dans cette maison, sans la moindre idée de ce qui se passe. Tôt ou tard ils feront le rapprochement, et ils me feront ce qu'ils ont fait à Maribel.

— Ça ne fait pas partie du plan.

— Vous savez à qui vous avez affaire, n'est-ce pas ?

— Oui.

— Vraiment ? Vous savez pourquoi on l'appelle Sandià ?

— J'ai entendu les histoires…

— Les histoires ? Il n'y a qu'une seule histoire. Celle qui lui a valu son surnom. L'Homme Pastèque. Vous la connaissez ?

— Oui… évidemment. Tous ceux qui travaillent ici, tous ceux qui ont eu affaire à lui la connaissent.

— Mais vous ne connaissiez pas la femme, si ?

— La femme ?

— La mère. La mère du garçon. »

Madigan secoua la tête.

« Non, je ne la connaissais pas.

— Moi, si, déclara Isabella. Eloisa, c'était son nom. Son ancien nom. Elle en a changé par la suite, naturellement, mais à l'époque elle s'appelait Eloisa. »

Isabella s'enfonça dans le canapé. Son visage était à peine visible dans l'ombre.

« Et vous lui en avez parlé ?

— Oui, répondit Isabella. Je la connaissais. Je lui parlais. J'étais là quand elle a découvert ce qu'il avait fait. Et je connaissais aussi le garçon… »

Les yeux de Madigan s'élargirent de façon manifeste.

« Oh, oui, reprit-elle avant qu'il ait le temps de dire quoi que ce soit. Je connaissais toute la famille. Je sais ce qui s'est passé, pourquoi ça s'est produit, et je sais que c'est Dario qui a fait ça. Et quand Maribel m'a dit qu'elle était amoureuse de ce type, ce David Valderas, je lui ai conseillé de garder ses distances. De ne pas fréquenter quelqu'un qui travaillait pour Sandià. C'est la règle ici. C'est la règle si vous voulez être encore en vie demain, après-demain, à Noël prochain. Il faut rester à l'écart de Sandià et de ses hommes…

— Mais elle n'a pas écouté.

— Écouter ? Quand m'a-t-elle jamais écoutée ? Non, elle ne l'a pas fait. Bien sûr que non. Elle était *amoureuse*. C'était un type bien, vraiment… C'était ce qu'il lui disait. Et lui aussi l'aimait. Il attendait une rentrée d'argent, il devait la sortir de cette vie et lui offrir celle qu'elle méritait. La rengaine habituelle. Toujours la même histoire avec ces gens. Bon, il la lui a donnée, cette vie, pas vrai ? Il lui a donné exactement la vie qu'elle méritait. Courte et brutale. Douloureuse. Une vie d'horreur. Voilà ce qu'il lui a donné. »

Les poings d'Isabella se serrèrent. La tasse glissa entre ses paumes et du café chaud déborda et la brûla.

« Merde ! »

Elle se leva soudain.

Madigan lui prit la tasse, la posa par terre. Elle agita la main, la serra un moment.

« Ça va ? »

Elle sembla ne pas entendre la question.

Elle se rassit.

Madigan alluma une cigarette.

Isabella lui en demanda une.

« Vous ne fumez pas, dit-il.

— Avant je fumais, et puis j'ai arrêté, mais maintenant je recommence. »

Il fronça les sourcils.

« Quoi, vous avez peur que je meure d'un cancer avant que Sandià m'attrape ? »

Madigan lui tendit le paquet de cigarettes. Elle en tira une, l'alluma, inhala profondément.

« C'est comme le vélo, ça ne s'oublie jamais, pas vrai ? » dit-elle, et elle sourit d'un air emprunté. Elle ferma les yeux, secoua lentement la tête. « Vous le connaissez vraiment ? demanda-t-elle à Madigan. Vous savez vraiment quel genre d'homme c'est ?

— Je crois, répondit-il.

— Moi, je ne crois pas que quiconque le sache. Ni les femmes avec lesquelles il couche, ni les gens qui travaillent pour lui. Je crois que les seuls à savoir qui est vraiment Dario Barrantes sont… Dieu et le diable. Dieu parce qu'il l'a créé, le diable parce qu'il possède son âme… »

Madigan esquissa un sourire ironique.

« Vous n'êtes pas croyant, n'est-ce pas, Vincent ?

— Je ne peux pas dire, non.

— Dans notre culture… tout est imprégné de religion. Tout a une signification, tout est symbolique. Dieu voit tout, et vous êtes toujours punissable. Ils adorent que vous vous sentiez coupable… Ils adorent que vous ayez peur pour votre âme, pour celle des membres de votre famille. Ne faites pas ceci, ne faites pas cela… Alors quand quelqu'un se retourne contre l'Église, quand quelqu'un devient un criminel, un assassin, il se retourne en vérité contre tout ce que notre culture représente. Les gens comme Barrantes… ce sont les pires. Ils se sont totalement abandonnés au côté sombre de leur âme.

— J'ai moi-même vu des gens assez fêlés au fil du temps…

— Mais vous savez ce qu'il a fait ? Faire ça à un gamin, un garçon dont la vie n'avait même pas commencé… et pour de l'argent ? »

Madigan secoua la tête.

« Je ne connais pas les détails. J'ai entendu des choses. Un certain nombre de choses différentes. Des légendes urbaines…

— Non, pas des légendes urbaines. »

Isabella tira une nouvelle taffe. Il regarda l'extrémité brillante de la cigarette, la couronne de fumée, son expression lorsqu'elle la recracha par le nez…

« C'était là-bas, reprit-elle. Là-bas, à East Harlem. Dans l'immeuble où il vend sa drogue et ses armes et ses femmes. Il a fait ça à cet enfant, et je connaissais la mère… J'ai vu ce qu'il a fait, et j'ai vu comment ça l'a tuée elle aussi.

— Alors racontez-moi. Dites-moi ce qui s'est passé d'après vous.

— Vous voulez vraiment savoir ?

— Oui, répondit Madigan. Je veux vraiment savoir.

— Le type… Angel, c'est comme ça qu'on l'appelait. Son nom était Angelo Torresola. Il était portoricain. Il était arrivé ici… quand ? Je ne sais pas, il y a peut-être trente ans. Il était jeune, pas plus de dix-huit ou dix-neuf ans, et il s'attirait toujours des ennuis. Jamais rien de sérieux, juste des trucs de gamin. Mais quelque chose est arrivé, et il a fini en prison. Ça l'a brisé, ça l'a rendu fou. Il y avait cette fille dont je vous ai parlé, Eloisa. Il l'avait mise enceinte. C'étaient vraiment juste des gosses, rien de plus. Il avait une petite trentaine d'années quand il est sorti, mais Eloisa était passée à autre chose, et elle avait emmené le gamin avec elle. Peut-être que c'est la prison qui a brisé Torresola, ou peut-être que c'est le fait qu'Eloisa avait disparu avec son fils, mais il est devenu dingue. Il a pété les plombs. Il était bien plus dangereux qu'avant d'aller en taule. Et puis il y avait Barrantes… il avait déjà commencé à découper East Harlem en morceaux et à distribuer les choses comme s'il disposait d'un droit divin à faire ce qu'il voulait des gens. Torresola était chez lui, il avait entendu parler de ce Dario Barrantes en prison, et c'est comme ça que tout a commencé. Les querelles territoriales, les petites guerres, les fusillades, les coups de couteau… comme une culture de gang. Des gens du côté de Torresola, d'autres du côté de Barrantes, et ils n'étaient jamais d'accord. Une fois que la première pierre a été jetée, toute négociation a été impossible. Après la première victime, c'est devenu une question de fierté, de principe… Et ils ont entraîné tout le quartier dans leur chute…

— Torresola, j'ai entendu parler de lui. Il était mort quand j'ai fait la connaissance de Barrantes, dit Madigan.

— Et c'était quand ? Quand avez-vous rencontré Barrantes ?

— En 1995. Début 1995.

— Alors Torresola était seulement mort depuis... quelques mois. Et le garçon, le fils de Torresola. Vous auriez dû le voir. C'était lui qui aurait dû s'appeler *Angel.*

— Barrantes l'a tué, exact ? »

Isabella esquissa un sourire mélancolique, comme si elle se rappelait une personne qu'elle avait aimée mais qui était décédée. Ou peut-être qu'elle se rappelait la vie avant tout ça, quand tout allait bien, quand elle avait sa fille avec elle et n'avait pas à se cacher du monde.

« Une pastèque, reprit-elle. Tout a commencé à cause d'une pastèque. »

Elle attrapa une autre cigarette, l'alluma et la tendit à Madigan avant de s'en allumer une pour elle.

« Qu'est-ce qui s'est passé ? demanda Madigan.

— Torresola était sorti de prison. C'était en 1993, juste après Noël. Je m'en souviens parce que je venais d'avoir dix-sept ans. Je pensais à l'université, ce genre de choses. J'ai alors rencontré un garçon... » Elle détourna un moment le regard. « J'aurais dû m'accrocher à lui. Il était gentil. C'était le bon, vous savez. Il vit dans le New Jersey maintenant, il a sa propre boîte d'ingénierie. Il a beaucoup d'argent, une femme, quatre enfants. » Elle se tourna de nouveau vers Madigan. « Ça aurait pu être moi. Ça aurait pu être moi dans le New Jersey avec un bon mari et quatre gosses.

— Vous ne pouvez pas revenir en arrière. Et si vous étiez restée avec lui, vous n'auriez jamais eu Melissa. »

Une expression douloureuse traversa furtivement les yeux d'Isabella. Elle balaya le commentaire d'un geste de la main.

« Donc, Torresola… Angel. Il était sorti de prison. Il avait une petite trentaine d'années. C'était un dur, avec tous ces gens derrière lui. Et il y avait l'autre, ce Dario Barrantes qui s'était emparé d'East Harlem, un territoire qui avait appartenu à Angel avant qu'il aille en prison. Eloisa s'était volatilisée. Il a essayé de les retrouver, elle et son fils, mais elle avait disparu. C'est toujours comme ça. Il la cherchait tellement qu'il ne la voyait pas, alors qu'elle était juste sous son nez. Elle avait changé de nom, se faisait appeler Veronica. Elle avait épousé un autre homme, avait eu deux gamins de plus, et il ne la reconnaissait même pas. Près de quinze ans s'étaient écoulés et elle avait vieilli. Elle savait qui il était, mais elle avait une nouvelle vie. Elle ne voulait plus côtoyer ces gens. Et le garçon ? Le fils d'Angel ? Il ressemblait à sa mère, pas à Torresola. Elle lui avait également fait changer de nom. Il s'appelait désormais Dominic Campos. Il devait avoir douze ou treize ans, et elle voulait que son fils n'ait rien à voir avec son ancienne vie. Elle comptait déménager, quitter East Harlem. Son mari était un type bien, un homme simple. Il ne connaissait rien de son ancienne vie en tant qu'Eloisa, et il ne savait pas qui était le père de Dominic. Il était mécanicien automobile. Il avait un petit garage, vous voyez ? Il réparait les voitures. C'était ça, son métier. Il était aussi loin du monde de Dario Barrantes et d'Angel Torresola qu'il était possible de l'être.

— Alors, c'est quoi cette histoire de pastèque ? »

Isabella eut un sourire triste.

« Ça semble tellement idiot maintenant. Tellement insensé. Bon sang, ces gens sont des brutes… Au bout du compte, ils valent à peine mieux que des putain d'animaux.

— Qu'est-ce qui s'est passé ? insista Madigan.

— La guerre se poursuivait. Barrantes tuait les hommes d'Angel, Angel tuait ceux de Barrantes. Ils se battaient pour des pâtés de maisons, des rues, des allées. Ils avaient tous les deux des dealers, des prostituées, ils vendaient des armes et tout ce que les gens voulaient. Ça a duré deux ou trois ans. Je ne sais pas combien de personnes y ont laissé leur peau, mais il y en a eu beaucoup.

— J'en ai entendu parler, déclara Madigan. J'ai bossé au 12e commissariat jusqu'à juillet 1994, et ensuite je suis passé à l'antigang de Manhattan. J'étais à bonne distance de Harlem, mais j'en ai entendu parler.

— En 1994, reprit Isabella, la situation est devenue incontrôlable. Les gens avaient peur de sortir de chez eux. Torresola et Barrantes vendaient leurs saloperies partout. Même les dealers se battaient entre eux pour savoir qui fournirait qui en quoi. La police ne pouvait littéralement rien faire. Barrantes tenait une moitié du quartier et Torresola tenait l'autre. Finalement, il a fallu faire quelque chose. Ils ont envoyé des émissaires et organisé une rencontre, un dîner. Angelo Torresola et Dario Barrantes devaient résoudre leurs différends, s'accorder sur les territoires, et cesser la guerre. C'était le plan.

— Mais ça ne s'est pas passé comme ça, exact ?

— Non, et ça ne s'est pas passé comme ça parce qu'ils étaient aussi tordus l'un que l'autre. C'était un piège. Chacun comptait tuer l'autre, c'était évident. Qui sait pourquoi ils ont pris la peine de faire semblant.

Donc, ils se sont réunis, ils ont discuté, parlementé, mais ils n'ont rien résolu du tout. À la fin du dîner, rien n'avait changé. Torresola a demandé au serveur d'apporter de la pastèque sous prétexte de se nettoyer le palais. Mais le serveur était payé, cette requête était le signal pour qu'il appelle les hommes de Torresola. Elle signifiait que Barrantes allait mourir, que les soldats de Torresola allaient le descendre dans le restaurant, puis qu'ils commenceraient à nettoyer East Harlem. Soit vous travailliez pour Torresola, soit vous mouriez, c'était aussi simple que ça. Mais Barrantes avait son propre plan, ses soldats étaient là, et eux aussi avaient soudoyé le serveur. L'appel n'a donc jamais été passé. Personne n'est venu. Et les deux hommes sont repartis chacun de leur côté. Barrantes aurait pu tuer Torresola dans le restaurant, mais il ne voulait pas être directement impliqué dans le meurtre, d'autant qu'il savait que si Angel mourait là, ce soir-là, ses partisans feraient de lui un martyr et continueraient de se battre.

— Alors il a tué le fils, c'est ça ?

— Barrantes était au courant pour Eloisa. Il savait qu'elle avait changé de nom. Il avait été présent tout le temps où Angel avait été en prison. Il savait que Torresola voulait récupérer son fils, mais qu'il ne savait pas où il était. Du coup vous savez ce qu'il a fait ?

— Je l'ai entendu.

— Vous avez entendu la vérité ?

— Qu'il a découpé le cœur du garçon et l'a placé dans une pastèque.

— Et vous y croyez ? »

Madigan resta silencieux.

« Le garçon avait treize ans au plus. Barrantes a demandé à ses hommes de l'enlever. Ils l'ont égorgé. Ils lui ont ouvert la poitrine et arraché le cœur. Ils ont découpé une pastèque en deux. Ils ont enlevé toutes les graines, la pulpe, jusqu'à ce qu'il y ait assez de place pour y mettre le cœur, puis ils l'ont refermée, attachée avec un ruban, et ils l'ont envoyée à Torresola avec leurs meilleurs sentiments. Il y avait même un message, comme si c'était un cadeau, vous voyez ? Il disait : "J'ai retrouvé votre fils. Je vous souhaite de merveilleuses retrouvailles." »

Madigan regarda Isabella Arias. Elle avait les yeux écarquillés, remplis d'horreur et d'incrédulité, et pourtant elle connaissait cette histoire depuis près de vingt ans. Tout ce temps n'avait pas atténué l'effet qu'elle produisait sur elle.

« Dario Barrantes a envoyé le cœur du fils d'Angelo Torresola dans une pastèque. Dominic Campos, treize ans… mort avant d'avoir commencé à vivre, tout ça à cause des péchés d'un père qu'il ne connaissait même pas. C'est ça, notre peuple. C'est de là que nous venons, vous comprenez ? »

Madigan tendit la main et saisit celle d'Isabella.

« Vous ne pouvez pas généraliser. »

Isabella ôta sa main.

« Si, répliqua-t-elle. David Valderas est mort. Maribel est morte. Mon unique enfant est blessée par balle. Et moi… moi, je me cache et je suis terrifiée, terrifiée qu'ils me retrouvent, terrifiée qu'ils enlèvent Melissa, qu'elle meure ou que je meure et que nous ne nous revoyions jamais.

— Je vous l'ai déjà dit, intervint Madigan, je ne laisserai pas ça se produire.

— Vous ne pouvez rien y faire, Vincent. Vous êtes juste un homme. Un homme seul ne peut pas faire disparaître Barrantes. Torresola avait toute une armée, et Barrantes l'a écrasé. Après la mort de Dominic, Torresola était fini. Eloisa l'a retrouvé. Elle savait que son fils était mort à cause de lui, et elle l'a tué. Puis elle s'est suicidée, abandonnant ses autres enfants à son nouveau mari. Des vies détruites, anéanties à cause de la vanité, la cupidité, la stupidité de deux hommes. Et l'un d'eux est toujours vivant. La police ne peut rien contre lui. Nous ne pouvons pas nous défendre. Il continue de vendre de la drogue et des armes et d'envoyer des adolescents dans les rues pour faire son sale boulot, et personne ne peut rien y faire.

— Moi, je peux », déclara Madigan.

Il sentit quelque chose dans sa poitrine, comme une chaleur brûlante qui montait de son ventre. Pendant un moment, il peina à respirer, puis la sensation se dissipa et il vit tout avec précision et clarté.

« Je peux faire quelque chose », reprit-il.

Il se leva et marcha jusqu'à la fenêtre. Il ne voulait pas regarder Isabella Arias. Il ne voulait pas qu'elle voie dans ses yeux qui il était vraiment. Il avait côtoyé Barrantes. Il ne valait pas mieux que les gens dont elle parlait. Il aurait tout aussi bien pu arracher le cœur de Dominic Campos et le livrer à Angelo Torresola lui-même. L'argent, la drogue, les mensonges, les meurtres, la tromperie, les trahisons. Toujours dire une chose quand on en pensait une autre. Lui aussi avait du sang sur les mains. Le même sang que Torresola et

Barrantes. C'était à cause de types comme lui-même qu'East Harlem, le Yard, le territoire – appelez ça comme vous voulez – était contrôlé par ce genre de criminels.

Mais il ne se sentait pas coupable. Il n'avait pas honte. Il se disait qu'il devait faire quelque chose, et que s'il y laissait sa vie, alors tant pis. Ça réparerait ses propres erreurs. Et s'il survivait ? S'il arrivait à atteindre l'autre côté ? Alors il serait obligé de révéler à Isabella Arias ce qui s'était vraiment passé dans cette maison près du parc Louis Cuvillier, et pourquoi sa fille avait failli être tuée. Et il devrait accepter son jugement, son châtiment, et ce faisant il pourrait enfin laisser tout ça derrière lui et partir. Ou pas. Peut-être que ce serait la fin pour lui. Peut-être qu'elle se vengerait de la même manière qu'Eloisa s'était vengée d'Angelo Torresola. Et si tel était le cas, eh bien, soit.

Il ne s'agissait pas de se venger de Dario Barrantes. Il s'agissait d'accepter la responsabilité de tout ce que lui-même avait fait, une ultime tentative de redevenir un être humain.

« Vincent ? »

Il se retourna.

« Je ne veux pas mourir, dit-elle, je ne veux pas que Melissa meure, et je ne veux pas que vous mouriez non plus. »

Madigan ferma les yeux.

Il ne prononça pas un mot.

Il osait à peine respirer.

54

From Temptation To You

Madigan récupéra le numéro de portable de Walsh à l'accueil et l'appela.

« J'ai besoin de vous voir, dit-il. Mais pas au commissariat. Je dois vous rencontrer ailleurs.

— Il y a un problème, n'est-ce pas ? »

Madigan sentit immédiatement l'anxiété de Walsh.

« Oui, je crois, répondit-il. Mais pas ce que vous pensez.

— C'est lié à moi… à ce qui s'est passé et…

— Non, coupa Madigan. Rien à voir avec ça. Mais j'ai besoin que vous me donniez un coup de main. Je veux juste vous voir. »

Walsh hésita.

« Vous avez une dette envers moi, insista Madigan.

— Je sais, mais…

— Mais rien, Walsh… Vous avez une putain de dette envers moi…

— OK… Où ?

— À l'angle de la 161e et de Gerard, juste à côté du Yankee Stadium, il y a un petit restaurant nommé Subs and Salads. Retrouvez-moi là-bas dans une demi-heure.

— OK. »

Walsh raccrocha.

Madigan roula jusqu'au Yankee Stadium. Il attendit sur le trottoir d'en face que Walsh arrive, puis il traversa la rue et le rejoignit tandis que celui-ci franchissait la porte.

« Qu'est-ce qui se passe, Vincent ? » demanda Walsh.

Madigan secoua la tête.

« Asseyons-nous. »

Ils prirent un box au fond de la salle, commandèrent du café. Lorsque la serveuse fut repartie, Madigan se pencha en avant et commença à parler à voix basse.

« Je crois que j'ai votre homme, dit-il.

— Mon homme ?

— Baissez la voix.

— Comment ça, mon homme ?

— Le quatrième type… les cadavres dans le box, le braquage chez Sandià.

— Mais ce n'est pas mon affaire. Bryant me l'a reprise. »

Madigan sourit avec ironie.

« Évidemment qu'il vous l'a reprise.

— Qu'est-ce que c'est censé vouloir dire ?

— Si votre homme était un flic… Disons que le quatrième homme était un flic, alors ça redeviendrait votre affaire, non ?

— Heu, oui…

— Donc je pense que c'était bien un flic. »

Walsh ouvrit de grands yeux.

« Vous êtes sérieux ?

— Parfaitement sérieux.

— Et pourquoi vous avez dit ça à propos du fait que Bryant m'a repris l'affaire ?

— Parce que je sais qui est le quatrième homme. »

Madigan attrapa une serviette en papier, écrivit un nom dessus, la glissa en travers de la table.

Walsh sourit, se mit à rire nerveusement.

L'expression de Madigan ne changea pas d'un iota.

« Qu'est-ce que vous me chantez ? Vous ne pouvez pas…

— Quoi ? Je ne peux pas quoi ? Être sérieux ? Croire ça ? Bon sang, Walsh, c'est tellement logique. À chaque étape cette enquête a été ralentie. Nous ne sommes arrivés à rien sur le braquage de Sandià, rien sur les trois cadavres… Merde, même l'enquête sur le meurtre de ce Valderas a été foutue en l'air à cause d'un document qui manquait au dossier. Charlie Harris l'y avait mis, mais il a disparu. Volatilisé. Ça a du sens, Walsh. Ça a tellement de sens que je suis sidéré de ne pas l'avoir vu plus tôt. »

Walsh se pencha en arrière sur la banquette. Son café était oublié. Il était en état de choc, incrédule, mais pourtant il voyait la logique de ce que lui disait Madigan.

« Bon Dieu, lâcha-t-il finalement dans un souffle.

— Vous avez une affaire, maintenant, mon ami, dit Madigan. Un vol, sept meurtres connus, peut-être quelques acolytes au sein du département. Votre carrière est assurée, mon ami, votre putain de carrière est assurée. Vous comprenez ce que je vous dis ? »

Walsh soupira. Il baissa les yeux vers le nom que Madigan avait écrit sur la serviette.

« Ressaisissez-vous, Walsh. Ça va faire du bruit, je vous préviens. Préparez-vous à des feux d'artifice, mon ami. C'est l'affaire de votre vie, et si vous merdez… » Madigan secoua la tête. « Ce bébé, il est à vous et à vous seul. Je ne suis pas des affaires internes. J'ai déjà assez de trucs à régler comme ça.

— Bon Dieu, murmura Walsh. Bon Dieu de merde. »

Madigan vida son café et se leva.

« Attendez », dit Walsh.

Madigan s'immobilisa.

« Vous m'avez dit de venir ici parce que j'avais une dette envers vous, et vous me donnez une affaire qui pourrait faire ma carrière. Qu'est-ce que ça veut dire ? J'ai une dette en plus ? »

Madigan secoua la tête.

« Non, vous n'avez pas une dette en plus. Occupez-vous de ça, et on sera quittes.

— Pourquoi ? Vous avez quelque chose contre lui ?

— Personnellement ? Non, rien contre lui personnellement. Cette histoire est un désastre, et c'est Sandià qui orchestre tout. Je veux juste le voir tomber, et je veux qu'il tombe violemment. » D'un geste de la tête, Madigan désigna la serviette sur la table. « Et si ça signifie que lui aussi doit tomber, alors, soit. Tout va de travers depuis trop longtemps, je veux juste redresser les choses. »

Walsh acquiesça.

« OK, Vincent, je vais commencer à travailler là-dessus. Je vous dirai ce que je trouve.

— Merci. »

Madigan quitta le restaurant. Il regagna sa voiture et démarra tout en songeant que le menteur en lui serait toujours là.

Madigan retourna au commissariat, gara sa voiture dans le parking souterrain et prit l'ascenseur. Il vérifia à l'accueil ; Bryant était dans son bureau.

Il était près de 17 heures. Si Bryant était arrivé à 9 heures, son service touchait donc à sa fin. Pas grave. Ce que Madigan avait à lui dire ne prendrait pas longtemps. Il frappa à la porte.

« Entrez ! »

Madigan ouvrit et entra.

« Salut, Vincent, qu'est-ce qui se passe ? demanda Bryant.

— J'ai besoin de vous dire un mot, sergent », répondit Madigan.

Bryant le regarda. Madigan simulait à la perfection une mine inquiète. Peut-être que ça venait de toutes ses années passées à baratiner les autres.

« Qu'est-ce qu'il y a, Vincent ? Prenez un siège. »

Madigan s'assit.

« Je ne sais pas comment vous le dire, alors je vais y aller franco. » Il marqua une pause pour accentuer son effet, prit une profonde inspiration. « Je crois que Walsh est corrompu. »

Madigan prit un malin plaisir à observer Bryant. Son changement d'expression, son sourire, son éclat de rire soudainement interrompu lorsqu'il vit que Madigan conservait un visage de marbre étaient presque semblables à la réaction que Walsh avait eue.

« Qu'est-ce que vous me racontez ?

— J'ai un indic… officieux, vous ne le connaissez pas. Son nom n'a pas d'importance. Il a enregistré quelque chose sur son téléphone. Je ne l'ai pas entendu, mais apparemment il a rencontré Walsh, qui lui a offert d'égarer une pièce à conviction en échange d'infos qu'il voulait sur quelqu'un ici. Je n'ai pas tous les détails, mais je suppose que la pièce à conviction a déjà dû disparaître du dépôt.

— Quelles infos ? demanda Bryant.

— Je ne suis pas sûr, mais je crois que ça pouvait être lié au quatrième homme dont nous avons parlé. Le vol de mardi dernier, la planque de Sandià, les trois cadavres dans le box. Apparemment, ce type, mon indic… Eh bien, il pense que le quatrième homme était bel et bien un flic. Il connaît même son nom, et il cherchait à s'acheter une carte de sortie de prison. Donc il a parlé à Walsh…

— Attendez une minute, coupa Bryant. Vous me dites que votre indic a des infos sur un flic qui est de mèche avec Sandià, ou sur un flic qui a volé Sandià ?

— On dirait que ça pourrait être un seul et même homme.

— Et votre indic a donné cette info à Walsh ?

— Exact.

— Pourquoi il irait lui donner ça ? Walsh est des affaires internes. Comment est-ce qu'il le connaissait ? »

Madigan secoua la tête.

« Je ne sais pas. Je vous dis juste que ce type a sur son téléphone un enregistrement de Walsh acceptant le marché. En échange du nom de ce flic, il égarait une pièce à conviction. C'est pas compliqué. Mon indic m'informe, je me dis “Oh, putain”… et je viens vous le raconter pour que vous fassiez quelque chose.

— Qui est au courant ?

— Trois personnes. Moi, vous, mon indic.

— Et Walsh sait-il que votre indic a enregistré cette conversation ?

— Non, je ne crois pas.

— Vous ne *croyez* pas ?

— Bon sang, sergent, j'étais en train de parler à mon indic d'une affaire sans aucun rapport, et il m'a balancé ça sans prévenir. Qu'est-ce que j'étais censé faire ? M'exciter ? M'emballer comme si c'était super sérieux et tout foutre en l'air ? Mon premier instinct a été de minimiser l'affaire, de ne pas en faire tout un plat, même si les journalistes seraient prêts à tout pour faire leurs gros titres avec un scandale touchant le département. J'ai essayé de faire comme si ce n'était pas grand-chose, comme si ça n'intéresserait personne. Mais en même temps, je me demandais ce qui se passerait si on apprenait que les types des affaires internes – le service qui est censé empêcher la corruption des flics – étaient aussi corrompus que les escrocs. Bon sang, quel putain de cauchemar. Voilà ce que je me suis dit. Alors je suis revenu ici en quatrième vitesse et je vous en parle pour que vous preniez les mesures nécessaires.

— Bien, dit Bryant. Bon boulot.

— C'était du bon sens, sergent. Merde, si quelqu'un dans ce commissariat est de mèche avec Sandià, cet enregistrement sur le téléphone vaudra de l'or pour lui. S'il met la main dessus, il aura quelque chose contre Walsh. Il aura sa carte de sortie de prison. Avec les trafics de Sandià, la drogue, les paris, les putes… si les affaires internes mettent la main sur quelqu'un au sein du département, cette personne, qui qu'elle soit, passera un sacré bout de temps à l'ombre, d'accord ? »

Bryant semblait ailleurs, comme s'il n'écoutait pas ce que disait Madigan.

« Sergent ?

— Oui, répondit Bryant, revenant à la conversation. Exact, oui, naturellement… je vais me mettre là-dessus.

— OK, c'était tout. Walsh pourrait être un flic véreux, et quelqu'un doit faire quelque chose avant que ça parte en sucette. À part ça, il a peut-être des infos sur un flic encore plus pourri que lui, et il est bon de savoir qu'une tempête de ce genre risque d'arriver, afin de limiter la casse autant que possible, pas vrai ?

— Si, évidemment. Je m'en charge, dit Bryant. Vous avez bien fait, Vincent… de venir me voir. Je vous remercie.

— Qu'est-ce que je pouvais faire d'autre ? Mon indic voulait vendre ça à la presse, bordel. Il en a parlé quelque part, et on l'a informé que quelqu'un était prêt à lui donner cent cinquante mille dollars en échange de ce téléphone. Vous le croyez, ça ? Cent cinquante mille dollars ! Mais bon, si ça signifie que la police fera la une des journaux pendant une semaine, ça doit bien les valoir, vous ne pensez pas ?

— Plus, répondit Bryant. Ça vaut plus. Ce serait un scandale énorme. » Il esquissa un sourire forcé. Il semblait accablé. « Merci de m'avoir informé.

— Pas de problème », répondit Madigan, puis il ajouta : « Et si je peux faire quelque chose pour vous aider à régler ça, dites-le-moi, OK ?

— Bien sûr, Vincent, bien sûr. »

55

Love Circus

Madigan se rendit au dépôt et prit une demi-douzaine de sachets en plastique vides. Puis il rentra chez lui. Il avait une dernière chose à arranger.

Isabella était à la porte lorsqu'il l'ouvrit.

« Vous avez des nouvelles de Melissa ?

— Non, répondit-il. J'ai été débordé. Je peux téléphoner maintenant, si vous voulez.

— Vraiment ? Je me suis fait un sang d'encre toute la journée. Je ne sais pas combien de temps je vais encore tenir sans la voir.

— Je vous l'ai dit, tout va bien se passer, répondit Madigan. Sérieusement. Elle a quitté les soins intensifs. Ils l'ont soignée. Ils lui ont juste dit qu'elle ne pouvait pas recevoir de visites à cause des risques d'infection. Elle ne sait rien de ce qui se passe.

— Mais moi, si, répliqua Isabella. S'il vous plaît, vous pouvez appeler l'hôpital ?

— Bien sûr. Je vais le faire tout de suite. »

Isabella semblait à cran, usée et stressée.

À cet instant, il éprouva une profonde empathie. Il aurait voulu s'asseoir avec elle, lui dire ce qu'il avait fait, qu'il était désolé – plus qu'elle ne pouvait l'imaginer –, et qu'il voulait réparer ça, tout arranger, faire en sorte que les choses redeviennent comme avant…

Mais il ne fit rien de tout ça et alla passer le coup de fil dans le salon. Il revint quelques minutes plus tard.

« Elle est passée aux aliments solides, elle mange bien, dort bien, elle fait de gros progrès. Ils pensent qu'elle sera sortie d'ici soixante-douze heures. Ils la surveillent simplement en cas de possibles complications, d'infection, les trucs habituels…

— Infection… quelle infection ? Quelles complications pourrait-il y avoir ?

— Hé, hé, hé… du calme », dit Madigan. Il lui prit la main, la fit asseoir à la table de la cuisine. « Votre fille a été blessée, dit-il. C'est une enfant, et elle a reçu une grosse balle. Il y a eu des dégâts internes. Ils ont tout réparé. Elle doit guérir complètement, récupérer, et pendant ce temps ils doivent surveiller tout ce qui pourrait poser problème. Ce serait la même chose si elle s'était cassé une jambe ou si elle s'était fait opérer de l'appendicite…

— Mais ce n'est pas le cas. On lui a tiré dessus.

— C'est vrai, oui.

— Qui irait tirer sur une fillette ?

— Quelqu'un qui ne savait pas qu'elle était là, Isabella. Vous le savez.

— Et c'est une excuse ?

— Non, bien sûr que non, mais vous savez comment c'est avec Sandià. Vous savez ce qui se passe depuis que vous êtes dans le quartier. Voyez votre sœur, voyez David… Voilà comment c'est avec Sandià. C'était déjà la guerre bien avant votre arrivée, et elle continuera encore longtemps. Et si ce n'est pas la guerre de Sandià, ce sera celle de quelqu'un d'autre. Melissa a juste été une victime malheureuse de ce conflit. Et je vais vous dire une chose… le braquage du repaire de Sandià a abouti à la mort de sept hommes, et peut-être que d'autres vont mourir avant que tout ça se termine.

— C'est tellement absurde, ça n'a aucun sens », dit-elle.

Madigan lui alluma une cigarette. Pour la première fois depuis environ une journée il avait vraiment envie de boire. Il prit deux verres sur l'étagère, une bouteille dans le placard. Il alla chercher des glaçons, remplit les verres et en posa un devant elle.

Elle le saisit, fit tournoyer les glaçons. Elle but une bonne gorgée, ferma les yeux tandis qu'elle avalait.

« C'est absurde pour tout le monde sauf pour eux, reprit-il. C'est partout pareil. Les gens font ce qu'ils croient être le mieux. Ils agissent en pensant faire le bien. Même quand ils commettent des actes absolument terribles, ils le font à cause de la certitude erronée qu'ils ont raison…

— Sûrement pas tout le monde ? »

Madigan sourit.

« Oh, si, tout le monde. Même les cinglés. Même les détraqués, les tueurs en série, les délinquants sexuels. Ils sont persuadés que ce qu'ils font résout un important problème quelque part.

— C'est de la folie.

— Évidemment, et c'est pour ça qu'on les qualifie de *fous*. »

Elle tenta de sourire.

Madigan but à son tour. Une sensation de chaleur lui emplit la poitrine. C'était agréable. Trop agréable. Il tendit alors la main et saisit celle d'Isabella. Elle était froide.

Elle ne broncha pas, ne l'ôta pas. Elle se contenta de le regarder avec une telle confiance dans les yeux qu'il ne put s'empêcher d'avoir l'impression d'être le pire menteur au monde. Ça ne l'avait jamais dérangé. Il ne s'était jamais trop soucié de ce que pensaient les autres. Mais maintenant, avec cette femme… Qu'est-ce qui lui arrivait ? Quelque chose avait changé, et il savait qu'un tel changement ne présageait rien de bon.

Était-il en train de tomber amoureux ? Était-ce quelque chose de cet ordre, ou éprouvait-il de l'empathie à son égard à cause de ce qui était arrivé à Melissa ? Se sentait-il obligé de se faire pardonner ? En était-elle venue à symboliser tous ceux à qui il avait causé du tort ?

Ses pensées s'emmêlaient, ses émotions étaient nouvelles et instables, et ça ne lui plaisait pas.

On ne pouvait faire confiance à personne, c'était une certitude. On ne savait jamais ce que les autres diraient ou feraient, moyennant quoi on anticipait toujours le pire avant d'effectuer les arrangements appropriés. Mais lui ? Était-il désormais incapable de savoir ce qu'il pensait et ressentait ?

« Quoi ? demanda Isabella. Vous êtes ailleurs, tout d'un coup. »

Madigan lui serra la main un peu plus fort.

« Je suis là, dit-il. Juste fatigué.

— Vous avez faim ?

— Un peu, oui. Je vais aller prendre une douche. Me changer.

— Faites ça, et je vais nous préparer quelque chose à manger. »

Madigan se rendit à l'étage, mais avant d'aller sous la douche, il écarta le tapis et les lattes de plancher et retira l'argent. Il plaça cent mille dollars dans deux sachets à pièces à conviction, trente mille dans un autre, et les ferma. Il plaça le tout dans un sac de sport dans sa chambre, et le poussa sous le lit.

Il prit une douche, enfila un jean et un tee-shirt. Il avait besoin de se raser et de se faire couper les cheveux, mais pour le moment, ces choses étaient la dernière de ses priorités.

De retour au rez-de-chaussée, il s'assit sur le canapé.

« Vous ne prenez pas votre voiture ce soir ? demanda-t-elle, comme si quelques verres auraient empêché Madigan de conduire.

— Non, répondit-il. Je n'ai prévu d'aller nulle part. »

Elle se retourna et esquissa un demi-sourire.

« Vous avez une chaîne stéréo dans cette maison ? J'ai trouvé quelques CD, du blues, du jazz et d'autres trucs, mais je n'ai rien trouvé pour les jouer.

— Le lecteur DVD les passe par la télé, répondit Madigan. C'est pas génial, mais c'est mieux que rien.

— Alors mettez de la musique.

— De la musique ?

— Oui, buvons un verre de vin en écoutant de la musique. »

Madigan haussa les épaules. Il semblait indifférent, distrait, mais Isabella faisait manifestement un effort pour apporter un peu de normalité aux circonstances.

C'était un faux-semblant, de la comédie, mais Madigan comprenait précisément pourquoi elle agissait ainsi, et il décida de jouer le jeu.

« Essayons de faire mine d'être des gens normaux, hein ? dit-elle comme si elle entendait ses pensées. Juste un petit moment, faisons comme si personne ne voulait notre mort… »

Elle rit avec maladresse. Elle essayait de rendre sa situation moins pesante, mais ça ne fonctionnait pas.

Madigan se leva. Il marcha jusqu'aux CD sans réfléchir, parcourut les disques d'Art Tatum, Gil Evans, Wes Montgomery, opta pour Kenny Burrell, *Live at the Village Vanguard*. Il le mit à bas volume. C'était étrange de faire ça – passer de la musique chez lui, boire un verre avec quelqu'un. Depuis quand n'avait-il pas mis un CD ici ? Il ne s'en souvenait pas. Dans sa voiture, d'accord, quand il était défoncé et écoutait Tom Waits tout en roulant vers une scène de crime, ou lorsqu'il retournait au poste, tandis qu'une journée se fondait doucement dans la suivante et qu'il arrivait à peine à se souvenir de son propre nom.

Mais plus maintenant. Maintenant les choses avaient changé.

« C'est agréable… », dit-elle.

Madigan se tenait là avec le boîtier de CD à la main.

Il éprouva alors une oppression soudaine dans la poitrine, un sentiment de culpabilité presque écrasant.

C'était moi.

Isabella, c'était moi.

Je suis la cause de tout.

J'ai braqué cette maison.

J'étais présent quand ta fille a été blessée par balle. Je ne savais même pas qu'elle était là. Et après j'ai parcouru quelques kilomètres et j'ai tué trois hommes et pris l'argent, et cet argent est dans un sac de sport sous mon lit.

Juste au-dessus de nos têtes.

Près d'un quart de million de dollars dans un sac en toile, cent mille de plus sous le plancher.

C'était moi.

Il ferma les yeux, sentit ses doigts se resserrer sur le boîtier, et il le reposa avant de le casser.

Il prit plusieurs inspirations profondes. Il voulait boire un autre verre, même s'il savait qu'il ferait mieux de s'abstenir.

Il retourna à la cuisine, versa une bonne dose de whiskey dans un verre, le vida, le remplit à nouveau, le porta à ses lèvres, et c'est alors qu'il sentit la présence d'Isabella juste derrière lui.

« Débouchez une bouteille de vin », dit-elle.

Elle vint se poster à côté de lui, lui prit doucement le verre des mains comme pour dire, *Assez, Vincent… ça suffit…*

Il la laissa faire.

Madigan attrapa une bouteille de vin au-dessus du réfrigérateur. Il prit deux verres, les remplit à moitié, lui en tendit un. Il avait les nerfs en lambeaux. Ses mains tremblaient.

« Merci », dit-elle.

Malgré sa vision troublée par le whiskey il vit qu'elle lui souriait, et une fois encore il éprouva une émotion soudaine, quelque chose de presque primitif qui lui donnait envie de la protéger du monde pour toujours.

Il but un peu de vin, trouva le goût étrange et désagréable.

Il avala.

Elle but à son tour.

« Pas mal, observa-t-elle, pour quelqu'un qui n'achète que du Jack Daniel's. »

Madigan but un peu plus. Il s'assit à la table, non pas parce qu'il avait envie de s'asseoir, mais parce qu'il voulait être plus bas qu'elle, lever les yeux vers elle, ne pas être tenté de la prendre entre ses bras et de l'embrasser.

Mais la tentation était puissante, instinctive. Il s'agissait de sexe, de désir, de remédier à cette solitude et cet isolement profonds qui faisaient désormais tellement partie de lui-même. Il s'agissait de se convaincre qu'il n'était pas aussi mauvais que Sandià. De se convaincre qu'il était toujours l'homme qui avait donné la vie à Cassie, qui avait aimé ses épouses et avait été aimé en retour. Il souffrait – émotionnellement, mentalement, spirituellement. C'était comme si son cœur pleurait dans une pièce sombre et qu'il ne pouvait que l'entendre, jamais le voir ni le toucher, jamais rien faire pour le consoler.

Isabella s'assit. Elle posa la main sur celle de Madigan, comme elle l'avait déjà fait. Mais cette fois il ne chercha pas à l'en empêcher, même si ça ne faisait que renforcer ce qu'il éprouvait désormais pour elle.

« Vincent… »

Il la regarda.

« Vous ne savez pas combien… »

Madigan sourit maladroitement.

« Isabella… sérieusement, je fais juste mon boulot du mieux que je peux…

— Non. Je ne vous crois pas. Je ne veux pas entendre ça. Je ne veux pas croire que ce soit la seule raison de ma présence ici. Je veux croire que je suis ici parce que vous vous souciez des gens…

— Non, je ne m'en soucie pas… du moins pas comme vous l'entendez, répliqua-t-il.

— Comment pouvez-vous vous en soucier autrement…

— On peut faire semblant. On peut leur faire croire qu'on se soucie d'eux afin de les contrôler. On peut se soucier des gens simplement parce qu'ils ont une chose qu'on veut leur prendre…

— Je n'ai rien que vous pourriez… »

Il ôta sa main de sous celle d'Isabella et attrapa son verre.

« Vous avez Sandià. »

Elle fronça les sourcils.

« J'*ai* Sandià ? Comment ça, j'*ai* Sandià ?

— Vous pouvez entraîner sa chute. Vous pouvez l'envoyer en cellule pour le restant de ses jours. Voilà ce que vous pouvez faire, et c'est pour ça que j'ai besoin de vous.

— Vous voulez que je témoigne contre lui ?

— Peut-être, répondit Madigan. S'il n'est pas mort quand on en aura fini.

— Mais je ne peux pas témoigner contre lui ! Bon sang, Vincent, vous pensiez que je ferais ça ? C'est pour ça que vous m'avez abritée ici… Le petit programme de protection de témoins personnel de Vincent Madigan ? »

Sa voix avait des accents de colère, accents qu'il avait déjà entendus. Elle le sondait. Elle essayait de déterminer si la rage qu'elle éprouvait était justifiée, si elle devait lui dire ses quatre vérités tout de suite ou lui laisser une petite chance de s'expliquer.

« Ce n'est pas la seule raison », dit-il.

Et il était sincère. Il l'avait protégée par culpabilité – une vague tentative de réparer en partie ce qu'il avait fait, de compenser le fait que sa fille avait bien failli se faire tuer à cause de lui.

« Quelle est l'autre raison ?

— Les autres raisons, au pluriel.

— Les autres raisons alors… Quelles sont les autres raisons de ma présence ici ? »

Il poussa un soupir sonore. Pour commencer, ce qu'il voulait c'était du whiskey. Il termina son vin et attrapa la bouteille. La main d'Isabella interrompit son geste.

« Non, dit-elle. Commencez par me parler. Vous vous saoulerez après.

— Vous n'êtes pas ma femme… Vous n'êtes pas ma mère…

— Non, je ne suis ni votre femme, ni votre mère, ni qui que ce soit d'important… Sauf que je suis quelqu'un qui veut rester en vie, et que l'idée d'être protégée par un alcoolique ne me tente pas franchement. Vous avez assez bu pour le moment. Parlez-moi. Expliquez ce que vous voulez dire. Et après vous pourrez vous abrutir pendant le restant de la soirée, pour ce que j'en ai à faire. »

Ça le mettait hors de lui – pas la désapprobation, le fait qu'elle l'avait empêché de reboire du whiskey, mais le fait qu'elle avait prononcé ces mots. *Et après vous pourrez vous abrutir pendant le restant de la soirée, pour ce que j'en ai à faire. Pour ce que j'en ai à faire…*

Était-ce à ça que ça se résumait finalement ? La seule personne au monde qui se souciait de Vincent Madigan était Isabella Arias ? Personne ne lui avait jamais dit : *Non, Vincent, arrête de boire.* Personne ne lui avait jamais dit ça.

« On est foutus, dit Madigan. Tous les deux. Vous êtes seule. Il n'y a personne pour vous. Quand vous aurez récupéré votre fille à l'hôpital, vous allez devoir quitter la ville, et même quitter l'État, de préférence. Moi, je n'ai rien non plus. Personne pour moi. Mais je ne suis pas en train de me plaindre, je suis simplement honnête. Je suis alcoolique. Je prends des calmants, des excitants, merde, tout ce qui me tombe sous la main. La plupart du temps, je ne sais pas quel putain de jour on est. Je fais de mon mieux pour gérer ce bazar, mais je ne crois pas que ça suffira. La vérité, c'est qu'on risque tous les deux d'y laisser notre peau. Et en toute honnêteté, je ne crois pas avoir jamais sérieusement envisagé de vous faire témoigner contre Sandià. Pourquoi ? Parce que je crois que ni l'un ni l'autre n'arriverons jusque-là…

— Vous croyez que je ne le sais pas ? Vous croyez que je ne comprends pas la situation dans laquelle je me trouve ? Et vous croyez que je ne vous vois pas tel que vous êtes, Vincent ? Oui, vous êtes alcoolique. Oui, vous avez foiré vos mariages, vos relations avec vos gosses, votre boulot, tout. Comme moi. Comme la plupart d'entre nous. Il ne s'agit pas d'être parfait. Il ne s'agit pas de toujours dire la vérité et de faire en sorte que les choses se passent comme on le veut. Bon Dieu, si c'était comme ça, ni l'un ni l'autre ne serions dans cette merde, et je n'aurais certainement pas besoin que quelqu'un comme vous m'aide à m'en sortir. »

Elle tendit une fois de plus la main vers celle de Madigan, la saisit, puis elle prit également l'autre. Elle tenait désormais ses deux mains, et la sensation de sa peau sur la sienne était presque électrique.

« Regardez-moi », dit-elle. Madigan obéit. « Je suis telle que je suis. Je n'ai pas de mobiles cachés. J'ai peur pour ma vie, pour celle de ma fille… Et vous avez même réussi à me faire avoir peur pour vous. Mais on ne peut pas laisser tomber maintenant. Je ne peux pas partir. Sandià me tuerait. Il croit que j'ai été témoin de ce qu'il a fait à David Valderas, il vous tuera parce que vous m'avez protégée de lui, et alors tout sera fini. S'il est prêt à épargner Melissa, elle ira avec les services de protection de l'enfance, et ils trouveront quelqu'un pour l'accueillir, ou alors elle sera pupille de la nation jusqu'à ses dix-huit ans. Et après elle reviendra ici, elle se prostituera pour se payer du crack, et elle sera morte avant d'avoir vingt-cinq ans. Voilà ce que j'ai, Vincent. Ce sont mes choix… Ou alors je peux agir avec vous. Je peux régler cette histoire avec vous. Ou du moins, essayer. Je n'ai qu'une certitude, Vincent… vous et moi pouvons travailler ensemble. Je dois sûrement pouvoir vous aider. Je dois pouvoir faire quelque chose pour mettre fin à ce putain de désastre…

— Vous ne pouvez rien faire, rétorqua Madigan. Tout est en place. Dans les prochaines vingt-quatre ou quarante-huit heures, cette histoire se terminera, bien ou non. Nous nous en sortirons ou non…

— Vous ne m'en croyez pas capable, c'est ça ? Vous pensez que je ne suis pas assez coriace ? »

Madigan s'esclaffa.

« Bon Dieu, non, Isabella, ce n'est pas ça…

— Alors c'est parce que vous ne voulez pas me mettre en danger, c'est ça ? Vous savez que Sandià me cherche et vous voulez être certain qu'il ne me trouvera pas ?

— Oui, répondit Madigan. C'est exact.

— Et est-ce parce que vous voulez que je témoigne contre Sandià, ou parce que vous vous souciez vraiment de moi ?

— Bon sang, dit Madigan. Comment vous faites ça ? Comment les femmes font-elles ça ? Elles peuvent prendre tout ce qu'on dit, absolument tout, puis le transformer et en faire une affaire personnelle.

— Tout est personnel, Vincent… Tout dans la vie est personnel. Si c'est lié aux gens, c'est personnel. Alors répondez. Vous voulez que je témoigne, ou est-ce que ce que moi et ma fille allons devenir vous tient à cœur ? »

Madigan regarda le feu dans ses yeux. Il ne pouvait pas lui mentir – pas à ce sujet.

« Ça me tient à cœur, répondit-il

— Pardon ?

— Ça me tient à cœur, Isabella, vraiment, et même si ce n'est pas l'impression que je donne, ça signifie beaucoup pour moi…

— Alors pourquoi avez-vous tellement de mal à dire ce que vous pensez, ce que vous ressentez ? »

Il sourit.

« Parce que je suis un homme, et on n'est pas très portés sur les sentiments. Ce genre de truc, c'est pour vous les filles.

— Je n'arrête pas de vous le dire, mais vous refusez de me croire. Vous êtes une personne bien, Vincent Madigan…

— Non, ma petite, là, vous vous plantez. Je suis un connard de premier ordre. Un connard de première classe. Vous n'avez pas idée…

— Vous croyez ?

— Je le *sais*.

— Vous croyez que je ne sais pas de quoi vous êtes capable ? Vous croyez que je ne reconnais pas le menteur, le tricheur, le voleur, le flic corrompu en vous… »

Madigan resta sans mots. Il aurait voulu dire quelque chose, mais n'y parvint pas.

« Je ne suis pas si naïve, Vincent. J'ai côtoyé des gens comme vous et Sandià toute ma vie. Vous ne vous croyez pas si différent de lui. Mais vous l'êtes. C'est vrai ce qu'on dit. Tout le monde est une pute. Tout le monde baise quelqu'un pour de l'argent. Vous croyez que je ne vois pas les cachets dans votre armoire à pharmacie ? Ils ne sont pas là pour soigner une maladie. Vous ne souffrez pas, Vincent Madigan. Vous n'êtes ni insomniaque ni dépressif. Vous êtes peut-être alcoolique, mais rien ne justifie que vous preniez ces cachets. Et les gens prennent des drogues pour les mêmes raisons qu'ils boivent, Vincent… Parce qu'ils fuient toutes les saloperies qu'ils ont faites. Pas ce qu'on leur a fait, parce que ça, on s'en remet. On y survit. On peut oublier. Mais c'est les trucs qu'on a faits… On ne peut jamais y échapper…

— Je ne suis pas Sandià…

— Non, en effet, Vincent. Et c'est précisément ce que je suis en train de dire. Je vous connais mieux que vous ne le croyez. Vous avez vos zones d'ombre et vos fantômes, comme tout le monde, mais vous n'êtes pas mauvais comme Sandià. Si on passe sa vie à s'accrocher à ces fantômes, alors on finit alcoolique et accro aux cachets, et c'est là que vous en êtes en ce moment. Mais ça me fait mal de voir quelqu'un qui pourrait être un être humain décent se comporter comme un tel abruti.

— Hé, du calme ! » s'écria Madigan, soudain irrité par son ton accusateur.

Isabella leva les mains.

« Je suis désolée. C'est juste que j'ai vu la même chose se produire avec le père de Melissa, un type bien qui s'est détruit, et ça me fait mal de le voir chez vous. Je ne voulais pas…

— Ça suffit, coupa Madigan. Je ne joue pas à ces jeux avec vous. Vous êtes ici parce que je me soucie de vous, de la même manière qu'avant je me souciais de la plupart des gens… c'est la raison pour laquelle je suis devenu flic. Vous êtes également ici parce que j'ai autant besoin de vous que vous avez besoin de moi, et ça ne va pas plus loin. Cette histoire va se terminer d'une manière ou d'une autre, soit on s'en sortira, soit on y laissera notre peau, ou alors l'un de nous s'en sortira et pas l'autre – et je ne sais pas ce qui arrivera à votre fille. J'espère qu'elle va s'en tirer. J'espère qu'elle ne finira pas orpheline et à la rue, qu'elle ne se prostituera pas pour du crack et qu'elle ne mourra pas avant d'avoir vingt-cinq ans. J'espère vraiment de tout cœur que ça n'arrivera pas, parce que personne ne mérite ça…

— Vous voulez le dire à Sandià ? Je ne crois pas qu'il ait le même point de vue sur le sujet que vous et moi.

— Je crois que Sandià va avoir beaucoup plus de sujets de préoccupation que le nombre de filles qu'il fait bosser depuis son immeuble dans Paladino.

— Vous allez le tuer, n'est-ce pas ?

— Je vais faire tout mon possible pour l'empêcher de vous tuer.

— Mais si vous devez le tuer, vous le tuerez, n'est-ce pas ?

— Si c'est entre vous et lui, ou entre moi et lui, alors oui, je le tuerai.

— Je veux qu'il meure.

— Je sais.

— Je serais heureuse de le voir croupir en prison pour le restant de ses jours, mais je préférerais qu'il meure. La seule chose qui me rend triste, c'est que je ne serai pas là pour le voir.

— Je m'assurerai que vous ayez le compte rendu intégral, coup par coup. »

Elle esquissa un sourire bref, presque furtif, mais il était bien là.

« Je suis désolée, dit-elle, de vous causer toutes ces emmerdes. »

Madigan balaya ses excuses.

« Pendant un moment, j'ai cru que j'étais de nouveau marié. »

Elle éclata de rire, non pas parce que c'était particulièrement drôle, mais parce que l'un comme l'autre cherchaient par tous les moyens à dissiper la tension. Elle se leva alors et dit :

« Je vais chercher le repas. »

Elle contourna la table, posa les mains sur les épaules de Madigan, et cette simple sensation – un véritable contact physique avec un autre être humain – fit se contracter chaque muscle de son corps. Il frissonna malgré lui, laissa même échapper un petit halètement sonore, et lorsqu'elle commença à lui masser les épaules, il eut l'impression qu'il aurait pu rester là et sangloter jusqu'à s'écrouler d'épuisement.

« Trop tendu, dit-elle.

— À qui le dites-vous ?

— Ça fait combien de temps que quelqu'un n'a pas été là pour vous, Vincent ?

— Là pour moi ?

— Quelqu'un qui n'attendait pas simplement quelque chose de vous, vous savez ? Quelqu'un qui se souciait de ce que vous ressentiez vraiment ? »

Madigan ne savait comment répondre à sa question.

« Longtemps, non ? »

Il sentait ses mains sur ses épaules, le bout de ses doigts sur sa nuque. Son toucher était doux, délicat.

Il se retourna sur sa chaise, leva les yeux vers elle.

« Non, dit-il. On en a déjà parlé, Isabella. On n'est pas ici pour ça. On ne va pas s'embarquer là-dedans… »

Elle reposa les mains sur ses épaules. Elle n'appliquait pas de pression, mais le simple fait qu'elle était là empêchait Madigan de bouger.

« Je ne vous plais pas.

— Isabella… sérieusement… »

Elle se pencha. Il sentit ses cheveux contre son oreille, sa nuque, puis la chaleur de son souffle sur sa joue.

« C'est quoi, le problème, Vincent… tu n'as pas envie ? »

Il se pencha à son tour en avant. Elle recula instinctivement, et il profita de cette fraction de seconde pour se lever.

Il ouvrit la bouche pour dire quelque chose, n'importe quoi, mais il était sans mots.

Il ne savait tout simplement pas quoi dire.

« Muet ? » demanda-t-elle en écho à son silence.

Une fois encore, il ne dit rien. Il voulait rester. Il voulait partir. Il voulait… Il voulait que quelqu'un prenne la décision à sa place…

Et c'est ce qu'elle fit. Isabella Arias. Elle avança de trois ou quatre pas, lui attrapa les avant-bras, et avant qu'il comprenne ce qui se passait, elle l'embrassait et il lui rendait son baiser. Il voyait à travers lui-même, jusqu'à cette petite pierre noire qui était son cœur. Il était enveloppé de tous les mensonges qu'il avait jamais dits, et au milieu de ces mensonges, il y avait peut-être le plus gros de tous, celui qu'il se répétait chaque jour.

Tu l'as fait pour les bonnes raisons, Vincent Madigan.

Et juste après – alors même qu'il sentait les mains d'Isabella autour de sa taille, la pression et la chaleur de son corps contre le sien, alors qu'il franchissait le point de non-retour – il vit l'autre mensonge… celui qu'il n'avait jamais dit… celui dont il savait qu'il devrait le lui avouer un jour.

Je suis responsable de ce qui est arrivé à Melissa.

J'ai failli tuer votre fille.

C'était moi – Vincent Madigan – et personne d'autre.

Et alors il pensa à Sandià, à Larry Fulton, Chuck Williams et Bobby Landry, au sang dans l'escalier, aux morceaux de corps, rien que des lambeaux d'êtres humains éparpillés sur les marches. La façon dont ils avaient explosé quand ils avaient été atteints par un déluge de balles… un combat inégal… Personne n'avait une putain de chance… Et le visage de Bernie dans cette allée, le sang sur ses propres mains quand il s'était éloigné, tout ça parce qu'il devait de l'argent à Sandià… Il se vit fouillant dans la boîte à gants à la recherche de ce pochon de coke ou de speed ou de Dieu sait quoi… sa rencontre avec Chico, Harpo et Zeppo… Mais qu'est-ce qu'il foutait, nom de Dieu ?

Il tenta de reculer, mais elle avait les mains sur lui et il continuait de l'embrasser. Il avait beau essayer de résister, il capitulait, succombait à ce qui se passait. Et il savait que c'était autant sa faute que celle d'Isabella. Il sentit la tension retomber, la résistance s'atténuer, et il la serra fort, aussi fort qu'il put. Elle avait la langue dans sa bouche, et il ne voulait rien de plus au monde que toucher le moindre centimètre de sa peau, être auprès d'elle, autour d'elle, en elle…

Il commença à se diriger vers le salon, vers la porte de la cage d'escalier.

Elle le suivit. Elle savait où il allait.

Au milieu des marches elle ôta son tee-shirt, déboutonna son jean, et commença à agripper la boucle de ceinture de Madigan.

« Enlève ça, dit-elle. Enlève-moi ce satané truc, bon Dieu ! »

Il partit à rire, elle l'imita, et ce qui était en train d'arriver signifiait à la fois tout et rien. Ils s'engouffrèrent dans la chambre de Madigan, et lorsqu'ils atteignirent le lit, l'essentiel de leurs vêtements était par terre. Puis tout ralentit…

Elle avait les larmes aux yeux.

Il s'en aperçut.

Tandis qu'il l'embrassait, qu'elle essayait de se défaire de son jean, qu'il avait conscience de ses mains sur son corps, elle avait les larmes aux yeux.

« Quoi ? se rappellerait-il avoir demandé. Qu'est-ce qui se passe ?

— Je ne sais pas, répondit-elle, et sa voix se coinça dans sa gorge comme si elle avait du mal à respirer.

— C'est bon. Ça va aller… Je le promets… »

Et pour la première fois depuis une éternité, il eut le sentiment de dire la vérité.

Plus tard, lorsque ce fut fini – après qu'ils avaient été confrontés à cette proximité nouvelle, ce contact physique, l'urgence, la passion, la peur, la libération –, il resta étendu, tenant Isabella dans ses bras, et il songea à l'argent sous le lit.

Il se demanda quel genre d'être humain il était, et comment quelqu'un pouvait vouloir être proche de lui.

Et tandis qu'il remettait en question ses raisons, ses mobiles, sa logique… il l'écoutait respirer tout en essayant de ne pas pleurer.

Il avait fait cette chose terrible à sa fille.

Il avait tué et menti – oh, tellement de mensonges –, et il avait travaillé avec Sandià pendant quinze ans. Il était aussi mauvais que lui, ou du moins en passe de le devenir. Y avait-il un espoir de rédemption ?

Il devait se sortir de tout ça. Il devait fuir et la sauver, l'emmener loin de Sandià et de tout ce qu'il représentait. Et Melissa aussi. Il fallait qu'elle survive.

Ils devaient tous survivre. Tous sauf lui et Sandià. C'étaient eux qui méritaient d'être punis pour ce qu'ils avaient fait.

Et il se demanda alors si, le cas échéant, en cas d'ultime recours, il donnerait sa vie pour voir Sandià tomber, pour voir Isabella et Melissa réchapper à tout ça et Sandià finir dans un trou, ou dans une cellule puante, ou dans tout autre endroit où il ne pourrait plus faire de mal, ni mutiler, ni tuer…

Était-il prêt à donner sa vie pour ça ?

Et, plus important encore, était-il prêt à donner sa vie pour être sûr que ses enfants ne découvrent jamais qui il était vraiment ?

Oui, fut la réponse. *Oui, je pourrais le faire.*

Et Madigan, terrifié par cette perspective, sut qu'il ne s'agissait plus de savoir s'il le pouvait ou non, mais s'il le ferait.

Œil pour œil.

Une vie pour une vie.

Il regarda Isabella Arias, nue entre ses bras, et il écouta le bruit de sa respiration tandis qu'elle sombrait dans le sommeil. En plus de tout ce qu'il ressentait, il croyait entendre l'écho de son souffle dans son propre cœur.

Il ferma les yeux.

Il savait que son sommeil serait agité.

Mais c'était tout ce qu'il méritait.

56

She's Like Heroin To Me

Durant la brève heure du crépuscule, juste avant le lever du soleil, Madigan s'extirpa doucement du lit et quitta la chambre, emportant avec lui le sac de sport rempli d'argent. Il prit soin de faire aussi peu de bruit que possible lorsqu'il ramassa son jean et son tee-shirt par terre, afin de ne pas réveiller Isabella. Il alla à sa voiture, dissimula le sac sous la roue de secours dans le coffre, puis il regagna la maison et se doucha.

Lorsque Isabella apparut, il était 7 heures passées. Il était habillé, préparait le petit déjeuner dans la cuisine. Elle vint se poster derrière lui et lui enlaça la taille. Elle le sentit se crisper, mais elle ne fit aucune réflexion. Elle se contenta de l'embrasser dans le cou et demanda :

« Bien dormi ?

— Oui », répondit-il, tentant de lui sourire.

Il ne savait pas ce qu'il éprouvait, ni ce qu'il pensait, et il se disait que la meilleure solution était de se tirer de là au plus vite.

Madigan ne regrettait pas ce qui s'était passé. Hors de question. Après tant d'années et tant d'erreurs, il savait que le regret était une perte de temps et d'énergie. Ce qui était fait était fait. Peut-être n'avait-il jamais vraiment appliqué ses principes à lui-même, mais cette fois, il le fit. S'il n'était pas question de regret, il était question de préservation, d'évitement, d'acceptation, et dans certains cas de capacité à faire disparaître le problème. Mais sa situation avec Isabella ne pouvait pas être ignorée. Il fallait y faire face.

« Isabella… », commença-t-il.

Elle sourit, mais il y avait de la dureté dans son expression.

« Ne me dis pas que c'était une erreur, Vincent Madigan. Même si tu le penses, ne le dis pas. Personne n'aime s'entendre dire ça, et à moins que tu ne me mettes tout de suite à la porte, nous allons devoir continuer de vivre sous le même toit… »

Madigan rit. Il appréciait sa franchise.

« Non, répondit-il. Ce n'est pas ce que j'allais dire. »

Il lui saisit la main, l'entraîna jusqu'à la table de la cuisine et lui demanda de s'asseoir. Elle obéit, et Madigan prit place face à elle tout en continuant de lui tenir la main.

« Je ne suis pas une bonne fréquentation », déclara-t-il.

Elle ouvrit la bouche pour parler.

« Laisse-moi finir, Isabella… s'il te plaît. »

Elle acquiesça sans dire un mot.

« Je ne suis pas un type bien. Je suis policier, certes, mais ça ne veut rien dire, tu le sais. J'ai commis de nombreuses erreurs. J'ai fait beaucoup de choses que je n'aurais pas dû faire. Il est trop tard pour revenir en arrière, mais il en est certaines que je peux réparer. Et je dois le faire maintenant.

— Sandià ? demanda-t-elle.

— Entre autres, oui. »

Elle détourna un moment les yeux, puis les posa de nouveau sur lui.

« Je n'attends rien de toi, dit-elle. Tu ne me dois rien. Ce qui s'est passé hier soir, je le voulais, et c'est arrivé. Je ne sais pas pourquoi, Vincent… parce que j'ai peur, parce que je suis seule, parce que… » Elle secoua la tête. « Je ne sais pas, et je crois que ça n'a aucune importance. » Elle sourit, lâcha un bref éclat de rire. « Ne t'en fais pas, tu n'es pas obligé de m'épouser. »

Madigan sourit à son tour.

« Ah, merde. Moi qui venais d'acheter la bague et tout. »

Ils restèrent un moment sans rien dire, puis Madigan annonça qu'il devait sortir.

« Alors prends ton petit déjeuner, dit-elle. Je vais finir de le préparer, puis tu partiras.

— D'accord, répondit-il. Le petit déjeuner d'abord. »

Une demi-heure plus tard, il était en voiture, s'éloignant de la maison. Il avait demandé à Isabella de ne pas sortir, comme auparavant. Rien n'avait changé. Il devrait en être ainsi jusqu'à ce qu'il décide du contraire. Elle n'avait pas protesté, mais lui avait demandé s'il pouvait prendre des nouvelles de Melissa pour elle.

« Si j'ai le temps, avait-il répondu. J'ai des choses à faire. Des choses importantes. Si tout se passe bien, on va s'en sortir… OK ? »

Elle lui avait touché le visage. Il avait fermé les yeux, senti la chaleur de sa main sur sa peau. Ce contact avec un autre être humain lui avait manqué, tellement manqué.

« Alors pars, avait-elle dit. Fais ce que tu as à faire. »

Et il était parti, tout en se demandant s'il pouvait mentir à cette femme éternellement, s'il pouvait ne pas lui avouer ce qui s'était passé dans la maison de Sandià.

La réponse était non. Elle devrait savoir. Un jour ou l'autre, elle devrait savoir, sinon il ne ferait que répéter les mêmes erreurs.

Mais il y avait une autre possibilité, une bonne chance pour qu'il n'en ressorte pas vivant, comme il l'avait envisagé la veille au soir.

Pouvait-il faire ça ?

Oui, il le pouvait. Il n'y avait pas d'autre solution.

Madigan s'arrêta au motel et donna à Bernie Tomczak deux liasses de billets prélevés sur l'argent volé. Il lui rendit également son téléphone portable, celui sur lequel était enregistrée sa conversation avec Duncan Walsh. Bernie savait ce qu'il avait à faire.

« Tu as passé les coups de fil que je t'ai demandés ?

— Bien sûr, répondit Bernie. Tu me prends pour un abruti ou quoi ?

— À quelle heure ?

— Tu sais à quelle heure, Vincent. 11 heures pile.

— Ils seront deux ?

— Bon Dieu, Vincent, évidemment. Tu m'as dit de quoi tu avais besoin, et j'ai tout arrangé. C'était le marché. Calme-toi, OK ? Ils seront là.

— Si ça se passe mal…

— Vincent… si ça foire… eh bien, il va sans dire que je suis également foutu, pas vrai ?

— Si, répondit Madigan. On est dans le même bateau. Si je finis six pieds sous terre, toi aussi.

— Parfois je me demande pourquoi je t'aime bien, Vincent Madigan. Enfin quoi, merde, y a une semaine tu m'entraînais dans une allée et tu me collais une branlée. Je crois que j'ai perdu mon flair. »

Madigan sourit d'un air ironique.

« Si c'est le cas, tu ne sentiras plus ta crasse. Je t'ai rendu service.

— Parfois, en fait la plupart du temps, t'es vraiment un putain de connard.

— Eh bien, mon ami, le sentiment est partagé.

— Fais gaffe à toi, OK ? Foire pas ton coup.

— Pareil pour toi. »

Madigan quitta le motel, regagna sa voiture, prit vers le sud-ouest en direction du pont.

Il jeta un coup d'œil à sa montre. 9 h 40. Plus qu'une heure et vingt minutes.

À 10 h 10, Madigan arriva à proximité de chez Bernie. Il se gara près de l'une des rampes qui descendait de FDR Drive. Il entendait la circulation qui grondait au-dessus. Il attendit jusqu'à la demie, puis appela le commissariat. Il signala un problème, demanda deux agents en renfort. Le type du standard répondit qu'il devrait attendre un quart d'heure. Madigan expliqua qu'il en avait besoin plus rapidement. En vain.

Il s'assit et fuma une cigarette. Il regarda les deux types entrer dans le bâtiment, puis souleva le sac de sport et marcha jusqu'à la porte. Ils ouvrirent lorsqu'il frappa. Il leur donna le sac qui renfermait les deux cent mille dollars et leur demanda de ne pas bouger jusqu'à son retour.

« Quand je reviendrai, je serai accompagné de deux agents, d'accord ? Faites exactement ce que vous avez mis au point avec Bernie. Si vous merdez, quelqu'un se fera descendre, OK ? Nous entrerons par l'avant. Vous sortirez par la porte latérale. Vous laissez le sac à l'intérieur. Fin de l'histoire. »

Le plus grand – un type aux cheveux sombres pour qui être en colère semblait être un mode de vie – se contenta d'acquiescer. L'autre – cheveux plus clairs, une étrange cicatrice en zigzag qui lui traversait la joue et se perdait sous son oreille – répondit : « C'est bon. On sait ce qu'on a à faire. Bernie nous l'a dit, OK ? Faites pas chier. On est des professionnels. »

Professionnels ? aurait voulu lui demander Madigan. *Professionnels de quoi, exactement ? De la fuite ?*

Il regarda sa montre.

« Dans environ un quart d'heure, dit-il. J'attends les renforts.

— Faites ce que vous avez à faire », répliqua Mister Colère, puis il referma la porte.

Madigan retourna à sa voiture. La rue était déserte. Bon sang, même si on l'avait vu, personne ne serait allé le dire à la police. C'était comme ça dans le quartier.

Les renforts arrivèrent à 10 h 55.

« Vous avez pris votre temps, dit Madigan au chauffeur.

— Désolé, monsieur, répondit l'agent, mais nous avons eu un…

— C'est bon, coupa-t-il. C'est peut-être rien, mais je connais le type qui habite ici… C'est un petit escroc, mais il paraît qu'il est passé à des affaires plus sérieuses récemment. Ils sont deux là-dedans en ce moment. Des associés du type. Je les ai vus entrer, et je crois qu'ils portaient des fusils semi-automatiques.

— Ils ont des fusils ? Bon sang, c'est une unité d'élite qu'il vous faut, pas nous », protesta l'autre agent.

Madigan se pencha et regarda par la vitre.

« Vous vous appelez comment ?

— Young, répondit le type.

— Et vous ? demanda-t-il au chauffeur.

— Henderson.

— Bon, OK. Voici ce qu'on va faire, les gars. Je connais le type qui vit ici. Son nom est Bernie. Il a bossé pour moi par le passé. C'est un indic, OK ? Il fait principalement du petit business, rien de méchant. Mais il a un cousin – je me souviens pas de son nom – et lui, c'est un sérieux. Un poids lourd, il fait partie d'une équipe de braqueurs. Banques, fourgons blindés, ce genre de truc, OK ? Donc, je pense que Bernie est absent. Dieu sait où il est barré, mais il est pas chez lui pour autant que je sache. Y a deux junkies là-dedans, des membres de cette équipe, peut-être le cousin, peut-être quelqu'un d'autre, mais ils sont là. Je les ai vus il y a une heure, et il est clair qu'ils ne trimballaient pas des cannes à pêche. Vous voyez ce que je veux dire ? Bon, on peut aller voir et régler le problème nous-mêmes, ou alors on peut aller pleurer notre mère et envoyer les costauds pour faire le boulot. Si vous êtes avec moi, vous aurez des recommandations de ma part, et aussi de la part du département – tout se passera bien. Mais si vous vous dégonflez, j'écris un rapport sur vous.

— Hé, j'en suis, déclara Young.

— Pas de problème, ajouta Henderson.

— Bien, dit Madigan. Maintenant, allez garer votre voiture là-bas, derrière la mienne, puis empruntez l'allée jusqu'à l'arrière du bâtiment. Vous gardez vos radios allumées, mais baissez le volume. Je vous appellerai quand je serai à la porte, et vous entrerez par l'arrière, OK ? Exactement comme on vous a appris à l'école. Ne vous exposez pas, regardez partout à la fois, et ne tirez sur personne, bordel. Vous ne tirez que si on vous tire dessus. C'est compris ? »

Young et Henderson acquiescèrent.

Ils semblaient avoir suffisamment de jugeote. La dernière chose dont Madigan avait besoin, c'était que deux agents en uniforme descendent les copains de Bernie. Les types à l'intérieur ne seraient pas armés. C'était le marché. Madigan arriverait par l'avant. Il demanderait à entrer. Misters Colère et Zigzag décamperaient par la porte latérale, longeraient l'allée puis rejoindraient la rue, et Young et Henderson entreraient par-derrière juste à temps pour s'apercevoir que les types s'étaient fait la malle. Madigan avait besoin des copains de Bernie pour donner l'illusion que quelqu'un d'autre que lui avait été en possession de l'argent marqué qui avait été volé chez Sandià. S'il tombait dessus *par hasard*, il s'exposait à des soupçons importuns. Il avait donc besoin de Young et Henderson pour faire office de témoins impartiaux et officiels lorsqu'il découvrirait le sac contenant les deux cent mille dollars.

Simple. Un jeu d'enfant.

Madigan regarda Young et Henderson garer leur voiture de patrouille derrière la sienne. Ils descendirent du véhicule puis se dirigèrent vers l'arrière de la maison de Bernie.

Il leur laissa trois minutes, puis les appela.

« Vous êtes prêts ?

— Oui, monsieur.

— Je taperai deux fois sur ma radio quand je serai à la porte.

— Bien reçu. »

Madigan enfonça sa radio dans sa poche de veste. Il traversa la rue, gravit les marches et s'arrêta sur le perron. Il sortit sa plaque, frappa à la porte avec la crosse de son arme.

« Police ! cria-t-il. Ouvrez ! »

Il entendit du mouvement à l'intérieur. Misters Colère et Zigzag étaient probablement derrière la porte latérale, attendant le bon moment.

Madigan cogna de nouveau.

Encore du mouvement. Il crut entendre une porte s'ouvrir, puis claquer.

Des voix.

Étaient-ce des voix ?

Quelqu'un qui criait ?

Madigan recula d'un pas puis donna un coup de talon dans la porte. Elle se fendit le long du montant mais ne s'ouvrit pas. Il donna un nouveau coup de pied, et cette fois elle céda. Il se précipita à l'intérieur juste au moment où quelqu'un faisait feu. Une fois ? Deux fois ?

Qu'est-ce qui se passait ?

Madigan, familier des lieux, traversa le salon et fonça dans le couloir. Il vit la porte latérale ouverte, sortit, et découvrit Henderson qui tenait son arme en l'air. Young arrivait derrière lui.

« Qu'est-ce que c'est que ce bordel ? hurla Madigan.

— J'étais ici, répondit Henderson. J'ai repéré cette porte latérale et j'ai décidé de la couvrir pendant que Young s'occupait de l'arrière. Ils sont sortis par ce côté. Je leur ai crié de s'arrêter. Je leur ai lancé un avertissement clair. Mais ils ne se sont pas arrêtés. Je crois en avoir touché un. Ils se sont enfuis, mais je crois en avoir touché un…

— Bon Dieu ! C'est quoi ce bordel ! Je vous avais dit d'aller à l'arrière, putain ! Je vous avais dit de couvrir la sortie de derrière, pas celle sur le côté !

— J'ai suivi la procédure ! s'écria Henderson. J'ai fait ce que vous m'avez dit de faire ! J'ai suivi la putain de procédure ! »

Madigan, s'apercevant qu'il pointait son arme sur Henderson, l'abaissa.

« Bon Dieu ! Vous en avez touché un ! Vous avez touché un de ces types !

— Je crois, oui », répondit Henderson.

Son expression était un mélange d'inquiétude, de confusion, de désarroi, d'incrédulité. Il ne comprenait pas où était le problème. Il avait fait ce qu'il fallait. Madigan lui avait demandé de faire comme on leur avait appris, et c'est ce qu'il avait fait. Couvrir toutes les issues. Lancer un avertissement clair.

« Est-ce qu'il était armé ? cria Madigan. Est-ce qu'il avait une arme ? Est-ce que l'un d'eux avait une putain d'arme ? »

Henderson secoua la tête, écarquillant les yeux.

« J'en sais rien. Je crois. Je… Bon Dieu, j'en sais rien. Je leur ai dit de s'arrêter, OK ? Je leur ai dit de s'arrêter. Je leur ai lancé un avertissement. J'ai fait les choses dans les règles, d'accord ? J'ai fait les choses dans les règles et ils ont refusé de s'arrêter, alors j'ai tiré. »

Madigan baissa la tête.

« Bon Dieu de merde. » Il ferma les yeux, inspira profondément. « OK, OK, OK… Laissez-moi réfléchir. » Il pivota sur ses talons, retourna à l'intérieur. « Venez, lança-t-il à Young et Henderson. Entrez, nom de Dieu. »

À peine quelques minutes plus tard, Young et Henderson se séparèrent pour fouiller les lieux, et c'est Young qui réapparut avec le sac de sport.

« Vous n'allez pas le croire, dit-il à Madigan.

— Oh, j'en doute. Très peu de choses me surprennent. »

Young tendit le sac devant lui, écarta les anses, et dévoila des liasses de billets. Des douzaines de liasses.

« OK, fit Madigan, peut-être que c'est une petite surprise, oui… »

Il tendit la main, Young lui donna le sac.

« Vous voulez partager maintenant ou plus tard ? » demanda Madigan. Il regarda tour à tour les deux agents avec une expression impassible. Puis il se mit à sourire. « Bon Dieu, les gars. Vous devriez voir vos têtes. Détendez-vous ! »

Young semblait anxieux. Henderson tenta de sourire, mais il était encore sous le choc de l'incident.

Madigan paniquait intérieurement. La situation était grave. Tout était sérieusement allé de travers. Mais il devait minimiser, ne pas en rajouter. La dernière chose dont il avait besoin, c'était de jouer à la baby-sitter auprès des deux agents pour les rassurer. Il devait retourner au commissariat, porter l'argent au dépôt de pièces à conviction, puis espérer qu'il recevrait la visite qu'il attendait.

« Ah, ne vous en faites pas, dit-il. C'était probablement une blessure superficielle. Le type s'en remettra. Et puis ça le rendra plus facile à retrouver, pas vrai ?

— Mais si elle n'était pas superficielle ? demanda Henderson. Si elle était fatale ?

— Vous avez déjà tué quelqu'un ? demanda Madigan.

— Non, monsieur, jamais.

— Bon, peut-être que vous venez de le faire. Mais ce genre d'éventualité fait partie du boulot. Je crois qu'on appelle ça les risques du métier. »

Henderson semblait accablé.

Madigan appela les techniciens de scène de crime. Puis il ordonna à Young et Henderson d'attendre dans le bâtiment avec pour mission de sécuriser le site jusqu'à leur arrivée.

« Et ne tirez sur personne, OK ? » lança-t-il à Henderson tandis qu'il traversait la rue en direction de sa voiture.

Henderson leva la main. Le pauvre abruti n'avait pas meilleure mine. Mais bon, il fallait toujours une première fois. À partir du moment où vous l'aviez accepté, ce n'était plus un problème. C'est du moins comme ça que ça s'était passé pour Madigan. Il demeurait néanmoins possible que l'un des associés de Bernie soit blessé. Une égratignure ? Une blessure superficielle ? Quelque chose de plus sérieux ? Il n'avait aucun moyen de le savoir. Peut-être que le type était déjà tombé raide mort quelque part. Il n'avait pas prévu ça. Ça pouvait foutre toute sa stratégie en l'air.

Il mit le contact, commença à rouler, jeta un coup d'œil au sac de sport sur le siège passager, et il se demanda combien de personnes perdraient encore la vie à cause de ce qu'il renfermait.

57

Yellow Eyes

Il était midi passé lorsque Madigan arriva au commissariat. Il rédigea son rapport, plaça le sac de sport au dépôt de pièces à conviction, remplit toute la paperasse, et gagna son bureau.

Il attendit patiemment jusqu'à 1 heure, puis alla déjeuner. Il ne reçut aucune nouvelle de Young et Henderson, ni des techniciens qui étaient chez Bernie, et Walsh n'avait pas téléphoné. Il songea à l'appeler lui-même pour l'inciter à augmenter la pression, mais il laissa tomber l'idée. Walsh avait fait ce qu'il lui avait demandé de faire, et il faudrait que ça suffise.

C'est pendant qu'il mangeait que le coup de fil arriva.

« Vincent ?

— Lui-même.

— C'est Al. Vous êtes où ?

— Dans un petit restaurant, à une rue ou deux. Je déjeune. Qu'est-ce qui se passe ?

— J'ai besoin de vous parler.

— Maintenant ?

— Maintenant.

— J'arrive.

— Non, c'est moi qui vais vous rejoindre. Comment s'appelle le restaurant ?

— Vous voulez venir ici ?

— Comment s'appelle le restaurant, Vincent ?

— DiMarco's, dans la 115e.

— Je connais, dit Bryant. Je suis là dans dix minutes.

— Vous voulez que je vous commande un sandwich ou quelque chose, sergent ? »

La communication avait été coupée.

Madigan renfonça son téléphone portable dans sa poche. Il prit une profonde inspiration. Peut-être que ça fonctionnerait. Bon Dieu. Peut-être que ça fonctionnerait vraiment.

Bryant tint parole. Il apparut dix minutes plus tard. Madigan était surpris de se sentir aussi calme. Il avait même réussi à finir son sandwich.

Bryant, en revanche, avait l'air dévasté.

« Bon Dieu, sergent, vous avez une sale tête. Qu'est-ce qui se passe ? »

Bryant désigna de la tête un box au fond du restaurant. Madigan ne posa pas de question. Il le suivit et ils s'assirent. La serveuse demanda si le sergent voulait quelque chose.

« Un café, juste un café », répondit-il, et Madigan en redemanda un également.

Une fois le café servi, Madigan répéta sa question.

« J'ai Walsh sur le dos, répondit Bryant. Ce truc dont vous avez parlé, comme quoi le quatrième homme chez Sandià était peut-être un flic. On dirait que ça pourrait être le cas.

— Oh, merde, fit Madigan.

— Oh merde, exactement. Et ça ne peut pas arriver, Vincent. Pas dans mon commissariat.

— Est-ce que Walsh vous a parlé directement ?

— Oui. Ce matin.

— Il a dit qui d'après lui était le type, le quatrième homme ?

— Non, et je ne crois pas qu'il le sache. Je ne crois même pas qu'il soit certain que le quatrième type soit vraiment un flic, mais je ne peux pas courir ce risque.

— Bon, même si c'en est un, il pourrait venir d'un autre commissariat, non ?

— Évidemment, répondit Bryant. Mais est-ce que je suis prêt à courir ce risque ? Bon Dieu, non. Je ne veux pas que mon commissariat se fasse démolir à cause de ça… »

Madigan comprenait. Il voyait ce qui se passait. Bryant pensait à la réputation du département. Ce n'était pas une requête personnelle, mais professionnelle. Pensez à notre réputation à tous… Faites ce qu'il convient de faire, Vincent. Aidez-nous à préserver le statu quo. On fait plus de bien que de mal. On a plus souvent raison que tort. Réglons ce bazar. Utilisons ce que nous savons pour écarter Walsh, pour que les affaires internes nous foutent la paix. Revenons à la normale pour pouvoir bosser comme avant. Parfois il faut faire un peu de mal pour le bien général.

Madigan fit comme s'il commençait à saisir.

« Vous voulez ce téléphone, dit-il. Vous voulez ce téléphone afin que Walsh vous lâche, c'est ça ? »

Bryant ne répondit rien.

Bingo.

« Bon Dieu, sergent…

— Mais vous comprenez pourquoi, n'est-ce pas ? Vous comprenez pourquoi je fais ça ? Pour le bien du commissariat, du département…

— Bien sûr, répondit Madigan. Mais je ne sais pas…

— L'argent. Le type, votre indic… Il s'est vu offrir beaucoup d'argent…

— Cent cinquante mille dollars. »

Madigan s'interrompit net. Il regarda Bryant, ouvrant de grands yeux.

« C'est pour nous tous, déclara Bryant. Je pense à nous tous…

— Bon Dieu, sergent…

— Alors, qui est au courant, Vincent ? Vous, moi, les types du dépôt, les agents en uniforme qui vous ont accompagné pendant l'opération ?

— Putain… merde…

— J'ai vu le mémo arriver, Vincent, et tout fait sens. Ça a été comme une sorte d'intervention divine. Vous avez découvert deux cent mille dollars dans la maison d'un pauvre abruti, et voilà, problème résolu. On s'en sert pour récupérer le téléphone de votre indic. On écarte Walsh. Il dit à ses collègues des affaires internes de regarder ailleurs. Et tout le monde est content. »

Madigan ne parla pas. Il regarda ses mains. Il ne savait pas comment décrire ce qu'il éprouvait. Il ne voulait même pas essayer.

« C'est une sacrée coïncidence », déclara-t-il finalement.

Il releva alors la tête et vit le reflet de son propre visage dans les yeux de Bryant. Il devinait à l'expression de ce dernier qu'il croyait qu'il le suivrait dans cette idée folle… Qu'il y avait une porte de sortie pour tout le monde, que Vincent Madigan serait son allié, son pote, son *compadre*…

Il se demanda quelle tête Bryant aurait faite s'il avait laissé échapper que l'argent venait de chez Bernie Tomczak, que c'était Bernie qui avait le téléphone, que l'argent qui se trouvait désormais au dépôt appartenait à Sandià, que c'était le butin du braquage de la maison…

Oh merde, il aurait vraiment aimé voir ça.

Mais il ne dit rien. L'adresse de Bernie n'avait pas été notée dans la paperasse. De fait, si Bryant avait pris le temps de regarder quoi que ce soit hormis le fait que deux cent mille dollars avaient été placés au dépôt par Madigan, il aurait remarqué que bon nombre de détails pertinents et nécessaires avaient été omis de son rapport. Aucune importance, puisque ledit rapport finirait dans les flammes de la chaudière du commissariat. Il n'avait jamais été censé finir ailleurs de toute manière.

« Une trop grosse coïncidence pour qu'on l'ignore », convint Bryant.

Madigan ne dit rien.

« Bien sûr, vous auriez quelque chose à y gagner, Vincent », reprit le sergent.

Madigan balaya le commentaire d'un geste de la main.

« Nous devons penser au bien du commissariat, dit-il. Nous en avons déjà assez bavé comme ça sans que je ne sais quelles conneries finissent dans les journaux… Et parfois les types des affaires internes peuvent être une vraie bande de connards… »

Tandis qu'il parlait, Madigan sentait que Bryant se détendait, car il disait précisément ce que le sergent voulait entendre, et il allait précisément dans la direction où il voulait qu'il aille. Il ajouta alors :

« Je vais devoir parler au type, celui qui a le téléphone.

— Tout à fait.

— Et vous devez supprimer la paperasse. Vous devez faire disparaître le rapport sur ce raid, retirer l'argent du dépôt, et effacer pour de bon tout ce qui m'y rattache. Vous comprenez ?

— Oui.

— Et Young et Henderson ?

— Qui ?

— Les deux agents en uniforme qui m'ont accompagné pendant l'opération de ce matin.

— Je m'en occupe, répondit Bryant.

— Qu'est-ce que ça veut dire ? Je vais apprendre demain qu'ils se sont fait tuer dans l'exercice de leurs fonctions ?

— Bon Dieu, Vincent, qu'est-ce que vous racontez comme conneries ? Vous me prenez pour qui ? Non, ils ne vont pas se faire tuer dans l'exercice de leurs fonctions. Merde, mon vieux, pourquoi vous dites des trucs pareils ? »

Madigan secoua la tête.

« Je ne sais pas, sergent. Désolé. C'est juste que tout ça fout vraiment la trouille.

— J'ai dit que je m'en occuperai. Je leur expliquerai que les billets étaient faux, qu'ils ont été confisqués par le département de la trésorerie, qu'ils auront tous les deux une recommandation pour leur intervention exemplaire, et que l'enquête a été transmise aux fédés et aux putain de services secrets, OK ? C'est juste des bleus, mon vieux. Ils croiront tout ce que je leur dirai.

— Bien. OK. Je ne veux simplement plus que cette histoire fasse de victimes. Ça compliquerait tout…

— Vincent, honnêtement, ne vous en faites pas. Je m'en occupe. Contentez-vous de parler à votre type. Voyez s'il accepterait cent cinquante mille dollars de votre part en échange du téléphone, OK ?

— Il faudra lui faire une meilleure offre. C'est la somme que lui a déjà promise la presse, vous vous souvenez ?

— Alors voyez ce qu'il acceptera. Nous avons deux cent mille dollars à dépenser, pas plus.

— Je vais voir ce que je peux faire », répondit Madigan, sachant pertinemment que quelques heures plus tard il reviendrait voir Bryant pour lui dire qu'après une longue et âpre négociation Bernie Tomczak avait accepté exactement cent quatre-vingt mille dollars.

C'était précisément la somme dont il avait besoin, ce qu'il devait à Sandià, même si Al Bryant ne connaîtrait jamais ce détail.

Les épaules de Bryant semblèrent s'affaisser d'une bonne dizaine de centimètres, comme s'il avait eu la colonne vertébrale soudain libérée d'un garrot.

« Je ne sais pas comment vous remercier…, commença Bryant.

— Bon sang, ne me remerciez pas. Remerciez la bonne fée qui a placé deux cent mille dollars au dépôt ce matin.

— Je vais aller m'occuper de tout ça, dit Bryant.

— Et n'oubliez pas, sergent... Rien, absolument *rien* ne permet de remonter jusqu'à moi, OK ?

— C'est bon, Vincent. Vous avez ma parole. »

Madigan regarda Bryant s'éloigner. Ce dernier pensait qu'ils étaient tirés d'affaire, que lui et son commissariat étaient hors de danger, qu'il récupérerait le téléphone, dirait à Walsh d'aller se faire foutre, et que tout le monde s'en sortirait indemne.

Il n'avait pas idée de son erreur. Pas la moindre foutue idée.

Et Walsh non plus. Il se croyait tranquille avec le téléphone dupliqué que Madigan lui avait donné. Il allait désormais découvrir qu'il y en avait un autre.

Madigan vida son café et quitta le restaurant. Il roula jusqu'à Mott Haven pour voir Bernie. Ce dernier était essentiel à son plan. Il devait être mis au courant de tout ce qui se passait.

Et dire que quelques jours plus tôt il lui collait la raclée de sa vie pour une dette qui était sur le point d'être remboursée. L'ironie de la situation n'échappait pas à Madigan, elle ne lui échappait pas du tout. S'il avait su ce qui allait se passer au moment où il avait tabassé Bernie Tomczak, eh bien, il ne l'aurait pas cru. Même lui, Vincent Madigan, lui qui avait absolument tout vu, ne l'aurait pas cru.

Parfois la vie était une blague, et pas toujours une blague drôle.

Il était 2 h 15 lorsque Madigan arriva au motel. Il passa la réception, frappa à la porte de Bernie.

« Qui est-ce ?

— Moi. Madigan. »

Bernie ouvrit. Madigan n'eut pas droit à l'habituel déluge de questions. Bernie semblait pensif, voire sérieux.

« Qu'est-ce qui se passe ?

— Mon type s'est fait tirer dessus. »

Madigan fronça les sourcils.

« Ce matin, Vincent. L'un de mes types s'est fait tirer dessus. Un de tes bleus trop zélés lui a tiré dessus et l'a atteint. La balle lui a traversé le flanc, et maintenant j'essaie de trouver un médecin qui va le remettre sur pied. C'est… Merde, Vincent. Ça faisait pas partie du plan.

— Comment tu sais ce qui s'est passé, Bernie ? Dis-le-moi. Comment tu sais ce qui s'est passé ce matin ?

— Parce qu'ils m'ont appelé, OK ? Ils m'ont téléphoné. Ils m'ont raconté ce qui s'était passé, et pour le moment il est dans un endroit sûr, mais il saigne, mec. Il pisse le sang, et il a besoin d'un toubib.

— Je t'ai dit de ne pas passer de coups de fil, et de ne pas en recevoir non plus, Bernie. Tu es allé donner ton numéro à ces types ? Bon Dieu, t'écoutes pas un mot de ce que je te dis ?

— Ce sont mes hommes, Vincent. Je les connais, OK ? Ils me faisaient confiance pour que je leur refile un bon plan, et t'es allé tout faire foirer !

— Hé, arrête ça tout de suite, Bernie. Tu connais le deal. On n'est pas au jardin d'enfants. Tu acceptes les risques, OK ? Tu acceptes les putain de risques, et ça se termine comme ça se termine. Tu joues avec les grands, mon ami, et parfois ça se passe comme ça, d'accord ? »

Bernie le fusilla du regard.

« Vincent… Bon Dieu, tu piges pas, hein ? Mon putain de frère. C'est lui qui s'est fait tirer dessus. »

Madigan resta silencieux pendant quinze secondes. Il dévisagea Bernie. L'observa attentivement. Il repensa aux deux types qui s'étaient pointés à cette maison – Misters Colère et Zigzag – et il vit la ressemblance. Le plus petit, celui avec le visage balafré. Le frère de Bernie Tomczak. La boucle était bouclée. C'était lui, le type au .22, l'arme que Madigan avait sortie du dépôt. Bernie avait tenté de protéger son frère tout du long, et maintenant il s'était pris une balle.

« Ah, bordel, Bernie. Pourquoi t'as utilisé ton propre frère, hein ? Qu'est-ce que tu croyais ? On n'est pas censés être reliés à tout ça, mon vieux, et tu vas engager ton frangin ?

— Laisse tomber, Vincent. Peu importe. On peut plus rien y faire. J'ai commis une erreur, certes. Mais t'en a commis une encore plus grande. À cause de toi, le pauvre vieux s'est pris une balle dans le bide, et si on lui trouve pas un médecin, il va mourir, OK ? Tu comprends ce que je dis ? Il va *mourir*.

— J'ai compris. J'ai compris. Bon Dieu, laisse-moi réfléchir, OK ? Laisse-moi réfléchir une minute. »

Madigan se creusa la cervelle. À qui pouvait-il faire appel ? Il y avait un ancien pathologiste désormais à la retraite, toujours disposé à bosser pour quelques dollars de plus. Mais une blessure par balle, légalement censée être immédiatement signalée, c'était du sérieux. Est-ce qu'il accepterait ? Tant pis. Tout le monde pouvait être acheté, et il restait plus de cent mille dollars sous le plancher chez lui. Il téléphona depuis son portable. Trois sonneries, quatre, cinq. La boîte vocale se déclencha. Madigan laissa un message. Le type le rappellerait à coup sûr.

« Tu merdes pas ce coup-ci, Vincent, OK ? J'ai vraiment besoin que tu t'en occupes.

— Je vais m'en occuper, je vais m'en occuper. T'en fais pas, OK ? Tu crois que je veux que ton frère se vide de son sang quelque part et que ça fasse péter les plombs à son pote ? Non, merci beaucoup. Alors, ils sont où en ce moment ?

— Dans une maison de la 123e Rue Est. Avec une porte rouge. Je me souviens plus du numéro, mais c'est la seule avec une porte rouge.

— Faut que tu me donnes ton téléphone, Bernie. Et aussi ta putain de parole que tu ne vas pas passer de coups de fil depuis la ligne fixe ou depuis une cabine, OK ? »

Bernie hésita.

« Bernie, ne fais pas le con. C'est trop sérieux. Tu as une dette de cent quatre-vingt mille dollars qui est sur le point d'être effacée, et tu as une nouvelle vie qui t'attend. Tu pourras emmener ton frère avec toi, où que tu ailles. Je te donnerai même un peu d'argent en plus, OK ? Je doublerai ce que j'ai déjà accepté de les payer. Penses-y. Si tu passes un autre coup de fil, ça laissera des traces. Des relevés de portable, des relevés de la ligne ici, des empreintes dans la cabine téléphonique et le numéro que tu auras appelé, celui de la maison où se planque ton frère. Donne-moi le téléphone, Bernie, vraiment, et je m'occuperai de lui.

— T'as intérêt, Vincent… Je suis sérieux, mec, très sérieux. S'il meurt… Putain, Vincent, je sais pas ce que je ferai s'il s'en sort pas. Faut que tu règles ça. Que t'envoies ton type et qu'il le soigne.

— Bernie, je t'ai dit que je le ferai. D'accord ? Maintenant passe-moi ton téléphone. »

Bernie, à contrecœur, tira le portable de sa poche et le tendit.

« Bien, dit Madigan. Maintenant tu as quelque chose à faire. Tu dois faire savoir à Sandià que tu rembourseras ta dette demain, d'accord ? Pas ce soir, demain. Mais quoi que tu fasses, ne va pas là-bas. Tu ne veux pas qu'il te demande où tu t'es procuré l'argent. Je vais appeler Bryant dans les deux ou trois prochaines heures. J'arrange une rencontre ici entre nous trois à 19 heures. On arrive ensemble, tu lui montres le téléphone sur lequel se trouve la conversation avec Walsh, et tu lui dis qu'on est parvenus à un accord. Ça signifie que tu vas devoir aller chez Walsh et être revenu ici avant 19 heures, comme prévu. OK ?

— J'ai pigé, Vincent. On a passé ça en revue un millier de fois.

— J'ai juste besoin que tu sois sûr d'être à cent pour cent dans le coup, Bernie. Je comprends le problème avec ton frère. Je comprends vraiment. Je vais envoyer mon type là-bas, et il va s'en sortir. Je m'en occupe. Tu as ma parole. »

Bernie tendit le bras.

« Serre-moi la main, Vincent. Serre-moi la main, regarde-moi dans les yeux, et donne-moi ta parole.

— C'est ce que je viens de faire, Bernie. Je viens de te la donner. Est-ce que je t'ai déjà laissé tomber ?

— Fais ce que je te demande, Vincent, sérieusement. »

Madigan regarda Bernie Tomczak. Il tendit la main, le regarda dans les yeux, et quand Bernie la saisit, il dit :

« Bernie, tu as ma parole.

— Bien.

— Maintenant, j'y vais. Fais ce que tu as à faire, sois de retour pour 19 heures, et je m'occupe de ton frère. »

Madigan commença à se diriger vers la porte.

« Il s'appelle Peter. »

Madigan se retourna.

« Tu ne m'as pas demandé comment il s'appelle, Vincent. Son nom est Peter. Je voulais juste que tu le saches.

— J'ai dit pas de noms, Bernie. Je ne voulais pas connaître leurs noms. J'aurais su lequel c'était, OK ? J'aurais été foutu de faire la différence entre celui qui s'est fait tirer dessus et l'autre.

— Mais *moi*, je voulais que tu connaisses son nom, Vincent. Son nom est Peter, et c'est mon petit frère.

— J'ai compris, Bernie. J'ai compris. Maintenant concentre-toi sur ce que tu as à faire, et laisse-moi m'inquiéter du reste. »

Madigan quitta la pièce, s'arrêta dans le couloir. Il composa de nouveau le numéro de l'ancien pathologiste, mais il n'y avait toujours pas de réponse. Il enregistra un rappel une demi-heure plus tard sur son téléphone. Il ne devait pas oublier. Dans la panique et la confusion, il ne devait pas oublier le frère de Bernie. La dernière chose dont il avait besoin, c'était d'une victime supplémentaire dans cette guerre de dingue.

L'ancien pathologiste, un certain Don Jackson, rappela un quart d'heure plus tard.

Madigan expliqua la situation.

« Donc si c'est un indic, ou s'il est lié à ton indic, et qu'il faisait un truc réglo, pourquoi il ne va pas à l'hôpital ? » demanda Jackson.

Madigan ne répondit rien.

Un silence s'installa entre eux, qui dura dix bonnes secondes.

« Il ne faisait pas un truc réglo », déclara Jackson d'une voix plate.

Encore une fois, Madigan ne dit rien.

« 123e Rue Est, tu dis ? Porte rouge ?

— Exact.

— Les frais de déplacement sont de cinq mille dollars. Plus cinq mille supplémentaires pour le traitement et les visites.

— Marché conclu.

— Tu ne vas pas marchander ?

— J'ai pas le temps, Don. Vraiment pas. J'ai juste besoin que tu remettes le gars sur pied.

— J'y serai dans moins d'une heure. Je te rappelle à ce numéro si je ne trouve pas l'endroit ou s'il est déjà mort à mon arrivée.

— C'est sympa, dit Madigan. Merci. On trouvera un moment pour que je te paye avant la fin de la journée.

— Hé, on se fait confiance, répliqua Jackson. Ça va aller. Le type va s'en sortir. J'aurai mon argent. Et tu ne te retrouveras pas accusé de meurtre.

— Ce n'est pas moi qui lui ai tiré dessus, bordel.

— Je ne veux pas savoir qui lui a tiré dessus, Vincent.

— Va t'occuper de lui, Don. Appelle-moi s'il y a un problème. »

Madigan raccrocha.

Bon sang, maintenant Don Jackson croyait qu'il avait descendu le putain de frère bon à rien de Bernie Tomczak.

OK, il était plus léger de dix mille dollars, quinze mille s'il ajoutait le pourcentage nécessaire pour que Jackson les fasse blanchir. Les deux cent mille du dépôt devaient désormais être en possession de Bryant ; cent quatre-vingt mille iraient à Sandià ; les vingt mille restants iraient… où ? Merde, peu importait où ils iraient. C'étaient des billets marqués. Et les quelque cent vingt mille sous le plancher de sa maison ? S'ils parvenaient à se débarrasser une bonne fois pour toutes de Sandià, il en donnerait cinquante mille à Bernie et lui dirait de disparaître pour toujours. Bernie aussi serait obligé de les blanchir, préférablement dans un autre État, et ça lui coûterait quinze ou vingt mille billets, vu que c'était de l'argent fédéral. Et ce qui resterait ? Madigan pourrait le passer à la lessiveuse, en retirer quarante, peut-être quarante-cinq mille. En donner dix ou quinze à Isabella et à sa fille, de quoi les aider à prendre un nouveau départ, et il lui en resterait trente. En donner vingt mille aux avocats pour qu'ils lui foutent la paix, et le reliquat à Cassie. Peut-être qu'elle aurait sa voiture pour son dix-huitième anniversaire après tout ? C'est-à-dire, si tout fonctionnait comme prévu. Si ça se passait sans accroc.

Madigan se gara avant d'atteindre la voie rapide. Il trouva un bar dans la 136e Rue. Juste un verre. Un petit verre pour étancher sa soif et calmer ses nerfs.

C'était tout. Il était un peu plus de 3 h 30 et il avait deux heures à tuer avant d'aller présenter le marché à Bryant.

Il commanda un Jack avec de la glace. Double. Il s'assit dans un box au fond et se demanda s'il ferait bien de manger quelque chose. Il avait le temps. Il allait devoir retourner chez lui et voir Isabella. Il n'en avait aucune envie, pas après la nuit précédente. Il ne savait toujours pas quoi penser de ce qui s'était passé. Il ne *voulait* pas y penser. Il pourrait rester avec elle, peut-être. Si elle voulait de lui. Mais il ne pourrait jamais vivre avec une femme en lui dissimulant un tel secret. Il serait obligé de lui raconter ce qui s'était passé dans la maison de Sandià. Il serait obligé de lui dire que c'était lui le quatrième homme ce matin-là. Et ça, il ne pouvait pas le faire. Hors de question. Il emporterait son secret dans la tombe. Donc, la question d'Isabella était réglée. Il n'avait pas le choix. La gamine s'en sortirait. Tout se passerait bien.

Madigan commanda un autre verre, et juste au moment où la serveuse le lui apportait, Don Jackson grillait un feu rouge dans Lexington et se faisait amocher son pare-chocs par une Audi. Il fut obligé de s'arrêter. Pas d'autre solution. Mais avant qu'il comprenne ce qui se passait, le connard dans l'Audi, un gros porc qui roulait des mécaniques, allait chercher un flic sur le trottoir et tout partait en couilles.

Jackson eut le temps d'appeler Madigan, mais la musique dans le bar était forte, et Madigan pensait à autre chose. Il lui laissa un message pour le prévenir qu'il ne serait pas en mesure d'aller à la maison avec la porte rouge dans la 123e Rue Est. Ça n'aurait rien changé de toute manière, car Peter Tomczak était déjà en route pour l'au-delà, se vidant de son sang dans une piaule merdique pendant que son copain – Mister Colère, de son vrai nom Glenn Wilson – essayait désespérément d'appeler Bernie. Mais le téléphone de ce dernier était dans la voiture de Madigan, éteint, au fond de la boîte à gants.

Madigan buvait son verre. Il essayait d'écouter malgré la musique le match qui passait à la télé. Et à 3 h 52, les yeux de Peter Tomczak semblèrent virer au jaune, puis ils se révulsèrent dans leurs orbites.

Il mourut dans les bras de son ami. Il y avait du sang partout, on aurait dit un abattoir. La pièce ressemblait beaucoup à celle dans laquelle Melissa Arias avait été retrouvée seulement quelques jours plus tôt.

58

Moonlight Motel

La tentation de prendre quelque chose – juste un cachet, ou même une moitié – était plus forte qu'elle ne l'avait jamais été.

Madigan se concentra, calma ses nerfs. C'était maintenant que tout se résoudrait, ou que tout partirait de travers. Si les choses ne se passaient pas comme prévu, il était mort. Et Bernie aussi. Après quoi ils retrouveraient Isabella, et Sandià la tuerait, de même que sa fille, sans la moindre hésitation. Madigan le savait. Il en avait la certitude absolue.

Bernie sortirait vers 6 heures, il ferait ce qu'il avait à faire, puis il reviendrait pour le rendez-vous à 7 heures. La négociation débuterait. Bernie savait ce qu'on attendait de lui. Était-il capable de le faire ? Peut-être, peut-être pas. Tant de choses dépendaient de sa capacité à embobiner Bryant. Leur seul avantage était la peur de ce dernier. Elle le pousserait à croire que Bernie disait la vérité. Bryant *devait* le croire.

Madigan regagna la voiture, appela Don Jackson. Une fois encore, il n'y eut pas de réponse. Il retourna dans le bar, commanda un verre de plus, regarda la télé au mur. Des personnages – beaux, à peine plus âgés que des étudiants – déchiffraient des scènes de crime improbables. Ils utilisaient du matériel qui n'existait pas et donnaient l'impression de faire un boulot sexy, sans jamais révéler la profondeur de crasse, de pourriture et de merde inhérente à ce boulot.

Pendant un bref moment, Madigan leur en voulut de mentir ainsi au monde, puis il se rappela qu'il s'en foutait.

Il sirota lentement son verre, ce qui lui demanda un gros effort. Les buveurs comme il les aimait n'avaient pas l'air de venir ici, ils ne voulaient même pas s'en approcher.

Il songea à Isabella, à ce qu'il ressentait en sa présence. S'il avait été en mesure d'y réfléchir plus objectivement, il se serait rendu compte que c'était totalement différent de ce qu'il avait vécu avec Angela, avec Catherine, voire avec Ivonne. À chaque fois qu'il avait pris ses distances, elles avaient encore plus été après lui. Elles avaient envahi les silences et les espaces qu'il se ménageait. Tandis qu'Isabella faisait le contraire. Quand il prenait ses distances, elle prenait également les siennes.

Plus tôt, quand il était parti, il avait été surpris par son expression. Il avait su qu'elle voulait qu'il soit prudent.

Cette expression disait tout ce qu'il y avait à dire. Il pensait qu'elle commençait à lui faire confiance, du moins suffisamment pour se soucier de ce qui lui arrivait. Elle croyait ce qu'il lui disait. Elle voulait qu'il revienne en un seul morceau. Et de tous les mensonges qu'il avait racontés dans sa vie, le pire était celui qu'il lui avait dit à elle. Il le rongeait intérieurement, comme une chose vivante. C'était désagréable, une sensation nouvelle à laquelle il ne voulait pas s'habituer.

Il supposait que c'était sa conscience, son sentiment de culpabilité.

Rien ne semblait plus avoir d'importance. Ce qu'il pensait, ce que les autres pensaient, ce qui était arrivé par le passé, ce qui se passerait dans un avenir proche. Car si ça tournait mal, il n'y aurait pas d'avenir.

Il vida son verre, aurait voulu en commander un autre, n'osa pas.

Tout ça, c'était des conneries. Ça n'avait aucun sens. À l'échelle de l'univers, ce qui lui arrivait, ce qui arrivait à Isabella, Melissa, Bernie et Sandià, n'avait aucune importance. Mais tandis qu'il était assis là, avec son cœur serré comme un poing dans sa poitrine, ses mains moites de transpiration, son cuir chevelu qui le démangeait, et ce fourmillement dans le dos comme si mille insectes rampaient le long de sa colonne vertébrale, Madigan savait simplement qu'il ne voulait pas mourir. Pas maintenant. Pas à cause de ça. Il ne voulait pas finir en prison. Vingt-cinq ans incompressibles ou perpète. Ça revenait à une peine de mort. La rumeur se répandrait en quelques heures qu'il était flic. Où qu'on l'enferme dans l'État, il y aurait des gens qui le reconnaîtraient. Il ne tiendrait pas une semaine. Pire encore, ils lui crèveraient probablement les yeux, l'estropieraient, le laisseraient vivre une vie qui n'en serait plus une. Et alors il serait obligé d'y mettre un terme lui-même. Pourrait-il le faire ? Aurait-il la présence d'esprit et la volonté nécessaires pour se donner la mort ? Serait-il encore mentalement et physiquement capable de le faire ?

Il frissonna. Il se sentait transparent. Il avait l'impression que le monde entier le voyait tel qu'il était vraiment, que le monde entier voyait le petit poing serré de son cœur sombre dans sa poitrine.

Il avait honte. Non, il n'avait pas honte. Il se sentait juste petit, infiniment petit par rapport à la certitude d'Isabella, sa foi apparente dans la capacité de Madigan à tout arranger. Si seulement elle avait su…

Il essaya de ne plus penser à elle. Il n'avait pas besoin de ça pour le moment. Il ne voulait rien hormis un peu de temps pour se ressaisir, se concentrer sur ce qu'il avait à faire, remettre de l'ordre dans ses idées.

Madigan ferma les yeux. Il devait foutre le camp. S'il restait avec elle, elle s'insinuerait totalement en lui et il ne pourrait pas se retenir de parler.

Il serait obligé de lui dire la vérité et de supporter les conséquences.

L'absolution était-elle possible ? Une telle chose existait-elle vraiment ? Serait-il jamais libéré de ses fantômes ?

Non, songea-t-il, *je n'en serai jamais libéré. Les choses sont allées trop loin.*

C'était insupportable.

Madigan quitta le bar et retourna à sa voiture.

Il ne pensa pas à rappeler Don Jackson. Il ne songea pas à vérifier qu'il avait trouvé la maison avec la porte rouge, que le frère de Bernie était en train d'être soigné.

Il avait d'autres choses en tête.

Madigan vit la voiture de Bryant avant même d'avoir atteint le motel. Il ne distingua pas clairement le sergent, mais la voiture – cette berline générique gris foncé – était caractéristique. Il y en avait deux douzaines de semblables dans le parking du commissariat.

Bryant sortit à l'approche de Madigan, mais ce dernier lui fit signe de retourner dans son véhicule, puis il fit lui-même le tour jusqu'à la portière du côté passager et monta dedans.

Bryant avait le sac sous son siège. Il le tira, l'entrouvrit de quelques centimètres, et montra à Madigan l'argent qu'il renfermait.

« La totalité ? » demanda Madigan.

Bryant acquiesça.

« Il vous faut cent quatre-vingt mille… C'est tout ce qu'il acceptera, rien de moins. »

Bryant siffla entre ses dents.

« Hé, aucune importance, sergent. Il pourrait prendre les deux cent mille, on ne peut rien en faire de toute manière.

— Oui, je sais, répondit Bryant. Je ne m'étais simplement jamais imaginé qu'on se retrouverait dans une telle situation. Cent quatre-vingt mille dollars pour que les affaires internes nous foutent la paix. »

Ni l'un ni l'autre ne parla pendant un moment. La tension était étouffante.

« Donc le type est à l'intérieur ? » demanda Bryant.

Madigan jeta un coup d'œil à l'horloge du tableau de bord. Il était presque 6 h 45.

« Dans quinze ou vingt minutes. Peut-être avant. »

Bryant referma le sac d'argent et le renfonça sous le siège.

Madigan devinait qu'il voulait parler mais ne savait pas quoi dire. Tout avait déjà été communiqué par les regards, les gestes, les non-dits. Il savait que Bryant aurait voulu poser des questions, savoir ce que Madigan pensait, ce qu'il croyait qui se passait *vraiment*.

Mais ça n'avait pas d'importance. Ils étaient ici pour une raison bien précise, et il n'y avait rien à ajouter.

Bryant garda le silence.

Madigan n'entendait que son propre cœur.

Bernie ne regarda pas en direction de la berline. Il n'avait aucune raison de le faire. Il paya le chauffeur de taxi, traversa la rue, et pénétra dans le motel.

« C'est parti », dit Madigan, tendant la main vers la poignée de la portière.

Bryant lui agrippa l'avant-bras.

« Ce type est réglo, n'est-ce pas ? »

Madigan fronça les sourcils.

« Réglo ? C'est un putain de voleur, sergent. C'est un voleur, un menteur, une ordure. Mais il vaut légèrement mieux que la plupart des voleurs, menteurs et autres ordures que je connais. Mais peu importe comment il est. Il a quelque chose dont nous avons besoin, nous avons quelque chose qu'il veut, et ça s'arrête là. On le voit une seule fois, et tout est fini. Allons-y, OK ? »

Bryant acquiesça. Il attrapa le sac, descendit de voiture, et ils marchèrent tous deux vers le motel.

Dans sa chambre, Bernie faisait les cent pas. Il avait fait le nécessaire, était revenu en temps et en heure. Il avait le téléphone sur lequel était enregistrée la conversation avec Walsh. Mais il était nerveux. Il s'inquiétait pour son frère, voulait savoir comment Madigan avait géré les choses, s'assurer que Peter s'en sortirait. Madigan avait donné sa parole qu'il s'en occuperait, et Bernie avait donné la sienne qu'il n'appellerait ni Peter ni Glenn Wilson. Ça le rendait malade de penser à la situation de son frère, mais il devait rester concentré. S'il foirait ce coup, sa dette envers Sandià ne serait jamais remboursée. Il *devait* faire en sorte que ça fonctionne.

On frappa à la porte. Il faillit lâcher sa cigarette. Ses mains tremblaient. Il devait paraître nerveux, agité, mais pas trop.

Il marcha jusqu'à la porte.

« Oui ?

— Bernie, c'est moi, Vincent.

— T'es avec le type ?

— Oui.

— Vous avez ce que je veux ?

— Bernie, bon sang, ouvre cette satanée porte, tu veux bien ? »

Bernie hésita, puis il fit coulisser la chaîne, déverrouilla la porte et l'entrouvrit légèrement.

« Bernie, laisse-nous entrer. Il n'y a que nous deux, OK ? C'est tout. Personne d'autre. On n'a pas amené les unités d'élite. »

Bernie ouvrit la porte.

« Très drôle, Vincent. Fous-moi les jetons, hein ? »

Vincent entra. Bryant le suivit. Il parcourut la pièce du regard, scruta Bernie de la tête aux pieds, observa l'espace dans sa totalité.

« C'est vous qui voulez le téléphone ? demanda Bernie.

— Non, intervint Madigan. Lui, il bosse chez Subway. Il t'a apporté un sandwich parce qu'il s'est dit que tu devais avoir faim.

— T'es un vrai connard, Vincent Madigan, déclara Bernie.

— Non, je suis le type qui est ici pour te sauver la vie. »

Bernie secoua la tête. Il marcha jusqu'à la fenêtre, revint, tirant nerveusement sur sa cigarette.

« Il y a eu un problème », annonça-t-il.

Madigan regarda Bryant, ce dernier ouvrit la bouche pour parler, mais Madigan lui fit signe de se taire.

« Un problème ? demanda-t-il.

— Bon, pas grand-chose… Mais j'ai réfléchi, Vincent, j'ai bien réfléchi.

— Et combien de fois t'ai-je mis en garde contre ça ?

— T'es vraiment un marrant… », railla Bernie.

Bryant intervint :

« Qu'est-ce qui se passe ici ? » demanda-t-il.

Madigan se tourna vers lui. Le sergent était agité. Il voulait savoir quel était le problème. Une chose avait été convenue, et maintenant tout était en train de tomber à l'eau.

« Hé, je suis pas obligé de faire ça, répliqua Bernie en regardant Bryant.

— C'est bon, c'est bon, dit Madigan d'un ton conciliant. Je m'en occupe, OK ? Je m'en occupe. Alors, quel est le problème ?

— Je peux pas accepter cet argent ce soir. Je peux pas l'accepter avant demain. » Il sentit Bryant se crisper derrière lui. « D'accord, je dois payer Sandià, mais je peux pas le faire ce soir. »

Bryant s'avança.

« Cet argent est destiné à Sandià ? Qu'est-ce que…

— Peu importe à qui il est destiné, sergent, coupa Madigan. Ça n'a aucune importance. Bernie a eu des ennuis avec Sandià. Il a quelque chose que nous voulons. On le paye. Il paye Sandià. Et tout le monde est content, d'accord ? »

Bryant ne répondit rien.

« Alors, pourquoi tu ne peux pas payer Sandià ce soir ? demanda Madigan à Bernie.

— Parce qu'il est pas là, OK ? Il est pas en ville. J'ai parlé à ses hommes, et ils ont dit de l'apporter demain. Pour je sais pas quelle raison à la con, Sandià veut réceptionner la livraison en personne…

— C'est ça, le problème ? demanda Bryant.

— Sergent, laissez, dit Madigan. Je m'en occupe. »

Madigan lança à Bernie un regard perçant.

« Demain, répéta Bernie. On doit faire ça demain.

— Mais j'ai besoin de ce putain de téléphone ce soir ! objecta Bryant. Je ne veux pas recommencer tout ça.

— Donne-nous le téléphone maintenant, Bernie, et tu gardes l'argent… »

Bernie rit nerveusement.

« Tu crois vraiment que c'est une bonne idée ? Bon Dieu, mec, tu me connais mieux que personne. Tu vas me laisser ici tout seul avec cent quatre-vingt mille dollars ?

— Je vais mettre l'argent à l'abri, intervint Bryant. Je m'en occupe, et je vous le rapporte demain matin.

Mais quoi qu'il en soit, j'ai besoin de ce téléphone maintenant. »

Madigan se retourna lentement. Bryant avait mordu à l'hameçon, mais bien plus vite qu'il ne s'y était attendu.

Il regarda Bernie. Ce dernier semblait hésiter.

« Vincent ? demanda-t-il.

— Il sera plus sûr avec lui qu'avec n'importe qui, répondit Madigan. S'il dit qu'il te l'apportera demain matin, c'est qu'il te l'apportera.

— Mais si je vous donne le téléphone maintenant, j'ai plus rien, rétorqua Bernie.

— Tu vas devoir nous faire confiance. Ou alors garder l'argent ici cette nuit. »

Bernie mit un moment à répondre :

« OK, dit-il finalement, OK, mais j'ai besoin que cet argent soit ici à 8 heures demain matin.

— Il le sera, dit Bryant. Alors, où est ce téléphone ? »

Bernie se rendit dans la salle de bains, et revint avec un sac en plastique qui renfermait le téléphone. Quelques instants plus tard, Bryant écoutait la conversation avec Walsh.

« Et il n'en existe aucune autre copie ? » demanda-t-il à Madigan.

Celui-ci fit non de la tête.

« Bernie et moi avons un accord. Pas vrai, Bernie ? Il peut mentir à qui il veut, mais pas à moi. Pas vrai, Bernie ?

— Hé, mec, je veux juste en finir. Une fois cette dette payée, je me tire. Crois-moi. Je serai tellement loin que tu te souviendras plus de mon nom dans une semaine. Je veux plus rien qui me relie à Sandià, ou à toi, ou à qui ce soit, pour le restant de ma putain de vie. » Il regarda Bryant. « Mais je compte sur vous pour être ici à 8 heures demain matin avec cet argent.

— J'y serai, répondit le sergent. Ne vous en faites pas, j'y serai. »

Bernie avait toujours l'air terrifié. Son visage était couvert de sueur.

« Reste planqué, lui dit Madigan. Reste ici ce soir. Ne sors pas. Ne parle à personne. Et quand tu auras remboursé Sandià, je pense que t'as intérêt à te tirer le plus loin possible.

— J'ai déjà tout arrangé, répliqua Bernie. Je me casse d'ici, je vais à… »

Madigan l'interrompit.

« Je ne veux pas savoir, Bernie. »

Ce dernier hésita.

« Ouais, fit-il. D'accord.

— On y va », dit Madigan.

Bryant se tourna vers la porte.

« Et vous *devez* rapporter cet argent… », répéta Bernie.

Bryant ne répondit rien. Il regarda Madigan avec une expression qui semblait dire, *Qu'est-ce que c'est que ça ? J'ai dit que je le ferai. Dites-lui que s'il ne la boucle pas je pourrais bien garder le pognon. Bon Dieu, qu'est-ce que c'est que ça ?*

« On le rapportera, dit Madigan. Promis. »

Bernie Tomczak et Vincent Madigan se serrèrent la main. Bryant avait déjà quasiment franchi la porte avec le sac.

Bernie les regarda partir, puis il s'assit et tenta de reprendre son souffle.

59

Ride

Lorsque Madigan s'éloigna du motel, il faisait nuit. Bryant n'avait pas ajouté grand-chose quand ils étaient partis. Il tenait le sac dans une main, le téléphone dans l'autre, un téléphone que Walsh ne récupérerait jamais si le prochain coup de fil de Madigan se passait comme prévu.

Il regarda les feux arrière de Bryant s'éloigner. Le sergent rentrait chez lui. Il y resterait jusqu'à tôt le lendemain matin, puis il rapporterait l'argent à Bernie.

Madigan attendit que les feux arrière aient totalement disparu, puis il tira une cigarette de son paquet et l'alluma. Il resta un moment silencieux, continuant de regarder dans la même direction – rien devant lui si ce n'étaient les lignes parallèles des réverbères, les lumières des vitrines de l'autre côté de la rue, le son d'une musique lointaine qui passait dans un bar invisible.

Il n'y avait pas de voitures, pas de piétons, rien.

Il jeta sa cigarette et l'écrasa sous sa semelle.

Il ferma les yeux un bref moment, prononça quelques paroles silencieuses, puis tira son téléphone portable de sa poche.

Il composa le numéro.

Madigan avait trouvé ce bar où passait de la musique, il n'avait commandé qu'un Coca, et il tuait patiemment le temps. L'appel qu'il attendait arriva juste après 9 heures. Il quitta aussitôt le bar.

Sous sa chemise, il transpirait abondamment. Il roula lentement, tentant de ne pas réfléchir, de se vider complètement la tête. Lorsqu'il attrapa sa veste, il s'aperçut que ses mains tremblaient. Juste un verre. Un Valium. Quelque chose.

Il descendit de voiture et se mit à marcher. Comme il était attendu, il monta sans que personne s'interpose.

Il était seul dans l'ascenseur. Il ferma les yeux, respira profondément, s'efforçant encore une fois de ne penser à rien.

La porte s'ouvrit.

L'un des hommes de Sandià se tenait dans le couloir. Il le salua en silence d'un geste de la tête, lui prit son arme, l'accompagna jusqu'à la porte, frappa une fois, se retourna et regagna l'ascenseur.

« Entrez ! » lança une voix.

Madigan ouvrit la porte.

Il sentit une odeur en entrant. De l'ammoniaque. Et quelque chose d'autre. De la *peur* ?

Sandià était là. Il ne portait pas de veste, avait les manches retroussées, et il y avait du sang à l'avant de sa chemise blanche. Juste une minuscule éclaboussure, mais elle était là, caractéristique.

« Vincent… très gentil de ta part d'être venu…, commença Sandià. J'ai quelques questions, et peut-être que tu as des réponses. Tu veux boire quelque chose ? Comme d'habitude ?

— D'accord, répondit Madigan.

— Parlons d'Alvin Bryant. »

Madigan prit le verre des mains de Sandià.

« Il dit qu'il te connaît *très* bien.

— Bien sûr qu'il me connaît. Nous travaillons ensemble. Nous sommes dans le même commissariat. Tu le sais déjà…

— Mais jusqu'à quel point le connais-tu ? »

Madigan fronça les sourcils.

« Qu'est-ce que c'est que ça, Dario ? Je t'ai appelé. Je t'ai dit où se trouvait l'argent. Je t'ai dit que Bryant était ton quatrième homme…

— Et en ce moment il est dans la salle de bains, déclara Sandià.

— Ici ? demanda Madigan avec une moue étonnée.

— Non, Vincent, dans les chiottes de la putain de gare d'Union Station. Bien sûr, ici.

— Qu'est-ce qu'il fabrique ici ? Je pensais qu'il serait déjà mort…

— Il répond à quelques questions.

— OK, donc il répond à quelques questions. Mais j'ai toujours le sentiment que quelque chose m'échappe, Dario.

— Bryant m'a dit que tu saurais exactement de quoi je parle… »

Madigan rit avec embarras.

« Non, sérieusement, quoi qu'il se passe ici, il me faut un peu plus d'informations. Bryant a dit que je saurais *quoi* ? »

Sandià prit place derrière son bureau.

« Il a dit qu'il avait mon argent parce qu'il traitait avec toi et Bernie Tomczak. Tu te souviens de Bernie Tomczak ?

— Évidemment.

— Moi, je sais que c'est un joueur qui me doit beaucoup d'argent, mais toi, que sais-tu de lui ?

— La même chose que toi. C'est un petit escroc, un voleur, un arnaqueur. C'est du menu fretin.

— Est-ce que c'est également un indic, Vincent ? »

Madigan haussa les épaules.

« Peut-être.

— Pour Bryant ? Il est indic pour Bryant ?

— Possible, oui. C'est le problème avec les indics. Souvent, on ne sait même pas qui sont les indics des autres policiers.

— Donc Bernie Tomczak pourrait être l'indic de Bryant, et il serait possible que tu ne sois pas au courant ?

— Évidemment.

— Bryant affirme qu'il est en possession de mon argent parce qu'il rembourse une dette pour Bernie Tomczak.

— Et pourquoi il ferait ça ?

— Les détails sont sans importance, Vincent. J'ai besoin de savoir s'il y a un fond de vérité dans tout ça. J'ai besoin de savoir si tu es au courant de cet arrangement.

— Comment je serais au courant d'un accord que Bryant aurait conclu avec un de ses indics ? »

Sandià fixa Madigan. Madigan soutint son regard.

« Je veux savoir si tu sais où Bryant a eu cet argent.

— Il l'a eu de ton neveu, Dario. Bryant est ton quatrième homme. C'est lui qui était dans la maison. C'est lui qui a descendu ces trois types dans un box. Sinon, comment il aurait eu ton argent ?

— Et comment as-tu découvert qu'il était le quatrième homme, Vincent ?

— D'un certain Richard Moran, un bon ami de Larry Fulton. Fulton était un des types qui ont fait le coup avec Bryant. C'était l'une des trois personnes que Bryant a tuées dans le box.

— Eh bien, Bryant prétend qu'il n'a rien à voir avec le vol, et qu'il n'a pas tué ces trois hommes. Il dit que tu peux l'aider à tout expliquer.

— Moi ?

— Oui, toi.

— Eh bien, je crois qu'il te baratine méchamment, Dario. J'ai l'impression qu'il dit tout ce qui lui passe par la tête pour se sortir de la merde dans laquelle il s'est mis. » Madigan hésita, puis il sourit. « Hé, attends une seconde. Tu ne t'imagines tout de même pas que j'ai conclu un quelconque marché avec Al Bryant ?

— Je ne sais pas, Vincent… Je devrais ?

— Alors tu vas lui faire plus confiance qu'à moi ? Tu vas croire sa parole plus que la mienne ? »

Sandià soupira.

« Il y a trop de choses qui ne collent pas, Vincent, et trop de questions sans réponse.

— Eh bien, pour ce que ça vaut, je n'ai plus de réponses à te donner. »

Madigan ne savait pas s'il était aussi convaincant que Bernie l'avait été avec Bryant au motel, mais il essayait. Oh, bon Dieu, ce qu'il essayait.

« Comme j'ai dit, Bryant affirme qu'il n'est pas le quatrième homme, Vincent.

— Évidemment qu'il va dire ça. Bon sang, qu'est-ce qu'il pourrait dire d'autre ? Où il est ? Fais-le venir ici. Fais-le venir et on va s'expliquer.

— Il est dans la salle de bains. »

Madigan se leva.

« Eh bien, je vais aller le chercher dans cette putain de salle de bains.

— Je ne crois pas qu'il va en sortir, observa Sandià. Je crois que ça va être à nous d'aller le voir. »

Sandià se leva, commença à se diriger vers la salle de bains.

« Viens, dit-il. Découvrons ce qui se passe vraiment… »

Sandià laissa Madigan passer en premier.

Madigan se prépara à feindre la surprise lorsqu'il découvrirait Bryant dans la salle de bains de Sandià. Mais il n'avait pas trop à s'inquiéter de la crédibilité de sa performance.

Car il eut en effet un choc lorsqu'il vit l'état du sergent.

Il était ligoté au moyen de ruban adhésif à une chaise. Celle-ci était dans la baignoire. Il avait les mains dans le dos, les chevilles attachées aux pieds de la chaise. Sa bouche était bâillonnée, le robuste ruban adhésif argenté recouvrant l'essentiel du bas de son visage. Un épais filet de sang avait coulé de sa narine gauche jusqu'à son menton. Son œil droit était fermé et presque noir, aussi gonflé qu'une balle de ping-pong, et il plissa le gauche en direction de Madigan et Sandià.

Il les reconnut immédiatement. Son désespoir et sa terreur étaient évidents. Il se débattit contre ses liens, son œil gauche passant vivement de Madigan à Sandià et vice versa, et dans la panique de Bryant, Madigan vit tout ce qui avait dû lui traverser l'esprit.

Il savait que si Madigan ne lui venait pas en aide, il était mort.

Mais Madigan avait su que Bryant était un homme mort à l'instant où il avait vu cette berline banalisée s'arrêter au bord du trottoir la veille. Il l'avait su quand il avait vu Bryant en descendre et marcher vers l'immeuble de Sandià. Il l'avait su quand il avait pris des photos de celui-ci avec son téléphone portable, quand il avait compris que son propre sergent de brigade – un homme qu'il connaissait et en qui il avait confiance depuis de nombreuses années – était le deuxième homme à la solde de Sandià.

« Bryant me dit une chose que j'ai du mal à croire », déclara Sandià.

Madigan remarqua que le haut de l'oreille du sergent était déchiré, presque détaché de son crâne. Sur le rebord de la baignoire était posée une paire de tenailles. Sandià avait essayé de lui arracher l'oreille.

Des touffes de cheveux manquaient, et le sang avait suinté à travers le cuir chevelu.

Sa chaussure et sa chaussette droites avaient été ôtées, et ses orteils n'étaient plus que des moignons de chair. Une grande quantité de sang maculait le fond de la baignoire.

Sandià en avait fait une affaire personnelle, comme avec Valderas.

« J'ai eu tellement de mal à y croire que j'ai dû insister pour qu'il me dise la vérité. J'ai dû faire preuve d'un peu de persuasion… »

Sandià fit un pas en direction de Bryant et se pencha vers lui.

« N'est-ce pas, sergent Bryant ? »

L'œil gauche de ce dernier s'ouvrit en grand – on aurait dit une bête traquée, désespérée.

« Donc nous avons discuté. N'est-ce pas, monsieur Bryant ? reprit Sandià. Et vous m'avez dit que Vincent ici présent serait en mesure d'expliquer d'où provient cet argent. »

Bryant acquiesça furieusement. Il fixa Madigan de son œil valide, et tenta de parler malgré l'épaisse bande de ruban adhésif qui recouvrait sa bouche.

« Quoi ? demanda Madigan. Qu'est-ce que c'est que ces salades ? Qu'est-ce que vous me chantez ? »

Bryant cessa d'acquiescer. Son œil gauche s'écarquilla, et Madigan sentit que sa terreur avait été multipliée par cent.

Madigan niait être au courant pour l'argent.

Il signait l'arrêt de mort de Bryant, et ce dernier le savait.

« Vincent a l'air de dire que vous racontez des conneries, Al… Et je suis tenté de le croire. »

Sandià saisit la pince sur le rebord de la baignoire, et il se mit à donner des petits coups secs sur la tempe de Bryant.

Madigan était écœuré. Il regarda l'œil de Bryant, le sang sur son cuir chevelu, les orteils écrasés, la façon dont il se débattait sans relâche mais en vain contre le ruban adhésif qui le maintenait ligoté à la chaise.

L'odeur d'ammoniaque s'accrut lorsque le sergent se pissa une fois de plus dessus.

Sandià cessa de frapper Bryant.

Au moyen de la pince, il attrapa l'extrémité du ruban adhésif qui lui recouvrait la bouche et tenta de l'arracher d'un geste vif. Mais il lâcha la pince à mi-chemin.

Bryant poussa un hurlement malgré sa bouche encore à moitié bâillonnée.

Sandià le frappa du revers de la main.

« Ferme ta gueule ! ordonna-t-il. Assez de ces conneries ! »

Il arracha le reste du ruban adhésif, et Bryant tenta de reprendre son souffle. Il toussa, bredouilla, se mit à implorer Sandià.

« Assez ! hurlait-il. Assez… Vincent, dites-lui… Bordel de merde, dites-lui d'où vient l'argent… »

Sandià se tourna vers Madigan, qui secoua lentement la tête.

« Je ne sais pas de quoi il parle… Par pitié, Vincent, noooon… »

Sandià le frappa une nouvelle fois du revers de la main.

Bryant se tut. Sa tête retomba soudain, menton contre la poitrine, et lorsqu'il la releva, le sang coulait abondamment de ses deux narines.

« Vincent…, reprit-il, haletant. Vincent, pour l-l'amour de D-Dieu… »

Madigan fit un pas en avant. Son visage n'exprimait rien que de la colère et de la consternation.

« Qu'est-ce que vous racontez, Bryant ? Vous vous servez de moi pour vous sortir de la merde dans laquelle vous vous êtes mis ? Je n'en reviens pas que vous essayiez de m'impliquer dans vos magouilles… »

L'œil gauche de Bryant s'élargit une fois de plus.

« Vincent… bon Dieu de merde…

— Assez, intervint Sandià. Je crois Vincent, évidemment. Je travaille avec lui depuis bien plus longtemps qu'avec vous. Ça suffit. Soit vous me dites d'où vient l'argent, soit c'est fini. »

Mais Al Bryant savait que c'était fini. Il l'avait su dès l'instant où Madigan avait nié être au courant pour l'argent.

Il ouvrit la bouche pour parler, mais Madigan l'interrompit avant qu'il ait le temps de dire un mot.

« C'était vous, le quatrième homme, pas vrai ? C'était vous. Vous avez volé l'argent dans cette maison la semaine dernière, vous avez tué son neveu, puis vous avez tué ces trois types dans le box… »

Bryant secoua furieusement la tête.

« Je n'… je n-n'ai ri-rien à…

— C'était vous le quatrième homme, répéta Madigan. Bon Dieu, je peux pas le croire… »

Bryant tenta une fois de plus de parler. Il toussa, cracha du sang, mais sa respiration saccadée l'empêchait de se faire comprendre.

« Et où est le reste du pognon ? demanda Madigan.

— J'ai des hommes qui fouillent sa maison en ce moment même, déclara Sandià. Mais je suppose que l'argent n'y est pas. Qui sait quelles dettes il avait, qui il a dû rembourser. »

L'œil gauche de Bryant était fixé sur Madigan. Il savait qu'il était inutile de dire quoi que ce soit. Peut-être qu'il avait accepté son sort. La fin arrivait. Peut-être que tout ce qu'il espérait désormais, c'était que ce soit rapide et définitif. Il avait assez souffert comme ça.

Sandià quitta la salle de bains.

Madigan n'arrivait plus à regarder Bryant. Il tourna la tête.

« Vincent… », haleta le sergent.

Madigan se tourna de nouveau vers lui.

« Vous vous êtes mis tout seul dans cette situation, mon ami. Nous créons notre propre justice, pas vrai ? C'est comme ça. Nous payons tous pour nos péchés… au bout du compte…

— Mais… mais, Vin…

— Mais rien, sergent. C'est fini. Vous étiez autant impliqué que moi. Nous finirons tous les deux en enfer… Mais vous y arriverez le premier… »

Sandià revint dans la salle de bains avec un calibre .38 à la main.

« Qu-qu'est-ce que… », commença Bryant.

Sandià leva l'arme et la colla contre le front du sergent.

« Assez », dit-il.

Le visage de Bryant se froissa. Il commença à avoir des haut-le-cœur et à sangloter. Il n'arrivait plus à respirer. Il tentait désespérément de parler, mais tout ce qui franchissait ses lèvres, c'était du sang et des postillons.

Sandià arma le revolver, puis il se tourna vers Madigan.

« Il doit mourir, dit-il. Œil pour œil, pas vrai ? Il a tué mon neveu. Il a volé mon argent, et maintenant il essaie de me faire croire que tu étais dans le coup… »

Madigan ne dit rien.

« Vincent… tu comprends qu'il doit mourir ? »

Madigan regarda Sandià.

« Bien entendu », répondit-il sans ciller.

Le battement de son cœur avait ralenti. Il avait le ventre noué. Ses mains étaient trempées de sueur.

Sandià abaissa son arme, et la tendit vers Madigan.

« Fais-le, dit-il.

— Quoi ?

— Fais-le, répéta Sandià. Colle une putain de balle dans la tête à cet enfoiré de baratineur. Il a essayé de te rendre coupable de ses crimes. Il a essayé de te mouiller. Il était prêt à échanger sa vie contre la tienne. Maintenant, venge-toi… »

Madigan regarda Bryant, puis le .38 dans la main de Sandià, puis de nouveau Bryant.

Ce dernier, en état de choc, était incapable de parler.

« Fais-le, Vincent, insista Sandià. Je te crois, naturellement. Mais maintenant, montre-moi jusqu'où je peux te faire confiance. Fais-le. Tue ce salopard… »

Madigan ferma les yeux.

Il revit tout ce qui s'était passé : Bernie, le sang et le chaos le jour du braquage, Larry Fulton, Bobby Landry et Chuck Williams, Melissa Arias gisant sur un lit d'hôpital, Isabella, la façon qu'elle avait de se buter contre lui et de lui donner l'impression qu'il était le pire être humain à jamais avoir arpenté la surface de la Terre…

Il saisit le revolver.

S'il tuait Bryant, tout s'achevait ici.

Il était tiré d'affaire.

Il était libre.

Il hésita. Il envisagea de les tuer tous les deux, d'abord Bryant, puis Sandià. Il n'aurait qu'à défaire le ruban adhésif et tenter d'expliquer aux hommes de Sandià que Bryant était parvenu à s'emparer de l'arme et avait tué leur boss, puis que lui-même avait arraché le revolver des mains de Bryant et l'avait descendu…

Mais c'était sans espoir.

Il y avait des hommes à trois ou cinq mètres à peine. Ils feraient irruption à la première détonation.

Madigan sentait le poids de l'arme dans sa main.

Il *devait* le faire. Il était arrivé jusque-là, et maintenant il n'avait plus le choix.

Son mouvement fut rapide. Inutile de réfléchir plus longtemps. Il serra fermement le revolver, s'arma de courage, se tourna, visa et fit feu.

Clic !

Rien ne se produisit. Pas de détonation assourdissante. Pas de projection de sang tandis que l'arrière de la tête de Bryant explosait contre le mur de la salle de bains.

Le sergent hurla.

Madigan était stupéfait.

Sandià riait.

« Maintenait je sais qui croire, je sais qui est mon ami, mon allié », dit-il. Il prit l'arme des mains de Madigan et lui serra l'épaule. « Tu ne m'as jamais déçu, Vincent, et tu ne le feras jamais. »

De sa poche il tira une unique balle, l'inséra dans la chambre, arma une fois de plus le revolver, visa et fit feu.

Le bruit était si familier, et pourtant si *réel* et soudain.

Madigan crut que ses tympans avaient explosé.

Le carnage sur le mur au-dessus de la baignoire était abominable. Comme si quelqu'un l'avait aspergé de sang et de bouts de cervelle.

Bryant était assis là, bouche bée, son œil gauche grand ouvert fixé sur Madigan. L'orifice au-dessus de l'arête de son nez était noir et semblait d'une profondeur infinie.

Un fin filet de fumée s'élevait du canon du revolver.

De l'agitation retentit dans la pièce derrière eux. Deux hommes s'étaient précipités, comme l'avait prédit Madigan, chacun brandissant un semi-automatique. Ils virent Sandià par la porte ouverte de la salle de bains, abaissèrent leurs armes, reculèrent puis repartirent.

Sandià soupira et secoua la tête.

« Le quatrième homme dit-il. Intelligent, mais pas assez. »

Madigan resta une brève seconde immobile, puis il pivota sur ses talons et quitta la pièce.

« Tu es troublé par ce qui s'est passé ? demanda Sandià, qui lui avait emboîté le pas.

— Je le connaissais depuis longtemps, répondit Madigan.

— Et maintenant tu pourras te souvenir de lui pendant longtemps, ou l'oublier très vite.

— Je vais l'oublier », répondit Madigan.

Mais il mentait, et il le savait. C'était sa marque de fabrique. Le saint patron des menteurs.

« Et maintenant, déclara Sandià, nous pouvons reprendre les affaires comme avant. J'ai perdu mon neveu, je ne crois pas que je saurai un jour où est passé le reste de mon argent, mais c'est un dommage collatéral. L'ordre a été rétabli. Les choses sont revenues à la normale.

— Oui », répondit Madigan, tout en sachant que rien ne serait plus jamais comme avant.

Il avait appuyé sur la détente. Même s'il ignorait que l'arme n'était pas chargée et que c'était un test, il avait été prêt à tuer Al Bryant pour se protéger.

Quel genre d'homme était-il ? N'avait-il pas changé ? Ces derniers jours n'avaient-ils eu aucun effet ? Était-il toujours le type abject que ses femmes avaient finalement vu en lui ?

Non, rien n'avait changé. Il venait de prouver qu'il était incapable de s'amender.

« Faut que j'y aille, dit-il. J'ai à faire…

— La Terre continue de tourner, répondit Sandià.

— Exactement.

— Je suis heureux que tu ne m'aies pas trahi, ajouta Sandià tandis que Madigan atteignait la porte. Tu as confirmé ma foi fondamentale en la nature humaine. »

Il sourit, et c'était un sourire sincère. Il était heureux que Madigan et lui partagent la même noirceur.

Madigan lui rendit son sourire. Il était écœuré. Il savait que ça se voyait sur son visage, mais il espérait que Sandià ne l'avait pas remarqué.

Il ouvrit la porte, prit l'ascenseur, parcourut un demi-block en direction de sa voiture, puis il s'appuya à un réverbère et vomit violemment dans le caniveau.

En baissant les yeux, il vit le sang de Bryant sur ses chaussures, comme il avait vu celui de Fulton une semaine plus tôt.

Et il vomit de nouveau.

60

Black Train

Madigan resta plus d'une heure assis dans sa voiture. Il n'y avait rien dans la boîte à gants. Absolument rien pour l'aider. Ses mains tremblèrent pendant vingt minutes, puis s'arrêtèrent. Il ressentit ensuite des fourmillements dans les doigts, les orteils, et même dans le cuir chevelu. Il fut malade deux fois de plus, ouvrant soudainement la portière et vomissant dans la rue.

Il alluma une cigarette, mais la laissa se consumer entre ses doigts sans tirer dessus, jusqu'à ce qu'il sente la chaleur sur sa peau et l'éteigne.

Chaque fois qu'il fermait les yeux, il voyait le visage d'Al Bryant, le sang et les bouts de cervelle sur le mur. Il sentait l'odeur d'ammoniaque, se rappelait la terreur et le désespoir absolu de Bryant. Cette présence dans la salle de bains, la certitude avec laquelle le sergent avait fait face à la fin de sa vie, la façon dont il avait baissé les yeux quand il avait compris que Madigan ne ferait rien pour lui venir en aide, conscient qu'il était tombé dans un piège, que Madigan avait compris son double jeu, qu'il s'était fait berner depuis le début.

Puis il cessa de réfléchir et mit le moteur en route.

Il reprit la direction de chez lui. Il ne voulait être nulle part ailleurs. Il voulait voir ce qui se passerait quand il arriverait là-bas, dans cet environnement familier. Que ressentirait-il ? Et Isabella. Il voulait voir s'il éprouverait toujours ce désir impérieux de lui avouer la vérité. De se confesser. De demander son pardon. De voir si la rédemption était possible. Il ne savait pas ce qu'il voulait ressentir, mais il savait que ce n'était pas ce qu'il éprouvait pour le moment.

Madigan immobilisa la voiture devant la maison. Il coupa le moteur, resta assis un quart d'heure de plus puis sortit.

Il longea le côté de la maison et entra par l'arrière. La cuisine était déserte. Il appela : « Isabella ? »

Rien.

Elle devait être à l'étage.

« Isabella ? »

Plus fort cette fois, mais toujours pas de réponse.

Il ôta sa veste, prit un verre dans le placard, de la glace dans le freezer, une bouteille de Jack Daniel's sur l'étagère à droite du plan de travail.

Il se versa à boire, resta là à regarder la nuit à travers la fenêtre au-dessus de l'évier, et quand il vit le reflet de quelque chose derrière lui, il sut.

Il ne se retourna pas. Pas tout de suite. Il marqua un temps d'arrêt, tête baissée, yeux clos, puis leva son verre et le vida d'un trait avant de le poser dans l'évier.

« Les apparences sont trompeuses », déclara Sandià.

Madigan ne répondit pas.

« Tu es un homme intelligent, Vincent… mais pas aussi intelligent que tu le crois. »

Il se retourna lentement, fit face à Sandià.

« Nous l'avons détaché, poursuivit Sandià. Nous avons détaché Al Bryant, et dans une de ses poches nous avons trouvé ceci… »

Il leva une main. Elle tenait le téléphone portable que le sergent avait acheté à Bernie.

« Du coup, J'ai voulu consulter les contacts de Bryant, et voir s'il y avait quelque chose là-dessus qui pourrait m'être utile… Et il y avait une conversation enregistrée, une conversation très intéressante, Vincent. Entre notre ami Bernie et un certain Walsh des affaires internes. On dirait que Bernie essayait de piéger Walsh, vois-tu ? Manifestement, il a enregistré cette conversation pour une raison. Et il avait l'air de savoir des choses sur le vol. Alors ça m'a intrigué, Vincent… et j'ai dû réfléchir longtemps avant de comprendre. »

Madigan ne ressentait plus rien. Il se demandait où était Isabella, si Sandià l'avait déjà tuée.

« Alors j'ai essayé de faire des rapprochements, vois-tu ? Bernie a un téléphone avec une conversation enregistrée dessus. Il veut le vendre à Bryant. Bryant est disposé à le payer avec mon argent. Il a besoin que ce type des affaires internes le laisse tranquille pour une raison précise… et cette raison pouvait être que Bryant était le quatrième homme du vol, ou alors que Walsh soupçonnait Bryant d'être payé par moi. Dans un cas comme dans l'autre, ça valait le coup pour Bryant de faire disparaître ce téléphone. Je me suis ensuite demandé comment Bryant avait pu entrer en possession de mon argent, de l'argent dont tu savais qu'il était marqué et donc inutilisable. Puis je me suis dit que c'était une explication trop simple, Vincent… vraiment. Je ne voulais pas douter de toi. Sincèrement.

Mais je me suis demandé si tu pouvais réellement être mêlé à tout ça. Alors je suis venu ici pour te parler, pour qu'on discute en toute honnêteté de ce qui s'était passé, histoire d'apaiser les tensions, tu vois ? Je suis venu ici pour régler les choses une bonne fois pour toutes, et qu'est-ce que j'ai trouvé ? »

Madigan leva les yeux vers Sandià. Ce dernier souriait. Il avait une expression chaleureuse et patiente, presque compatissante.

« J'ai trouvé la fille, Vincent – celle que je cherche depuis si longtemps. Elle était ici, et elle m'a pris pour toi. Elle m'a entendu arriver par la porte de derrière, elle a appelé ton nom, et tu imagines sa réaction quand elle m'a vu… »

Sandià rit à part lui.

« Alors je l'ai fait taire et elle a fini par se tenir tranquille, ce qui m'a laissé un peu de temps pour réfléchir. Pourquoi Vincent Madigan abrite-t-il cette femme ? Pourquoi mon vieil ami et associé me cache-t-il cette personne qui a la capacité de me relier à une chose qui pourrait me valoir de gros ennuis ? Qu'est-ce que c'est que cette histoire ? Du coup, je me demande si Vincent Madigan se sent coupable. Peut-être qu'il fait ça par sentiment de culpabilité. Mais à cause de quoi ? Pourquoi diable se sentirait-il coupable au point de protéger cette femme ? Peut-être qu'il l'a blessée ou lui a fait du mal d'une manière ou d'une autre. Serait-ce possible ? Et quel mal a-t-il pu lui faire ? Où a-t-il fait sa connaissance ? Et alors je songe que ce n'est peut-être pas directement à elle qu'il a fait du mal, mais à quelqu'un de proche. Quelqu'un qu'elle aime. Comme un mari, une sœur, un frère… ou alors un enfant, Vincent ? Est-il possible que Vincent Madigan se sente coupable parce qu'il a fait du mal à sa fille ? Celle qui est à l'hôpital ? Celle qui était chez moi quand ma maison a été attaquée, quand mon argent a été volé, et quand mon neveu a été tué ? Serait-ce possible ? »

Madigan était incapable de parler. Il n'arrivait plus à respirer. Il n'y avait rien à dire.

« Allez, Vincent », reprit Sandià. Il pointa le .38 dont il s'était servi pour tuer Bryant vers le ventre de Madigan. « Lève lentement les mains au-dessus de ta tête. »

Madigan obéit.

« Et maintenant, avec ta main gauche, sors ton arme du bout des doigts, doucement, et jette-la derrière toi. »

Madigan fit ce que Sandià lui demandait. L'arme tomba bruyamment dans l'évier.

« Avance. »

Madigan fit deux pas.

« Retrousse le bas de ton pantalon, de chaque côté… Laisse-moi voir si tu as un holster de cheville. »

Madigan lui montra. Il n'y avait rien.

Sandià fit un pas de côté et agita son arme pour lui indiquer d'entrer dans le salon.

Madigan obéit, sachant ce qu'il verrait une fois dans la pièce, n'osant imaginer ce qu'elle ressentirait.

Isabella était là, bâillonnée, ligotée à une chaise. Elle ouvrait de grands yeux incrédules, fixant Madigan qui se tenait devant elle. Elle avait entendu tout ce que Sandià avait dit et – surtout – l'absence de dénégation de la part de Madigan.

L'expression de celui-ci disait tout ce qu'il y avait à dire.

Il ne pouvait plus lui cacher la vérité.

C'était lui qui avait braqué la maison de Sandià, et qu'il ait ou non appuyé sur la détente, il avait été présent quand sa fille avait été blessée.

Et s'il avait été présent, alors c'était lui qui avait tué ses trois complices et abandonné leurs cadavres dans le box.

À cet instant, Madigan vit les billets.

Plus de cent mille dollars par terre. L'argent qu'il avait caché sous son plancher à l'étage.

« Difficile de la regarder en face, parfois, déclara Sandià. N'est-ce pas ? La vérité, s'entend. C'est parfois difficile de la regarder en face. »

Isabella Arias fixait Vincent Madigan.

Il détourna les yeux. Il se sentait nauséeux, honteux. Il se sentait minable.

« Et les gens manquent tellement d'imagination quand il s'agit de trouver un endroit où cacher leurs secrets, Vincent. Tu me déçois. Je te croyais plus créatif que ça. Sous les lattes du plancher ? Allons, sérieusement. » Sandià secoua la tête. « Tu es un homme intelligent… Ou peut-être devrais-je dire, tu *étais* un homme intelligent, car tu as perdu ta jugeote, et tu viens de perdre ton avenir… »

Madigan ouvrit la bouche pour parler. Il voulait s'expliquer – pas avec Sandià mais avec Isabella.

« Je ne veux pas t'entendre mentir, Vincent, l'interrompit Sandià. Je pense que tu me respectes ou me crains désormais suffisamment pour ne pas m'insulter avec d'autres mensonges… »

Madigan fut soudain sans mots, une fois de plus muet.

Il ne pouvait rien faire, rien répondre. Comme il l'avait dit à Bryant, ses propres actes l'avaient mené jusqu'ici, et il devait assumer les conséquences. Peut-être son arrivée en enfer ne serait-elle pas si éloignée de celle de Bryant.

Il pensa à Cassie, à la voiture qu'elle n'aurait jamais. Il pensa à Lucy et Tom, à Adam, Angela, Ivonne et Catherine…

Il songea qu'il avait répondu à toutes leurs attentes, satisfait leurs doutes, qu'il leur avait donné à tous raison…

Mais à cet instant, c'était Isabella Arias qui le préoccupait, ce qu'elle pensait, ce qu'elle ressentait, et il n'aurait su dire pourquoi… Peut-être parce qu'elle ne l'avait jamais considéré autrement que comme un homme digne de confiance et honnête. Parce qu'elle l'avait pris pour une personne qu'il n'était pas. Parce qu'elle lui avait donné une chance de se rattraper, de bien agir, et qu'il avait échoué…

Peut-être pour toutes ces raisons.

« La question pour moi, reprit Sandià, c'est qui tuer en premier. Vous allez tous les deux mourir, et vous allez le faire dans la minute qui vient, mais j'hésite entre la tuer sous tes yeux, Vincent, ou l'inverse… » Il soupesa le .38 dans sa main. « Oh, et une dernière chose, Vincent… Puisque tu as tué mon neveu, je veux que tu voies le visage de cette femme maintenant, à l'instant où je lui annonce que je vais également tuer sa fille. N'en doutez pas un instant. Je veux que vous compreniez bien ce que je dis… »

Isabella Arias, écarquillant les yeux, poussa un gémissement torturé tout en luttant contre ses liens comme l'avait fait Bryant avant elle.

« Pour les soucis que Vincent Madigan m'a causés, je vais tuer Melissa Arias. J'attendrai qu'elle sorte de l'hôpital, puis je l'enlèverai. Je trancherai sa jolie petite tête. Je découperai son corps fragile en morceaux et je le brûlerai jusqu'à ce qu'il n'en reste rien. Et cela, je le ferai parce que Vincent Madigan m'a trahi. Je veux que vous le sachiez.

— Dario, intervint Madigan, tu n'as aucune raison de faire ça. »

Le bras de Sandià décrivit un grand arc, son arme atteignit Madigan à la joue, et il tomba à la renverse. Du sang jaillit de sa lèvre. Il était étourdi, nauséeux, et il resta à terre un moment. Lorsqu'il essaya de se relever, Sandià lui décocha un coup de pied à l'épaule.

Madigan retomba, et resta étendu par terre en silence.

« J'ai *une* raison de le faire, répliqua Sandià, et cette raison, c'est toi, Vincent. *Toi*. Maintenant, c'est une affaire personnelle, crois-moi. Comme avec Valderas, comme avec Bryant. Je compte sur des gens, et ils foutent tout en l'air. Je comptais sur toi, Vincent, et regarde où nous en sommes. On a beau avoir les meilleures personnes au monde, parfois on est obligé de faire les choses soi-même. »

Il se tourna vers Isabella.

« Je vais tirer une balle dans le visage de cette femme, Vincent. Je vais lui tirer une balle en pleine tête et tu vas me regarder faire. Et après je te descendrai, puis je tuerai sa fille, et tout sera fini. J'aurai récupéré mon argent, la mort de mon neveu sera vengée, et toi et Bryant serez en enfer, là où est votre place… »

Sandià leva son revolver. Il l'arma. Son doigt se resserra sur la détente.

Isabella poussa un hurlement à travers son bâillon, un cri d'angoisse et de terreur, pas seulement pour sa vie, mais pour celle de sa fille.

Madigan ne pouvait pas voir ça. Il ferma les yeux.

Une fois encore, la détonation fut assourdissante, comme dans la salle de bains, et il resta une seconde immobile, le cœur serré, les yeux fermés.

La douleur et la tension dans sa poitrine étaient presque insupportables. Il rouvrit un œil à la fois, conscient de ce qu'il allait découvrir – la large projection de sang sur le mur derrière Isabella, sa tête retombée en avant, ses cheveux tout agglutinés, l'odeur de cordite…

Sandià était à genoux. Son arme lui avait glissé des doigts. Sa tête penchait d'un côté, et il se tourna vers Madigan, bouche bée, un unique filet de sang ruisselant depuis sa tempe droite jusqu'à sa mâchoire.

Le monde vacilla sur son axe. Madigan ne comprenait pas. Confusion, désorientation, incrédulité.

Il se traîna en arrière jusqu'au mur, et il vit Bernie Tomczak. Celui-ci se tenait dans l'entrebâillement de la porte avec à la main l'arme de Madigan. Il avait le visage sombre, les yeux clos, une expression de totale détermination.

Isabella s'était remise à hurler, écarquillant des yeux frénétiques, les sons étouffés par le bâillon ressemblant aux cris d'un animal vaincu.

Pendant une minute personne ne bougea, puis Madigan se releva et se précipita vers Isabella, détacha son bâillon ainsi que les liens qui maintenaient ses poignets attachés à la chaise, et dès qu'elle se leva, elle se jeta sur lui et se mit à lui marteler la poitrine, le visage, le côté de la tête.

Il tomba à genoux, incapable de se défendre, de s'opposer à sa furie.

Bernie Tomczak se tenait immobile. Il ne fit rien pour aider Madigan, rien pour stopper Isabella.

Madigan se recroquevilla sur lui-même, les genoux contre le torse, les mains sur la tête, se protégeant du mieux qu'il pouvait.

Soudain, elle saisit l'arme de Sandià, le calibre .38 avec lequel il avait tué Bryant.

« Ça suffit ! » cria Bernie.

Il leva le revolver de Madigan et le braqua sur Isabella.

« Il va mourir ! hurla-t-elle. Il va mourir pour ce qu'il a fait. Il a tiré sur ma fille… Il a failli la tuer. Il m'a menti… Il était impliqué et il m'a menti tout du long ! »

Bernie Tomczak fit un pas en avant et attrapa le .38. Isabella, prise de court par ce geste inattendu, ressentit une douleur vive lorsqu'il lui tordit le poignet en arrière. Elle lâcha l'arme, et Tomczak se tint là, le 9 mm de Madigan dans une main, le .38 de Sandià dans l'autre. Il pointait fermement les deux flingues, l'un sur Madigan, qui était désormais assis par terre, dos au mur, et l'autre sur Isabella.

« Personne ne va mourir ici, déclara-t-il d'un ton catégorique qui le surprit lui-même. Ça suffit. Assez. Je suis venu chercher mon argent. Quoi qu'il se passe entre vous, c'est vous que ça regarde, pas moi. »

Isabella fondit en larmes. Elle enfonça son visage entre ses mains, son torse secoué par ses sanglots.

Madigan voulut bouger, mais Bernie lui fit signe de ne pas bouger.

« Tu restes où tu es, Vincent… Je suis sérieux. Ne dis pas un mot, OK ? On arrête là. C'est fini. Game over. »

Madigan ne répondit pas. Il regarda Isabella Arias. Elle continuait de pleurer, chaque bouffée d'air qu'elle inspirait semblait pénible et douloureuse.

D'un geste de la tête, Bernie désigna l'argent par terre.

« Combien tu peux m'avoir là-dessus ? » demanda-t-il.

Madigan fronça les sourcils.

« Joue pas au con, Vincent. Tout de suite, dans les deux heures, combien tu peux m'avoir là-dessus ? »

Madigan secoua la tête.

« En deux heures ? Putain, Bernie, j'en sais rien…

— Tu connais du monde, Vincent. Tu connais toutes les personnes qui comptent dans cette ville. Combien tu peux m'avoir en deux heures ?

— Peut-être quarante ou trente-cinq cents le dollar… En deux heures, tu n'obtiendras pas beaucoup mieux.

— Et y a combien, là ?

— À peu près cent vingt mille.

— Alors ça fait quoi ? Quarante, quarante-cinq mille ? Ça ira. Mets tout dans le sac. »

Madigan hésita.

« Mets l'argent dans le putain de sac, Vincent ! Bordel, c'est quoi le problème ? C'est pas compliqué ce que je te demande… »

Madigan se traîna sur ses genoux. Il commença à fourrer des liasses de billets dans le sac en toile.

Bernie Tomczak dut se précipiter et repousser Isabella Arias, qui s'était déportée sur la gauche et avait décoché un coup de pied dans les côtes de Madigan. Celui-ci grogna de douleur, mais ne s'arrêta pas de placer l'argent dans le sac.

« Ça suffit ! cria Bernie. Y en a marre de ces conneries, OK ? »

Isabella recula. Elle se rassit, fusilla du regard Bernie, puis Madigan. Sa rage était palpable.

Madigan acheva de remplir le sac puis il le tendit.

« C'est toi qui le portes, dit Bernie. Vous m'accompagnez tous les deux.

— Qu…, commença Isabella.

— Ta gueule ! coupa Bernie. Putain de merde, j'ai bien envie de vous buter tous les deux. Alors fermez-la et marchez. On sort. Je vous suis. Cherchez pas à vous enfuir ni rien, parce que je vous jure qu'au premier pas de travers, je vous descends en pleine rue.

— Où on va ? demanda Isabella.

— Assez de questions, répliqua Bernie. On va à la voiture de Vincent, et il va nous conduire. »

Madigan récupéra ses clés de voiture sur la table de la cuisine. Il sortit par la porte de derrière, longea le côté de la maison jusqu'à la rue. Isabella marchait à côté de lui. Il voulait regarder dans sa direction, mais la puissance de la haine qu'elle lui vouait l'empêcha de faire le moindre geste.

« Toi, côté passager, ordonna Bernie à Isabella. Moi, je vais à l'arrière. »

Ils montèrent dans la voiture. Madigan mit le contact.

« On va où ?

— Là où on tirera le plus de cet argent, répondit Bernie.

— Tu viens de tuer le type qui t'en aurait donné le plus, observa Madigan.

— Ferme-la, Vincent. Contente-toi de rouler. »

Madigan démarra. Au bout de la rue, il tourna à droite. Il ne savait pas comment il allait se débrouiller, mais il devait emmener Bernie Tomczak quelque part où on pourrait blanchir son argent et lui donner sur-le-champ quarante mille dollars en échange. Un tel endroit n'existait pas. Du moins, il n'en voyait pas. Dans vingt-quatre heures, peut-être moins, d'accord. Mais là, en pleine nuit ? Impossible. Il ne pouvait cependant pas le dire à Bernie. Plus il ferait durer les choses, plus ses chances de se sortir de cette situation augmenteraient. Bernie le descendrait-il ? Probablement pas. Mais il ne pouvait pas courir ce risque. Il ne pouvait pas risquer une éventuelle réaction instinctive de Bernie s'il tentait quelque chose. Il avait un flingue dans chaque main – un braqué dans le dos de Madigan, l'autre dans celui d'Isabella. Au moindre mouvement rapide et soudain, il réagirait probablement en appuyant sur l'une des détentes. Il y avait eu suffisamment de blessés et de morts comme ça. Suffisamment de dégâts. Il s'agissait désormais de sauver ce qui pouvait encore l'être.

« Faut que tu la laisses partir, dit Madigan.

— Quoi ? Qu'est-ce que tu me chantes ?

— Sérieusement, Bernie… Elle n'a rien à voir avec ça. Faut que tu la laisses partir.

— C'est une garantie. Elle reste, Vincent, point final.

— Je veux rester », intervint Isabella. Elle regarda Madigan. Ses yeux étaient rouges et gonflés, ses lèvres, fines et exsangues. Son visage trahissait des émotions si intenses que Madigan avait même du mal à percevoir à quel point elle le haïssait. « Je veux te voir mourir, Vincent Madigan. Je veux voir ce cinglé te tirer une balle dans la tête. »

Madigan ne broncha pas.

Bernie Tomczak s'enfonça dans la banquette arrière et secoua la tête.

« Bon sang, Vincent… t'es pas très doué pour te faire des amis, hein ? »

Madigan ne dit rien. Il se contenta de rouler, tout droit, tournant uniquement à gauche ou à droite quand il y était obligé, s'arrêtant aux feux puis repartant, fonctionnant en pilotage automatique tandis qu'il essayait de concevoir un plan de fuite.

Mais peut-être que c'était fini. Peut-être qu'il n'y avait pas de fuite possible. Peut-être que c'était le bout du chemin.

Soudain Bernie lui ordonna de s'arrêter.

« Gare-toi, dit-il. Gare-toi, Vincent… »

Madigan s'exécuta.

« Descendez, poursuivit Bernie, tous les deux. »

Isabella sortit la première, puis Madigan. Ils se tinrent à trois ou quatre mètres de distance sur le trottoir.

« Bernie…, commença-t-il.

— Ferme ta gueule, Vincent, répliqua Bernie d'une voix neutre. Ça suffit. Vraiment, ça suffit, OK ? »

Bernie Tomczak semblait incertain. Son regard n'arrêtait pas de passer de Madigan à la femme.

« J'ai descendu Sandià, dit-il. Putain, j'ai descendu Sandià. »

L'espace d'un moment, une expression horrifiée traversa son visage. Il était ailleurs, avait abaissé ses armes, et Madigan songea à se ruer sur lui, à les lui arracher des mains, à renverser la situation.

Bernie releva les yeux.

« Tu… Bon sang, Vincent, la merde dans laquelle tu m'as mis. C'est quoi ton problème ? Absolument tout ce que tu touches se barre en couilles.

— Bernie… on peut trouver un… »

Bernie Tomczak fit un pas en avant et son bras décrivit un crochet qui atteignit Madigan au visage. Il s'affala comme un arbre mort. Du sang se mit à couler. Il avait l'impression que son œil droit avait été éjecté de son orbite. Il resta assis sur le trottoir, une main sur la joue, l'autre par terre.

Bernie lui donna alors un coup de pied. Un coup de pied rapide et violent à la poitrine. Madigan hurla de douleur, tomba à la renverse. Il avait l'impression que chacune de ses côtes avait volé en éclats.

Bernie se tenait au-dessus de lui, ses armes pointées sur sa tête. Madigan se hasarda à ouvrir son œil valide. Il ne vit rien que la silhouette de Bernie qui se détachait dans la lumière du réverbère derrière lui.

« Pas un putain de mot, Vincent ! Pas un mot, OK ? J'en ai marre de tes conneries et de tes bobards. Bon Dieu, comment t'as fait pour me mettre dans cette merde ? C'est quoi ton putain de problème ? »

Il lui envoya un nouveau coup de pied puis se baissa, prêt à le frapper une fois de plus. Madigan se couvrit la tête et le visage des mains, tentant de se protéger au mieux contre l'assaut qui arrivait.

Un coup de feu.

Soudain. Clair. Assourdissant.

Bernie Tomczak se figea.

Il regarda derrière lui et vit Isabella Arias qui tenait dans sa main le deuxième revolver de Madigan, celui qu'il conservait toujours sous le siège du conducteur.

« Ça suffit », dit-elle d'une voix calme et mesurée. Elle mit Bernie Tomczak en joue. « Posez vos armes, ou je vous jure que je vous descends. N'allez pas croire que j'hésiterai…

— Hé, une seconde ! s'écria-t-il. On est du même côté…

— Je ne suis du côté de personne. Je ne sais pas qui vous êtes, et je n'ai pas envie de le savoir. À cause de lui, ma fille s'est fait tirer dessus. Il était de mèche avec Sandià. Il a trompé tout le monde, menti à tout le monde, et il est temps qu'il assume ses responsabilités… Il est temps qu'il paye pour ce qu'il a fait. Si vous le tuez, alors il sera tiré d'affaire…

— Je n'ai aucune intention de le tuer… Je lui rends juste une partie des raclées qu'il m'a collées…

— Prenez l'argent, dit Isabella. Prenez l'argent et partez. Disparaissez. Volatilisez-vous. C'est la fin de l'histoire pour vous… »

Bernie Tomczak baissa les yeux vers Madigan. Puis il se tourna de nouveau vers Isabella Arias. Quelque chose dans son expression lui disait de ne pas courir le risque. Il était joueur, l'avait toujours été… mais il jouait avec de l'argent, pas avec sa vie.

« Je prends la voiture, déclara Bernie.

— Si ça vous chante », répondit Isabella.

Bernie abaissa ses armes, en enfonça une dans chacune de ses poches de veste. Les clés étaient toujours sur le contact. Il recula d'un pas en direction de la voiture puis, comme si l'idée venait de lui traverser l'esprit, il asséna un violent coup de pied à Madigan, juste une dernière fois. Ce dernier se retrouva groggy, le souffle coupé, et il resta étendu sur le flanc, incapable de respirer pendant trente secondes.

« Va te faire foutre, Vincent Madigan, lança Bernie. J'espère que tu pourriras en enfer. »

Sur ce, il se retourna et grimpa dans la voiture, claqua la portière, démarra et s'éloigna.

Isabella Arias resta un moment plantée là, écoutant le bruit de la voiture qui disparaissait en direction de la ville, les halètements de Madigan qui tentait de reprendre son souffle sur le trottoir, les battements de son propre cœur qui cognait dans sa poitrine.

« Tu as failli tuer ma fille, dit-elle.

— Je-je…

— Je ne veux rien entendre, coupa-t-elle. Tu as fait ce que tu as fait. Tu as gâché ta vie, et aussi celle de tant d'autres personnes. Tu es une merde. Tu n'es rien. Tu es censé être flic, protéger et servir. Mais tu ne protèges et sers que tes propres intérêts. Voilà ce que tu fais. Voilà ce que tu es. Tu dis que tu te soucies des autres. Tu dis que tu veux bien agir. Va te faire foutre, espèce d'égoïste, espèce d'enculé de menteur… »

Isabella Arias fit un pas en avant et pointa l'arme vers la tête de Madigan.

Il tenta de soutenir son regard, de se préparer au feu qui jaillirait du canon, au bruit, à l'impact, au silence qui s'ensuivrait.

Voilà. C'était ici que tout s'achèverait. Tué par la personne à qui il avait voulu se confesser.

C'était la justice. Sa rédemption. La fin de tout.

« Où as-tu tiré sur ma fille ? »

Vincent rouvrit les yeux.

« Où, Vincent ?

— Je n'ai pas tiré sur ta fille…

— Qu'est-ce que tu en sais, Vincent ? Comment sais-tu qui lui a tiré dessus ?

— Je-je ne…

— Alors, où ?

— À l'abdomen, répondit-il. La balle a traversé le côté de son abdomen… »

Isabella Arias se pencha en avant. Elle colla l'arme contre le ventre de Madigan, à gauche de son plexus solaire.

« Là ? demanda-t-elle. C'est là que tu l'as touchée ?

— Isabella… je t'en prie…

— Oui ou non, Vincent ? Oui ou non ? »

Il acquiesça, ouvrant de grands yeux effrayés, levant les mains comme pour se défendre, mais l'expression d'Isabella était impassible, impitoyable, implacable.

« Ou-oui, répondit-il, et il referma les yeux.

— Parfait », dit-elle d'une voix neutre, et elle pressa la détente.

61

The Fire Of Love

Vincent Madigan ne se vida pas de son sang.

Du moins, pas complètement.

Il fut découvert par un passant environ une heure après s'être fait tirer dessus. Il était inconscient, et s'il était resté là trente ou quarante minutes de plus, il serait mort.

De fait, l'ambulance arriva à temps et le transporta jusqu'à l'hôpital St. Francis, tout près du motel où il avait caché Bernie Tomczak pendant ces quelques jours.

C'était aux premières heures du lundi 18 janvier, exactement une semaine après qu'il avait entraîné Bernie dans une allée près de la 3e Avenue et lui avait collé une bonne raclée sous prétexte qu'il devait de l'argent à Sandià. Maintenant Sandià était mort, gisant sur le sol du salon de Madigan avec un trou dans la tête.

Bernie Tomczak était dans la nature avec cent vingt mille dollars d'argent sale. Il avait eu l'opportunité de récupérer son téléphone dans la boîte à gants de la voiture de Vincent Madigan, et quand il l'avait allumé, il était tombé sur un message qui lui avait brisé le cœur.

La boucle était bouclée, et elle le ramenait à Madigan.

Ce n'est que le mardi que Madigan fut en état de répondre à quelques questions. Qui avait tué Sandià ? Qui lui avait tiré dessus et l'avait laissé pour mort dans la rue ? Où était sa voiture ? Qu'était-il arrivé à Bryant ? Sandià l'avait-il tué ?

Comme un agent avait été blessé par balle, une commission d'enquête fut désignée. Walsh se jeta sur l'affaire comme un mort de faim. Il revint encore et encore, mais à chaque fois, rien de ce que disait Madigan n'avait de sens. Il ne donna pas le nom de Bernie Tomczak. Il ne révéla pas qu'Isabella Arias s'était cachée chez lui.

Au bout de quelques jours, Madigan put sortir. La balle avait manqué les organes vitaux, traversé son flanc proprement, et on lui recommanda un mois de convalescence. Il pouvait toujours marcher ; il pouvait toujours faire ce qu'il avait à faire. Walsh lui conseilla de ne pas revenir au commissariat, ajoutant que l'enquête aboutirait probablement à sa suspension, voire à son renvoi.

« Je sais que vous ne coopérerez pas, lui dit-il. Je sais qu'il s'est passé des choses et que vous connaissez les détails, les noms, et si vous ne me les donnez pas… »

Madigan ne répondit même pas. Walsh était sur ses gardes, il continuait de marcher sur des œufs. Il ne saurait jamais s'il y avait d'autres preuves de sa propre complicité.

Ce même jour, le 23, quelques heures après sa sortie de St. Francis, Madigan se rendit au 167ᵉ sous le prétexte de voir Callow et Harris. En apparence juste une visite de courtoisie, rien de plus, mais il en profita pour se rendre au dépôt de pièces à conviction, où il localisa la boîte qui contenait les affaires de Sandià et en préleva le téléphone portable. Il quitta le commissariat peu après 2 heures de l'après-midi et prit un taxi pour rentrer chez lui. Il ne prêta aucune attention à la berline grise qui le suivit jusqu'au pont puis tourna à droite et disparut.

Le matin du 24, Walsh vint voir Madigan chez lui. Celui-ci ne répondit pas aux questions, et lorsque Walsh commença à s'agiter, laissant entendre à chacune de ses phrases que la situation que Madigan avait provoquée était de plus en plus intenable et surréaliste, ce dernier sortit le téléphone portable qu'il avait volé au commissariat. C'est de ce téléphone qu'ils discutèrent ensuite, et Madigan vit Walsh blêmir manifestement. Il obtint de Walsh l'engagement de ne plus fouiner, de clore l'enquête interne, et de tout faire disparaître.

Tout disparaîtrait, l'assura Walsh, de la même manière que Bernie Tomczak avait disparu.

« Il y a une autre chose que je veux que vous fassiez pour moi, déclara Madigan. Vous vous êtes penché sur une autre fusillade impliquant un agent il y a quelque temps. Vous voyez de laquelle je parle, n'est-ce pas ? La commission d'enquête doit se réunir demain. Arrangez-vous pour la repousser indéfiniment. Peu m'importe comment vous vous y prenez, mais je veux votre parole que vous le ferez. Ensuite, après un certain laps de temps, l'enquête passera à la trappe et on n'en entendra plus jamais parler, OK ? »

Walsh ne répondit rien.

« Nous nous comprenons, Duncan ? insista Madigan.

— Oui, Vincent, nous nous comprenons. »

Madigan reconduisit Walsh à la porte et le regarda marcher en direction de sa voiture.

Une fois encore, comme il ne prêtait pas attention à grand-chose hormis à Walsh, Madigan ne remarqua pas la berline grise au bout de la rue.

Plus tard le même jour, Melissa Arias fut libérée de l'East Harlem Hospital et rendue à sa mère, Isabella. Duncan Walsh avait pour mission de parler à Isabella et d'obtenir son accord pour que Melissa soit interrogée sur ce qu'elle avait vu lors du braquage du repaire de Sandià. Cette discussion n'eut jamais lieu, et cet accord ne fut jamais conclu. Par la suite, Madigan se renseigna sur elle et découvrit qu'elle était partie, qu'elle avait quitté son appartement, retiré Melissa de l'école, et qu'elle s'était évanouie dans un avenir incertain. Il songea à essayer de la retrouver. Ç'aurait été facile – relevés de carte de crédit, adresse de réexpédition, base de données de la police –, mais il n'en fit rien. Ce qui était fait était fait. Il la laissa partir en lui souhaitant bonne chance. Il savait qu'elle ne le considérerait jamais autrement que comme un homme diabolique, surtout après ce qu'elle avait appris. Mais il l'acceptait. Elle avait survécu, sa fille aussi, et c'était tout ce qui comptait.

Le matin du jeudi 11 février, Vincent Madigan prit une douche et laissa l'eau brûlante couler sur son visage et dans son dos. La douleur dans son flanc avait nettement diminué. Il n'avait rien pris de plus fort que de la Vicodine depuis huit jours. Pas de Quaalude, de Xanax, de Percocet, rien. Il avait quelque chose à faire et il devait avoir les idées claires, les nerfs solides.

Il pensait souvent à Isabella, à Bernie Tomczak, à Dario Barrantes. Au matin du mardi 12 janvier, au braquage, aux décès de Larry Fulton, Chuck Williams et Bobby Landry. À Duncan Walsh, au téléphone qui était encore en sa possession, aux cent mille dollars et des plumettes avec lesquels Bernie était parti. Il pensait à bien des choses de ce genre, mais tout semblait insignifiant comparé à ce qu'il allait faire désormais. C'était une chose qu'il *devait* faire, quoi qu'il arrive.

Il quitta sa maison un peu avant 9 heures. La veille, il avait loué une voiture – une compacte bleu foncé –, et il roula vers le sud-ouest en direction du pont. La berline grise le suivait. Elle restait à bonne distance mais ne le lâchait pas. La personne à l'intérieur semblait vouloir s'assurer que personne d'autre ne filait Madigan, que ni le département de police, ni les affaires internes, ni même les hommes de Sandià ne surveillaient chacun de ses mouvements. Ça durait depuis des jours, depuis que Madigan avait quitté l'hôpital, mais ce dernier, plongé dans son petit monde intérieur, n'avait toujours rien remarqué.

Il atteignit Manhattan, passa devant le commissariat, descendit la 2e Avenue, tournant seulement à droite lorsqu'il atteignit la 96e Rue Est. Il rejoignit ensuite la 3e Avenue et parcourut une demi-douzaine de blocks jusqu'à Lexington. Il se gara à l'angle, attendit quinze bonnes minutes, puis remonta la rue jusqu'à une petite maison à un demi-block de là.

Madigan frappa à la porte, attendit patiemment, puis frappa de nouveau. Quand il entendit du mouvement à l'intérieur, il recula, les mains dans les poches de son pardessus.

Karl Benedict ne dissimula pas sa surprise.

« Il faut qu'on parle, annonça Madigan.

— De ?

— Du fait que la commission d'enquête a été repoussée. Mais je ne vais pas vous en parler dans la rue, Karl. Ouvrez la porte, laissez-moi entrer, et je vous dirai ce que j'attends de vous. »

Benedict recula, tint la porte grande ouverte, et Madigan entra.

La berline grise était de l'autre côté de la rue, à cent cinquante mètres, et la personne à l'intérieur semblait avoir tout son temps.

Dans l'appartement de Benedict, Madigan se posta au milieu de la cuisine. L'agent alla jusqu'à l'évier et se tint dos à la fenêtre.

« J'ai fait repousser la commission d'enquête. »

Benedict ne répondit pas.

« Je l'ai fait repousser indéfiniment, et je peux la faire annuler. »

Benedict fronça les sourcils.

« Qu'est-ce…

— Sept mille dollars, coupa Madigan.

— Pardon ?

— Donnez-moi sept mille dollars, et cette affaire est oubliée.

— Sept mille dollars ?

— Oui, sept mille. Pas un dollar de plus ou de moins. Donnez-les-moi maintenant et je m'en vais, la commission ne se réunit pas, et ce que vous craignez tant qu'ils découvrent n'est plus un problème.

— Et comment je sais que…

— Quoi ? Que je peux le faire ? Eh bien, vous ne savez pas comment je l'ai fait repousser la semaine dernière, mais je l'ai fait. C'est aussi simple que ça. Elle n'a pas eu lieu, et elle n'aura *jamais* lieu si vous me donnez sept mille dollars.

— Maintenant ?

— Tout de suite.

— J'ai votre parole ?

— Vous avez ma parole.

— Je vais chercher une veste, dit Benedict. On va aller à la banque. »

Madigan attendit pendant que Benedict allait chercher sa veste. Il se sentait calme, lucide. C'était ça. C'était ça qu'il aurait dû faire depuis le début. C'était peut-être la chose la plus importante de sa vie.

Benedict le rejoignit moins de deux minutes plus tard. Il avait ses clés de voiture et demanda à Madigan de le suivre. La banque n'était pas à plus d'une demi-douzaine de blocks.

Ils sortirent de la maison ensemble, Benedict ouvrant la voie, Madigan le suivant. À deux reprises il dut lui demander de ralentir l'allure – malgré les antalgiques, son corps lui faisait encore un mal de chien. Ils gagnèrent chacun leur voiture et se mirent à rouler, Benedict devant, puis ils se garèrent à l'angle de la 95e Rue Est et de la 3e Avenue. Benedict descendit de son véhicule, vint à la rencontre de Madigan, qui baissa sa vitre.

« Cinq minutes », dit-il.

Madigan acquiesça, remonta sa vitre.

Il alluma la radio. Tom Waits. « Lord I've Been Changed ».

L'ironie du titre le fit sourire, mais il ne crut pas une seconde qu'il avait été changé.

Il fuma une cigarette, en alluma une seconde au mégot de la première, puis Benedict sortit de la banque et traversa le trottoir pour le rejoindre.

Il fit le tour de la voiture et grimpa du côté passager. Il tira une enveloppe brune de sa poche intérieure. Elle faisait trois bons centimètres d'épaisseur.

« Sept mille dollars », dit-il.

Madigan saisit l'enveloppe.

« On est quittes, d'accord ?

— D'accord, répondit Madigan.

— Je n'entendrai plus jamais parler de tout ça ?

— Plus jamais.

— Parfait. »

Benedict ouvrit la portière et sortit. Il regagna sa propre voiture, fit une brève marche arrière, puis s'engagea dans la circulation et disparut.

Madigan termina sa cigarette, mit le contact, repartit.

La berline grise le suivit.

Il regagna le Bronx, se gara à l'angle de la 169e et de Findlay, et sortit. Il traversa la rue et marcha jusqu'à une maison quelconque.

Il frappa à la porte, attendit, et lorsqu'une femme d'âge moyen ouvrit, ils échangèrent quelques mots. Elle sourit, manifestement contente de le voir, et le fit entrer.

Madigan ne passa pas plus de dix minutes dans la maison. Lorsqu'il ressortit, il tenait une liasse de papiers et un jeu de clés. Il longea le côté de la maison, et quelques instants plus tard réapparut au volant d'un 4 × 4 bleu métallisé. Peut-être un Hyundai, songea le conducteur de la berline grise. Le 4 × 4 était plutôt petit, le genre de véhicule qu'une mère de famille utiliserait pour emmener ses enfants à l'école et faire des courses.

La voiture de location de Madigan resta garée dans la rue. La berline suivit le 4 × 4, qui franchit de nouveau le pont puis prit la direction de Greenwich Village. Son conducteur ne savait pas où Madigan allait, mais il s'en foutait. Tout ce dont il voulait être sûr, c'était que personne d'autre ne le suivait – ni les flics, ni les affaires internes, personne sauf lui.

C'était la fin. La fin des mensonges, des emmerdes, de tout.

Ils roulèrent une bonne demi-heure, puis Madigan ralentit et se gara au bord du trottoir.

Il descendit du 4 × 4, traversa la rue, tourna à l'angle et marcha jusqu'à une maison.

Personne n'aurait pu dire pourquoi il ne s'était pas garé directement devant.

Madigan frappa à la porte. Au bout de quelques secondes, une femme répondit. Ils échangèrent quelques mots. La femme sembla surprise. Elle disparut à l'intérieur et revint, cette fois accompagnée d'une adolescente – cheveux sombres, jolie.

Bernie Tomczak sortit de la berline tandis que Madigan et l'adolescente commençaient à marcher en direction du 4 × 4. Il tourna à l'angle à l'instant où Cassie Madigan se mettait à hurler à pleins poumons. Il se cacha, les observa.

« Je ne le crois pas ! criait Cassie. Oh mon Dieu ! Oh mon Dieu ! Incroyable. Bon sang… Papa ! Une voiture ! »

Madigan écarta les bras et l'étreignit.

« Joyeux anniversaire, ma chérie », dit-il.

Madigan ferma les yeux. Il était fatigué. Tellement fatigué.

Il avait d'autres personnes à voir – Ivonne et Adam, Catherine, Lucy, et aussi Tom. Il avait des choses à expliquer, des choses à régler.

Mais pour le moment il n'y avait que sa fille, la sensation de son corps contre le sien, et ses paroles qui se frayaient un chemin tortueux jusqu'à son cœur sombre.

« Je t'aime, papa… Tu le sais, hein ?

— Je sais, ma chérie, je sais.

— Ne l'oublie jamais, OK ? » Elle leva vers lui ses grands yeux, son mascara qui avait coulé formant des taches qui ressemblaient à des ecchymoses. « Promets-le-moi.

— Oui, répondit-il, je te le promets. »

Et cette fois – pour la première fois depuis une éternité – ce n'était pas un mensonge.

« Faut que j'aille chercher maman, dit-elle d'une voix excitée. Faut que je la lui montre… »

Madigan la lâcha, la regarda courir en direction de la maison, appeler sa mère, lui dire de venir voir ce que son père lui avait offert pour son anniversaire.

Madigan songea qu'il ne s'était jamais senti aussi vivant.

Il regarda en direction de la voiture, puis se retourna.

Bernie avait un revolver dans une main, son téléphone portable dans l'autre. L'arme était pointée directement sur Madigan.

« Tu veux entendre sa voix, Vincent ? Tu veux entendre mon frère en train de crever dans cette putain de maison ? »

Tout lui revint soudain, toutes les saloperies qu'il avait faites. Le moment de payer était venu.

« Je suis désolé, dit-il.

— Parfois, il est trop tard », répliqua Bernie.

Cassie Madigan entendit le coup de feu depuis la cuisine.

Du même auteur
chez Sonatine Éditions :

SEUL LE SILENCE, traduit de l'anglais par Fabrice Pointeau, 2008.

VENDETTA, traduit de l'anglais par Fabrice Pointeau, 2009.

LES ANONYMES, traduit de l'anglais par Clément Baude, 2010.

LES ANGES DE NEW YORK, traduit de l'anglais par Fabrice Pointeau, 2012.

MAUVAISE ÉTOILE, traduit de l'anglais par Fabrice Pointeau, 2013.

LES NEUF CERCLES, traduit de l'anglais par Fabrice Pointeau, 2014.

PAPILLON DE NUIT, traduit de l'anglais par Fabrice Pointeau, 2015.

LES ASSASSINS, traduit de l'anglais par Clément Baude, 2015.

LES FANTÔMES DE MANHATTAN, traduit de l'anglais par Claude et Jean Demanuelli, 2018.

PAPIER À BASE DE FIBRES CERTIFIÉES

Le Livre de Poche s'engage pour l'environnement en réduisant l'empreinte carbone de ses livres. Celle de cet exemplaire est de :
450 g éq. CO_2
Rendez-vous sur www.livredepoche-durable.fr

Composition réalisée par PCA

Imprimé en France par CPI
en septembre 2017
N° d'impression : 3024679
Dépôt légal 1re publication : octobre 2017
LIBRAIRIE GÉNÉRALE FRANÇAISE
21, rue du Montparnasse - 75298 Paris Cedex 06

78/8898/4